会心当处即是

泉水在山乃清

印月法师净化圣凡书四十二文

後午月智山寺午石豊书

弘一大师撰书之联语

弘一大师篆刻

弘一大师

徐星平　著

中国青年出版社

位于天津市河北区原粮店后街陆家竖胡同 2 号李叔同故居（3 岁前居住处）之门前，现已不存

位于天津市河北区原粮店后街 62 号李叔同故居（3 岁后居住处）之一角，现已不存

1883 年，李叔同 4 岁时之
留影

1900 年，李叔同在上海时之写真

1902 年，李叔同在上海　　　　1915 年，李叔同在杭州时留影

左起：李叔同之长子李
准、妻俞氏、侄媳邹氏、
婴儿为侄孙女李孟娟

/ 1906 年，李叔同在日本独立创办《音乐小杂志》寄回国内发行，这是他自己设计的封面

/ 1906 年，李叔同在日本留学时期的炭笔画

李叔同在"春柳社"扮演茶花女剧照

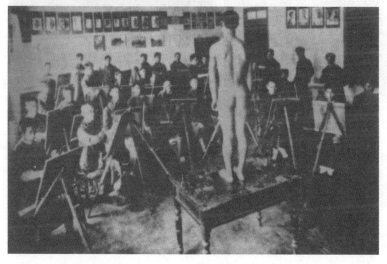

1914年，李叔同在浙江省立第一师范学校首倡裸体写生之情景

1918 年，李叔同将出家时与门生刘质平、丰子恺 合影

1927 年，弘一大师与俗侄李圣章摄于杭州

1929年，弘一大师与门生友人摄于上海港"宁绍伦"前（右二为刘质平、右四为夏丏尊）

1935 年冬，弘一大师在韩偓墓道前留影

1941 年，弘一大师在晋江檀林乡留影

施至伟所写之弘一大师晚年道影

悲欣交集

1942年9月，弘一大师圆寂前的最后绝笔

# 目录 /

# 小引

/

杜宇啼残故国愁，

虚名况敢望千秋。

男儿若论收场好，

不是将军也断头。

——李叔同

　　他，是个才气横溢的艺术家，却又是一代名僧。

　　在人们心目中，他，实在是个"谜"，一个难以琢磨的谜。的确，一个家资万贯，室有娇妻幼子，风流倜傥的浊世佳公子，晚清进士李世珍的后代。从少年时代，即存有"老大中华，非变法无以图存"的意识，于是他东渡扶桑，成为我国第一个赴日学西洋艺术的留学生，并转而投身革命，一九〇六年加入了同盟会。由豪门少年而成为维新党人，由新学才子一跃而成为革命党人。就在这日本留学期间，他独自创办《音乐小杂志》，成为第一个向我国传播西方音乐的先驱者。人们没有忘记，荣获金鹰奖的电影《城南旧事》，便是采用了他所创作的《送别歌》为主题歌，就连日本电影《啊！野麦岭》续集，也借用了这首歌的旋律，我国电影《早春二月》里芙蓉镇那所乡村小学的学生唱的也是这首歌，足见其感人之深。在日期间，其所组织的"春柳社"，是中国第一个话剧团体，他主演的《茶花女》等西洋名剧，开中国人演话剧之先河，算得上话剧舞台的鼻祖之一。由日回国后，曾执教于天津、杭州、南京等处达十年之久，又是第一个在我国传播西洋画的先驱，也是第一个开创裸体写生课的教师。因而，为中国美术史、音乐史和话剧史都开辟了一个新纪元，做出了开创性的贡献。他培养了不少艺术人才，许多著名音乐家、美术家皆得其薪传，如名画家丰子恺、音乐家刘质平，均为其得意高足。

然而，这样一位艺术修养全面的艺术家，诗、词、书画、篆刻、音乐、戏剧、文学颇有造诣的才子，居然悄悄皈依佛门，出了"三界火宅"，做了个地地道道的老和尚，而且立志埋名，不务名逐利，甘澹泊，守枯寂，过起了一领衲衣、一根藜杖的苦行生活。在这二十四年的孤灯黄卷和古刹钟声中，他研究佛经，使失传多年的佛教南山律宗再度兴起，因而被佛门弟子奉之为律宗第十一代世祖。

在那中华民族改良思潮澎湃的清末时代，帝国主义以炮舰打开了中国门户，并以不平等条约桎梏于中华民族。其时，皇室腐败无能，内忧外患，万民涂炭。辛亥革命以后，尤其是袁世凯窃国之后，政局和社会仍然乌烟瘴气，这对于一些寄望于民国的知识分子来说，无疑是一瓢冷水。

昏昏沌沌的世界，纷纷杂杂的中国，无情的社会现实，加上新老军阀的混战，国无宁日，政局动荡。此刻，中国人民正在酝酿着一场革命的风暴，然而，也有像李叔同这样的既有改革的愿望，又找不到光明的出路，逐渐情绪消极，甚至导致性格裂变了，一下子陷入到无法解脱的苦闷之中，再也无力去追求救国救民之路，成了自我反求的典型人物。就像叶圣陶说的那样："是深深尝了世间味，探了艺术之宫的，却回过来过那种常以为枯寂的持律念佛的生活。"

不过，话又说回来，对于李叔同的出家，众说纷纭：有的是"夙根慧因论"；有的是"婚姻不满论"；有的是"动极思静论"；有的是"家庭纠纷论"；有的是"经济破产论"，等等。笔者曾带了这个令人难解之谜，走访了李叔同的家族后裔，查阅了一些资料，辗转思索，略有了悟。不禁理出一个故事，算作是弘一大师李叔同的传记，并以文学的形式献给青年朋友，以略表笔者对这位先辈艺术家、一代名僧的敬仰之情吧！

第
一
章

/

　　一八八〇年金秋的十月，似乎一反常态，树上那稀稀拉拉的叶子，干得像旱烟一样。黄风不停地摇曳着树杈，把黄叶卷到空中，转了几圈然后送进海河。刚过正午，地上却没有一丝阳光，空气是混浊浊的，地上是黄焦焦的，好像世上的一切生物都提早进入了冬眠。

　　黄风越刮越大。

　　天津港口的几艘挂着英、法国旗的轮船，耀武扬威地在那里摇摇晃晃。伸进天津卫的海河像一条巨大的天堑，把整个天津卫切割成河东河西。几千年的沧桑变迁，使河东的地势高于河面，因而历年水患无恙，人烟稠密，民房十分拥挤，胡同也特别狭窄。

　　河东靠北的陆家胡同二号，住着一门望户，系天津有名的"李善人"。长者姓李，名世珍，字筱楼，清朝进士。与合肥李鸿章为会试同年，曾官任吏部主事。官位虽并不大，却在沿海置下了数不尽的盐田引地，垄断了天津内外的盐业，俗话说："盐商家财，富可敌国。"其生活之享受，乃一般之富户所不及。然而筱楼的晚年，更喜于兴办钱庄业，其创办的"桐达银号"，为商家的经济流通和民间的借贷，开了方便之门，成了天津早期的银行业专家。

　　李筱楼已近古稀之年，看上去不过六十上下，灰白的胡须，几根长长的寿眉，尽管后背略有弯曲，也不减他那鹤发童颜的风韵。这位长者有一妻三妾，原配姜氏，早亡，大姨太太郭氏，二姨太太张氏；去年六十七岁时，又将丫鬟王凤玲收房为三姨太太。王氏芳龄十八，笑靥如花，举止文雅，两颊微微下垂，大有唐朝仕女一般轮廓，是天津卫方圆十几里有名的美人。尽管王氏做小并非出自本意，但嫁给富豪人家，又处于受宠地位，尤其是封建礼教等道德观念，像一条无情的锁链，紧紧系绕着她那被禁锢的意识，使这一妙龄少女渐渐把隐痛丢在一边，默默地吞咽着这华丽的苦果。

　　李家大院坐东朝西，地处地藏庵前。正面悬挂"进士第"三个字的巨幅匾额，绕过二门影壁，径直可以看到正房，室内香火燎绕，正中供奉如来大佛，诸神两旁。背后则是李家祖上灵位。南北两厢平房按辈顺排住着诸房姨太太和女佣人。当你走进大院，墙角旮旯到处有猫，黑、白、灰、黄、褐等花猫二十余只，饲养工王奶奶每天挎着柳条篮子买些杂鱼，把猫喂得腰肥肚圆。另一个大院是黑漆大门，庭园花卉，奇山异石，幽香暗浮，分外别致。一明两暗的正房住着三姨太太王氏，也是李筱楼守着王氏的养息之所。

　　十月二十三日，在这间挂满幔帘、关闭门窗的房子里，一个婴儿降在世上。下午，李筱楼闻讯乘了高轿马车赶回家来。赶车的郑三爷扶着李筱楼下了车，刚走进大门，佣人们个个迎着李筱楼，为他道喜。李筱楼微笑着点点头，急匆匆走进王氏屋里，迎面碰上地藏胡同的接生婆范奶奶。

　　"哎哟，"范奶奶笑容可掬地压低了嗓门："恭喜您了，李爷。你家三奶奶可真是甜和人哪，给您生了一个白白胖胖的大小子。"

　　"她……"

"放心，"范奶奶说："母子平安。那位日本大夫刚走。这不，我刚料理好。"

李筱楼喜滋滋地望着王氏母子，高兴得不知如何是好。

"传我的话，"李筱楼理着胡须，低头思索了一下，走至外屋对女佣人刘妈妈说："叫老徐选一个奶母，一要年轻，二要体壮，三要俊俏，四要聪明，五要……"

"禀老爷，"老管家徐月亭在门外听得明白，掀开门帘进来说道："早已选好了三名，请老爷挑一个吧。"

"好，"李筱楼回头对刘妈问道："小太太的身子……调理得好吗？"

"放心。"刘妈妈笑嘻嘻地拉着长音说："小宝贝儿一落地，我就端一碗红糖鸡蛋桂圆汤补上啦，瞧，"说着掀开手上的碗盖："等小奶奶醒了，这碗红参汤再让她喝下去，您就甭操心啦。"

李筱楼笑着点点头，随着管家徐月亭出去了。此刻，上下人等又忙碌开了。

王氏原来就信佛，自被李筱楼"收房"做了小姨太太之后，常到后街地藏庵求拜菩萨，成了地藏庵的大施主。今日得子，不知念了多少遍"阿弥陀佛"。原有虔诚之心，更增敬佛之意。

满月那天，王氏换了一身新衣裳。因为第一次下地，脚小腿软，走起路来更似风摆荷叶，娇媚动人。刘妈妈端了梳头匣子进来，笑道：

"哟，小奶奶，可别闪着腰啊。"说着便放下手中匣子，顺手拉开窗帘，摆好一张凳子："来，梳梳头。"

王氏坐在窗前，刘妈妈打开梳头匣子，拿出梳子走过来，正要卸下王氏的发髻，王氏把手一摆：

"慢！"

刘妈妈顺着王氏的眼神往窗外一望，只见对面房檐上落着一只麻雀，它口衔一根小松枝，蹦蹦跳跳地正要进窝絮巢，猛地望见一只鹞子在空中盘旋，麻雀一惊，丢下树枝怆然离去。事虽偶然，却被王氏看作非同小可，尤其是孩子"满月"，佛赐"善根"，从心底里感谢大慈大悲的菩萨。

"刘妈妈，"王氏目不转睛地望着房檐上的树枝，急忙说道："快叫郑三爷派人搬梯子，把这根树枝请下来。"

不一会儿，郑三爷叫瓦匠拿下了树枝，刘妈妈捧至王氏面前，王氏惊喜地拿在手中，又小心翼翼地插在镶着花边的壁橱上。此事被虔修禅宗的李筱楼知道了，大喜之余，急命管家徐月亭选雇能工巧匠为地藏庵修庙宇，敬匾额，为菩萨镀金身，整整折腾了半个月，把个小小的地藏庵打扮得满堂生辉，香火不断，引得善男信女络绎不绝，一下子使地藏庵热闹起来。老和尚红光满面，逢人便说：这是李善人家里的阴德。

腊月初八，李善人家的粥场和往年不同。增加了秫米二十石，大豆五百斤，红枣五百斤，远近讨粥的穷人像赶庙会似的，把个陆家胡同挤得水泄不通。

李筱楼穿了一件貂皮长袍，礼服呢马褂，头戴一顶丝绵风帽，挂着一条柳木文明杖，在徐月亭的搀扶下慢悠悠地来到了粥场。

"老徐，"李筱楼眯着眼问道："这里秫米够吗？"

"您放心。"徐月亭笑着说："四口海锅没停过。"

"……"李筱楼咳嗽了一阵："这里风太大。"用手杖往西一指："再到施馍场去看看。"说着把风帽往下一拉，只剩下了一对眼睛。

施馍场外的人群挤成了一团，小孩子哭喊着，力气小的根本不能靠前，哪里是领馍，简直是抢馍。馍场里的热气一团团地往上蹿着，蒸笼一屉屉地往锅上架着；刚蒸好的热馒头一笼笼地往窗口运着，穷人们恨不得把手变得长点，再长点，以便能接触到烫手的热馒头。

"大家挨个排好！"徐月亭挤进人群，挥着右臂，大声重复着"排好队！……"

讨馍的人一下子静下来，听任徐月亭的指挥，不一会儿，把人群排成了一条长蛇似的队伍，排头在窗口，排尾已经到了海河沿。李筱楼眼见穷人领到了馒头之后的神色，也禁不住微微一笑。

"禀老爷，"二管家郑三爷跑过来，打了躬，凑到李筱楼耳边："禀老爷，总督大人差人送帖子来了。"

李筱楼一怔，急忙接过拜帖，打开一看，愣住了。郑三爷笑微微地望着李筱楼，等待吩咐。李筱楼提起手杖，往海河一指，命道："快架浮桥！"说罢回家换礼服去了。

一声令下，大小管家各有分工，徐月亭统一指挥，老瓦匠王疙瘩率领修缮队铺起木板，加固了浮桥。这时，早有清军把住海河，截住来往的行人，让一切车辆回避，戒备十分森严，仿佛整个世界突然凝固了一般，连粥场、施馍场的人们也屏住了呼吸，互相交换着眼神，战战兢兢地不知出了什么事。

须臾，大队人马威然而至，前头是骑兵，接着是大刀队，中间是一乘红顶八抬大轿，尾随着由洋人训练出来的洋枪队，威风凛凛的通过浮桥。岸上早有李筱楼一家功名人等打躬敬候。上岸的先头骑兵跳下马来，分八字队形排开。这时，八个穿着清兵服装的大汉把轿子稳稳地抬过浮桥。侍卫打开轿帘，李鸿章慢慢地钻出轿子，李筱楼上前拱手笑道：

"总督大人，何不早些通知舍下，也好有个准备呀。"

"老世兄，"李鸿章哈哈大笑："今日是腊八，又是贤侄双满月，愚弟焉能失礼啊……"

"啊，"李筱楼有点受宠若惊道："总督日理万机，对犬子满月之喜还劳心挂齿，实不敢当。"

其时，李鸿章已做了直隶总督兼北洋大臣，为洋务派首领，曾先后镇压了东、西捻军。在他主持外交事务中，对洋人奴颜卑膝，一贯采取妥协投降政策。是丧权辱国的《马关条约》、《烟台条约》、《辛丑条约》的签订人。他听说这里在办粥场，顺便过来看看。俨然成了一个视察民情、关心粥场的"活菩萨"。

"总—督—大—人—到——。"

这一声不打紧，知道李鸿章的人，无不胆战心惊，顿时人们的视线拧在一起，像一把锥子射向海河路口。只见马队、大刀队、洋枪队一下子堵住了粥场两头。孩子们吓得两眼发直，老人们哆哆嗦嗦的不敢正视一眼，妇女们在那沉陷的眼窝里闪着诚惶诚恐的眼神儿。人们连大气都不敢喘，周围死一般的寂静。

李筱楼陪着李鸿章迈着八字步来到粥场，李鸿章倒揣着双手，装模作样的走至大锅前，望着那些捧着饭碗的瘦得像干树枝似的大手，对掌勺的说：

"多给他们盛点，过年啦……啊？"

"是，总督大人。"掌勺的像得了圣旨似的，抖起精神，勺勺溢满，"唰唰"地动作飞快，讨粥的人们，也都为大人的"恩典"而松了口气。

"粥场不算小，"李鸿章笑了笑，对李筱楼说："家大业大，好像停在'粥场'二字，似乎不妥。"

"噢，"李筱楼蹙着眉，不解地问道："依大人之见？……"

李鸿章晃着脑袋侃侃而谈道："济贫，乃善人之本，管子曰：'方六里，名之曰社，'想世兄周济贫民，方圆何止六里。依愚弟之见，此粥场可取名'备济社'，它可以广集资财，为穷苦百姓舍衣、舍粥、舍材不知世兄以为如何？"

"总督高见，我筱楼当然从命。"

二人说着，便在粥场走了一遭。这时，总管徐月亭在主人耳边说了几句，李筱楼点点头，随即对总督说道："这里，您已经视察过了，再待下去，恐有劳贵体。还是请总督到舍下坐坐。"

"请。"

"请。"李筱楼命管家："让文武弟兄们休息片刻，用心款待。"

李筱楼陪李鸿章来到黑漆大门，刚踏进门槛李鸿章就喊着要见嫂夫人。此刻，王氏已无法回避，只见李筱楼红着脸将李鸿章引了进来。

"凤玲，快来拜见总督大人！"

王氏见总督驾到，急忙来至堂屋朝李鸿章作了一个揖，口称"总督大人，愚妹给您请安"。

李鸿章望着这位袅袅婷婷的小姨太太，老眼眯成了一条缝。只见王氏乌发密梳蝴蝶妆，两只金钗发中藏；绒花一朵耳鬓戴，耳环熠熠闪着光。大红缎袄锦缎裤，牡丹绣裙垂脚上；窈窕玉立称尊贵，雍容文雅又大方。李鸿章正在出神儿，这边奶娘早把满月的婴儿抱在总督面前。

"噢，"李鸿章叹道："多俊的胖小子。"说着便在婴儿嘴巴上轻轻捏了一下："叫什么名字？"

"文涛。"王氏抢着回答道。

"好。"李鸿章笑道："文理涛涛，国之姣姣嘛，哈哈……"回头对李筱楼问道："字呢？"

"字叔同。"

"李……叔……同……"李鸿章锁紧双眉，反复吟哦着李叔同三个字。忽地眼睛一亮，笑道："伯仲叔季，叔者排行第三，又是三夫人所生，正是'叔同'，妙极！妙极！"这时，厨房刘师傅立在门外，问了一声："老爷，是否请李大人入宴？"

"好，"二话没说，李筱楼陪着李鸿章朝膳堂走去。

待到酒酣饭饱，李筱楼想起李鸿章在视察粥场时曾为粥场取的社名，因说道：

"李大人曾为区区粥场取名'备济社'，愚兄欣喜之极，我想请大人为本社留下墨宝，然后着人制匾，高悬粥场正门，望大人赏脸。"

李鸿章一听，正中下怀。于是，笑着客套了两句，随着众人来到书房，这时，管家徐月亭早已备好文房四宝。李鸿章挑了一支云峰特毫，饱蘸香墨，提气书写了"备济社"三个大字，落款是"光绪六年腊月初八李鸿章。"书毕，丢下云峰，深深吸了一口气，众人无不为其书法之气度和功力而啧啧称道，李鸿章听了赞扬话也毫不客气。只是对身边使吏说了声："回府！"

李筱楼送走了李鸿章，已感精疲力尽，他回到暖烘烘的王氏房中，靠在那张太师椅上正想闭目养神，只听老管家郑三爷在院子里喊了一声"下雪啦"，李筱楼眯着双眼朝窗外望去，嚯！好大的雪。此刻，他想到那些在冰天雪地中讨粥的穷人。因他祖上也是贫寒世家，到他这代才考中进士，办起了盐业，成了名门望族，但他对穷人之苦，却一向抱有怜悯之心，尽管自家没有回天之力，然而他有钱，他愿用金钱解救一些穷人的饥寒来换取自己灵魂的安宁。

雪，铺天盖地的下着，李筱楼撑起疲惫的身体，穿起那件貂皮长袍，戴上风帽，握住手杖踉跄奔出门外。王氏一惊：

"上哪去？"

"粥场。"

"外边雪大，滑倒了可不是玩的。"

"我当心点就是喽。"

"刘妈妈，"王氏冲到门外，一把拉住李筱楼："刘妈妈，找几个人搀着老爷……"话刚出口，登时上来好几个，搀的搀，扶的扶，撑伞的，铲雪的，开路的，一会儿工夫来到粥场，穷人们挤挤擦擦地贴在房檐下，个个把脑袋埋在前边那人的背后，嘴唇似乎都冻僵了，没有一点儿声音。李筱楼顺着讨粥的队伍，一直走到海河沿。突然，他发现一辆地排子车，地保正指手画脚地叫苦力往车上装尸体，他眯着干枯的老眼瞅了瞅，不禁浑身颤抖了一下。这时，他看到大管家徐月亭迎面走过来，于是问道："这是？……"

"禀老爷，"徐月亭紧上几步，说道："请您留步，前边……在收尸。"

"嗯！哪里的？"

"讨粥的。"

"没人领吗？"

"领走了几个，剩下这七个没主。"

"拉到哪去？"

"北窑洼。"

李筱楼心里一颤，随后摇了摇头。因为他知道，北窑洼是天津有名的"乱尸岗"，穷人一死，用席子一卷，雇两个"杠子"便把人送到那里。有良心的"杠子"还刨个坑把人埋了，缺德的"杠子"把死尸一丢，任它鹰啄野狗噬，全然不管。然而，李筱楼更觉得这些死者都是冻死在自家门口的，岂能忍心刨个大坑埋了，就是祖上有灵，也不答应我这不孝的后生的。

"老徐，"李筱楼对管家说："这些人都是死在粥场的，用大坑埋，天地不容。"

"那么，"徐月亭已摸透了主人的心思："是不是每个'倒卧'舍一口棺材？"

"李家也不在乎这一点儿。"

常言说："善材难舍。"但李善人家里却有个规矩，每当孝子跪门求"材"时，总要舍给一口"狗碰头"[1]。而今，腊月初八，又是幼子双满月，舍上几口棺材又算得了什么。李筱楼想了想，继续说道："跟刘家棺材店说一声，每个人舍给一口。"

徐月亭应声而去。李筱楼迎着西北风卷来的雪片，望着讨粥的人们，深深地叹息道："真是爱莫能助啊……"

傍晚时分，仅有的微光在西边停了下来，恋恋不舍地把余辉洒向讨粥的人们，当粥场舍到最后一勺时，漆黑的胡同里又倒下了几个人。鹅毛大雪把冻僵的尸体覆盖了一层厚厚的积雪……

李筱楼坐在暖烘烘的书房里，在几支红色大蜡烛的光线下，临起了碑帖。李筱楼临帖的习惯，尽人皆知。不论春夏秋冬，心境如何，几十年如一日，这仿佛是他的养生之道。然而今天，他好像有点心不在焉，那些死在粥场的穷人，犹如在混浊的激流中投了一块石头老在脑子里旋转着。他放下手中的狼毫长峰，木然地望着李鸿章书写的"备济社"三个字，顿时，对人间的不平，人生的善恶，世道的炎凉，像似一个巨大的问号，使他百思不解。是的，他曾有过"改良"和"变革"、"平等"之类的幻想，然而以自己的"官位"，又何以能成大器呢？但唯一能使他有权的，则是行善好施。他又重新拿起毛笔，饱蘸焦墨，摊开两条宣纸，凝神写道：

---

[1] "狗碰头"：指很薄的木板棺材，狗噬死尸时，用头可以撞开。

凡事需求恰好处

此心常懔自期时

正待落款，徐月亭进来了，他笑呵呵地看了看这七言绝句，说道："老爷，我……可从来没向您求过墨宝啊。"说着便对这两句上下联细细地品味了一番，又说道："如果我没说错，这恐怕是您的律己篇吧。"

"既然你明其理，知其意，那么，这就送给你吧。"说罢，提笔写上了上款："徐月亭先生雅正"，下款是："李世珍书于光绪六年腊月初八。"

徐月亭拎起对联，正在高兴，忽听自己的老伴在院里急喊："孩子他爸——，"而且推门进了书房。见了徐月亭，没好气地说："你忙嘛啦？还不快回去！弄得王疙瘩带了一伙人，骂骂咧咧的找到我们门上来了……"

"嘛事？"徐月亭把心一拎，皱起眉毛，生怕在主人面前失礼。

"你忘啦？"月亭老伴也顾不得男人的面子，直截了当地说道："这个月的工钱？……"

"啊！"徐月亭吸了口冷气，笑了笑说道："老爷的墨宝……我都看傻了。"说着便放下对联，掏出账本，翻出一列名单把账本在空中一晃，说道："我正是为了发工钱，才找老爷过目的。"

李筱楼深知王疙瘩的脾气，把手一摆，笑道："按时发给他们，不要过目了，去吧。"

当下徐月亭二话没说，拉着老伴出了黑漆大门，拐到大院，只见王疙瘩正叉着腰，准备吵架的样子。这王疙瘩一家是李家的"世袭"修缮队，老少十几口人，从上一代就在李家做工，诸如修房、搬家、搬运、架桥，都由王家承办。其中长者王克虎干活卖力，但脾气暴躁，右眼角还生了一个肉瘤，日久天长，人们把他的名字忘了，干脆就叫他"王疙瘩"。他今年六十开外，身子骨挺硬实，他干活不服输，嘴巴也不让人。今天徐月亭忘了发工钱，他晚饭后带着满脸的酒气，拉着修缮队就来找徐月亭。

王疙瘩一眼望见徐月亭来至账房，骂道："好哇，你个狗日的，我们全家都喝西北风啦。"

"您别生气。"徐月亭耐着性子说："刚才我正请老爷过目。"

"什么过木过铁的，该发工钱的日子不发钱，这是为嘛？别装蒜！"

"说实话吧。"徐月亭诚恳地赔着笑脸说："王大爷，我在看字……嘿嘿，耽误了一会儿……"

"什么鬼字？！就是李鸿章写的那块匾吧？"

"对，对对。"徐月亭顺水推舟地应承着。

"哼！你别拿总督吓唬我，没有我们王家架桥，他能过河吗？早就喂了王八啦！"

徐月亭吓得把食指竖在嘴唇上，用气声急忙制止道："我的爷，你可别再嚷嚷啦！"

"怕嘛！"王疙瘩一拍胸脯："我一不是太平军，二不是红灯罩，怕他个屁！少废话，快发工钱！"

徐月亭怕王疙瘩的这股蛮横劲惹出祸来，因而便忍气吞声地把王家带进账房，一个一个地发了工钱。

当王疙瘩接过钱时，用手一掂，双眉一拧，"哗"地一声摔在了桌上，瞪起一对陷在眸子里的带着血丝的老眼骂道："大过年的就发这几个钱，你他妈的这不是寒碜人吗？"

"你疯啦!"徐月亭忍不住地把眉一竖,火了。

"疯?你爷爷几代人都在李善人家里干活。三取书馆、清真义学、粥场、施馍场、书画学馆,没有我们王家他盖得起来吗?怎么?过年了,得子了,连个花红都没有?"

"那……"

"甭这个那个的,李善人一向都是'得子发材'[1]、'逢年放债',可我们干了一年,捞个什么?"

其时,早有人禀报了李筱楼,李筱楼对王疙瘩的脾气也了如指掌,生怕他闹出事来,对李家有失体面。他也没叫人传话,而是亲自叫人扶到账房。此刻,王疙瘩正在跳着脚骂账房徐月亭。

"吵什么?"李筱楼说着便进了账房。

"王大爷他……"徐月亭眼看把主人吵来了,很是内疚,然而也感到来的是时候。但话刚出口,王疙瘩接茬儿了:

"老爷,我王家几代人给您家修房子,保您家大业大造化大。可是眼下您老生了大胖小子,又逢过年,难道连个酒钱也不赏点儿?……"

李筱楼哈哈一笑:"就是为了这个?我老来得子,应当同喜。王大爷,别生气。"回头对徐月亭吩咐道:"今年每人分别给花红一石。"

王疙瘩一听,乐得直拍大腿:"这不结了嘛。"随后把脖子伸到李筱楼耳边,煞有其事地说:"老爷,听说您这位老儿子福气可不小哪。满月那天,嚯!说是一个'老家贼'[2]叼着一根树枝,'唰'地一下落到您的房檐上,把树枝一撂,回头就飞走了。您想,这福气

[1] 得子发材:是李筱楼的行善惯例,每逢李家添人进口,都要施舍棺材。

[2] 老家贼:是天津土语,指的是小麻雀。

有多大！"

李筱楼听了，微微一笑，而这一笑并非由于王疙瘩说了一些奉承话。而是对这一个劳累一辈子的老佣人抱有怜悯和同情。是的，他和王疙瘩是同龄人，老来贫富悬殊，自有悲天悯人之情。因而对徐月亭说道："给王大爷多发十块银元，过年打点酒……"

王疙瘩揉了揉耳朵，把眼瞪得很大，咧开大嘴笑了。

第
二
章
/

　　李叔同两岁时，全家搬进了粮店后街 62 号，这是李筱楼新置的房子，与原来的旧址只有一巷之隔。走进挂有"进士第"的黑漆大门，是前后两个住宅、两个跨院，这四个院落呈"锁头式"，整套房子共七十余间。前东边是一条红色栏杆和雕花镶边的长廊，直穿箭道。这里有一片修竹盆花、奇山异石的小花园，李筱楼为它取名为"意园"。在它的旁边，有一间西式建筑的"洋书房"，和东廊这边的"中书房"，不论从格局还是书种，都形成了鲜明的对比。

　　初夏，黎明来的特别早，曙光已从南窗悄悄地斜射到屋里，床脚下那只大花猫像是辛苦了一夜，还蜷卧在方砖地上，安闲地睡着。刚粉刷的墙壁已开始现出亮光，床头柜上的那个由李鸿章派人送来的洋娃娃，正歪着脖子望着窗外，好像正等待着文涛的来临。墙上那只德国挂钟 当当"地响了六下，李筱楼正想起床，奶母张氏已把文涛领到窗外，甜甜地叫着"爸爸、妈妈"。这年文涛已经五岁了。

　　文涛胖了，然而李筱楼却瘦了。他比以往好像迟钝了许多，走起路来脚后跟总是在地上拖着，拿起茶盅像摇铃似的，手不自主地抖动。山羊胡子上常常挂着口水，讲话已经连不成句子了。两年前，他曾想过如何写出遗嘱传下家业，不幸长子文锦病死，直到今年才把全部家业交给十七岁的次子文熙去管理了。

这天清晨，当文涛在窗外喊着"爸爸、妈妈"时，李筱楼的身体已发生了病变。他对文涛的呼唤听得十分清楚，然而却答不出话来，他想挣扎着起身，但已经不能动弹。此刻的王氏，委实慌了。她急忙穿上衣服，没及梳头便破门到院里，命管家郑三爷快请本家妻妾后代过来。二儿子李文熙闻声三步变作两步跑过来连叫了几声"爸爸"，而得到的反应，却是李筱楼那直勾勾的眼神和听不清的几句话。本来文熙颇懂医道，但他从来不敢为自己的进士老子诊断病情。因而，他急忙派人去请医生，不一会儿，日本大夫山畸，中医师张道斋先后赶来。山畸诊断为"脑栓"，张道斋诊脉为"中风"。王氏忙拉着文涛心急火燎地奔到地藏庵。望着地藏菩萨，"扑通"跪在像前，一边磕头，一边叨咕着"阿弥陀佛"，"求菩萨保佑"。此刻，小文涛学着妈妈那虔诚的样子也跪在地上，母子不知念了多少遍佛号，也不知磕了多少头。末了，王氏央求园妙和尚做佛事，并决心许愿求吉。

"大施主，"园妙和尚望着心急如焚的王氏，口念阿弥陀佛，说道："请不必急，是否先办一卷经，超度李家亡灵……"

"嗳。"王氏虔诚地连连点头："只要保佑文涛爸爸平安无事，我什么愿都愿意许。"

"李善人向来是普济众生，以慈悲为本。"园妙和尚久知李筱楼常以放生以修其德，故而说道："先放生，慰其心。我这里筹备经卷，邀请师众，共作道场就是了……"

这时，奶母张氏匆匆来至庙里，喘了喘气，笑着说道："奶奶，老爷说话了！"

"啊？！"王氏眼睛一亮："说话啦？"

"是啊，"奶母咽了口唾沫："他说了两个字，大伙一猜，是'放生'！"

"二爷知道了吗？"

"还是二爷先听出来的呢。现在，郑三爷已经去办啦。"

王氏听了，心里的疙瘩，像春雷过后的花蕾，一下子绽开了。

"快，"王氏兴奋得拉过文涛的手，往蒲团上一按，"乖儿子，快给菩萨磕头。你爸爸的病好了，多亏菩萨保佑。"

看惯了父母信佛磕头的文涛，听妈妈一说，急忙跪下去，小额头"噔噔"地磕在方砖地上，王氏顿时喜在眼里疼在心里。她急忙扶起孩子，并用手揉了揉文涛的前额，亲昵地说："乖儿子，妈妈疼你，啊！"说罢回头对园妙和尚作了揖，又说道："请您准备大经，我先回家看看。"说完，立刻领着儿子，和奶母一起奔到家里。

按医生嘱咐，李筱楼要绝对卧床，以防脑血管出血。但李筱楼凭借多年研究禅宗，笃信佛教，自觉佛性的悯世精神，已种下善根，因而他要"放生"，并执意要和往常一样，亲自监督。此刻的亲属，谁能拗得过，只好叫佣人扶出堂屋，半躺在一张细篾的竹椅上，由文熙和女眷们围着李筱楼说些开心话。

"生灵到——"大门外传进来的声音。

顷刻，王疙瘩扛着一个大笼子，走至李筱楼面前，把笼子轻轻放下。活蹦乱跳的麻雀，惊吓得在笼子里乱窜乱飞，拂起了地上的缕缕灰尘。这时，从地藏庵回来的王氏，一眼望见李筱楼半躺在院当中，便像个燕子似的急扑过去。

"叔同爸，好点儿吗？"

善人已无力回答，只在那无表情的脸上微微现出一丝悦色。似乎单等王氏回来，心中多一丝安慰。这时，他拼了力气，抬了抬那已经抬不起来的手臂，说出了一个"放"字，声音是微弱的。

王疙瘩听到"放"字说出时，立刻掀起笼门，双手举笼过顶，顿时群鸟破笼争逃，霎时间，三百只麻雀一个没剩，飞光了。

十月八日，地藏庵摆着李家几代灵位，做了一场超度亡灵的法事。

两个月后，李筱楼的病情恶化了。那些嘴里喊着"专治痰迷心窍、半身不遂、中风不语等疑难杂症"的卖野药的也想碰碰运气，甚至径直闯进李家大院，都被老管家挡住了。亲属们心中明白，此病只不过挨日子而已。

这几天，佣人丫鬟都不能擅自出入了，只能在堂屋侍候，屋里只有大姨太太郭氏、二姨太太张氏和三姨太太王氏轮流守着病人，每天只用点参汤吊着生命。

没几天，李筱楼已失去了知觉，合上眼只是昏睡。一日清晨，他似乎清醒了些，亲眷们围着他，只听他说道："家业……文熙掌管，别忘了给佛爷烧香，还有……放生。"他把视线渐渐移到文涛那恬静而带有十足稚气的小脸上，顿时，老泪纵横，嘶哑着的声音，清楚地说道："爸，要走了，读书……做一个像样的……人。"说罢，又直勾勾地瞪着他那充满泪水的眼睛。是的，他怎能忍心丢下这娇小的幼子而闭上眼睛呢。

文涛已悟出爸爸"要走了"的含义，他哭着闹着"爸爸，不要走……"然而，一棵枯竭的参天大树已经失去了新陈代谢及光合作用的本能，李筱楼咽气了。

在一阵忙乱和痛哭声中，给李筱楼穿上了进士朝服，使他坦坦然然躺在寿床上。此刻，全家老小无不伤心恸哭，文涛自不必说，站在停尸床前直拉爸爸的袖子，哭了一会儿，便被奶母抱开了。

次子文熙挑起了丧事的担子。但十七岁的文熙焉能主持这等大事，幸而总管徐月亭有经验，跑前跑后地张罗着一切。当下派人各处报丧，又命王疙瘩请来棚匠，搭起了遮天席棚，又请来园妙和尚组织法事。

第二天清早，八位僧人布好了道坛，吃了开经面，敲起木鱼、铙、钹等法器，念了一卷经。文涛站在和尚旁边，新奇地望着这些打击乐，神往地听着这迷人的佛经曲调，久久不肯离去。直到厨师给僧人摆上早斋，他才被奶母领走。

早斋很丰盛，素食美味，香气扑鼻，八位僧人团团围了一桌，刚要动筷，只见一个衙役匆匆进了大院，找到文熙递上了帖子。文熙看了帖子，赏了衙役十块银元，回头对账房屋里喊道：

"徐先生，快架浮桥，总督大人就到！"

满院亲友，肃然一愣。僧人眼巴巴地瞪着满桌的美斋，却没敢动筷，急忙合掌随众到河岸去迎接李鸿章。王疙瘩也毫不怠慢地带领一家人，很快架起了浮桥。此刻，身穿重孝的李家男眷、包括五岁的文涛，一齐来到河岸。不一会儿，一顶八抬大轿在侍卫们的簇拥下缓缓而来，家人上下触景生情，不禁凄然泪下。当李鸿章走出轿子，见到晚辈们披麻戴孝压压茬茬跪了满地。禁不住哀然心酸，连忙扶众，没讲一句话。

李鸿章随着孝子来到正厅，对着身穿进士服的李筱楼拜了四拜，男女亲属不免全部跪地陪吊，哭声一片。只听李鸿章哭道："我的老世兄……愿你在天之灵，恕小弟来迟……"也许是官位在身的原因，他没流一滴泪，哭了一会儿，被文熙搀扶着进了"洋书房"。丫鬟献上素茶，他喝了几口素茶，便以长辈的身份，问文熙道：

"孩子，这丧事你打算？……"

"打算……"文熙懵了，结结巴巴地说："先办两卷经，然后……"

"傻侄子，"李鸿章已料到善人的后代缺少经验。他认为，这丧事，如草率办理，不仅对不起李家世兄，就连自己这同科总督的老脸，也不好看。他眯起老眼轻轻地说道："李家如果有人伤风了的话，全天津的人都会打嚏喷。"他停了停，望着文熙那凄凄哀容，说道："你父丧事应该隆重，我来帮你们办吧……"

文熙一听，心里乐了，他正愁丧事没人做主，不料老天爷有眼，派了总督来主持，当下，放下了大半心思，然而他没敢笑出来。而是尊敬地说：

"伯父，恕小侄进一言，不知大人答应否？"

"请说，孩子。"

"我想，请伯父大人为先父'点主'。"

"可以，当然可以。"李鸿章呷了口素茶。

这时，郑三爷带了一位"画影"的先生进来，文熙吩咐：

"停止吊丧，闲人回避。"他陪着李鸿章回到了洋书房。

大厅里只剩下画影的先生和郑三爷。其他人不得靠近。画师托起画板，拿起细条炭笔，掀开李筱楼的衾单[1]，认真地端详了李筱楼的遗容，迅速地在画纸上勾出了一个头像的轮廓，再根据眼缝的长短，画出了一对活人的眼睛。画师在李筱楼的脸上又仔细地看了一会儿，把衾单重新盖上，说道：

"请善人的儿子，对照补容。"

"请哪一位？"郑三爷问道。

"都来。"画师说。

须臾，文熙带着自己的小弟弟文涛进了灵堂。画师一眼就看中了文涛，高兴地说："小儿子最像，而且，在他的脸上，还可以为他父亲补充一些灵秀之光。"

———————

[1]　衾单：系丧事用语，指蒙在死者脸上的白布。

小文涛为父亲遗容的准确性，给画师当了半天"模特儿"。最后，一张又大又准确的李筱楼遗像，镶在特制的大镜框里，悬挂在灵堂正中。

洋书房里，李鸿章正在和李文熙、徐月亭等交代丧事的规模，末了，他对徐月亭吩咐道："通知上下，辛苦七七，过后再歇息。关于善人家的丧事，不能草率从事。否则，要重责。"

这时，文熙微笑着望着李鸿章，问道：

"这'铭旌'是否请大人挂衔？……"

李鸿章微微点头，只是"噢"了一声。徐月亭急忙把准备好的一条丈长的红绫摊在铺了毛毡的画桌上，早有家人递上了笔墨端砚，李鸿章站起来，捋起袖口，挥笔写了十七个大字。

"大清进士吏部主事显祖李筱楼大人寿奠"。

徐月亭刚要挑起"铭旌"，李鸿章把手一摆，"慢着。"

"是，大人。"徐月亭一愣，心里毛悚悚的。

"取帖子来。"总督似乎想起了什么，徐月亭连忙递上白帖，只见李鸿章用流利的小草写道：

马三元贤弟钧鉴：

世兄李筱楼于昨日不幸逝世。筱楼乃津门赫赫善人，为念其救世之贤，悼其银钱业之功，其丧事应为慎重。尤其筱楼乃吾世兄，又系当朝进士，官职吏部主事，故烦贤弟亲自为其白事祭门，以增其科第之荣。

写好落款，装入帖封。封面写着："天津卫警察局，马三元钧鉴"，下边写了一个"李"字。

这马三元乃天津卫的警察局长，此人目不识丁，乃武夫出身，因一次拼着性命捕捉要杀李鸿章的刺客而腾升。由一个巡捕晋升为警察局长。当下，马三元接到李鸿章的亲笔帖子，乐得像得了圣旨一般，他连忙安排了一下衙里的事，立刻率领十名亲信直奔李家大院。进门见了李鸿章就磕头，口喊："总督大人，卑职马三元奉命前来听使。"

"免礼，"总督保持矜持的态度，没立起来，说话很干脆，"你来得好，李家的白事，就请你祭门，晚上由弟兄们轮流替你。"

"小的明白。"马三元站起身来，带着武夫的神气说道，"请大人放心，有我马三元，那些小蟊贼子，就别想进来。"马三元的话，似乎驴唇不对马嘴，旁边的人差点儿笑出来。

"去吧，"李鸿章没抬头，眯合着眼："去给先人磕个头。"

马三元带着十名弟兄，来到李筱楼寿床前，磕了头，由郑三爷安排了住处，马三元立刻独自站在大门外，和小石狮子做伴去了。这下，马局长为李善人祭门之事，当作新闻传开了。

这么一来，府道州县大小官员都知总督在李家主丧，谁敢不来？使这条狭长的粮店后街，像朝廷点卯似的，车水马龙川流不息，名为李筱楼吊唁，实为见一见总督大人，以示对总督世兄的缅怀。

是夜，五十僧众做了普济法事，还做了一场"焰口"。这是佛教念经的一种独特形式，有道白，有歌唱，像是一场清唱剧，因而使孩子们都听入了神。为首的主持和尚，坐在几乎碰了顶棚的高台子上，当唱到"无量圣佛……"时，抓了一把打发小鬼的"买路钱"，往地上撒去，只听哗啦一声，原来是活人用的铜钿，孩子们趴在地上，嘻嘻哈哈的追赶着乱滚的铜钿，捡完了铜钿，那一对对的小眼睛直勾勾地望着老和尚，盼望着再撒一些"买路钱"。

翌日，天空微微现出鱼肚白，几只大花猫正弓着腰懒洋洋地打着呵欠。守灵的孝子文熙正在太师椅上困倦地闭着眼睛。整个大地还未复苏。突然，马三元对着大门喊道：

"材到，材到！招财进宝！"

院里人被这一吆喝，都惊醒了。马三元接着又喊了一遍。这时，人们才听明白，原来赶制的棺材抬来了。

"妈的"，郑三爷骂了一声："这是什么吉利话？"

棺材店送来一口十六"杠"的大棺材。杠夫们吃力地迈着整齐的步子进了院。文熙揉了揉眼睛，抖起了精神，指了一下院中央："停在这儿！"

好一口棺材：八寸厚，板无痕，盖无隙，光似银，色泽陈，五百斤。千年不朽老柏木，几代能把遗体存。女眷们见了棺材，痛哭欲绝。

文涛被哭声惊醒了，拉着奶母要看妈妈。当他来到院里，王氏已哭哑了嗓子。文涛见状，猛地扑在妈妈怀里，"哇"地一声也哭起来了。

王氏搂着文涛，丧夫之痛，怜子之情，仿佛有一只无情的大手，撕裂着王氏的心。

夜里，李筱楼的遗体入殓了。不用分说，全家老小，男女佣人，亲朋宾客，无不为筱楼的殡殓而号啕大哭。这时，文熙捧出先父的灵牌，猛地跪在李鸿章面前。文涛捧着珠红小碗，学着哥哥的样子，跪在文熙旁边。李鸿章看了看这块灵牌，上写着：

"王　显考大清进士李筱楼大人之灵位。"其中除"王"字外，均为黑字。李鸿章接过毛笔，饱蘸珠红，在红色的"王"字上方，端端正正地点了一个"、"。然后，兄弟二人磕了孝头，把灵牌供在棺材之前。

李鸿章为李善人"点主"之后，第二天便打道回府了。

弹指"七七"已到，李鸿章设"送灵棚"十处，马三元调来大批巡捕护灵。文熙打幡引灵。十六杠的灵柩在孝子身后，接着是五十高僧，五十真尼手执法器，击乐诵经。后边五十个道人手执笙、管、笛、箫、云锣、铙钹、堂鼓等乐器，吹吹打打，好一派隆重葬礼。接着便是亲朋至友、府道州县各级官员。其间几辆马车，乘坐着王氏等女眷。

灵柩送到天津郊外张新庄李家坟地，和已故的原配夫人姜氏合葬了。

李家大院又恢复了正常。也许是伤心过度、疲劳已极，几天来没有什么声息，像一潭死水，平静而没有生气。然而王氏的心却像一面云锣，被生活的锣锤敲击着。几天来她寡言少欢，面色清疲。眼前的一切，使她失望、孤独、渺茫，默默地思忖着日后的苦果何时吃尽。她怨恨自己是个女人，她可怜这叔同尚在年幼，她后悔从命于做了小太太，她报怨老夫死得太早，她怀疑自己前世作孽……尽管全家上下依然如故，但在二十二岁的王氏，像似坠入了无底深渊，使她凄然无依。

凄风未息，又飘来了苦雨。

两个月后，奶母张氏笑模悠悠地来到王氏房中，用探求的眼光瞅了瞅王氏。然后靠近王氏耳边，悄悄地笑道：

"小奶奶，我呀，想跟您说个事儿。"

"说吧。"王氏一边拨弄着炭火盆，一边问道："嘛事？"

"其实，我到善人家当奶妈，是为了养活我的孩子。刚来时，我怕您嫌我不全科[1]，我就没敢说我是个寡妇。"王氏一听，心里"咯噔"一下。整个人像被海河冰封了一样，感到十分压抑。她苦笑笑，示意让奶母说下去。

"我……一个年轻轻的寡妇，守，也可以。但我又想，要守到哪一站为止呢？我知道，您待我像姐妹一样，可我这一辈子，总得有个

---

[1] 全科：旧时指一家有夫妻、父母、子女齐全的人家。

靠啊……"

"哦……"王氏木然地望着奶母，心里颇不是个滋味。

"您瞧。"奶母指着在炕上读《百家姓》的文涛："小公子我也给您养大了……"王氏见奶母已把话题岔开，急忙问道：

"那，你的孩子呢？"

"在乡下姥姥家养着呢。这不，昨儿个他姥姥来啦，我们娘俩拉了半天呱。您猜，他姥姥干吗来啦？说起来您别笑话，是劝我走道儿[1]。她劝我'年轻轻的守什么寡呀，你还想立牌坊？妈给你寻了个人，是个庄稼汉，人心不错'。我也是这么想，只要人好，穷点怕嘛呀。"

王氏的心脏，像被奶母捏了一把，猛地收缩了一下，然后突突地跳着，她竭力不使自己的命运和奶母联在一起，只是强作笑脸，带着鼓励的口吻说：

"这是长辈们开通，老人们见识广，总是为了你好。"

"您……"奶母激动地哽咽着声音说："您也这么想。"

"嗨，"王氏苦笑着说："世上寡妇走道儿的多呐，这年月谁笑话？不要顾前思后，孤儿寡母的日子不好过……"王氏沉吟了一会儿，果断地说道，"那么，你就收拾一下。"

"不瞒您说，"奶母揩了揩眼泪："我已经收拾好了。"

"那我就向你道喜了！"

"哟！瞧您说的，爷们儿长得什么德行还没见过啦，您就……"奶母破啼为笑，而且笑得很甜蜜。

王氏信手打开首饰盒子，拿出三十块银元，递给张氏："这点，

---

[1] 走道儿：天津土语，指寡妇再嫁的俗称。

就算是我送你的陪嫁吧……"张氏捧过钱，猛地跪在王氏面前：

"谢谢小奶奶。"

炕上读书的小文涛，不知出了什么事。下炕穿了鞋，走过来问道：

"妈，张妈妈干吗要走？"

王氏紧紧搂着文涛，哭了。这泪水包含着多少辛酸、矛盾、思念之情啊！然而，心中却默默地泛起一个"节"字。因为她感到：寡不守节，焉讲妇道。她，甘愿忍受一切……

第
三
章

/

　　脱去缟素，换上吉服，眨眼过了三年。

　　八岁的李叔同，对父亲的一切，像是一片无形的幻影，既清楚又模糊，但正厅那张大幅遗像，他永远认得——这是爸爸。

　　故人已去，家境依旧，历历在目的则是那些父亲的遗物，尤其是那间宽敞而铺满天津地毯的大书房，文涛在这里一待就是半天。中间一张大理石镶面的紫檀木八仙桌，一盆四季如春的玳玳，俨若峻岭参天，蔚为壮观。正面掩墙的一片樟木书箱，藏书万卷。两旁一对藏古纳珍的乌木百宝橱架，布满了琳琅剔透的珍贵古董。靠院的两扇木格子窗前，各有一张铺满羊毡的画桌。左边桌上，紫锋、京提，大大小小挂满了转盘笔架，龙门古墨，广东端砚，明代水盂和鼻烟壶式的沙釉颜料碟，排得十分整齐。右侧桌上，一只镀银镶边的玻璃盒里，堆积着各地的印章石料、刻刀和一对宝蓝色花纹的唐代朱砂印油盒。七层大纸橱里，叠叠的安徽宣纸、撒金红宣纸、大红纸、毛边纸和赵、颜、柳、王等十大名家的石碑拓本。这间书房，对小叔同来说，就像他向往的"大世界"，使他逛不够、看不厌。尤其对那些悬挂在白粉墙上的山水、花卉、夜虎、风竹、仕女、书法等名人字画，更是百看不厌。

他也有一套"文房四宝"[1]，那是二哥文熙送给他的。四岁学习书法，临摹了颜、柳书帖颇有长进。五岁即从母亲王氏习诵名诗格言。六七岁时，二哥文熙督教极严，不得少越礼貌，每日授以《百孝图》《返性篇》《格言联璧》等，又攻读《文选》。这年文熙请来秀才常云庄来家设馆教学。叔同更是如鱼得水，授业老师常云庄常常对这个小学生的天赋和韧劲惊叹不已，特别对那日诵五百、过目不忘的本领尤为惊异。每当王氏拜谢老师时，常云庄总是笑着惊呼："老弟智力过人，吾辈无可教矣！"说得王氏心中像抹了一层蜜糖，感到甜滋滋的。

随着岁月的消逝，隐藏在王氏心底的孤独、悲世、渺茫之感，似乎淡漠了，就像瀑布冲激下的那块石头，渐渐适应了这无情的世道。在她看来，这是自己命运的必然历程。唯独能慰藉着这颗冷却的心的，就是这个聪明过人的小叔同。这是她勇于走向人生历程的精神支柱。她依旧虔诚地信佛，常为地藏菩萨塑像镀金。

腊月初八，李家照例舍粥施馍。这年冬天不同往年，天寒地冻，北风飕飕。地上冻开了寸宽的裂缝，连麻雀都不愿出巢，然而讨粥的人们仍是人山人海。这年，直隶省出现了稀有的旱灾，庄稼人实在活不下去，值此年关，干脆携儿带女逃往天津卫。因此，有点心眼的穷人，除了在"备济社"讨碗热粥之外，必然要到粮店后街62号，喊一声"老爷奶奶……"以讨得两个铜板。

这天，在讨饭的人中，一个穿着蓝布白花粗布上衣、棉裤腿上扎了一条麻绳的妇女，三十以下的年纪，在李家大院外边转悠了半天，不敢进门。末了，还是壮了壮胆子，理了一下乱发，拍打了一下裤脚上的灰尘，径直往里走去。

---

[1] 文房四宝：指笔、墨、纸、砚。

"这位大嫂……"打发讨饭的王奶奶上前一把拉住说："别进去呀，我给你就是喽。"

女人一笑："哟，王奶奶，您在这里干吗？"

"打发要饭的。"

"您不认识我啦？"

"眼花喽……"王奶奶眨咕眨咕眼睛，细细地端详了一下来者，"你这位大嫂，我……我怎么看不出来呀？"

"王奶奶，"女人苦笑笑，不好意思地说："我是文涛的奶娘！"

"……怪不得好面熟啊。"王奶奶一把拉起奶娘那冰凉的手，上下打量着，"哎！可怜见的，瘦得我都认不出来了。"

奶妈凄然一笑。王奶奶关切地问道：

"这几年……都在乡下？"

"嗨，甭提啦。"奶妈叹了口气："百年不遇的大旱，连榆树皮都吃光了，没办法总不能让孩子饿死啊……"

"孩子呢？"

"在外边，他爷俩死活不敢进来。"

二人正说着，只听大门外一声震耳的喊叫：

"来——镖——了！"

这是镖行老大的声音。王奶奶急把奶娘拉在门边。接着，徐月亭出来打了前门，只见十个挑夫挑着几十箱财物，在十名身穿短打、手持单刀的保镖护送下，由塘沽盐田引地出发来到李家。徐月亭把前院柜房打开，卸下了财物，镖老大当面交了账，领了押镖钱，带着弟兄们宿花地去了。这边，十个挑夫领了赏钱，笑得咧开了大嘴。

院里的女眷们听说来镖，都回避到自己屋去了。书房里的李叔同，听到镖头的威喊，跑到前院，好奇地瞅着这些财物，不料被大门边的奶母张氏发现了。

"哎呀，王奶奶，这不是三公子吗？"

"是啊。"王奶奶把"是"字加重了语气："走，咱们过去，看他能认出你吗。"说着便拉了张氏来到叔同面前。

"文涛，还认识吗？"王奶奶笑模悠悠地问道，"你看看，这是谁？"

叔同一抬头，见是一位面容蜡黄、头发蓬乱的乡下人。仔细一看，不禁"啊？"了一声，跑过去猛地抱住奶娘的胳膊，不断地叫着"妈妈"，张氏见此情景，鼻子一酸，眼泪刷刷地流了下来。此刻，她是多么想抱一抱这个由自己奶水喂养大的孩子，又是多么想亲一亲这张看惯了的小嘴巴。然而，她没那样做。

"记住点！"王奶奶忍着泪，笑了笑说，"父母是亲，奶妈是恩，再破的庙里有真神。"

叔同点点头，把奶妈的胳膊抱得更紧。张氏用棉袄袖子抹了抹泪水，哽咽着说。

"好孩子，别弄脏了你的衣裳。"

叔同哪里肯听，拉着张氏说道：

"快，到我娘屋里暖一暖和去。"说罢，拖着张氏就走。王氏见儿子领进来一个面容瘦瘦、衣着褴褛的乡下穷人，一下子愣住了。

"娘"，小叔同喊着："这是我张妈妈呀！"

王氏一怔，忙叫张氏坐在靠炭火盆的一张木椅子上，细看了一眼这位形容憔悴的女人，啧啧了两下："怎么瘦成这个样子啦？"张氏苦笑了一下，随后把农村的年景说了一遍。末了，张氏毫不隐瞒地说：

"为了一家人活命，这次出来，是讨饭的。"

"那……孩子他爸爸呢？"

"哎，"张氏无可奈何地摇摇头说，"打短工没人要，也出来了。刚才，我让他进来，他死活不肯来。他说快过年了，穷人走大户，怕您家嫌不吉利。"

"怕嘛呀。"王氏提高了嗓门："这些日子来的人多着呢。穷，就不串门走亲啦？真是。"

半天没吭声的小叔同，望着这满面愁容的奶娘，心里怪同情的。他一直在为奶娘的"穷"而动脑筋，忽地眼睛一亮，说道：

"娘啊，张妈妈家里没钱，我倒想……"

"傻孩子，"王氏不以为然地说，"你有办法？……"

"娘啊，你别打岔呀。外边卖'年对'的蛮多。"

张氏笑了："乖孩子，亏你想得出。你大叔是干粗活儿的，一不会写字，二没有本……"

"钱"字还没出口，叔同抢着说："张妈妈，你听我说呀，昨天，我跟郑三爷到娘娘宫买年货时，看到很多人买对联和大'福'字。您要愿意卖，不要本钱，我家里有大红纸。"

这两年来，叔同一直临摹北魏龙门一派的书体。他每日鸡鸣而起，执笔临池，眼下已到碑帖过眼即能神似的程度。他习用《张猛龙碑》笔法，虽是年幼，像已脱了"稚"气，稍不留心，哪怕是书家巨子，一下子也很难揣度这是一个只有八岁的孩童所书。而今，他听了奶娘的一番苦衷，立刻动了恻隐之心，然自度个人的能力，唯一能使奶娘渡过这一苦海的，莫过于"卖字"。这时，他不容别人分说，像个大人似的说道：

"叫大叔摆摊，小哥哥裁纸研墨，我来写。"

这个决定，似乎没有谁能有理由反对。王氏只是未置可否地笑了笑，张氏乐得直用舌头舔嘴唇。末了，就这样定了。

大书房里变成了两个同龄孩子的天下。小狗子研墨，叔同挥毫，半天的工夫，这间大房子变成了"满堂红"。桌上、地上、书架上，一条挨一条地挤满了"招财进宝""抬头见喜""福如东海""寿比南山""诗书继世""忠厚传家""年年有余"等春联和大"福"字。一连写了七天，奶娘张氏的丈夫，一直卖到腊月二十三。临走时，奶娘一家捧着赚来的八块银元和几吊铜板来到李家辞谢，王氏又赠送了三块大洋，张氏激动得合不上嘴，道了半天谢才回乡下过年。

李叔同写对联的消息一下子传开了。然而越传越邪乎。

"听说了吗？李善人家的'书童'，善写对联，讨副对联连纸钱都不要。"好家伙！讨对联的人接二连三，都来了，忙得王奶奶连饭都顾不上吃，王氏心里提心吊胆，生怕儿子累出病来，二哥文熙见此情景，觉得过年讨副对联，也是吉利，因而也就让弟弟任性去做。

日子一久，人们才知道，所谓的'书童'，乃是李善人的最小公子李叔同。

冬雪飘飘，寒风朔朔，一连下了几天大雪。王氏屋里暖烘烘的，那只鼎式红铜炭炉，都被炭火烧红了，和那对蜡烛相比，似乎有些喧宾夺主的样子。王氏借着火红的光线，给儿子试穿了一件过年的新皮袍。这皮袍乃叔同的侄媳柳氏亲手所做。

柳氏乃是李叔同大哥李文锦的儿媳妇。文锦比叔同长五十年，娶妻闻氏，生一子，名仁章。不幸父子皆在二十五岁时病逝。因而李家长门只剩下闻氏和柳氏两代寡妇。这柳氏今年二十六岁，为人忠厚，奉婆极孝。她乃清室官宦人家出身，颇通经理，她和文涛母亲王氏系同年同月生人，二人相处甚笃。尽管二人同岁，柳氏却得称王氏为"奶奶"。尤其筱楼去世，这两位隔代寡妇更是亲密无间，柳氏特别喜爱这个聪明伶俐的小叔叔文涛。因而，她亲手做了这件灰鼠小皮袍，表示对三奶奶房里的一番心意。小叔同穿上了这件古铜缎面的小皮袍，心里怪满意的。母子对着镜子一照，都笑了。这时，从镜子里看到王奶奶掀门帘走了进来：

"不好了！"王奶奶喘着粗气说。

王氏母子一惊："出了什么事？"

"闻大奶奶过去了！"

"啊？！"文涛听说大嫂过世，颇吃了一惊。

"没灾没病的，"王氏叹息道："早上还好好的嘛！"王氏拉着叔同急奔闻氏屋里。果然，老妈妈们正在七手八脚地料理着。柳氏已经哭死过去。王氏急忙命丫头们将柳氏抬到自家屋里，文熙慌忙地来到嫂子屋里，见嫂子面色青紫，眼往上翻，断定这是突发心脏病而导致猝死。

李筱楼的大姨太太、七十岁的郭氏，站在长门儿媳的尸体旁边，只是哭个不止，王奶奶怕她哭坏身子，连拉带劝地拖开了。

转眼快到年三十了。然而，漏船偏遇顶头风。就在这除夕夜里，李家在合家拜年的时候又少了一个人。谁？闻氏的儿媳妇柳氏。

有人惊叫一声："不好啦，仁章媳妇也死了！"

"啊？！"全家上下大惊失色。文熙第一个冲出佛堂，通过甬道，来至柳氏房间，只见柳氏横卧在炕上，他上前拉过柳氏一只手，急急搭脉……已经断气了。他又端过蜡烛望了望柳氏面容，只见两眼微睁，嘴角流出津津鲜血，凭他多年研习中医的经验，判定是吞金自杀。在烛光照拂下，墙角下的丫头小翠，正在瑟瑟发抖。文熙朝她一瞪眼：

"你……怎么不知道？"文熙真想发火。

"二老爷，"小翠哆嗦着解释道："这不怪我，她叫我守在灵堂，还叫我别离开一步。她说要睡一会儿，千万别惊动她。"小翠"呜"

地一声哭了。

亲属们都来了。文熙的脑神经负荷量，似乎超重了，他只觉头上"嗡"了一下，一个趔趄，差点栽倒。这时，他真有些六神无主了，就是见过世面的长者，也经受不起这样的噩耗。然而，他也知道，在这个家里，弟弟年幼，这副担子无论如何也要挑，回避是不可能的。于是，他定了定神儿，朝死者瞅了瞅，像是自言自语地说：

"我侄媳是有准备的，她已经穿上了出嫁时的衣裳，要尊重她，不穿装裹了。"回头对刘大爷说："快准备铺金盖银，上等的寿枕。通知刘掌柜，抬寿床来，与我嫂子合灵！"

尽管文熙十分镇静地指挥着一切，然而合家老小仍是惊魂未定，人人心里结了个疙瘩。

"王奶奶。"文熙又说话了："快去找几位妈妈替我侄媳整理干净……"

此时，丫鬟们送进来好几支蜡烛，顿时，屋里犹如白昼一般。王奶奶带了两个女佣人正动手把柳氏放平，突然，一个小镜框从她身下露出来。王奶奶一怔，不禁"嗯？"了一声，伸手拿起这尚有人体温度的小镜框，朝外屋喊道：

"二爷，你来看，这上边还写着字儿呢！"

文熙转进里屋，接过来一看，只见是一篇遗书，上写道：

"我夫亡后，婆母待我如亲女。如今她老人家已升天，余念其年老没人侍候，我陪婆母一起去了，以尽孝道……"

李文熙拿着小镜框，一连读了三遍。

"哥，我看看。"小叔同听了报丧之后，一直在柳氏房中。由于人小怕事，又躲在暗角里，也没人注意他。当他听到"镜框"二字时，早就想看个究竟，然而哥哥拧眉阅读时，他没敢靠前。此刻，他见哥哥脸色苍白，直愣愣地立在那里，他才蹑手蹑脚地走过去，从哥哥手中接过了这面小镜框，细细地看了几遍。

"二哥，"小叔同指了指镜框里的文字，怯生生地说："这是一张遗书，也是一篇'尽孝书'，她是节孝双全呀！"其实，叔同只不过宽宽兄长的心罢了。然而在文熙心上，却打开了一叶窗扉。

"此话有理！"站在大厅门边的郑三爷一拍大腿，威声粗气地说："大少奶奶的死，是该受封的。"话刚出口，人们的表情变了。个个把眼瞪得很大，希望他说下去。"因为，"郑三爷扫了大家一眼，带着富有经验的眼神儿说道："她的死，完全是为了'尽孝'，节妇尽孝，难道，朝廷不赐封？"

老一辈的郭氏、张氏和王氏听了这话，感到十分在理儿。一向不肯讲话的王氏，也许与柳氏有特殊的感情，讲话了。她的声音很轻，像是对自己讲一样：

"自古皇上恩赐节妇孝女，依我看，要禀奏皇上，恩典赐封。"

郭氏老太太未置可否地苦笑笑，掏出烟袋锅，一边装着烟，一边自言自语地沉吟着说：

"哎……我们李家也是一本《红楼梦》哟。"

这时，刚进来的管家徐月亭，已听明白了在讨论什么。他咳嗽了两声，说道：

"这个'节妇尽孝'，是要册封的。但禀奏皇上，需要县太爷的奏章。等一会儿姚品候县太爷要来拜年，他又是文熙二爷的大舅子，这事，交给他不就结啦？"

几句话说得大伙儿直点头。正在这时，只听刘大爷在院里喊道：

"二爷，有客人来啦……"

文熙撩起袍子，离开大厅，只见从甬道走过来大书家赵幼梅、表亲王伦阁、县太爷姚品候、秀才常云庄……李文熙拱着手，笑容满面地迎接着亲朋。

外边的爆竹震天，来李家拜年的亲朋络绎不绝。然而，人们只知道李筱楼的大儿媳妇闻氏过世，但谁也没料到闻氏的儿媳妇柳氏也在年三十吞金自杀了。也许是图个吉利，就没对拜年的人张扬此事。但近亲们谁不想在大年初一对闻氏吊唁一番呢。可一进灵堂却吓得两腿直哆嗦——两具女尸。只见一样的帷帐、一样的寿床、一样的衾单、一样的铺金盖银。唯一不同的，则是柳氏的帷帐上没挑起"铭旌"、没挂画影遗像。

灵堂里的亲友，像走马灯似的，来来往往，然而却不能放声大哭，因为是大年初一。

佛堂里的亲友，像捣蒜锤似的，磕头拜年，然而却不能放声大笑，其时还有丧事。

夜空的星光闪闪，寒气袭人骨髓。李家大院上上下下累得精疲力尽，都提早钻进了屋里和衣而卧。灵堂里的郑三爷和王奶奶，把棉被裹在身上，不一会儿，鼾声呼呼地睡着了。几十只花猫有的钻进厨房，围着锅台"喵喵"地直叫唤；有的钻进灵堂，跳上供桌，吞吃着雪白的大米饭。

是夜，整个大院静得可怕，只有"意园"里的一片花草被西北风吹得唰唰作响；除了灵堂里的四支白蜡烛还摇曳着光亮外，几十间房子都熄了灯火，周围显得格外冷清清、黑洞洞、阴森森的。唯独王氏屋里还亮着光。

说也奇怪，二十四小时没合眼的小叔同，此刻却一丝睡意都没有，坐在炕沿上直愣神儿。娘急了：

"快点睡！明天拜年的人来得更早。"

"唔。"叔同心不在焉地说:"您先睡吧。"他的眼睛一直盯在这件合体的皮袍子上,满腹充满疑团和悲怆。他懒懒地打了一个呵欠,还是没有睡意,心里不停地翻腾着。老实说,对柳氏这种痛苦地尽孝,其价值如何,在他这小小的心灵中始终是一团阴影。不管怎么说,柳氏死得太惨了。渐渐,他脑海里现出了柳氏那笑呵呵的面容。这时,他蓦地想起灵前还没有一幅唤起人们怀念的相片。然而这活生生的形象就在他的心里。

他决定给自己的侄媳妇画个像。

"娘,我去一下就回来。"说话时,早已把纸笔捏在手里。

"冰天雪地的,到哪儿去?"王氏直纳闷。

叔同没有回答,掀起棉门帘子就出了屋,岂知刚到院里,看不到一点儿灯火,听不到一点儿声息,加上风卷残叶沙沙作响,再往甬道望去,伸手不见五指,一团漆黑,想想灵堂里的两具婆媳尸体,有些毛骨悚然,迟疑间,一阵西风迎面扑来,把手中的白纸吹得呼啦啦直响,像有人要从他手中夺走一般,他委实慌了。

"岸子[1],"王氏披上棉袄,推开门帘子冲着院子便喊:"岸子,干吗去?快回来!"

小叔同返回屋里,再看手中的白纸,早被大风给撕碎了。

"儿呀,"王氏对叔同的悲哀之情,已猜透了八九分:"我知道,平时你侄媳妇疼你,你心里难受,可她已经去啦。平时多给她们婆媳烧点纸钱,就是对得起她们啦。"

"……"叔同只听着母亲的劝说,但他心里仍然盘桓着这幅画像。

"快睡吧!"

---

[1]  岸子:是母亲取的名。因王氏信佛,曾记"佛法无边,回头是岸"而取此名。

"您先睡吧，娘。"叔同说着又裁了一张白纸，伏在桌上构思着柳氏的脸形。王氏以为儿子在写字，也就不再说话了，只是随便往炕上一躺睡着了。当她一觉醒来，发现岸子还没睡。

"岸子，干吗还不睡？"王氏一翻身坐起来，探着头往桌上望过去："哟！你在给侄媳妇画影啊？"

"嗯。"叔同朝母亲望了一眼，信手把画像一举："娘，我按照画影先生的办法。您看像吗？"

王氏披了棉衣，下了炕走近桌前，借着两支大蜡烛光线，眯合着眼瞅了半晌，渐渐，嘴角下流溢着母亲特有的微笑。是的，她笑得很自然，但也很凄然。她轻轻地抚摸着儿子的头顶，眼睛不停地在画像上寻找着柳氏的特征，啊，耳边还是那朵绢花，两耳垂着一对金耳环，头发溜光而秀气；上身还是那件柳氏平时最爱穿的宽领左大襟的团花丝棉袄，尽管五官的比例不甚准确，然其柳氏嘴角下的那颗美人痣却点画得颇具风采。

"岸子，"王氏安慰着说："这张像画得真不错，但是鼻子眼睛和嘴唇之间还不太准确，挂出去恐怕人家说不像。我看，你的心气儿到了，就行了，啊。睡吧。"

小叔同没吭声，也没看妈一眼，只是盯着这张画像。这时节，他没去考虑像与不像，而他眼前的却是柳氏的音容笑貌和善良而文静的性格，他仿佛看见柳氏正在笑模悠悠地捧着一件亲手缝制的小皮袍进到自己屋里；他仿佛听到她正和自己的母亲促膝谈心……

"娘，"叔同的鼻子一酸，"呜——"地哭了。

"岸子，别太难过了，啊！"王氏一边劝着儿子，一边把岸子的头搂在自己的胸前，她，也哭了。

"娘，为什么这么好的人……愿意早死呢？"

"哎！……她也是没办法才走这条道啊！"

"难道每个节妇尽孝……都要自杀吗？"

"不自杀，皇上怎么封她呢！……"

叔同哭得更痛心了："娘，我真不懂，为什么皇上他……一定让好人去死呢？"

母亲无言以对，只是母子抱头痛哭。但是叔同心中的问号，好像越来越大。

初二，守灵的王奶奶一早就醒了，她朝周围看了看，见郑三爷还没醒，便先到厨房洗了脸，回来正想叫醒郑三爷，发现供桌上的饭没了，禁不住惊叫了一声，只觉得脊背发冷：

"三爷……快！快醒醒！"

"嘛事，"郑三爷猛地一下坐了起来。

"显灵啦！"王奶奶惊魂未定，唏嘘地说："大少奶奶把供饭都吃光了。"

郑三爷一看："可不是！"他站起来，把被子一卷丢在椅子上，踮脚走至供桌前，看了一眼，不禁打了个寒颤："这事，先别讲出去，不然，大少奶奶要怪我们的。"

"哎！"王奶奶深深吁了口气："我想，这碗饭不是她吃的，准是拿着孝敬婆婆去啦。怪可怜的！……"

尽管二人商定不讲出去，但"怪事行千里"，还是讲出来了。登时，对供饭倍加讲究，生怕婆媳二人变成饿鬼，又增添荤菜。

打这天起，花猫的伙食就越来越好了。

第
四
章

/

翌年，李叔同九岁。

扶丧即毕，但柳氏没有赐封，也没立牌坊。原来姚品候写了一纸请封的奏章，交给了总督大人李鸿章。不料英帝国主义从印度经哲孟雄（锡金）向中国西藏地区发动了侵略战争，这一贯卖国求荣的李大人，只顾谈判求和，却把柳氏"节妇尽孝"之事忘到九霄云外了。然而事过境迁，李家对此事也不计较了。

仲夏过后，气候宜人。

这些天来，小叔同常在书房里，一待就是半天。常云庄面对这个凤眼宽额、聪敏过人的孩子，授业更是慎重，尽量循循善诱，悠悠以导。引得叔同嗜书成癖，背诵如食。每当常云庄赴"三取书馆"讲学，他便尾随老师身后，悄悄入席，从旁听讲，像个贪婪的牛犊，拼命地吸吮着文化的乳汁。自打常云庄授业以来，他读了《孝经》、《毛诗》、《唐诗》、《千家诗》，并能背诵和讲解。

然而，九岁的叔同，其癖好又何止于诵诗？一天，文熙处理完当天的银号工作，用布掸子在院里掸着鞋上的灰尘，叔同笑嘻嘻地过来。

"二哥，我来替你掸，"接过掸子，踮起脚跟，一边替哥哥掸着后背，一边问道："我也想学篆刻，行吗？"

文熙哈哈笑了一阵，回头猫下腰，摸着叔同头上那条桃顶小辫，亲昵地说："没学篆，怎能学刻？"

叔同一听，咧嘴一笑，感到兄长说得有理。于是把话一转："那……我在旁边看你学，行吗？"

"行，当然行。不过唐先生夜里给我授课，你能来吗？"

"能！"叔同不假思索地说。

唐先生名静岩，天津著名书画篆刻家。原是李筱楼的挚友，比筱楼小二十岁。个子不高，端庄大方，常穿那灰色长袍，宽袖大马褂，一眼望去，颇有威严之感。

是夜，月色清幽，庭院寂静，秋虫唧唧。唐静岩来到李家，为文熙授课时，蓦地发现桌角下多了一个人。眯眼细瞅，是文涛。

"啊，小侄。"

"他要求听讲……"文熙解释着说。

"年纪还小。"唐静岩笑着说。

李叔同腼腆地一笑，没敢讲话。红着小脸趴在桌角，咬着下嘴唇直缩脖子。打这以后，唐静岩收了一名"旁听"生。

立秋那天，唐静岩来给文熙讲"篆刻"的刀法。小叔同和往常一样，静静地立在桌角，下巴垫在桌子上，目不转睛地瞄着唐先生示范的刀法。唐先生讲课，历来是言出刀至，往往使学子目不暇接。他主张实践，只有对各种石料的用刀实践，才能领悟其章法刀趣。当夜，唐先生讲完了"刀法"，一枚布局得体、章法严谨、刀趣横生的《高山流水》篆刻的作品，一蹴而成。此刻，夜深人静，萧瑟秋风，沙沙摇曳着庭院那棵小白杨，像似一首《催眠曲》，使人感到困倦。唐静岩借着烛光，把作品仔细地看了一下，然后伸了伸懒腰，打着哈欠说：

"还有边款的部分，下次再讲吧。"

文熙小心地把这枚章子放进玻璃匣里，派了马车送走唐静岩，兄弟二人才各回自己的房里。这天夜里，叔同满脑子都是"刀法"，兴奋得辗转反侧，难以入眠，在迷茫中，他感到会用刀了。在方寸石料间，他刻了"文涛"二字，人们争着欣赏这块作品。忽然，周围都是石料，他叫不出名堂的石料；又出现一本印谱，一页一页地欣赏着，啊，都是自己的刀下作品……

"醒醒，吃早饭啦。"母亲拍着叔同的肩膀。

"我还没看完呢！"叔同翻了个身。

"又做梦啦？"

"梦？"叔同猛地坐起来，定了定神，可不是吗。他穿上了衣服，丫鬟小翠送来洗脸水，漱洗已毕，吃罢早饭，一头扎进了大书房。

他没念书，挽起长袍爬上了桌子，在玻璃匣里取出了唐静岩昨夜示范刻的那块石章。当他回到地上时，一不小心，凳子踩空，"叭"地一声连人带石章摔在方砖地上。他慌了，猛地爬起来，忙找甩出去的石章，可它已被碎成了几块。他赶忙捡起残石、碎渣，藏在贴身的衣袋里，站在那里不知所措。怎么办？越想越怕。真是有泪不敢哭，有苦说不出。此种越礼之事，大人知道还得了？他木然望着父亲生前为大厅写的匾额"存朴堂"三个大字，心里更觉空荡荡、寒抖抖的。

"岸子，吃饭了。"

母亲的一声呼唤，倒使他吓了一跳。他信口应了一声，佯装没事似的走到自家屋内。这时早有丫鬟小翠把饭菜由厨房里端了过来。他望着桌上的饭菜，心内仍是忐忑不安，尽管有鱼有肉，然而却不知饭菜的味道，一味地盘算着如何应付唐先生。不过，"船到桥头自然直"，他把眉头一皱，眼珠一转，有了主意。他丢下碗筷，冲出门，直奔大书房。爬上画桌，从石料匣里挑选了一块一模一样的材料，经过粗磨细磨，再将印样对着镜子，一笔不差地描在新的石料上。然后按照"旁听"得来的知识，就动起刀来，他暗暗笑道："嘿，照样刻一个，让你看不出来。"他一边想着，一边照葫芦画瓢，一丝不苟地精雕细琢，谢天谢地，总算刻好了。他深深嘘了口气，抹了抹鼻尖上的汗珠，随即把这块"新作"蘸匀朱砂印油，在宣纸上打了一个"印样"，与唐先生范刻的那枚一对照，嘿！还真像。这下他心中仿佛丢下了一块大石头，放心了。抬头看了看墙上的挂钟，不到五点，顿时脸上露出了得意的笑容。

晚上，唐静岩先生乘马车来到李家，李文熙准备好刀具，便从玻璃匣中拿出昨晚唐先生范刻的那枚印章。唐先生接过印章，不禁双眉一拧，没看正文已知"调包"了。为什么？昨日选的是赤峰石，而拿在手中的却是寿山石，颜色花纹虽是相同，但重量不一、光泽度不一。既然石料在手，也就随便看了一眼正文，于是更有把握地说道：

"错了，不是这块！"

"没错，"文熙一怔，"就是您上次范刻的这块呀。"

"二兄弟，"唐静岩笑了笑，捏着石头在文熙眼前一晃："你跟我开了一个玩笑。"

"玩笑？"文熙真懵了。因他向来在上课时，从不和老师扯闲白。因而，更有礼貌地反问道："什么玩笑？"

"不过……"唐先生拿起石章把手一扬，对文熙说："这块东西，不论刀法、章法和篆法，都比你以往的作品差。"

文熙更糊涂了。心想，可能唐先生今天酒后胡言，因而也不去计较，只是盼着唐先生讲下去。但是，先生紧追不让。

"我的评语是否过重，该自斟酌。"说完，便笑模悠悠地盯着文熙的脸，一刻也不放过。

文熙拿过印章，一看，不禁吸了口冷气。"活见鬼，怎么变成了另外一块？"文熙知道，尽管自己的刀工欠缺，但也不至于如此幼稚。此时，他那眉宇间的疙瘩越拧越紧。此刻，站在桌角的文涛，心里很不自在，他生怕二哥把视线移到自己脸上，小脸涨得绯红。

文熙忽然想到，是否拿错了？于是他搬过玻璃匣，准备翻箱倒柜地找一遍。正在这时，小叔同说话了：

"别找了。"他望了望二哥那狐疑的眼神，又朝唐先生瞟了一眼，然后低着头哭咧咧地说道："老师，是我摔碎了……我怕您生气，也怕二哥……我就……"

"你又刻了一枚？"文熙盯着问道。

"嗯。"叔同仍然低着头。心想，反正错了，任唐先生发火吧！任二哥训斥吧！甚至他硬着头皮准备挨几个耳光呢。但是，他想错了，他得到的不是挨打挨骂，而是二哥那不大常见的钟爱的眼神儿。文熙笑脸含情地走到他的跟前，捧起小脸蛋儿，亲昵地说：

"我的小兄弟，原来是你变的戏法呀……"

唐静岩抿着嘴、眯着眼，这似笑非笑的表情里，对小叔同这种掩耳盗铃的幼稚行为感到可爱，对那聪明过人的天赋暗自赞叹。

其实，叔同哪里晓得，"照猫画虎，形拙神非。"就在这印章的方寸之间，笔画的纵横之中，若表现出苍劲郁勃的笔情刀趣，以及优美瑰丽的造型，全在于笔法、章法和刀法，这亦决非一日之功。而叔同的"复制品"，恰似刚学步的孩子模仿百米赛跑，他只能是"仿样"，而绝不是真实功力。虽是一场小小的闹剧，却使李叔同在篆刻艺术道路上，迈出了第一步。

这天，唐先生讲完篆刻的边款，已是十点过了。叔同回到母亲屋里，想着白天的事还在发愣。

"怎么啦？"母亲不知岸子出了什么事，蹙着双眉，心疼地说："老师说你啦？"母亲见岸子不吱声，微微叹了口气："要知道，娘是李家的簉室，你是庶出，不是正室之人。你如习而不端，做娘的就枉为一世……"这话，自打叔同懂事以来，不知听了多少遍。这在他小小的心灵上，仿佛打上了一个看不见、摸不着的烙印。尤其，从老妈妈佣人们的嚼舌话语中，常听到"老夫少妾""小寡妇"等隔窗之言，使他渐渐更清楚地知道母亲的处境，因而，他常常闷声不响，但有时又想为母亲打抱不平。

"娘，老师没说我。"叔同朝母亲笑了笑："刚才，二哥和唐老师还夸我呢。"

母亲的心放下了。

第二天，叔同真的替母亲打抱不平了。

秋天，"意园"里的石榴红了，东墙边的那棵大槐树上，知了躲在树叶下有节奏地叫着。假山脚下的那棵小枫树，像一蓬大的红色花环，遮住了山后那片"铺地柏"。地上和架上的排排菊花，吐着各色的花蕾，仿佛一群秋天的斗士，将要在这西风习习的天地里，争奇斗艳，一显花国雄姿。整个儿花园，生机盎然。

也许李家连遭丧事、寡乐少欢的原因，李筱楼的大姨太太郭氏，晃晃悠悠地找姐妹们商量，想邀请个盲人来说书，好开开心。话一传出，王奶奶坐在大门边，真的等来一个"说书"的盲人。王奶奶虽不识文墨，但那先生报出的"书码"，倒使她诚服，尤其他腋下的那把大"弦子"，更显出他的博学多才。王奶奶二话没问，说了声"跟我来吧"，便牵起"竹马"的另一头，把盲人带到了书房里。此时，正在苦读《唐诗》的文涛，见领进来一位盲人，又见大娘郭氏、二娘张氏、自己的生母王氏以及妈妈、丫鬟们带着笑脸都来了。心中已猜出八九分，索性把书本一合，也想乐一乐。

这位先生不仅熟通占卜，且能说书，还能自拉自唱。当他被引到一张椅子旁边后，便正襟危坐。虽说五十开外的年纪，腰板挺直，毫不苟言嬉笑。此地是望门大户，他心中十分有数，因而增加了一段开场白：

"列位大人、奶奶，公子小姐，在下丁不了，奉召前来献书。俗话说：'内行看门道，外行看热闹。'我丁不了，自幼染疾，双目失明，从师学艺，无书不晓。学业者，单线一门，透出厚，广学深究，称才骄，广而不厚，叫做浅，厚而不广，称单调。在下，丁不了，把丝弦弹拉起来，给众位唱一段《小寡妇上轿》。"

丁不了把弦子定了定音，拉起了过门。

屋里的女眷和佣人们一听"书名"就笑了。郭氏眯着老花眼，没听明白。小丫鬟们拿着手绢直捂嘴，王氏绷着脸，心里像打翻了五味瓶，不知是什么滋味。小叔同听到"小寡妇"三个字一怔，气就不打一处来。然而，他怕不礼貌，没嚷嚷，且听他唱些嘛玩意儿。只听丁不了唱道：

> 二八的小佳人好心焦，
> 眼望明月挂树梢。
> 她泪水扑簌簌枕边湿，
> 一肚的委屈她怎么睡得着。
> 只可惜奴家才过门，
> 俺那小才郎就死去了。
> 白日里忙忙碌碌还好过，
> 夜深人静实在难熬。

人家说，寡妇命苦，

雪白的小脸蛋给谁瞧，

……

小叔同像是受到了污辱，"叭"地一声，把小手往书桌上一拍，厉声问道：

"喂，你这是唱的嘛玩意儿？"接着，在佣人中瞅见了王奶奶："王奶奶给他钱，让他出去！"王奶奶一愣，心想，这调门满好听的，大概是唱词儿不吉利。在这院中，叔同尽管人小，但毕竟是"三爷"。王奶奶急忙从椅子上站起来，对着发怔而不服气的盲人说道：

"先生，三爷说不要唱了，那就出去吧，到外边，我给你钱……"

盲人对这个"闹场"段子，一向认为是"看家戏"，而且受各处欢迎。怎么？不爱听！他感到莫名其妙。正在发愣，"竹马"早被王奶奶牵在手里。

满屋子女眷甚感扫兴。王氏也感到儿子做得太唐突冒失。然而她心中十分矛盾：如果唱下去，自己精神上怎能承受得住？又一想，儿子这样做，恐更要引起丫鬟佣人们对自己的诽议。

"哎……"郭氏扫兴地叹道："我们李家呀，就是一本《红楼梦》呵！"说着，便磨磨蹭蹭地想站起来。还是王氏机灵，走过去把郭氏轻轻一按：

"丁娘，您别不高兴，我叫郑三爷再请一个来。说不定，让您笑得连晚饭都不想吃了。"

"那好，我就再等一等。"

郑三爷正要出门去请说书人，只听门外"当啷"一声，马车来了，走下来的是文熙。郑三爷打躬作揖地喊着："二爷——。"

"干吗去？"

"大奶奶要听书，我去……"

"哈哈……"文熙大笑一声，说："不要去了，我已经请了京剧班子，明晚听大戏吧。"郑三爷"哦"了一声，转身回到了大书房：

"回禀奶奶们，二爷说，已经请好了戏班子，明晚在堂前唱戏。"

"点的嘛戏？"郭氏提高了嗓门，抢先问道。

"没听说。"

"那，就唱一出《红楼梦》吧！"

第二天下午，王疙瘩一家和请来的木匠，把戏台搭好了。戏班子的老板黄小楼带着全班人马来到李家大院。内有花旦筱桂芳，老生富连奎，花脸金百瑞，武丑马金英，刀马旦筱兰花，二花脸刘传奎，小生李妙卿，武生朱小义，加上跟包的、管戏箱的、台上台下和文武场共四十多人。

李家有个规矩，凡是男宾来家，女眷一律回避。当然，被称为"戏子"的男伶来家唱大戏，也不例外，除了郑三爷、徐月亭带他们美美地吃了一餐以外，接着便进了正厅"化装室"，单等开锣以后，女眷们才能悄悄地坐在后边。

开锣之前，小叔同好奇地在后台东瞅瞅、西看看。一切都很新鲜。领班的黄小楼看了看这位相貌清秀、衣着华贵的小叔同，断定这无疑是李家的小主人了。

"小老弟，贵姓？"

叔同一抬头，见是一位四十多岁的大汉。生得不凡，体格结实，两眼炯炯有神，叔同微微一笑："我姓李。"

"李桐冈是你？……"

"噢，桐冈是他的名，字文熙，是我的二哥。"说着，便把视线投到了一个画大花脸的演员脸上："为什么把脸画得这个样啊？"

"嘿嘿，"黄小楼带着叔同，把每个化装的演员看了看，说道："我告诉你，一台戏，要有好人和坏人。你看，这红脸的，这白脸的……"

"这我知道。"叔同说："我说，为什么画成个大花脸呢？"

"这个？"黄小楼一怔，心想：小小的年纪真能刨根问底。于是笑了笑说："人的性格，有文静，有凶残，有刁钻，有仗义，有粗暴，有奸诈，有勇猛，有懦弱。这些大都在人们的脸上，可以找到不同的性格纹路。先辈们就总结出一套反映性格的模式，我们管它叫'脸谱'。"说着便向李叔同看了一眼，只见这孩子听得十分认真，因而又补充着说道："要说脸谱，还要看唱的嘛戏。如唱公子小姐的家庭戏，何需大花脸呢？如带着大花脸去说相声，岂不把人吓坏。"叔同一听笑了，正在这时，从旦角化装的屋里，传出微弱的抽泣声。叔同一皱眉，转身走了过去。

化了一半装的筱桂芳，正拿着头针刺着小翠芳的手心。小翠芳疼痛之极，但又不敢哭出声来。叔同见此情景，登时吓了一跳。领班的黄小楼拐进屋里，急得直求饶：

"算了，筱老板，有什么不对，看待我身上。"

筱桂芳根本没理这个茬儿。相反，抓住小翠芳的手狠刺了一下，只听"哎哟"一声，小翠芳的手臂不停地抖动起来。她，仍没哭出声来。一旁的小叔同，心在颤抖着，简直目不忍睹，然而他又不想走开。

女眷们、女佣人都坐下来了。

后台的筱桂芳骂声不断，手中的头针直晃悠，小翠芳跪在地上抽泣着。黄小楼急得直跺脚，口里不停地央告着：

"我的祖爷，丢人现眼咱们回去说，这可是李善人家呀，有嘛不痛快，你也直说。"

"这个挨千刀的呀，"筱桂芳咬着牙，骂了一顿粗野的话，才说道，"我叫她买一盒鸭蛋粉，可她把一块'龙洋'给掉啦！"

叔同这才恍然明白，他离开后台，在"观众"中找到了徐月亭，从账房里借了一块"龙洋"，又悄悄抄边门到了后台，蹲在小翠芳旁边，乘人不备，偷偷把龙洋塞在小翠芳手里，然后又若无其事地去看行头去了。

"师父，"小翠芳哭切切地说"龙洋没丢！"

"嗯？"筱桂芳恶狠狠地瞪着她。

小翠芳把手上的"龙洋"在师父面前一亮，"在我的荷包里找到了。"

"开锣！"筱桂芳对老板命令着说，又低头瞟了一眼小翠芳："站起来，回去我再扒你的皮。"

闹"头通"开始了。小叔同望了一眼哭肿了眼的小翠芳，没想到，正和小翠芳那感激的目光碰在一起。当小叔同绕到观众席时，母亲正向他招手，他默默坐在母亲身边，看了看台上吊起的一排风灯，听了听锣鼓的"急急风"，似乎没唤起他多少快乐，他脑海里浮现的似乎还是那双哭肿了的眼睛。

第一出是垫的一出小武戏《武松打店》，情节简练而生动，武打逼真而娴熟，尤其那武松，演得气宇不凡，咄咄逼人，引起大伙儿的喝彩！

第二出是大旦文戏《玉堂春》。

胡琴拉过西皮倒板，苏三在幕后唱出"玉堂春——"时，曲调委婉动人，声音圆润明亮。倒板过后一亮相，叔同看了个满眼真。心想，这不是筱桂芳吗？粉红的脸蛋儿，轻盈的碎步，面部哀怨楚楚，令人同情，女眷们都看呆了。但小叔同心中却凝结着一个疑团：领班的说过，好人和坏人，红脸和白脸，眼前上场的分明是一个心狠手辣的泼妇，脸上却是红扑扑，粉嫩嫩的……然而他也知道，这是在演戏。

第三出是大武戏《八蜡庙》。

花脸金百瑞饰演褚彪。好嗓子，铜钟声震梨园宇，鼻腔共鸣天地间。嗓音宽厚，音色洪亮，表演自如，道白清晰。小叔同眨巴着两只眼，听清了那段难以唱好的"流水"：

> 八蜡庙，好热闹，
> 家家户户把香烧。
> 也有老来也有少，
> 还有那深闺女多娇。
> ………

一气呵成，叔同听了十分过瘾。打这天起，京剧像一棵艺坛小苗，栽在了他的心上。尤其那丰富的、不俗的唱腔，像潺潺的溪流，输进了他的心田。散戏后，他在一阵忙乱中，又溜到了后台。像看戏一样看着演员们卸装：

"小老弟，"黄小楼见叔同正在看热闹，大声问道："好看吗？"

"好看。"小叔同腼腆地一笑，忽而问道："你教我唱一段，好吗？"

"嘿嘿，"黄小楼被这突然的要求给闷住了，不知该如何回答，突然他好像受到了什么启发，忙说，"要学唱，得先听。你去跟你哥哥讲，如果连演几天，你就可以学了嘛。"

叔同笑了："你等一会儿。"回头就走。这时，领班的黄小楼笑得像喝醉了酒一样，喊道："行头慢点装箱。"话一出口，全班演员顿时眉开眼笑。筱桂芳把柳眉一挑，"还要演？"

"可能，"黄小楼说："现在还没定。"

"我可不想演了。"筱桂芳故意拿糖地说。

"哎呀，我的祖爷，这里的包银多！"

"哼！包银多，那是你的。"

"有份，大家有份。"黄小楼赔着笑脸央求着："在李家演戏，包银以外的大家分。嘿嘿……"

唱花脸的金百瑞一边卸着装，一边插话道："人家要，我们就演，这总比跑码头强吧？"

"有理"，大伙儿七嘴八舌地说："当然连演几天最合算了！"

"你们知道个屁！"筱桂芳"哼"了一声："这院里一年死了好几口子。难道你们不……"

这话正被叔同听到。叔同本来对筱桂芳怀有恶感，一听此话，像伤了自尊心似的，噘着小嘴半天没吭声。领班的黄小楼见此情景，尴尬得直搓手。两眼望着小叔同，强作笑脸，问道：

"怎样，小兄弟？"

"我哥哥说，再演两天。"小叔同两眼瞟了瞟筱桂芳，又说道："如果……不想演，就由你们。"

"好嘿，小兄弟，"领班高兴地说："你可以学戏啦。"

当夜，郑三爷带着大伙儿到厨房吃了夜宵，又把不能回家的演员，安排在垮院的下房睡了。后台点着一盏"长明灯"，一条麻绳上挂满了服装。刀枪棍棒靠在一面墙上。

小叔同回到母亲房里，母亲还没睡。小叔同把筱桂芳的话对妈说了。

那王氏本是虔诚的佛教信徒，一听此言，也觉得李家连年死人，甚是不祥，因而，她不去考虑筱桂芳的出言善恶，而是竭力思索着"避邪"的办法：

"岸子，赶明叫徐月亭到杨柳青，请两张门神爷来。"

岸子听到"请门神"，像是极为赞成的样子。因为昨日常老师给他讲《汉书·景十三王传》时，正说到门神。因而，他知道贴门神早在西汉就有。那时，每家正月初一，家家户户贴门神，据说这样就可以驱鬼镇邪。叔同想到这里，欣然答应母亲，决定派人去请门神爷，自己也感到踏实。

第二天，李叔同从"清真义学"听完常先生讲授《唐诗·蜀道难》回来，没进书屋，径直往垮院走去。这里已经像"票房"[1]了，武生朱小义在方砖地上练着空心跟斗；大花脸金百瑞正在练鼻腔共鸣音；老生富连奎正在和着胡琴吊嗓子；武丑马金英正在三张桌子上，下腰衔绳练盗"九龙杯"。叔同正在目不暇接，只见领班的黄小楼从下房笑着出来："三爷。您不是想学唱嘛，来。"黄小楼拉着李叔同喊道："金老板！"

金百瑞听到有人叫他，猛回头，见是昨晚在后台磨蹭的小公子。笑道："嘛事儿？"

"三爷想学唱。"黄小楼凑过去，耳语道："收下这个徒弟，李善人的老儿子，这可是个摇钱树啊……"接着，便对叔同大声说道："三爷，您就跟他学，他可是正工花脸。"

李叔同一作揖，恭恭敬敬地叫了声"老师"。

老实说，梨园界收了一个小"三爷"做徒弟，这还是破天荒的第一个。金百瑞有些茫然，如果说贫民子弟，就要从伺候师傅开始，还要跟班打杂、提壶润嗓、递巾打帘、提伞打扇、跑腿提箱，然后才能上口学戏。

---

[1]　票房：旧时代业余戏曲爱好者集中的地方。

而眼下这位小"三爷",究竟听过几次戏?一段唱要学多久?他怀疑。但黄小楼既然引见了,真有些骑虎难下,只好顺水推舟地敷衍一下。

"好,到屋里来。"金百瑞的声音很豁达。

叔同随师傅进了下房。正巧老更夫孙大爷也在。孙大爷蓦地站起来,忙问:"三少爷,嘛事?"

"跟金师傅学唱戏。"小叔同笑嘻嘻地说。

"怎么?"孙大爷百思不解地想到,"剃头唱戏,眼里漏气。怎么学起这个玩意儿来了?"但他没好意思说出来,硬把话吞回去了。皱着眉头听着他们学唱。

事出意料。小叔同的接受能力和记忆力,使金百瑞惊呆了。这《八蜡庙》中褚彪的唱段仅教了三遍,小叔同不仅腔调准确,连京剧唱腔中难以用音符记录的"神韵"也能表达出来。连打更的孙大爷也愣住了。但那不可克服的童声,以及唱花脸的丹田气息和头腔共鸣,小叔同那是一下难以解决的。

"吃饭了,金老板。"小翠芳托着盘子走进下房来,蓦地见"三爷"正在学戏,心中不禁"咯噔"一下,脸红了。她把金百瑞的饭菜一放,朝小叔同投去感激的目光,这目光里像似在说,多亏你这位小少爷、不然……最后,她还是以报答的口吻问叔同道:

"少爷,您的饭是不是也送过来?"

"不要,"叔同望着这个与自己年龄差不多的女孩子,说道,"我在自己屋里吃。"

这时,徐月亭也来到这里。叔同忽地想起娘要请门神爷的事,刚要开口,徐月亭笑着说道:"三少爷,你娘叫我来找你。"

叔同见老管家带着兴奋的神情,遂问道:

"门神爷请来啦?"

"不用请，已经来了。"徐月亭诙谐地说。

叔同一怔："你到底说的是谁呀？"

"你的奶娘。"徐月亭叹了一声："真像个活门神啊。乡下活不下去，又回来了。"

"小狗子呢？"叔同联想起去年替他研墨的小伙伴来。"他，来了吗？"

"死了！"

"啊？"小叔同大吃一惊，他急忙把徐月亭拉到院子里，叮咛道："快到杨柳青，请两张门神来。"说罢，飞快地回到自己屋里。只见张妈妈正在向母亲哭诉狗子饿死的经过……

第
五
章
/

　　春雪尚未溶化，王疙瘩也死了。

　　李家大院外边那对门神，色泽未退，还是手捧虬觽，身披锦袍，虎皮靠背椅，安然高坐的神态。但李家的"有功老臣"王疙瘩之死，在李叔同的心目中，对这两位门神似乎已失去了"信任"，贴了门神仍没有一种稳定感，权且把门神当做是一种传统的文化。那种传统依赖感、不安全感只是潜在于意识之中，但足能使他精神领域起作用的，仍是去寻求新的，能起作用的保护神。

　　王疙瘩死后，李家像对待至亲一样，一期一棚经，一日一超度，好不热闹。就连街坊邻居也都念王疙瘩修到了一家好主人。七七那天，李叔同悄悄挤进王家灵堂，观看众僧敲打法器，聆听那迷人的诵经声。他好似进入了一种超人的境界，目送着老家人王疙瘩"升天"。在这十岁的幼小心灵中，萌生着一种"念经可以超度亡灵升天"的念头，于是，第二天他把比他小八岁的侄子李圣章领到自家的屋里，趁着母亲不在时，把侄子抱到炕上，给他披上枕头巾，让侄子充当小和尚，自己扯起被单当袈裟，扮做主持和尚，顿时叔侄二人念起了"阿弥陀佛……"尽管没念出几句经文，尽管没唱出韵味，但小叔同的面部是严肃的，表情是虔诚的。

"哟！这是干吗？"王氏推门进到屋里，以为叔侄在玩呢，但见儿子的面部表情又十分认真，故笑道："这像是念经嘛！"

叔同微睁凤眼，笑笑说："我们在给王爷爷念经，您不是说过，念经，可以不让亡人下地狱吗？"

"傻孩子，"王氏笑了："你是瞎念！不懂经文念了没有用。"

"麟玉——麟玉——"圣章的奶母魏氏一边喊着一边站在王氏门外问道："小奶奶，麟玉在这儿吗？"

"在，进来吧。"

魏氏推门一看，只见圣章坐在炕上，还披了一块枕头巾，正笑模悠悠地望着自己。

"嘻！"魏氏瞟了一眼李叔同："别学这玩意儿，做和尚？有嘛出息。"接着朝王氏使了个眼色："小奶奶，您说是吗？"

"小孩子家，"王氏微微一笑："喜欢跟老叔玩，就随他去吧。"

"不行啊，"魏氏抱起圣章，对王氏耳语道："二爷吩咐过，不准让孩子学坏样……"

王氏像吃了颗窝枣，一时说不出话来。

圣章的父亲李桐冈，乃李叔同的二哥，自李筱楼离世以后，他便成了李家的"顶梁柱"，他除了继承祖上的银行业以外，还学就了一手好中医。他崇拜华佗、李时珍，喜于百草救世，善于针灸医人；他反对巫术邪说，更不信仰佛道，因而对神仙庙宇、和尚化缘不屑一瞥。而对先父李筱楼的丧事，他之所以延请高僧真尼，日夜诵经，全在于遵循父辈之信仰，尽其孝道而已。因而，王氏听了魏氏之言，也不去计较，只是对叔同说道："以后，可不要再拉着大侄子念经了，啊？"

叔同一笑，扯下身上披的床单，正要穿鞋下地，只听管家徐月亭在门外喊道：

"小奶奶，三少爷在吗？"

"在。有事吗？"

"大奶奶请三少爷去一下。"

叔同急忙穿上鞋子，"妈，我去一下。"说完推开屋门，见老徐正在门外等着："嘛事？"

"啊，说不清楚，去了就知道了。"

叔同不顾细问，径直往大娘郭氏房里奔去。一进门，禁不住愣了一下，只见一个肥头大耳的胖和尚在堂前正襟危坐。这和尚年纪已有五十上下，满脸刮得精光，从头顶到两鬓微微显现出一层发青的肤色，可以想象他是一个体格健壮，满脸络腮胡子的彪形大汉。如果没这身打扮，倒像个镖局的头目。

"孩子"，郭氏忙说："这位师父是从南方普陀山来天津的，过去，是你爸爸的学生。"

"这位是文涛贤弟吧？"老和尚站起身来问道。

"对喽。"郭氏引见着说："这孩子就是你老师的小儿子。"

"师父。"叔同朝和尚拱手作了揖，但心中揣了个迷，不知大娘叫我来是为了何事。

"这位师父叫王孝廉，会很多佛经。大娘想学，可惜老了。我又怕记不住，今个想叫你常到无量庵，跟师父学经。你的记性好，回来教给大娘，啊。"

李叔同这年已经学了《史记》、《左传》、《说文解字》，然而对经典颇有好奇之心，便欣然从命。也许出家人不便在俗家久留，和尚告辞而去。

郭氏和叔同送走老和尚，桐冈进来了。他沉着脸走近大娘跟前，劝说道：

"娘，您怎么要学念经呢？"

"嘻，你懂嘛呀。你大娘没生过后代。俗话说，'不孝有三，无后为大'，我学佛经，还不是图个来世吗？"

桐冈的脸色，露出了难以掩饰的不快："娘，俗话说，'和尚进门，不是化缘，就是死了人'，难道还要与和尚建立世交。"

郭氏火了："你说嘛？"

"您每天烧香拜佛，我不反对，可是，叫弟弟常去学经，怎能诗书继世呢？"

郭氏沉吟了一会儿，忍着泪说："你爸爸念了一辈子佛，可我学经，你倒管。"

"娘，您别误会，要学经，您自己乘马车到庙里去学，可别耽误文涛的学业呀。"

"哎……"郭氏明知这兄弟俩都不是自己的亲生儿子，也就无法施展长辈的威严。

尽管桐冈反对大娘郭氏学经，末了，叔同还是陪着七十多岁的大娘到庙里去了。

说实话，李叔同陪着大娘郭氏去庙里学经，一半是出自本意。因为对先父研习禅宗、笃信佛教、乐善好施，以及母亲如此虔诚于佛门菩萨，在他小小心灵中早已画上了一个问号，他想解开这个迷，探索一下梵典的学问。

尽管哥哥对叔同的管教甚严，然而，有这位全家年龄最高的郭氏出面，他似乎心里很坦然。

这天，他特地换了一身新袍子，又穿了一件宽袖丝绸马褂，红疙瘩瓜皮帽下那条又粗又长的辫子乌光闪闪，显得格外利索和潇洒。当郭氏大娘净身梳洗之后，轿子已经抬进甬道。他与郭氏上了轿子，不一会儿来到了无量庵。叔同搀郭氏下了轿，走在铺满方砖的大殿前，两厢头陀人人合掌躬身，口称"大施主"。叔同好奇地左右观看着菩萨神像，尤其那尊铜佛，塑工精细，面部自然，欣喜之情溢于眉宇，显露着一种垂目眷悯世人、举手指点迷津的神态。这时节，叔同像是进入了另一个世界。渐渐，连那些小和尚在叔同的心目中，也成了非同凡响的小活佛，因为他们与世无争，别无他求，只是在透明的心境中怀着一个清晰的"佛"字。而那些泥塑菩萨、如来圣佛、天王、罗汉，又似乎在遥远的天上。

当他搀着大娘见到王孝廉时，和尚们已做完了早课。王孝廉合上经卷，双手合十，出了佛殿，急忙上前迎接：

"老施主，今日劳神前来鄙庵，是否？……"

"嗨，我不跟你说过了吗？"

"习经？"

"对呀！"郭氏笑着把"对"字拉得特别长。

王孝廉赶忙把郭氏让在禅椅上坐定，并让小叔同坐在蒲团上，自己面对佛祖拜了三拜，回头对郭氏说道："我佛传世经典，多是在俗居士难以领悟，若打开门户，法本从心生，所谓虔诚之至，才能始知此中有无尽的法味。"

"嗨，"郭氏道："你老师毕生念经，一世行善，为的是修福、修个来世。不像你们出家人，一心修炼成佛。我呀，学点儿经书，还不是为了祛魔消灾……"

"师父。"小叔同望着王孝廉那憨厚的胖脸，解释道："我大娘还想学点咒语，是为了修福修寿，免灾降魔。"

"阿弥陀佛——"王孝廉双目下垂，说道："老人家既然想学咒语，不妨可以先学'大悲咒'。记住，要意守丹田，一切皆空。咒曰……"王孝廉随即念了一段咒语。

"哟……"郭氏微蹙双眉，笑笑说："我可记不住啊！"

"字数不多。"

"大娘，"小叔同"蹭"地一下站起来，理了一下长袍，腼腆地笑了笑："您甭多说了。"

"为嘛？"

"回家我再教您就是了。"

"嗷，儿呀，你记住了？"

"记住了，这有嘛难的！"

王孝廉双眉一拧，似乎有些惊讶。心想，小小的宠儿，焉能夸此海口，想这四百字的咒语并不易记忆，他如何听得一遍，就能背诵？王孝廉正在怀疑，小叔同又说道：

"师父，我背给您听听！"

"啊……"王孝廉生怕在佛祖面前稍有不诚之意，遂问道："真的记住啦？"

"不信？我背给您听。"

王孝廉正在疑惑，只见小叔同学着老和尚的样子，一口气把"大悲咒"背出来了。郭氏夫人望着王孝康，那眼神儿里仿佛在问，"对吗？"

"阿弥陀佛！"王孝廉惊呼："好一个佛门弟子！"

"对吗？"郭氏见叔同受到夸奖，笑得眼睛只剩下了一条缝，那没牙的嘴巴张得老大。

"对，对对！"王孝廉连连点头。

"请问师父。"小叔同望着老和尚，面上显出不解的愁云："这咒语的意思，可以解释给我听吗？"

"啊……"王孝廉颇有为难之色，尽管在普陀山修行多年，而且又是天津一代名僧，又怎能对咒语加以解释呢？他思索了一下，正色道："佛家多是梵语译音，不可多问，愿小居士心向佛祖，至虔至诚……"

小叔同听了此话，不敢再问。于是，转向郭氏说道："娘，咒语我已背出了，回家我再教您。"

"好。"郭氏信手掏出几块龙洋，算是香钱，放在香案上。告别王孝廉，携叔同乘轿回到家里。自此以后，叔同陪着郭氏多次来到无量庵，从师王孝廉，学到了《大悲咒》、《往生咒》。

郭氏老夫人学得了咒语，精神更加矍铄，但叔同的二哥李桐冈，却忧心忡忡，为此还引得郭氏夫人大为恼火。

一天，秋雨过后，偏西的太阳在昏暗的云雾中探出头来，已是下午四点多了。小叔同在书房里阅读了常云庄先生授业的《古文观止》。此时，郭氏夫人的贴身佣人葛氏来至书房，见到叔同，说道：

"公子，郭夫人请您去一下。"

"噉。"叔同判知是习咒之事，遂随葛氏来到大娘屋里。岂知二哥桐冈正巧来至书房，只见《古文观止》端端正正摆在桌上，而不见弟弟的人影，等了半天仍不见回来，他生怕弟弟贪玩而影响学业，于是匆匆来至小娘王氏门外，唤了几声"文涛"，没人吱声。正待纳闷，忽见叔同的奶娘张氏走来，桐冈问道：

"张妈，见到文涛了吗？"

"他呀，"张氏把嘴一撇："还不是在大娘屋里。"

自从张氏第二次回到李家当佣人之后，似乎变了一个人。她比以前乖觉了，像个久经世故并能顺着主人眼色讲话的人。当她见到桐冈正为弟弟的学业而着急时，她又凑近桐冈跟前说道，"我这话您可别生气，气个好歹的我可是担待不起呀。"她又把声音压低了，"我告诉您，这些日子您不在家，大奶奶可学了不少咒语，这都是文涛陪着学来的！"

"别说了。"桐冈虽是制止了张氏的挑唆话，但每句话却都像是一根拨火棍，拨燃着他那颗焦灼的心。他瞅了张妈一眼，扭头奔到大娘房中。此刻的叔同，正在呢呢痴痴地背着《大悲咒》。

"文涛，"桐冈没看大娘一眼，只是沉着脸对叔同说："你成天学佛经、咒语。这……这能进科举考场吗？"

"…………"

"哟，"郭氏夫人听得完全明白，脸色刷地一下变了："桐冈，你弟弟是陪着我学经，你可别冲着我来！"

"娘，"桐冈正色道："我不能让叔同荒废学业呀！"

"荒废学业？"郭氏反问道："你大娘膝下无儿，难道你就不让他疼我吗？"

"嗨！娘，您说到哪儿去啦？"

"我甭说你也明白。啊……"郭氏夫人哭了。"天哪，我的命啊……你们都不是我的亲生儿呀！我前世修行……你这个小孽障啊……！"

世上的事情就是那么怪，桐冈的一肚子火气，被这一哭，全消了。

"娘，您别生气。"桐冈凑近郭氏身边，坐在炕沿上，抚慰着说："我们都是您的亲生儿子，我是说要让叔同读书进取，不是反对您念佛。"

"哥哥，"叔同站起来，尴尬地笑笑说："这事，你就原谅吧。我一定不耽误学业。"

"别求你哥哥！"郭氏夫人止住了哭声，断断续续地说道："自从你们爸爸过世后，我……也没人疼了。我也没给李家生儿育女，这都是前世没修好……"

郭氏眼泪汪汪，桐冈一筹莫展，叔同左右为难。桐冈眼看事情弄僵了，叹了口气，横扫了弟弟一眼，便退出去了。

“娘，您别生气，”叔同劝慰道：“哥哥是为了我好……”

“嗨，你不知道，孩子。他，他光相信华佗、李时珍，就是不信菩萨……”

门“吱”的一声开了，佣人葛氏进来说道：“大奶奶，小奶奶叫文涛回去读书。”

叔同悄然离开郭氏屋里，回到了书房，想想刚才那个场面，说不出来是什么滋味。他信手合上《古文观止》，忽地想起晚上先生要来讲课，书法作业还没写呢，于是打开端砚，研起龙门古墨，摊开毛边纸，摆正汉篆碑帖。他心神不定地望着眼前这一切，思绪就像被糨糊搅拌过一样，有些混浊浊的。他草草临摹书写了四张篆帖作业，自己看了一遍，也说不出个所以然来，反正能“交差”就行了。

常云庄先生是个四十多岁的穷秀才。瘦长、无须，常穿蓝布袍，青布鞋，还拎着一个鸟笼子。一条细小的发辫像猪尾巴似的拖在脑后，人虽潦倒，但在教授学生方面从不含糊。这天夜里，常先生没乘马车，蹓蹓跶跶来到李家。到了书房，早有管家徐月亭备好了香茗，点燃了蜡烛。李叔同见了老师，恭恭敬敬地打了一个躬，随后把下午临摹的四张篆帖作业，双手送到常先生面前。此刻，桐冈也带着自己的几张书法作业，笑呵呵地来到书房。

常云庄挽起袖子，把兄弟二人的作业摊在桌前，只看了一眼，眉宇间就拧起了个疙瘩。

“你兄弟二人是何时临的帖？”

“今天下午。”叔同先回答。桐冈已判知先生有所批评，因而他没吱声，只是报以一笑。

"你们学的书体虽然不一，但犹似乐歌之风雅颂。"常先生用笔杆点着几张作业，严肃地说道："书法和乐歌都是通过情感的表现来体现神形的。这几篇东西，可以说是形拙神渺，淡而无味。"

兄弟二人一听，心里顿然明白，然而谁也不愿把今天下午的家庭争端亮出来。桐冈则暗暗敬服常先生的审美能力，叔同的心里像被老师捏了一把，只觉得浑身不自在。

"可能，我的作业没有认真。"桐冈说。

"我……"叔同抓了抓头顶，吸了吸冷气，支吾了半晌，最后苦笑笑说："先生，我写的草率了。"

"非也。"常先生一摆手，朗朗说道："俗话说'文如其人，字如其神'。形者是美的字态，神者乃是书家心灵的律动。从你们今天的作业，何止形拙，而恰恰反映出你们的精神，是散而僵的。"

桐冈有些不好意思，脸色红一阵白一阵的。小叔同嘴里不说，心里直埋怨哥哥："都怪你。"那对眼睛冷冷地朝哥哥看了看，天真地对老师说："我今天练字时，走神儿啦。"

"你不讲，我也知道。"常先生笑了，笑的又那么自然。

桐冈也瞒不住了，只好顺着弟弟的话说：

"练字前，我……我有些不冷静。"

"我们可以看到。"常先生站起身来，凝思了片刻，在书房里踱了几步，像似对"三取书馆"的童生们讲课一样，"王羲之的书法，就是通过那些无生命的点线，有规律的组合和有节奏的变幻，传达了他在情感上的忧郁、畅快、不安、恬逸、奔放和兴奋，甚至悲哀。可以这样说，书法，是无声的乐歌。"常先生说到这里，眼神露出神秘的笑容，望着桐冈说道："你们书情笔意，很显然是凝痴的、僵死的。更明了地说，是敷衍的，为写字而写字。我说得对吗？"

两兄弟被老师说的无言以对，只是默默地点着头。这时，只听书房外边有人喊道：

"云庄兄在吗？"

常云庄应声望去，见管家徐月亭带进一个人来。此人身穿一件旧的灰色长袍，两袖油亮的像是两块刮刀布。瘦长的刀条脸上，下巴生着一撮毛。黑色瓜皮帽上挂着一层洗不掉的褐斑。两眼惺忪，走进来时跌跌撞撞。常云庄一眼看出，这是幼时同窗学友，叫夏友兰，毕生精读诗书，极不得志，连个秀才都没中，四十多岁，一贫如洗。昨日帮人写了一张状纸，赚了几个铜板，今日便一醉方休。常云庄素来仰慕他的古词，更敬服他的书法。今日见他如此潦倒，心情如风云突变，变得沉闷而压抑。

"友兰兄，今日何事到此？"

"来，来来告诉我兄一声。"夏友兰醉得晃晃悠悠地说。

"嘛事？"常云庄一怔，急忙上前扶着友兰。这时，叔同端来一把椅子，管家献上一杯茶。

"我……"夏友兰捏着拳头往桌上一拍："我打发你嫂子回娘家啦。"说话时，带着颤抖的声音。"这事，本来不该在李善人家里丢丑……没办法，"夏友兰说着说着，鼻子一酸，哭了。

常云庄感到事情突然，桐冈兄弟二人又不知从哪安慰。还是常云庄先问道：

"嫂夫人现在？……"

"在娘家啦！"

"有何为难之事？先生。"桐冈同情地问道。

"嗨，穷了一辈子，想我夏友兰苦读三十年，堂堂七尺之汉，老天哪！生不能养妻，死无人尽孝。我的活路在哪里？昨日，代人写了

一张状子，赚了几个钱，今日买了斤白干，想和吾兄叙道叙道。到了
你家，方知你在这里……"

桐冈、叔同听得真切，也深知这位先生是借酒消愁，一股怜悯之
心油然而生。然而常云庄怜悯的却是夏友兰的妻子。她生在一户官宦
人家，通书达理。和夏友兰成亲以后，常穿着一件旧的印花竹叶花裥
子，面前长长的刘海发倒卷了一柄小牙梳，两耳吊着一对铜质小耳环。
为人忠厚，乃至诚之贤妻，而今，只因穷字便把妻子送回娘家，实在
令人痛心。

"仁兄，"常云庄果断地说："明日把嫂夫人接回来，有什么为
难之处，朋友们帮助。"

"嗨，甭接啦！"夏友兰的酒劲正涌上来，耳根绯红，背上出汗，
心情矛盾着，一肚子苦闷无从说起，只是用食指蘸着碗里的茶水，不
住地在桌上画圈圈。

这时，门外"刷刷"地阵阵冷风在扫地，眼前的挂钟发出有节奏
的音响。几支大蜡烛摇晃了几下，像是不知疲倦的眼睛，把它那仅有
的一丝光亮照拂着不平的人间。

又一阵风声，使夏友兰打了个寒战，他一抬头，蓦地发现常云庄
眼前的几张书法作业，就像猎人盯着猎物一样，目不转睛地站了起来，
身子一晃差点儿跌倒。

"常兄，在教课吗？"

"是的。"常云庄微微一笑，说道："望我兄暂把一切烦恼丢下。
来，写几个字！"

夏友兰一听"写字"，像蜜蜂遇到了鲜花，跟跟跄跄奔到画桌跟前。

小叔同机灵地研起了墨，桐冈铺上了宣纸。

常言道："书时需饮一斗酒，醉后扫成龙虎吼。"此时的夏友兰

把袖子一挽，信手从笔架上挑了一支京堤，蘸饱浓墨，笔尖倾注了多年胸中之郁抑，顷刻之问，十六个行草，疾如风雨，矫如盘龙，转如堕石，瘦如枯藤，一篇狂书醉墨散在纸上。书道："醉来把笔猛如虎，粉壁素屏不问主。"

此句乃五代僧人贯休对"醉僧"怀素和尚的生动描绘，今日被友兰用来表现自己心境，把多年的隐痛和激越的真情实感，倾注于作品的点划之间，赋予没有生命的线条以极大的生命力。

夏友兰题了落款，放下毛笔、深深地吸了口气，然后"呼"地一声，像是要把胸中的郁闷一下子驱散似的。

常云庄先生望着夏友兰的书法，一股同情悯人之酸楚，难受得几乎流出泪来，他竭力控制自己的激动，把这幅含着泣妇箫声之情的作品，用木夹悬在粉壁墙上，调正了烛台，使整幅作品，深深地感撼着欣赏者的心怀。

此刻，屋里静悄悄的，像闷雷之前的一种难以忍受的沉寂。

"你们两兄弟，可以认真的看看。"常先生看了看叔同那动情的神态，沉吟了一会儿，说道："明代大书家祝枝山说过：'情之喜怒哀乐，各有分数，喜则气和而字舒，怒则气粗而字险，哀则气郁而字敛，乐则气平而字丽。'此幅佳作正是夏先生无声的歌乐，从点画八法、动静刚柔、结构间架，都表现了他的功力。然而调动欣赏者审美感受能力的，则是由书家内心情感的萌发之意，表达了他精神上的忧伤。"

兄弟二人听得入了神，一边品赏着这篇书法的内涵，一边瞟着这位不得志的书家夏友兰。

但是，小叔同的脑海里还闪着另一件事，他不便当众说出，只是走近哥哥身边，悄悄地问道："哥哥，咱能让他这样穷……"

文熙一摆手，示意弟弟不要再说下去了，唯恐让人听见，有伤夏友兰的自尊心。于是他对常云庄先生说：

"我看夏先生的才识非同一般。"说话间，眼睛一直瞟着夏友兰："我想邀请夏先生在本宅创办的清真义学担当教书之任，不知当否？"

还没等夏友兰开口，常先生一拍桌子，眉宇间流溢着不可抑制的悦色："好啊。"回头对夏友兰说："赶明日把嫂夫人接回来。"语气显然带着友情的命令。

夏友兰朝李桐冈一抱拳："多谢贤弟的厚爱。"说罢，眼泪"唰"地流了出来。其酒气仿佛也随着泪水流泻了。


夏友兰的书法，给李叔同扩大了视野，尤其是通过常云庄的引导，颇得书情墨趣之道理。此后，除从常云庄学古文、书法外，又从名士赵幼梅学诗词，又从唐静岩习书法，广采博学，嗜书成癖，颇有长进。

须知，自从清代阮元提出"南帖北碑"之后，并大力倡导北碑，经过包世臣，特别是康有为的积极鼓吹和实践，此刻，碑学十分盛行，习书者无不从北碑入手，此风犹似一股强大的社会潮流，冲击和熏陶着李叔同。

不过，每当他临碑的时候，却养成了闭门的习惯，不须他人出入，以防乱神。

一日清晨，叔同把砚池用清水洗毕，坐在书房轻轻地磨墨，而眼睛却在碑帖上全神贯注地琢磨着。当一池香墨研成，铺开毛边纸，临写着古碑书法时，丫鬟小翠进来了：

"三爷，您喝茶。"

叔同猛地一惊，笔下的字体顿时散了架，他拧起小眉头，把笔往砚盖上一丢，信手把纸一团，猛地往地上一掷，双手抱着脑袋，伏在桌上直憋气。

小翠怔住了。心想：怎么啦？平日送茶总是笑嘻嘻的，今日个倒底跟谁闹别扭？

"三爷，您怎么一个人生闷气呀？"

"……"叔同气得直呼哧。

"您这是跟谁呀？"

"跟你！"叔同的语气很冲。

小翠有些丈二和尚摸不着头脑了。她愣了半晌，堆起笑脸问道："我……怎么使您生气啦？"

"以后，"叔同站起来、板着脸，"不许在我写字的时候进来。"

"哟，"小翠感到有些委屈："我是给您送茶的呀。"

"送琼浆、仙桃也不行！"

"为什么？"

"先生说过：写字走神，字必僵而散。只有高度清静的环境，才能有敛神藏锋的气韵。"叔同说着便往地上那个纸团一指："刚才我正写字时，心神不乱，感到笔笔气舒、笔笔藏锋。你一进来……完了。"

"那……"小翠嘟囔着说："赶明日还给不给您送茶啦？……"

叔同一听，把刚才的火气消了一半，他瞅着小翠那不知所措的神态，又念她平时对自己的照顾，心就像一块冷年糕进了蒸笼一样，软下来了。于是他微微一笑说：

"不是不让你送。因为先生再三教导，要闭门习书，不可乱神。"他走近小翠面前，望着她那含泪的秀脸，半劝半指点地说："下次来时，不妨先在门口望一望，如果我停下了笔，或是读书，当然可以进来啦。"

"……"小翠垂着头，两手拈着辫梢没说话。

"好了。"叔同打着圆场说："起初怪你，后来怪我，别生气啦……"

小翠"扑哧"一笑，微抬眼皮，那双泪汪汪的眼睛瞟了一下叔同："谁敢生三爷的气呀。"

门外，张妈妈正踮着脚朝书房里窥探着。

第
六
章
/

　　这几年，常云庄先生深感文涛"聪明过人"而辞去了家塾先生的职位，专教"书馆"去了。但这位一向追求"新奇"的人——李叔同，却悉心研习起康有为的《书镜》来了，他赞同康有为的书法学术思想，更加热衷于碑学，从十二岁学习篆书，摹《宣王猎碣》，每天五百字。继而随唐静岩学习绘画篆刻，始写《张猛龙碑》《张迁碑》《张黑女碑》，又写《爨宝子碑》及《龙门二十品》。老实说，这位素有追求新奇个性的叔同，确也学什么，像什么。这时节他的篆书已经写得很像样子了。

　　一八九五年的冬天，寒气袭人肌肤。埋头于书房的李叔同，临写了两篇《张猛龙碑》，手已经冻僵了。他活动了一下身体，拨了拨炭火盆，习惯地爬上书凳，把那些线装木版书翻了又翻，不时地搓搓手、呵呵气，恨不得一下子把父亲的文化遗产一口气吞光。这只五档阶梯的书凳，小叔同已经爬过十个年头了。尤其是近两年，他站在书凳上，取下《史记》、《汉书》和《左传》等史书，喜不自禁地读着。

　　这天，当他翻阅着线装书时，有人进来了。

　　"三爷。"

"唔？"李叔同一扭头，见是丫鬟小翠。

"给您，"小翠一抬手，亮出一只红铜小手炉来："刚生的炭，正旺着呢。"

李叔同跳下书凳，双手捧着手炉，像是电流一般，温了双手，暖了全身。他高兴地盯着这只小手炉，没有望她一眼，只是说了声"谢谢。"

"扑哧"一声，小翠笑了："光讲一句谢谢就行啦？"

"我再作个揖。"李叔同低着头，弯了弯腰。

"告诉您，三爷，"小翠绷着脸，忍住笑："这个手炉，我可是落了埋怨啦。"

"真的？"叔同微蹙双眉，抬头望着这位与自己年龄相仿的丫鬟。

"可不！"小翠把嘴一撇："早晨我到大奶奶屋里，老太太正梳着头。我说：'您这里有个手炉，我想借一下。'老太太说：'给谁用？'我说'小爷在念书，我怕他冻着。'您猜，梳头的边婆子怎么说？"

"她说嘛？"叔同急着问道。

"哼！"小翠学着边婆子的样子："你这个小丫头子，就知道疼文涛，老太太你倒不疼！"说罢，小翠悄悄瞟了叔同一眼。

叔同微微一笑，眼见小翠那粉团儿似的小脸蛋上，两颊泛起了两片红云，一条又粗又黑的大辫子在微突的胸脯上往下垂着。小翠被他看得怪不好意思的，两只手直捏搓着贴边棉衣的下摆。

"大奶奶没说嘛吧？"叔同又问道。

"说啦。"小翠瞟着李叔同那清秀的面容学着郭氏的口吻说道："拿去吧，就在炕沿上啦，哎！我们李家呀，就是一本《红楼梦》！"

说罢，二人哈哈大笑。

不料，这笑声被叔同屋里的张妈听到了。她抢上台阶，悄悄推开棉门帘子。见是小翠正红着脸和文涛说笑。于是，她尖声怪气地说道：

"哟，我当谁呢！原来是你们俩呀。"说罢，脸色一板，转身走出了书房。

小翠是个机灵人，她深知张妈这两年变了，与她做奶娘时判若两人，变得使人对她敬而远之。于是她收敛了笑容，朝小手炉一努嘴："您先暖暖手，待会儿我再给您添点炭。"说罢，瞟了叔同一眼，急忙离开了书房。

叔同捧着小手炉，望着小翠的背影，伫立了许久。是的，他和小翠几乎是同时长大的，而且同时步入了青年。俗话说："女大十八变"，小翠已经出落得十分匀称了，这无疑地使叔同产生了一丝不平常的律动。然而，在这个望门贵族的大家庭里，主仆之间，又隔着一堵无形的城墙，没有平等，就连小翠向他讨教几个陌生的字，还要偷偷摸摸的呢。

此刻，叔同捧着手炉，回到书桌前，细细地看了一遍刚才临写的字体，顿时那种追求新奇的意愿又促使他爬上了书凳。他抽出许慎的《说文解字》回到桌前，一页一页地翻阅着。这书，像是浩瀚的文字海洋，蕴藏着取之不尽的瑰宝。然而这在叔同眼里，又像是古体字的三棱镜，把汉篆和正楷，通过自己的加工，又折射出一种新的字体。这字体他觉得又熟悉、又陌生、又古朴、又新颖，他急速拿起那支狼锋，把冻僵了的笔头在茶杯里涮了涮，蘸了浓墨，在那两张临过《张猛龙碑》的纸上，又一个个地注上了汉篆，继而又把自己想象的新的变体篆字也写在旁边。不一会儿，两张毛边纸变成了"大花脸"。他喜不自禁地看着这些变体字，立刻想起唐静岩先生对篆刻的章法，也曾讲到"变形美"的学说。

这时，窗外冷风飕飕地刮着，窗纸哗哗地响着，书房里寒气袭人，叔同手里的小手炉已经连点儿热气都没有了。

这边熄了火，而王氏屋里却点燃了无名火。

"小奶奶，"张妈妈看到小翠与叔同说笑之后，飞快地回到叔同娘王氏屋里，诡秘地说："文涛可是您的一块心头肉哇。"

王氏一怔，信口笑道："可不是嘛。"

张妈妈蹲在地上拨了拨炭火盆，续上了几块炭，爆了几下火星子，随即叹了口气，喃喃地说："我说句话，您可别生气呀。"

"不生气，"王氏尽管把"不"字拉得很长，但心里总不免有些疑惑。

"不生气就好。"张妈妈站起来，拍打着衣裳说："小翠这孩子，也出落得像个大闺女啦……"

"啊，"王氏一听，早已明白了三分。她微微一笑，摇了摇头说："小孩子家，懂嘛呀！"

"哟……"张妈妈嘴角上那颗黑痣都咧到耳根下了："啧啧，您还没看那个德性啦，瞧那个打扮，那股骚劲儿，就是没缝的蛋她也叮着不走的。"

"瞧你，说到哪儿去了！"

"您可别大意呀，常言道：'二八佳人一把钩'啊，她要是常往书房里跑，可不是闹着玩的。"

"难道……"王氏真被张妈妈说动了："她真的常到书房去？"

"哎呀！"张妈妈一拍大腿："您还没看见哩。"

王氏心里"咯噔"一下，生怕叔同被小翠勾引坏了。她疑虑地探过头来问道："你看见啦？"

"您哪，还闷在葫芦里哩……"

"我去说说文涛去。"王氏正要往外走，被张妈妈一把拉住。她眯着两眼劝道：

"您这是何必呢？吩咐一句就得了呗！"还没等王氏开口，又说道："告诉小翠，别到书房去管闲事就行了！"

王氏低着头思索了一下，忽地一抬头：

"去，告诉小翠一声，文涛在书房里读书，少去打搅他，啊。"

张妈妈一听，喜滋滋地出去了。

叔同正等着小翠进来添炭，不料门"呀"地一声，门帘一推，张妈妈进来了。

"张妈妈，小翠呢？"

"在上房侍候大奶奶呢。"

叔同晃摇着手炉："我还等她来添炭呢。"

张妈笑了笑说道："哎呀，我的小少爷，人家大奶奶房里的丫头，侍候您？您也不怕惹出麻烦来？"

"这，有什么不好？"

"你娘吩咐了，叫小翠少到这边来，免得人家说闲话。如果你常支使她，她也难做人。"

李叔同双眉一拧，不禁"嗯？"了一声，顿时感到心里沉甸甸、乱糟糟的，沉着脸半天没说话。

"好孩子，"张妈妈以奶母的身份，笑眯眯地望着叔同的脸，说道："少跟那些丫头们说闲白的，别忘了，你是李家的三爷！"

"什么三爷、丫头的，还不都是人？"叔同虽是嘟囔着说，但字字铿锵。

"别说傻话了。"张妈妈伸手拿过手炉："以后有嘛事儿，尽管跟我说，可别叫你娘生气。"

叔同还是沉着脸，像罩上了一片不肯离去的乌云。

张氏刚走，郑三爷来了：

"三少爷，您可别忘了，票房……"

"噢。"叔同忽地想起晚上要去票房[1]学戏的事，眼睛一下子闪出青年人特有的神采："我，差点给忘了。"

是夜，吃过晚饭，一辆马车通过冰封的河道往北门里行进着。

春寒料峭，比腊月还冷，好像三九严寒没抖落光的寒流，一股脑儿要在今晚消尽一样。街上行人稀少，市井萧条，偶尔听到几声"紫心萝卜"的叫卖声，加上这辆马车"咯嗒咯嗒"的马蹄声，似乎在为这寂静之夜填补着一点空白和生机。

赶车的是郑三爷，他把缰绳套在揣着手的袖子上，两只眼睛在风帽底下微睁着，花白胡须上挂了一层冰霜，不时地轻轻吆喝着：

"驾——哦！"

马车在北门里的一个独门独院的外边停下了。郑三爷解开门帘，把叔同扶下车，见他走进"票房"，这才回到车厢里，落下棉帘子，呼呼地睡上了。

这院里是天津最早成立的票房，票友多半是盐商、富户子弟，日日弦歌、夜夜高朋满座，名曰"雅韵国风社"。

票友们早就来了。有的在吊嗓，有的练月琴，有的用板鼓键子在自己大腿上练习打"轮子"，还有几个围着火炉在聊天。大伙儿见三公子进来，都恭敬地打着招呼，教戏的张艳青师傅拉着李叔同坐在铺着狗皮垫子的太师椅上。

开始排戏了。

张艳青给李叔同编在《八蜡庙》的这出戏里，和李小侠合作。

---

[1] 清朝初年，严禁官宦贵族子弟学唱戏，自乾隆年开禁，但凡学戏者必须从户部领取"龙票"，集三五同好，称为"票友"，而其聚会之地称为"票房"。

《八蜡庙》是京剧"八大拿"之一。以黄天霸为主角，该戏以开打场面，表现了黄天霸力拿费德功的一出戏。弱冠倜傥的三公子李叔同，偏偏爱上了黄天霸这一角色。

"少爷，您行吗？"张艳青捻着几根山羊胡子说。

"我能理解这个角色。"

"那好。"张艳青笑笑说："可是，单武功的场面就……"

"张师傅，我可以学嘛！"

"哎呀，"张艳青笑着说："短打戏可不能全靠架子，其中有'走边'、'锞子'、'单腿后蹉步'、'旋子'、'小翻'、'倒打虎'、'窜毛'等等。"

"嘿嘿，"李叔同没等师傅说完，笑了两声说道："我跟武秀才孙菊仙先生学过一点儿武功，不信，我给您打两套拳看……"

"哄"地一声，连冲茶水的工友也笑了。

这时，李叔同的私人教师金百瑞也来了。

大伙儿你一句，我一句，最后决定唱功由金百瑞授业，武功由张艳青抄把子。

这天夜里，李叔同脱掉皮袍，穿着贴身的夹裤袄，单是"走边"就累得满头大汗。

"哎呀，我的小爷，"郑三爷进门大喊一声，倒把屋里人吓了一跳。郑三爷目不转睛地望着小少爷："您这是干嘛呀？"

叔同停下练功，微微一笑：

"郑三爷，您看像吗？"说着便来了个拉臂起霸，嘴里还念着锣鼓经。

"您演嘛角儿？"郑三爷直着脖子问道。

"黄一天一霸！"叔同用响亮的白口回答着，嘴里还念着"锵采锵"。连武功教师也乐了。

郑三爷环视了一下票房，嚯！真阔气：北京做的蟒靠，苏州的绣活，"胡子周"的髯口，"把子许"的盔头，"靴子高"的厚底，单这点排场的开支就可观的了，何况，出出进进的一些"票混子"，还要靠这批少爷们养活着。"哎——"郑三爷叹了口气，心想："真会花钱哪！"

叔同正在亮相，忽听"票混子"喊了一声：

"著名坤伶杨翠喜女士驾到——"

这声吆喝把票友们的视线一下子集中到门口了。只见这位名伶年龄不过十四五岁，生得不凡，其容貌胜似西子王嫱，像是一澈清泉，给人以甜美的感觉。她身穿玫瑰红贡缎绣花礼服，下系元青色绣金大花裙。宫额齐眉，杏眼含情，身后披着粉红色丝绵斗篷，步履轻盈，笑容可掬。她是专被特邀为八旗子弟王佩卿说戏的"私功"。

"文涛，"王佩卿第一个为李叔同引见："认识吗？十岁红杨翠喜。"

叔同一拱手："闻其声未见其面，久仰大名。"叔同说着，两眼都看直了。杨翠喜微露银齿，一作揖："哟，早就听说了，您就是河东李家的三少爷吧？"

"噢，鄙人就是。"

"您可是位多才多艺的人哪！"

"哪里。"叔同听惯了赞扬话，只是淡淡一笑。

"您，现在喜唱哪一派？"

"不行，"叔同脸色红了："现在正在'倒呛'，唱工还没学派。只是跟百瑞先生学了几段唱腔，以后，还要请您多指教啊。"

杨翠喜望着这位才子"咯咯"一笑："以后，我还要向您学点诗词呢。"

"岂敢，"叔同谦虚地说："您若喜欢，可以共同受业于赵幼梅先生。"

二人说了一会儿，杨翠喜便说戏去了。李叔同揩了揩汗，披上皮袍，跟着金百瑞先生来到另一间暖烘烘的房子里。从《八蜡庙》的人物、情节和故事说起，直到主要唱段，又学了四句定场诗，又学了一段昆腔，这才离开票房。

马车"咯噔登"地往河东奔去。路上漆黑，此时，李叔同想急于回家，生怕母亲怪罪，谁料，马车戛然打住了。

"怎么啦？"车棚里的李叔同吃了一惊。

"有个小女子拦路！"郑三爷说。

叔同掀起车帘，往马前一望。似乎是一个小女子跪在当道。也许天黑的缘故，看不清面孔。心想：我也不是包青天，何有拦路告状之理？遂问道：

"下跪何人？"

"小翠芳。求见李叔同先生。"

李叔同一听，心里"咯噔"一下。是她？想起她随师来家唱堂会时，自己曾经资助过的小女子。他轻轻一跳，下得车来，走至前边，把小翠芳扶起来。

小翠芳直勾勾地望着李家的小公子，半晌没说话。她那散乱的头发灰迤迤的，过膝的棉上衣死板板的，眸子里的泪水亮晶晶的。猛地"扑通"一声，又跪在硬邦邦的冻裂的冰地上，"哇"地哭了起来……

"怎么啦？"叔同不解地问道。

"把我卖了……！"小翠芳泣不成声地哭诉着："师傅把我卖到南市宝庆里啦……"

"为什么？"叔同眉头一拧。

"她说，我的嗓子倒仓了，别让她赔本。前天晌午，老鸨子来看我……"

叔同一惊，那宝庆里乃下流妓院，卖到那里必然沦为娼妓，想到这里，一股愤懑、同情、怜悯、忧伤之情顿然而生。他急忙扶起小翠芳，遂问道：

"你……你出来，师傅知道吗？"

"不知道，"小翠芳用袖管抹了一下眼泪，说道："我把卖我的事跟金百瑞先生说了，是他指点我，我才在这儿等着您的。"

叔同一时不知所措。心里只是揣摩着，感到给几个钱是无济于事的。买下来，又如何向母亲、哥哥交代？正在犹豫间，忽听远处有说话的声音。小翠芳吃惊地几乎把心都跳出来了。

"快点！"这是筱桂芳的声音："小丫头片子，卖不了我也扒了她的皮！"

喊喊喳喳的脚步声正往这边走来。

小翠芳痉挛似地发着抖。

"上车！"郑三爷非常果断地说："追上来，我来对付他。"

这句话，倒给李叔同解了燃眉之急。

郑三爷赶忙把小翠芳扶上车子，李叔同也随着上去，信手把棉帘往下一拉，二人并排挤在一条车椅上。郑三爷跳上马车，把长鞭子一摇，发出清脆的声响。

"驾！哦——驾！"郑三爷一声吆喝，马车飞快地向前奔去！三爷一跃身，坐在车辕上了。

马车刚到北马路，突然，在黑灯瞎火的路边窜出两个人来。郑三爷心中暗想：狗日的，不闪开就叫你做轮下鬼！

"老把式，"其中一个人试探着问道："车里有客吗？"

郑三爷一见来者先动"软"的，顺手一拉缰绳，嘴里"吁"地一声，马车停了。

"嘛事？"郑三爷那粗大的嗓门，把对方吓了一跳。

来者把车子仔细地一瞧，慌了。这分明是大户人家的马车，怎能盘问？

"我们想，借个光，去追一个人。"

"追什么人？"

"嗨，其实也没嘛大事，就是……逃了一个丫鬟。"

"那好，"郑三爷不慌不忙地下了车，用鞭梢往车里一指："上去吧，叫我们小爷陪着你们一道去追吧！"

其中一个戴着风帽的家伙，凑近郑三爷的耳边，轻轻地问道：

"哪位小爷？"

"大清政府吏部主事李大人的小公子！"

"不敢！不敢！"

车子里的小翠芳，听得十分真切。心像拉线葫芦似的，紧一阵，松一阵。这时，只听郑三爷又喊道：

"上来吧！"那铜钟般的声音振动了一条街。

"不敢，不敢。望小公子恕罪。"二人一边赔罪，一边急忙后退。

郑三爷蹭地跳到车上，骂了一声"混账！"一摇马鞭，大摇大摆地往河沿驶去。

车厢里的小叔同，对如何救这个可怜的小女子一直琢磨不定。然而唯能使他获得主心骨的，则是这位可靠的老管家郑三爷，他久经世故，饱尝过世态的炎凉，历尽人间的沧桑，想必他已经有了好主意。

马车在"咯嗒咯嗒"地前进着。飕飕的西北风像要撕裂一切，卷起灰沙无情地抽打在郑三爷脸上，他微闭双眼，自信"老马识途"，约摸一袋烟工夫，车到了海河沿。郑三爷跳下车来，活动了一下冻僵了的双腿，拉住马嚼子小心地把车引过浮桥，到了对岸。

"小爷，"郑三爷把车一停，喊了一声："下车啦。"

叔同掀开车帘，和小翠芳一齐下了车。

"三爷，"叔同说："您给出个主意，救她一下。"

"我想过了，"云爷不慌不忙地装了一袋烟，擦着火镰点着了，吱吱地吸了两口，于是胸有成竹地说："带回大院，桐冈不会答应，你娘也会怪你。我看，让她逃到上海，找我的侄孙女，她在孚华丝厂做童工，先混口饭吃。"接着便对小翠芳说出了上海的地址和侄孙女的名字。

叔同掏尽了身上的银两，交给小翠芳。小翠芳捧着一摞沉甸甸的龙洋，"扑通"一声，双膝跪在冰凉梆硬的河边，忍泣说道：

"今生不能报答，来世做牛做马……"

"不要说这些话啦。"叔同连忙扶起小翠芳。

"上车！"郑三爷对小翠芳说："我送你上火车，事不宜迟，早早离开天津！"

"委屈您了，小爷！"郑三爷扶着小翠芳上了车，回头对叔同说："您，我就不送了。"

李叔同目送马车向东站驶去，这才走进粮店后街这条曲曲弯弯伸手不见五指的黑胡同。

送走了一片乌云，又卷来一阵寒风。

徐月亭被劫了。

原来，叔同在唐静岩先生指点下，习篆成癖，嗜刻甚笃。眼看石料用光了，便派管家徐月亭四处收买寿山石、青田石。当他背着一皮箱沉甸甸的石料返津时，不料被打劫的误认为银两，于无人处被两人抢走了，并扒掉了徐月亭过年穿的新袍子。

徐月亭正垂头丧气地叙述着被劫的经过，叔同进来了。他望着大厅里的佣人们，听了听情况，对徐月亭安慰道：

"徐大爷，丢点钱算什么！别难过。"

徐月亭难受的直捶脑袋："丢了一百块呀！"

李叔同听了，只是苦笑笑。老实说，一百银两在他眼里视如粪土。而劫走的这批石料，才是真正的银子、金子。因为他在为研求艺术的大脑中，仿佛比别人多了几条深深的皱纹，对一切艺术材料的占有欲，像是填不满的沟壑，吃不饱的牛犊。他知道，就在这一块块方寸的"地盘"中，他有使不尽的才华，若有一方成功的作品，又何能以金钱去衡量，一块倾注着强烈情感的印章，又怎能用其他之俗物作为历史的见证？

远处，几只大狗小狗，汪汪地叫了几声。"咯嗒咯嗒"的马蹄声划破了沉寂的夜空。

郑三爷赶着马车回来了。

叔同见郑三爷笑呵呵进来，已知小翠芳被救走了。于是他望着郑三爷会心地一笑：

"三爷，您今天辛苦啦！"

"苦嘛呀！"郑三爷大大咧咧地拉过凳子，一屁股坐下了："事儿办得痛快，就不觉得辛苦，您说对吗？三少爷。"

叔同全明白了。只是傻笑笑，点点头。

"你痛快，"徐月亭懊丧地说："我可不痛快！"

"来！"郑三爷从怀里掏出一瓶老白干："咱们老哥们喝两盅。"

文涛回到屋里，已是打过了一更，他坐在那张铺着毛毯的太师椅上，回想起刚才发生过的事情，思绪万千。

小翠芳被剥夺了做人的权利！他想，人应该是平等的，人人都应该是这世间的受尊敬的一个成员。但是世间却是不平的。有人家财万贯，有人却一贫如洗。然而，钱与人格却并不相干。人，总是要死的。而人在这历史长河的暂短的一生，末了，还是人死财空，而他的一生，难道就是为了争夺家资？

"哎呀，小爷，"张妈望着打愣神儿的文涛，嗔怪地说："水都凉啦！还不快洗脸。"

"啊？"文涛茫然一笑。

张妈又去换了一盆热水："快洗脸！"

文涛双眉紧锁了一会儿。猛地戴上风帽，掀起门帘，往书房奔去。

"哎呀，我的小爷，你又干吗去？"

张妈一边埋怨着，一边替文涛点上蜡烛。

文涛摊开宣纸，张妈帮他研了墨，他选了一支羊毫京提，饱蘸浓墨，用张猛龙笔法，书写了一副对联，书曰：

人生犹似西山日
富贵终如草上霜

书罢，回到自己房间，深深嘘了口气。再看那盆洗脸水，和室外的温度相等了。张妈摇摇头，心想：这孩子越大越怪了！

第
七
章

/

文涛像个小伙子了。不过在青年中，他不算魁梧。高挑的身材，长长的两条腿，走起路来飘逸潇洒，好一派翩翩美公子。那双凤眼始终保持着和善的笑容。不过，他的内心深处，仿佛有一片驱不散的阴云，因为，母亲是小妾，自己又是庶出。然而这片阴云又像是他性格的外套，使他不曾发过火，也从不哈哈大笑，更不多言，给人一种含蓄内秀的印象。

就在这空荡而带点忧郁的心灵深处，也蕴藏了足以结交天津艺林名士的经史子集、诗词歌赋、金石书画，以及戏曲音乐等广博知识。如大文豪孟广慧、大书家王吟笙、大画家陈鬻洲、大书家赵幼梅等，皆为李氏兄弟的上等门客，其中赵幼梅、王吟笙又以书画之缘，和李家结成了远亲。

早晨，一抹霞光像给正厅"存朴堂"这块匾额镀上了一层金色的光彩；堂前那片庭院花园，伏地柏又探出蜡黄的新芽，"伊丽沙白"月季傲然挺立，像是要再次夺魁的神态，伸出草绿色的新叶。尤其那一排撒金碧桃，烂漫芳菲，妖艳媚人，猛地望去，红雨塞途，令人陶醉，可称"桃之夭夭，灼灼其华"，显出一片生机。

书房里，叔同放下了《诗经》，伸了伸懒腰，接着写了三篇蝇头小楷；又用寸楷狼毫临摹了一张汉篆，放下笔，端起张妈送来的酽茶，呷了一口，水已凉了。他拎起紫砂茶壶，离开书房，往厨房走去，不料在箭道里碰上了小翠。

"小爷，您……干吗去？"她见叔同拎着茶壶，正想说："我给您沏去。"但她没说出来。只是望着叔同，眼神儿里像是在说："不是我不侍候您，而是……"

"小翠。"叔同很理解她的处境，因而同情地说道："我去沏茶，这点小事就……"

小翠十八岁了。论人品，待人厚道；论长相，李家丫鬟哪个也比不上；论文化，悄悄地学完了《百家姓》、《论语》、《女儿经》。十岁那年因父亲去世，抵债来到李善人家里做丫鬟，与同岁的小主人李叔同，青梅竹马，两小无猜，尽管主仆有别，然而叔同对贫富这条鸿沟，似乎早就在心中填平。

"您要干吗，尽管吩咐。"

小翠说罢，那双杏核似的大眼睛朝文涛瞟了一下，渐渐把头低下，咬着下嘴唇，习惯地揉搓起辫梢来。说真话，文涛在母亲眼里，还是个乳毛未干的"小毛孩子"，然而在小翠心中，他已是一个富有血气的男子汉了。尽管主仆有别，男女授受不亲，但她对这位满腹经纶、风逸飘洒的美少年，心中总是有着异样的感觉，这种感觉就像春天的野草，自然地萌发着。

也许是叔同对母亲的出身怀有不可言喻的同情，因而他把小翠看成是一家人。他认为，做丫鬟的不是"罪人"，富贵终似草上霜。

"不要怕，有嘛事尽管说。"

"没嘛事。"小翠抬头望着叔同那双凤眼，莞尔一笑："不过，《伐檀》和《硕鼠》，您还没给我讲完呢。"

"啊，你来，我去沏茶，回头……"

"不，"小翠一把接过茶壶："我给您沏去！"

文涛回到书房，翻出《诗经》，正待为小翠准备讲课，门"呀"地一声，张妈进来了：

"哟，还在读书，不歇会儿？"

叔同抬头，见奶娘张妈。微微一笑，然后把眼睛盯住《诗经》，淡淡地说了声："不累。"

"茶，凉了吧？"

"不凉，"叔同心不在焉地随口答着。

"咦，壶呢？"

"壶！什么壶？"叔同蓦地想起："噢，小翠去沏茶去啦。"

张妈把脸耷拉得老长："怎么又……？"

"小翠也是好心。"

"哎！"张妈像似抓住了话题，接着说："找个好心的媳妇，才是真格的。"

叔同摇摇头、冷笑笑。就在这节骨眼儿上，小翠拎着茶壶，满面春风地进来了。她一见张氏，心里像吃了个苍蝇一样，感到吐不出、忍不下，只好硬着头皮，朝张妈笑了笑：

"小爷，茶沏好了。"放下茶壶退出去了。

"文涛，"张妈又以长辈的口吻说道："哎，孩子，别学《红楼梦》里的贾宝玉，专门在脂粉堆里打转转。"说着倒了一杯茶水，往书桌上一撂，笑道："读完书早点回到屋里，你妈正找你呢！"

"妈找我？"

"是呀，"张妈神秘地笑了笑，附在叔同耳边，说道："见到你娘，就知道啦。"

叔同满腹狐疑地回到西院自家屋里，正巧母亲送客回来。王氏那脸上带着令人琢磨不透的笑容，拉着叔同坐下：

"我，正想跟你说一件大事。"

"大事？嘛大事？娘，您老说吧！"

"你呀，也老大不小的啦。"

一句话，触到了叔同最敏感的神经部位。老实说，不论从叔同那微微突出的前额，还是诗词歌赋、琴棋书画等艺事，以及他那野鹤般的飘逸神态和瘦长的个子，都标志着他的成熟期，然而，他不愿触及自己的婚事：

"娘，"叔同脸色绯红，干脆地说："您有嘛吩咐？"

王氏瞟着儿子那狐疑的眼神儿，捕捉着他那微小的反应："娘想给你成个家。"

没出叔同所料。他望着娘，只是微微一笑。但眼前像是布满了雾障，朦朦的一片，使他拨不开、驱不散、赶不走、看不透。为不使娘失望，还是开口问道：

"娘，是什么人家？"

"噢，挺好的。"王氏微微一笑，赶忙说道："你大表嫂说，闺女很不错，不论人品长相，都属上乘。你记得吗？芥园俞家茶庄的闺女？"

"没见过。"

"只比你大两岁！"

"嗯？"叔同微蹙双眉，半晌没说话。然而，他又是个奉母至孝的人，生怕母亲不快，于是勉强笑着说道："成家的事，娘您做主吧！"

娘从叔同的眉峰中看到了他的心思，因说道："咱天津有句俗话：

'女大三，抱金砖'，何况闺女只大两岁。儿呀，娘总要给你找个知疼着热的大闺女。再说，娘总要老的……"

"娘！"叔同急忙捂住娘的嘴："您别再说丧气的话了。有您的儿子，就有人孝敬您！"

娘笑了。闪着泪花笑着。三十五岁的王氏似乎感到自己很老了。

"只要我儿赞成这门亲事，娘就有人做伴了。"

"娘，"叔同望着母亲那满眸泪花的笑容，不假思索地说："只要娘看着好，儿子哪有不赞成的！"

娘摸摸文涛的长辫子，陶醉了。

此刻的叔同，其大脑中的婚姻这块地盘，像似一张白纸，任凭母亲去涂抹。他忽然想象起妻子的模样来。他想到了一个理想的人：这是一个奉婆至孝的善良媳妇；她善读唐诗宋词、喜书乐石；像小翠一样的身材，婷婷玉立，楚楚动人；又像小翠芳一样，眉清目秀，令人怜爱……

"岸子，你在想什么呢？"

"哦……"文涛从遐想中回到了现实："您就做主吧，让她陪着您……"

"嗨！"王氏拍拍叔同的肩膀："哪有娶了媳妇陪婆婆的？总是陪着自己的爷们呀。"

叔同红着脸，朝母亲那兴奋的眼神望了望，心里说不出是什么滋味。

"那就告诉你大表嫂，就订下这门亲吧。"

叔同沉默了半天。

"赶腊月，"母亲见儿子没提反对意见，凑近儿子耳边笑着说："儿呀，过年以前就娶过来。"

当天就把亲事定了。

老实说，此时的叔同，心已悬在半空了，他仿佛置身于十里云雾之中，眼前的一切迷迷茫茫，神志像是懵懵懂懂，今后的日子还是个未知数，唯独使他清清楚楚的，则是"母命"。

下午，他和往常一样，一头扎进书房，去研究他的学问去了。不过，这天的篆刻作业内容变了，他没按照唐静岩先生留下的"天地君亲师"的几个字去布置章法。他捡了一方大得像官印一样的寿山石，磨了又磨，直到没有一丝痕迹，这才动笔布局，他写道：

　　母兮生我，欲报以德

写罢，对着小镜反照了一下，自己甚觉满意，他把自己的真情实感，倾注于篆书的字里行间，赋予没生命的线条以极大的生命力。接着，用刀在这一石质材料上，倾注着奉母之情感，经过特殊的刀法处理，使这一方印章在雕塑美中增加了特殊的"金石韵味"。他匀好印泥，在宣纸上打了一个印样，颇使这一篆刻作品"朱霞散彩，石砾生辉"。

叔同细看着自己的成功之作，心中十分痛快。还没等加工，便携着它往西院送给母亲过目。岂知，还没跨出书房，小翠就进来了：

"小爷"小翠的声音比平时低了两个"P"，她那恍恍惚惚的眼神里像是有许多话，然而她没说，只是低着头，淡淡地说了一声："我给您换茶去。"

"等等，"叔同似乎忘记了自己的身份，他走到小翠面前，温和地问道："看样子，身体不舒服？"

"没有，我很好。"小翠没抬头。

"要么，有什么不愉快的事？"

"没嘛，小爷。"小翠沉默了半晌，像似自言自语地轻声说道："听说，有人侍候您了……"说话间，像飞来两片红云，贴在她的脸上。

"你听谁瞎说的？"

"哼。"小翠扬起秀脸，笑道："你还瞒着呢，张妈妈早就在下房里敲起锣喽。"

叔同苦笑笑，没言语。

"听说，人很俊。打着灯笼难找的大美人，瓜子儿脸，雪白粉嫩的；小脚真好看……"

"哈哈……"叔同忍不住笑了："还不是和你们一样。"

"我们怎能比得上呢？"小翠像是提高了两个音："丑八怪，大脚丫子。"说罢，拎起茶壶要走。

"慢点走，"叔同微皱双眉："这件事，上下都知道啦？"

"嗨，"小翠瞪大眼睛，笑道："大喜事，还不知道？"

"……"叔同立刻感到这是多嘴多舌的张妈妈所为，心中很是不快，遂说道："事情八字还没一撇呢，她怎么就嚷嚷出去了？"

"定了。"小翠愣愣地看着桌上的那块印章，她面色苍然，毫无表情。须臾，拎起壶喃喃地说："那我……最后再侍候您一天。"

"不要乱说……"叔同心中也不知是什么滋味。

"不是我乱说，小爷。因为……张妈妈对我说了：叫我不要再到您这儿来了。"

这时，忽听郑三爷大喊一声：

"镖—来—喽！"

小翠急忙走出书房，至下房回避了。因二哥文熙不在家里，叔同漫步走出西院，来到前厅。只见正门大开，挑夫们在镖局伙计们押送下，十几只大箱子抬至了前厅。账房管家徐月亭接过镖帖，验收了盐业的进款。打发了镖局和挑夫。李叔同像例行公事一样，代替了哥哥文熙的角色，在清单上盖个章子，让徐月亭好有个交代而已。

晚饭后，文熙没有去出诊，文涛又没课，兄弟二人在书房下起围棋来。其时，文涛蓦地想起母亲"提亲"之事。当他"坐眼"子儿下去之后，笑模悠悠地说：

"哥，我娘上午把我叫了去，对我提了件很大的事……"

"我知道。"文熙漫不经心地说着，顺手"嗒"地一声，出了一只黑子儿。

文涛捏着白子儿，怀疑地望着哥哥："你……知道啦？"

"哥哥怎能不知道呢？"

"那么，你看呢？"

"要尊重你娘的意见。"

叔同一听，正和自己的想法一样，随之他抓住了围棋的战机，一出手"嗒"的一声，甩出了白子儿。

"人生大事，"文熙捏着黑子儿，眼盯着棋盘，接着说道："成家了。哥哥也想过，要成家就要独立开支，我给你拨过三十万块龙洋，随时可以在咱银号支用。"

"这……？"

"不要急，文涛。咱们哥俩不分家。这三十万是留给你小家庭用的。咱父辈留下的银号、盐田、房产，始终不变，大家所有。"

叔同听了桐冈"不分家"的主张，心里像吃了颗定心丸。因为他的大半个脑子用于书画、诗词、篆刻，岂肯弃艺谋生，何况自古文人不理财，他巴不得把全部家业由哥哥去掌管。但是，家事不管，却偏偏关心起国家大事来了。

甲午中日海战之后，腐败的清政府接二连三地与外国侵略者签订了丧权辱国的《马关条约》、《辽南条约》、《中饿密约》、《胶澳租界条约》、《旅大租地条约》等等。纸老虎的本相彻底暴露，民族危机空前严重。叔同面对这种形势，一股忧国忧民的情绪油然而生。

"怎么，三爷的性子变啦？"佣人们直纳闷。是的，以往都说："瞧这三爷，一看就厚道。"而今不同了，不仅少言，而且眉锋紧锁。数日来他很少去书房，常常乘着马车外出，广交文友议论国事。

正在这时，康有为、梁启超上书光绪皇帝。要求维新变法，提出了改良主义的主张。这种思想，犹似破闸的洪水，在社会上很快汇成了一种思潮。

众所周知，当时康、梁的新思想和文章才华，冠绝一时，赢得了许多文学青年的崇拜。李六如、柳亚子，包括李叔同都对康、梁表示钦佩。尤其康有为所著《书镜》一书，其学术观点早被李叔同所敬佩。

一天夜里，李叔同来至书房，洗净砚池，细研了一池香墨。又点燃四支大蜡烛，摊开宣纸，一口气写了四张条幅。文曰：

老大中华，非变法无以图存
边款诗曰：
杜宇啼残故国愁，
虚名况敢望千秋。
男儿若论收场好，
不是将军也断头
　　戊戌　李叔同

第二天，命管家徐月亭找裱家进行装裱。自己书房悬挂一幅，其他三幅分送师友王仁安、严修和唐静岩。自此以后，对李叔同赞成变法、崇拜康梁之思想，不胫而走。

诚然，叔同把挽救民族之危机，完全寄希望于康梁变法。在他看来，似乎成为水到渠成的事，只待皇上诏书一下，救国便可有望，因而，这几天他那紧锁着的眉舒展了，走起路来好像也轻松多了。此时，他决定在生活上要"洋化"起来。立夏那天，他特地从租界地里买来一套白色贴身衣裤。穿起来挺神气。脚腕上扎了两条黑色丝织宽带，腰间束了一条漂亮的穗带，走起路来犹似仙鹤般地傲然挺拔，如果没有脑后那条又粗又长的辫子，真像个西方的骑士哩！

弹指之间到了腊月，个人的婚事在即，合家上下，都在为婚事忙碌着：一边大修房屋，一边请来十位裁缝师傅赶制衣服，仅这些已经耗资十万。

腊月初八，李家和往年一样，打开了粥场，救济贫民。李叔同信步来到粥场，一头钻进穷人堆里。仅从他这身打扮，仿佛羊群里出了个骆驼，非常惹人注目。

"老爷……"一个颤巍巍的声音送至李叔同耳边，他一回头，见是一位双腿残疾的老太婆，"老爷，"她伸着端着破碗的手臂："我挤不进去，可怜可怜我这残废的人吧……"

叔同一怔，看看这可怜的老人，心里怪难过的，他朝老人微微点头，示意让她跟来。叔同拨开人群，她，磨磨蹭蹭地跟在后边，当走近"备济社"时，正望见管家徐月亭在这里盘账，叔同高声喊道：

"徐大爷，是否给残疾人单独开几锅？"

"可以，"徐月亭给残废老太婆盛了满满的一碗，又对大师傅吩咐了几句，接着便对人群喊道：

"残废的老乡们，到这边来排队！"

这一声不要紧，穷人们立刻奔走相告，不大一会儿，来了一批盲人、断臂少腿的、秃头豁嘴的、痴呆的、斜眼歪嘴的挤满了粮店后街，吓得左右邻居、妇孺子女不敢出屋。

叔同在这些人中转了一圈，心中蒙上了一层灰暗暗的阴影。啊，经济压倒了人性的尊严；侵略者又何尝不是侵压着民族的尊严。别说一个"李善人"，就是百个、千个、万个，也难能解救民族贫困之万一。啊，中华，非变法不可！

他想到这里，禁不住叹了口气。

他正在思忖着，不料有人挤过来了。

"哎呀，小少爷，还不赶快回去！人家闺女家送陪嫁来啦！"

叔同见是奶母张氏喊他，转过身来默默地跟她来到大院，还没进门便听到吹吹打打的鼓乐声，小唢呐吹得震天响，喇叭声忽高忽低，好像不吹出点赏钱决不罢休的样子。

只见红毡铺地，十几箱嫁妆通过红毡抬到了新房。叔同母亲笑吟吟地迎接着亲家的"使者"。郑三爷招待了挑夫；猫工王奶奶唱起了"喜歌"，只有李叔同那"平淡"的脸上，显得更"平淡"。好像是旁人娶媳妇，此事与他无关一样。

不过，世界上的母亲了解儿子，就像通过了透明的血肉看到了儿子心脏的跳动；然而，儿子了解母亲，就像天才的心理学专家，摸透了母亲脉搏的起伏。

叔同对嫁妆的淡漠，说穿了，是对世俗观念的包办婚姻的淡漠。不是吗？妻子的性格、模样、脾气、癖好、习性、人品等，嘛样？他全然不知，只不过是顺着母亲心气儿，让年轻的寡母脸上漾出一丝笑容。除此之外，"孝顺"二字就是一句空话。

"岸子。"母亲呼唤着叔同的小名："来，见见你舅母。"

叔同急忙走进娘的屋里，对这位刚下轿子的妇人深深打了一躬。

舅母见了外甥女婿，越看越欢喜。

"啊！多俊的女婿！这是我那个傻外甥女前世修来的福啊。啧啧！"

舅母左右歪着脖子来看叔同，像看稀罕货一样，品评个没完。

叔同被看得坐立不安，感到很窘。

幸亏外边王奶奶喊了一声："请小奶奶过目。"才算解脱了这种不自然的局面。

王氏陪着舅母步出了门外，早有王奶奶递上一个大红"帖子"。上边写明陪嫁的珠宝首饰、四季服装、绸缎被子，以及马桶脚盆等等。

王氏也顾不得细看"帖子"，只被眼前琳琅满目的嫁妆紧紧地吸引着。她乐了，乐得合不上嘴。是的，她将要做"婆婆"了，她将要摆脱"小寡妇""小老婆"等等一切并非自愿、而又无力扳过来的世俗责难。

就在这残冬腊月，雪漫北国的寒冬日子里，李家大院的喜事，像火烧了半边天一样，热热闹闹地轰动了半个天津卫。就连皇室太子婆亲，也没有这样的排场。

一顶娶亲的新轿，在李家"亮"了三天，红色轿子绣着"龙凤呈祥""百子图"。迎亲这天，著名的天津"大乐"，足足吹打了二十四个小时。当俞家女儿乘着这顶八抬大轿进门时，拜了天地，入了洞房，客走席散，才停止吹奏。

俞氏长得还端庄，长方脸盘上嵌着一对浓眉，那双乌黑的眼睛里透着灵气，小脚三寸，走起路来扭着纤细的腰肢，恰如风摆柳枝，婀娜动人。

虽说人生大事，但在叔同的心上，大到如何程度，似乎还没这种分量。他，只不过是个男人。他和一切有灵性的动物一样，也享受着天伦之乐，夫妻之性爱。因为，他成熟了，完全是一个男子汉了。但是，他心目中的真正地满足，其饱和的指针，还在母亲的脸上，只要母亲喜欢，他就算尽了"孝道"。

叔同结婚的家具，一切都是母亲操办的。只有一件，他动了脑筋，就是那件用了一千块龙洋买来的德国钢琴，这种"奇货"，在李家大院似乎有些格格不入，不过只要母亲不反对就行。随琴还买了拜厄的《钢琴基本教材》和车尔尼的《钢琴初步教程》。

他没有钢琴教师。也许在艺术上的"触类旁通"和"一通百通"的观点是正确的，因而他能自学，他要下决心探索这件"洋"乐器的奥秘，为此，他请了"维新"派的先生教授英语，渐渐，他能把钢琴教材的英语术语全部翻成汉文，并且一课课地练下去。尽管指法、双手的配合、手势的力度并不正规，然而，这件"洋"玩意儿，就像艺术迷宫里的奇货，他非要探个虚实不可！

钢琴的练习曲是枯燥的、乏味的、艰难的，但它不是"八股文"。一旦钢琴练就，便可以展开音乐家的奇想，就像"万花筒"一样，变化着多彩多姿的艺术形象。它不像"八股文"那样的死板，那样千篇一律的"代圣贤立言"。

翌年，清光绪帝颁布了决定变法大计的诏书，把维新变法运动推向了高潮。同时，号召大小诸臣"各宜努力向上，发愤为雄"，"以圣贤义理之学，植其根本，又须博采西学之切于事务者，实力讲求，以救空疏迂谬之弊。"

诏书一下，像一阵旋风，把所有的人都卷进去了，叔同像所有的爱国知识分子一样，深感"老大中华，非变法无以图存"。他暗暗为自己所书的条幅而兴奋，为"诏书"而狂喜，那双细长的凤眼，忽地像湛蓝的天空那样明澈，心中燃起了"变法图强"的希望之火。他以极大的热情奔走师友，探听朝廷新政，研习变法维新的五六十条纲目。

心中喃喃惊叹：报国有门矣！

岂知，变法维新触怒了"太后老佛爷"。她一边听着荣禄读的变法条文，一边从牙缝里进出"嘿嘿"的冷笑。

母子两党之争，叔同还蒙在鼓里。他只知道"维新"，似乎对过去所学的东西，已悟出了新义、新的思想。他做好了打算，办学堂，废八股，传播爱国思想。从六月九日到九月二十一日，每当谈到变法，就像灵敏的手指拨劫着欢乐的心弦，使他激动、兴奋，连声调也提高了八度。

一阵秋雨，凉了半边天。

突然，叔同那欢乐的心弦，拨出了无限惆怅的哀音。他的面色惊变了：

——光绪帝因染病不能视政

——缉捕康有为、梁启超及其余党

——问斩"六君子"

接二连三的消息，像几声闷雷，震撼了他的心。然而他对康梁"变法图强"的救国之路，丝毫没有怀疑，曾几何时，他还孜孜不倦地读过"公车上书"的传抄本，使他暗自赞服康有为。

戊戌变法失败了。康有为、梁启超由北京逃来天津，避于六国饭店，他得知此消息，对康有为仍然敬佩之至，然而他几次试图去六国饭店面见康梁，都被郑三爷制止了：

"我的小少爷，你不怕受连累？连太后老佛爷都找不到他，他能见你？"

一句话说得李叔同哑口无言，郑三爷进而说道："我的小少爷，这可是有着杀头的危险啊！"

叔同垂下眼帘思索着，霎时间，他的眼前仿佛现出着各种卖国条约，然而他又目击时艰，一股忧国之情令他流淌着热泪……

"怕……？"他抹掉了泪水，像是横下了一条心，继而喃喃地说："要说怕，就连影子都会吓死你。"说着便奔至书房，挑了一块长方青田石料，镌刻了七个魏碑变体字，文曰：

南海康君是吾师

这七个字，不论其书法、章法与刀法，都在那刚健铿锵、酣畅淋漓的线条中，洋溢着救国的热情，倾洒着变法的心声。

"文涛。"文熙匆匆来至书房："不好啦！"

"什么事，哥哥？"

"西太后政变了！"

"我知道了。"

"朝廷还杀了谭嗣同、康广仁、杨深秀、杨锐、刘光第、林旭六个人。"

叔同听了二哥的话语，证实了"六君子"被杀的真实性，他捏着这块石章，几乎要捏出血来。就在这天夜里，西太后为了政变的胜利，又一次临朝"训政"，要举国欢庆。叔同回到母亲屋里，悄悄扎了一个小花圈，端端正正地写了"六君子"姓名，利用母亲的佛堂代替了灵堂，带了母亲、妻子为"六君子"开了一次追悼会。只听叔同说道："师长六贤君，肝胆照人心，今为变法死，浩气今古存，今生不报国，永世离俗尘。"

第二天的下午，刚刮了一阵秋风，又飘来一团乌云，黑压压的云层像一张大网，停在河东粮店后街的上空不肯散去。街上是乱糟糟的，商店是冷清清的，地上是灰茫茫的，天上是乌沉沉的。

叔同一天没读书，他在书房里翻阅着变法以来的所有报刊，正在琢磨着日本的"维新"……

"文涛，"郑三爷脸色煞白，惊慌地来到书房"糟了！外边传说……传说你是康梁余党……！"

叔同心里"咯噔"一下，脸色变了：

"真的？"

"可不是嘛，说你也在名单里啦！"

"岂有此理！"叔同咬着牙齿，眉宇间的疙瘩越拧越紧。

"事不宜迟，文涛。"

说话间，文熙也来了，他瞅了瞅文涛和郑三爷，低沉地说："市面上的事儿，知道啦？"

"郑三爷告诉我了。"文涛望着胆小的哥哥，亲切地说："不怕，二哥。老大中华，还没我的去处？"

"事到如今，哥哥也无能为力呀！"文熙稍微镇静了一下，问道："你准备到哪儿？"

"上海！那里的局势要比北方好。"

文熙一听，放心了一大半："这么办。"文熙说："我把你这三十万块钱，转到上海分庄。你随时用就是了。"

晚上，叔同与母亲、妻子商量去上海的事，谁知很痛快，一讲就通。母亲的南下，像是船上的掌舵人，只要离了岸，我便是"老大。"那种"小寡妇、小妾"等等一连串"小"字铸成的自卑感，一下子熔化了，心情自然是极为兴奋的。

临走时，母亲和媳妇打好了包裹，带上细软之物。这时，母亲说了："佣人只带一个张妈妈，其他丫鬟、女仆留给你二哥使唤吧。"

叔同听着母亲的调度，没吱声，他只顾手中这块"南海康君是吾师"的石章。待一切准备就绪之后，他悄悄把章子塞在石料堆里，通过托运，也带到了上海。

第
八
章
/

　　一八九八年十月，李叔同——这位北方公子爷突然携眷避祸闯进
了以纸醉金迷，火树银花睥睨当世的不夜城和冒险家的乐园——上海，
投入了大江以南人文集粹的新文化摇篮。

　　上海有桐达银号的分庄，他有足够的经济条件。只是举目无亲，
人生地疏。他托银号代理人在上海法租界卜邻里租赁了一楼一底，算
是把家安顿下来。随行者只有一个奶母张妈。然而，尽管到了这陌生
的十里洋场，他感到一切都很新鲜，离开了天津河东粮店后街那座挂
有"进士第"的大院，在这块具有反帝反封建历史的繁都，就像污水
池里的那条小金鱼，突然跳进了大河塘一样，感到大有可为，故改名
李漱筒。

　　一天，叔同乘坐自己新制的皮篷马车，荡游沪上，领略着繁华
的市面，欣赏着江南的人文景观。当马车行至城南青龙桥下时，见一
些人正在围观着一张"征文告示"，叔同脚蹬车铃，车把式勒缰停车，
众人回头，见一美少年跳下马车，看那打扮，决非沪上"小爷"，一
件古铜色花缎袍子，曲襟背心，瓜皮帽正中缀着一块宝玉，脑后拖着
一条又粗又长的辫子，脚穿一双鱼帮粉靴，一副俏带扎着裤脚管。

　　叔同跳下马车，走近"告示"，眯眼一瞧，是上海文坛著名的新学派组织"沪学会"的悬赏征文。内容《拟宋玉小言赋》以题为韵，写词一首，限期交稿。叔同心中窃笑，暗道："一试无妨，成则以文会友，共同商讨艺事救国；不成，则乃图进矣。"想罢跳上马车，兜了一圈又回到了卜邻里。

　　叔同这些日子，精神生活异常丰富，确有"海阔任鱼跃"之势，他黎明即起，撰文度势，并以汉篆魏碑赵正狂草各种书体挥洒数篇，末了，把"南海康君是吾师"之印稿，一并卷叠成信札，交佣人送至"沪学会。"

　　原来，叔同在天津已了解上海"沪学会"在青年学者中的声望。他也知道："沪学会"的许幻园为新学界的领袖人物，家中极为富有，为人慷慨。他的文友袁希濂就是借用许幻园这片房子成立了"城南文社"，该社成立于一八九七年（光绪二十三年）秋，颜所居曰"城南草堂"。为此，叔同毫不犹豫地将稿件送到了这里。

　　评卷人系张友蒲，字孝廉，他精研宋儒性理之学、旁及诗赋，为人公正廉洁。

　　世界上的事情是难猜测的，偌大个上海滩，文人集中，人才辈出。但偏偏叔同的课卷三获冠绝，均为首奖。

　　忽一日，许幻园派了专人，跃马扬鞭来至法租界卜邻里，见到叔同躬礼道：

　　"恭喜！恭喜"说罢便呈上了"拜帖"。

　　叔同展开帖子，只见工整楷书写道：

　　漱筒先生均鉴：

　　　　君之大作，吾辈师友均已拜读，甚感先生年少才盛，旧学新知，文章华国，宏才大略，尤是篆刻，辄冠其曹，实乃北国骄子，江南奇才。今特遣人送上拜帖，拟邀先生加入"城南文社"，以资长期切磋，并定于明日晚五时，敬请光临青龙桥城南草堂，聊表景仰之意

　　　　　　　　　　　　　　　　　　　许幻园顿首

　　叔同看罢帖子，悠然一笑，抬头对来人说道："请转告许先生，鄙人定来讨扰。"

　　翌日下午，叔同没乘马车，他雇了一辆胶皮轱辘的黄包车，到了城南草堂只花了十四个铜板。这是一片极富江南色彩的幽静之处，金洞桥下，流淌着清澈见底的溪水，拱桥两旁苍古石狮，像个顽皮的小卫士，迎送着草堂的主客。桥洞苔痕阴绒，令人留连忘返。桥畔交错着两棵两抱的老槐树。穿过树荫遮蔽的绿色长廊，迎面一堵灰色围墙，正面是一对黑漆大门。整个轮廓，像是一幅天然的风景画，给人以幽静清雅的感觉。

　　叔同刚下车，早有佣人进内通报。这时，有四人来到门外，拱手笑道：

　　"漱筒先生吗？"

　　"岂敢，在下就是学友李漱筒。"

　　"请！"

　　四人齐声把李叔同让至客厅，通过"自报家门"方知李叔同乃清朝进士李筱楼之幼子，因受康梁余党之嫌，故改名漱筒；再看其相貌，毫无北方彪形大汉的样子，人虽修长，但从宽阔的前额、细长的凤眼、隆正的鼻梁，带点矜持风度的微笑，俨然是一位文学、艺术家的风姿。说真话，这四人见到叔同，都认为江南奇才，大有相见恨晚之情。于是，酒肉之间话语投机，畅怀痛饮，直至酒醋饭饱。

这四人是谁？他们是上海宝山名士袁希濂，娄山诗人，草堂主人许幻园、妇科儒医蔡小香、江阴书家张小楼。许幻园还是一位用钱捐来的"道台"，只不过是徒有其名不任其职而已。这四位皆年长于叔同，但最大者乃袁希濂，其时也不过二十六岁。

叔同参加了"城南文社"，并成了"沪学会"的主要成员。文社每月会课一次，叔同以弱冠之年，所作诗文词赋，接二连三地夺冠；书法深得汉魏六朝之秘；金石之作，皆名列前茅，不几日一下子名震上海滩，报纸以醒目的通栏标题写着：《二十文章惊海内，古今奇才李漱筒》。

这天，刚下过一场暴雨，老天爷就像发过一顿脾气，又露出了一张笑脸。地上尽管湿漉漉的，但天上却晴朗朗的，上海滩上又是车如流水马如龙。

叔同在金洞桥前下了马车，自己便悠然自得地翻过小桥，走进城南草堂。

"李公子到——"门房迅速传进话去。

此刻，只见袁、许、蔡、张四人走出客厅，拱手作揖，满面春风，把李叔同迎到客厅。仆人献上龙井，递过毛巾。须臾，六十多岁的张友蒲老先生，把五位青年领到草堂前，说道：

"今日五友，挚心结拜金兰之交，在城南草堂之月下花前，祭告天地，虽是天涯异姓人，誓愿结为五兄弟。此后，应齐心协力，互相救助。皇天后土，实鉴其心。吾愿承其盟主之责，察其行，观其心，佐证天涯五友人！"

说罢，焚香于堂前，率五青年跪倒天地之间，命五人各叙"金兰家谱"，排好行次，焚香互拜，并各自说誓。只见李叔同流下双行热泪，对天一拜，说道：

"小弟不才，蒙导师盟兄厚爱，结成金兰，真是三生有幸。本来，小弟在津追随康梁变法，以求维新、变法，图救中国。不料，将愚弟当作康梁余党而追捕，故而携眷南下，以寻良机尽忠报国。而今，我等'天涯五友'既结金兰之交，不求同生死，但愿齐救国。如能同心，请受小弟一拜。"说着便磕起头来。

四兄长急忙跪下，各叙誓言，团拜之后，相互搀扶而起。盟誓之后张友蒲告辞而去，五兄弟便进了客厅。

这客厅原是大家所熟悉的"接官厅"。然而今日却装点一新。名人字画赏心悦目，灯火通明照拂人心。不一会儿，酒宴摆齐，五友就座，堂主祝酒，有四个妙龄女子走进，她们个个俏装脂粉，笑靥如花，她们笑吟吟地就座于五友中间，叔同呆了。他哪里知道，这四位兄长乃上海风流倜傥的人物，常有走马章台[1]，拈柳平康等放荡行为，也许这是文人学士的时代韵事，但在叔同眼里，似乎是件怪事。

"我来引见一下，"许幻园笑着说："这是我天涯五友的小兄弟，北国才子李漱筒先生。"

四女郎起身微笑，忙道万福。

叔同欠身还礼，羞得几乎没敢抬头。

"老弟弟"，袁希濂拿起酒杯咕咚一下，喝下一大口，说道："这四位我来介绍：这位，是金喉女郎金娃娃；这位是梨园台柱杨翠喜"；叔同一听杨翠喜，眼睛瞪得老大，忙说："早就认识了。"杨翠喜频频一笑；"噢，是李公子啊。"这时，袁希濂继续指着一位女郎说："这位是秦楼书寓李苹香；这位是……"袁希濂指着对面的女郎说道，"上海滩多才多艺又多情的秦楼小姐谢秋云。"

---

[1] 章台：街名。旧时用为妓院等地的代称。

谢秋云微送秋波，显出青楼绝色。但她并没正面望一眼叔同，只是低着头，抿着嘴，没说一句话。待轮到谢秋云把盏祝酒时，叔同才悄悄瞄了一眼，只见她生得不凡，只用美丽二字似乎不能概括她的全貌，她美而不娇，艳而不俗，一双眼睛透出聪慧的灵气。不过，这一瞄不打紧，倒把李叔同怔住了。"啊？多么熟悉的面孔啊！"这时，他那发愣的眼神儿，正和谢秋云那愁丝不解的目光碰在一起。谢秋云慌忙避开了叔同的凝视，低声说道：

"李公子，敬侬一杯酒。"

"请，请请。"李叔同眼望酒杯，懵里懵懂地一仰脖子，喝光了。

满屋的人直喝彩、鼓掌，热闹极了。只有李叔同的面孔是冷的，仿佛他在思索着什么。

席后余兴是即席表演。轮到谢秋云表演时，她怀抱琵琶，拨动琴弦，一曲江南评弹开篇，随着细腕纤指，弹出玉珠落盘似的过门，她沉着、动情，嗓音清亮，句句动人肺腑：

> 美酒佳肴伴香莲，
> 有一北国美少年。
> 系马金洞垂柳旁，
> 岂知相逢在江南。
> 今夜陪君一杯酒，
> 半句乡音逗春寒。
> 龙洋若有灵性在，
> 送我梦游月儿圆。
> 望穿秋水天也老，
> 何时伴君白发残？

叔同一听，顿然明了。是她？真的是小翠芳。他的心像是被绳子扎住了，而且越勒越紧。他知道，这是小翠芳的即席之作，词语尽管粗俗，但还是触动了心魄，道出了一片真情。

他听得入了神儿，直勾勾地望着她，想从她那脸上找到六年前的特征。不可能，最后见到她，那是一个风雪交加的茫茫夜晚。啊，十年前了！这一幕一幕的往事，历历在目：被师傅毒打、头针刺肤、跪地求饶、偷送龙洋、深夜拦车、护送车站。然而，又如何坠入妓院的呢？又如何改名谢秋云呢？

一阵掌声，惊醒了叔同的遐想，也表示了对满脸泪痕的谢秋云的谢意。

深夜，几位少年男女有说不尽的绵绵细语，大家对不擅走马章台的李叔同并不在意，只对谢秋云的反常现象，感到扫兴。可是，谁能猜到她的心思？

大家分手时，在忙乱中谢秋云凑近叔同耳边低声说道：

"小爷，这是我的地址。"同时，一张纸条塞在叔同手里。

叔同拱手告别了四位兄长，跳上马车，回到家里，墙上的自鸣钟"当当"两下，已是凌晨两点钟了。

"岸子，"母亲披着衣服出来，把叔同叫到自己屋里："告诉妈，上哪去啦？"

"……"叔同笑笑，没说话。

"到下流场所去啦？"

"没有。我和幻园、希濂、小楼、小香结拜了金兰之交。席上，听了一会儿评弹。"

"噢……"母亲思索了一下，说道："金兰兄弟固然是好，可是，前程还是靠自己啊。你记得你爸爸写的一副对联吗？"

"记得，娘。"叔同对这副对联早已背得滚瓜烂熟，那上写的是："惜衣惜食，非是惜财缘惜福；求名求利，须知求己胜求人。"此刻，他完全理解母亲的意思，因说道："开春要进行科举考试，我一定求得功名，立志报国。"

"嗳！"母亲高兴得直抹眼泪。

次日，叔同登上马车，按照小翠芳的地址来到南市"秋云书寓"。一看牌子，已知这是一处高等妓院。他跳下马车，打发车把式回去，只身走进弄堂，大步奔到"秋云书寓"楼上。当他左右顾盼时，只见一位身穿绿袄、头戴红花的中年妇女来至他的跟前，笑容可掬，甜甜地说道：

"少爷，对不起啦！姑娘生病，不陪客了。"

"陪！"谢秋云撩起门帘，冲着鸨母飞了一眼："别的客不见……"说着挽起叔同的胳膊："这位……我就是要陪！"

叔同明知她的娇态是装给老鸨子看的，因此也就笑嘻嘻地随她进了房间。这房间的正中是一张琴桌，桌上有一张七弦古琴，两旁是梳妆台和书橱。正中墙上挂了一幅唐伯虎的膺品《仕女图》，两边配了一副对联："不俗即仙骨，多情乃佛心。"右侧凹壁处是一张大床，左侧墙上挂了琵琶、胡琴、月琴、三弦、二胡等乐器。叔同正在出神，鸨母送来水果、茶点，又对姑娘叮嘱了几句：

"别板着脸，公子爷可不喜欢，嘿嘿……"转脸对叔同嬉皮笑脸地说："闺女不懂事，就包涵着点。嘿嘿，瞧你这位公子爷，长得多俏啊，嘻嘻……好啦，闺女快倒茶。"一转身走出去了。

"李公子"，小翠芳拉着叔同坐在那张木椅上，随手倒了杯旗枪茶，又拉了一张凳子坐在叔同对面，她呆呆地望着叔同："李公子，我是在做梦吧？"

"几年啦。"李叔同微笑道:"你还认出我?"

"恩人,恩人!"小翠芳火辣辣的眼睛,流出了两行热泪:"今生只有一个恩人,怎能忘呵?"她微笑着瞅瞅叔同,泪泉像似悲喜交加的混合物,流淌着,微笑着。

"你……怎么改成秋云的名字呢?"

"哎,不是一句话能讲清楚的。"她掏出香帕揩干了眼泪,甩了一下头发,眼帘微微垂下,说道:"其实,我姓什么,自己也不知道。自从李公子叫郑三爷把我送上火车,到了上海,就被一个姓谢的流氓骗了。他一转手,就把我卖给了这个'妈妈'。当时我虽然很小,但我知道,逃出了虎口也难逃火坑。但我死活不从,洁身来,清白去。后来她知道我学过京戏,就叫我学艺,做了一个卖笑不卖身的下流……人。"讲到这里,"哇"地一声痛哭起来。

叔同茫然地望着这个可怜的弱女子。无可奈何地叹息着,仿佛在她的身世中悟到了社会的阴影,看到了人间的不平。

"秋云,不必伤心。"叔同的心虽然被错综复杂的情绪挤满了,但这句安慰的话是顶真的。老实说,他真找不到一句更合适的话来安慰她。

她哭得更伤心了,仿佛这许多年的隐痛要在叔同面前一古脑儿地流泻出来不可。

"别哭了,"叔同笑笑:"咱们谈点正经的吧。"

谢秋云猛地抬起头、忍着泪,喃喃地反复着"谈点正经的"。她猛地扑进叔同怀里,泣道:

"我早就发过誓了,今世不报来世报。既然公子来了,我情愿为你缝洗浆补、送茶烧饭,以报救我之恩。"说罢,仰起脸来望着叔同,希望能得到一丝反应,哪怕是一点点……

叔同看着这张哭红了眼的秀脸，甚是怜爱。她的确长得很俊，一对酒窝嵌在她那白嫩的脸庞上，一双秋波撩人的大眼睛，露出女人特有的媚色，她，确是令人神魂飞散。

叔同在这谢秋云的青春气息和脂粉气息的弥漫中怔住了。半晌，他才回过神来对她安慰道：

"这里不是你久留之地，我全然知道。可是世上多多少少个谢秋云啊……"他沉思了一下说："我只有求得功名，奏上朝廷，继续实行变法维新……"

"那我……"谢秋云急切地问道。

"这好办。"叔同把带来的五十大洋交给了秋云，说道："等明年科举之后，再做商量。"

这天，叔同离开"秋云书寓"已是日落西山了。天还是晴朗朗的，叔同的心却是沉甸甸的，当他走进自家的墙门时，许幻园正在这里等他。

"快，进屋坐。"叔同拉着幻园往娘屋里走去。

幻园见到王氏口称"妈妈"，然后跪地就是磕头，弄得王氏怪不好意思的。许幻园磕完了头，坐在藤椅上，接过张妈妈送来的龙井，呷了两口，直截了当地笑着说道：

"此处房屋狭窄，友人不便往来，何况，李家门第不俗，我弟漱筒早已是江南才子而为人称道。说真的，愚兄不忍心你们在此居住。我已经吩咐管家，把鄙舍东院五间房子让给你们。不过，兄弟之情，说话算数，说搬就搬。"

叔同母子相视一笑，这笑里仿佛在说：好一个金兰兄长，说出话来不留缝隙，看来非要乔迁不可了。

"那好，"叔同望着母亲："娘，我们情同手足，既然如此盛情，我看……就不必推辞了！"

王氏笑了：

"那就搬呗！"

几天之后，李叔同携眷迁到许幻园家的"城南草堂"的东院。此处不仅房屋宽敞，而且很是幽静，门前是一条清澈见底的小溪，跨水有苔痕苍古的金洞桥，桥畔有两株葱葱郁郁的大槐树，真是一处闹中取静，并带点花泥野味的中国式的别墅。

此后，叔同和幻园情同手足，眷属之间情同姐妹；五友往来更加密切，朋友中又增加了文坛名将毛子盐、李方园和刘泯松。

眨眼之间，已至深秋，尽管南方气候宜人，但叔同一家已感秋风凄凄，寒意萧瑟。不久，母亲病了。叔同心急如焚，急忙与五友商量。幸好蔡小香是著名妇科医生，遂即为之诊断。他见了王氏，瞅了一眼她那焦黄而枯瘦的面容，再一诊脉，只觉脉弱、气虚、早跳、心血失调，诊毕方知，此病并非一般症状，乃系妇女"杂症"。

蔡小香双眉紧蹙，走出王氏房间时，叔同忙问："病重吗？"

蔡小香沉吟了一会儿，"看来，伯母乃是多年积累的杂症。"

"杂症？"叔同慌了。

尽管蔡小香使了全身解数，开了几服药，吃完了还不见好转。

屋漏偏遇连雨天，张妈妈又凑上了一份儿。

"我说，小奶奶，"张妈妈把煎好的药送到床边："您的病啊，八成是星相的缘故。"

"啊？"王氏撑起身子："张妈妈，你说什么？"

"我说呀，您可别往心上去。"

王氏拧起眉毛，瞪大无神的眼睛："你说吧，有什么往心上去不往心上去的。"

"您想"张妈妈神秘地凑近王氏床边说道："小少爷属龙，少奶奶大两岁，属虎。他们两小夫妻是'龙虎斗'的命相。"张妈妈说到这里煞住了，再往下说就是"龙虎相斗、必有一伤"了，虽然没说，王氏心中像是被蝎子蜇了一下，猛地疼痛之极，接着便突突地跳着。不容分说，张妈妈的几句话，又给王氏的病添了一份"杂"字。

王氏不断地吃药，每当天气晴朗，精神好些，便被叔同扶上马车，到上海城隍庙、地藏庵、卧佛寺去烧香，求得消灾去病。说也奇怪，王氏的病情又慢慢好转了。

刚刮了一阵寒风，又降了一场小雪。

叔同的母亲病情刚稳定，叔同的媳妇要生产了。这下可把叔同忙煞了。还是张妈妈有经验，她不慌不忙地对叔同说：

"少爷，这事您就甭操心。您的把兄弟蔡先生虽然是妇女病专家，但咱天津有句老话：'宁穿朋友衣，不沾朋友妻'，不能让他接生。"说罢她叫来车把式。

"老刘，套上车，我去接大夫。"

其实，俞氏怀孕时，她就注意了上海的产科大夫。果真，大夫被她请来了。这是一位日本留学回来的女大夫，张妈帮她拎着产包，直接来到俞氏的房间，片刻工夫，她出来了：

"胎位不正，手术已经来不及了。"

"那……"李叔同脸色刷地变了："您看如何是好？"

"力争保全大人和小孩，如果情况危急，只能保大人。"

叔同怔住了，脑袋嗡地一下变空了。末了，他无可奈何地点点头。

大夫回到产妇屋里，张妈妈也跟着进去了。须臾，张妈妈出来烧水、拿毛巾，忙碌了一阵，叔同的心像悬在半空一样，紧张、担心、同情、害怕、着急，真像热锅上的蚂蚁，连手心都捏出一把汗来。

"啊，实在无能为力，"大夫走至外屋，对叔同说："孩子在没出世之前，已经窒息了！"

这句话，差点儿使叔同昏倒。

"孩子没救了？"叔同乞求着说。

"所有的办法都用过了。"

"是男是女？"

"男孩。"

叔同默然垂下了头，两行热泪刷地滚了下来。他，痛苦极了。孩子还未来到人世，就离开了人间。

不过，头生儿的丧事，办得还算体面。尽管没有吹吹打打，但他的心也算得到了一丝慰藉，可是叔同母亲王氏，却大哭了一场。

就在这一家人闷闷不乐的日子，天津家乡来了一位管家。谁？郑三爷。

郑三爷穿了一件春绸长袍，外套一件坎肩，一条灰白色的长辫子，垂在瓜皮帽的后头。如果不看那双长满老茧的大手，真像个乡下老财呢！

叔同母子见到郑三爷，分外亲切，但又不知大老远来到南方有何要事。当郑三爷坐定，张妈妈送上了一杯热茶，叔同才开口问道：

"三爷这次来……？"

"嗨，"郑三爷放下茶杯，笑道："本来，文熙二爷要写信来，说是兵荒马乱，怕耽误事，所以叫我来一趟。"说着，在内衣里掏出一封家信递给了叔同。

叔同急忙拆信一看，笑了。上边写道：

文涛弟如晤：

信悉，知你迁"城南草堂"，一切如意，兄放心矣。屈指前科至今三年，开春将在河南开封举行北方正科考试。兄深知吾弟宏才，早存功名报国之心，故特飞鸿告之，勿延良期，切切。

兄文熙　十月二十一日

当下，叔同写了回信，大意是开科之事，弟已挂心，望兄保重。写毕交给了郑三爷，并给郑三爷安排了食宿。第二天，郑三爷逛了一天大上海，临走时，叔同送了他二十块银元。

南方的冬天，虽然没有冰封三尺，但室内也是相当寒冷。叔同为迎接科举，日夜攻读，连天准备，也不知烧掉了几百斤炭。

翌年开春，他只身一人，拎着那只柳条书箱，到了河南开封，找了一家干净的客栈。也许先付了小二的酒钱，因而小二十分殷勤地给叔同开了一间清静的单人客房。

过了几天，县里果然出了告示，外地童生们围了一层又一层，看了一遍又一遍。叔同看罢，拔腿进了县衙门，填了姓名、年龄和籍贯，又买了卷纸，待县太爷坐堂后，不一会儿就点了他的名。

叔同进了大堂，深深地作了一揖。

"叫什么名字？"

"学生姓李，名文涛、字叔同。"

"多大年纪？"

"二十岁。"

"父亲的名字？"

"李世珍、字筱楼。"

"嗯？"县太爷眼睛一亮："功名……？"

"大清进士。"

"噢……"

当下，叔同磕了头，领卷下去。

考试那天，叔同和童生们按号进了考场，俗话说：艺高胆大，他不慌不忙，十分从容地写了一篇"八股文"。自己校阅了三遍，然后交给了监考老爷。

十天之后，第二场复试，出了长案，李叔同考取了第三名。

叔同看到了榜上的题名，激动得直流泪。然而，他也知道，复试出了榜，还不算考中，必须通过"府试"才能夺取功名。此刻，他的心境像是起伏的丘陵，跌宕不平。老实说，他的精神紧张了。要报国，要维新，平俗之辈何以救国？若要为国尽忠，功名不能少、不能低。此时的"功名"二字，已经占据了他的大半个脑子，争取"功名"的热情像烧红的铁块，火辣辣的。

他自信府试能中，也有把握夺冠。

离府试尚有数月，他决定回津，请名师补课，也许更有把握。于是，他整理了行囊，付了店钱，搭上火车回到了天津。

这天，李家上下见小爷回来，个个惊喜万分，再看看手里的行装，似乎惊奇。末了，还是郑三爷把话挑明了，大伙儿才问长问短。

傍晚，文熙回来了。兄弟二人相见，谈不完的别后话，述不完的兄弟情。最后把话题拉到科举上。叔同向哥哥讲了复试的科第，又将回津请名人补习的打算说了一遍。文熙听罢，兴奋得张大了嘴巴。

"我实在高兴。这样吧，"文熙说："请赵元礼（赵幼梅）帮助你，他们的弟子，可以说个个及第，人人是才。何况，你自小的启荣、受业，全靠这位拔贡的教导，他对你是了解的。"

叔同一听，正合自己心意。于是，第二天，叔同就去登门求师。当然，弟子上门，老师自然承担了补习的责任。几个月间，赵幼梅给他补讲了四书（《大学》、《中庸》、《论语》、《孟子》），五经（《易经》、《诗经》、《书经》、《礼记》、《春秋》）。之后，命叔同根据宋代朱熹的《四书集注》，写了数篇"八股文"，篇篇文理清秀，句句"代圣贤立言"。老师阅后，不禁啧啧称赞，连说："及第可望。"

　　叔同胸有成竹，只待开科府试。

# 第九章

甲午海战之后，帝国主义列强像一群饿疯了的野狼，对中国这块"肥肉"，你争我夺，企图瓜分。正当中华民族面临亡国的危机时刻。我国民间秘密结社组织义和团，高举"扶清灭洋"的旗帜，先后在华北东北杀洋人、烧教堂，尤其在京、津一带，更显示出中国人的骨气。为了扑灭这股反帝的势力，英、俄、美、法、德、日、意、奥八个帝国主义国家组成了侵华联盟，一九〇〇年七月四日攻陷了天津，八月十四日攻陷了北京，太后老佛爷化装逃出京城。此刻的中原地带，已驻扎了十万联军；东三省也驻扎了十七万沙俄军队。

天津城里乱糟糟的，市井商店冷清清的，衙门的官吏逃得精光光的，百姓人心是惊慌慌的，车船码头的洋人都是恶狠狠的。

眼看"府试"时期已到，但四处敌兵把守。叔同几次试图通过辟径，前往开封赴试，可是，都被阻拦了。

时间迫在眉睫，叔同的心火烧火燎的。直至开科"府试"这天，他还在天津周旋，不能如期应试。心，像烧红的铁块一下掉在水缸里。他茫茫然、昏沉沉。完了，理想破灭了。

尽管二哥文熙百般劝说，叔同仍然像得了痴呆症，整天闷声不响，真把家里人吓坏了。

当他通过水路来到上海时，已是夏天了。叔同陷入炎热的气候、沉闷的心绪包围之中，母亲王氏和妻子俞氏似乎再也挤不出更好的语言来安慰他了。

草堂主人许幻园见了叔同，竭力回避谈科举之事，生怕伤了他的心。他通知了佣人，邀请"天涯五友"以及上海名妓李苹香、谢秋云、金娃娃，女演员杨翠喜，艺妓朱慧百、高翠娥等，举行了一次"欢迎瘦桐茶话会"。其实，搞了一场酒色茶会，是想为叔同消愁解闷，使之像唐六如一样，寄情于"九秋香满镜台前"的环境，沉湎于"青楼艳妓"之间。说真话，忧国的叔同，面对这腐败的清廷，志在何方？就在这声色酒醋之间，当场挥毫写了十个大字：

世界鱼龙混
天心何不平

字迹浑厚，苍古遒劲，笔下点墨挥洒着他那忧国忧民的心情。落款是"庚子仲夏　瘦桐"

席间的人们被这十个字怔住了，又像听了一首无声的悲歌，又像是欣赏着一幅满目疮痍的"国破图"。

一旁的谢秋云，望着李叔同那忧伤的面容，一头扑在他的怀里，同情地叫着"瘦桐、瘦桐"。

的确，他瘦了。他那高挑的身材，清秀的面容，经过温课、赶考、补习，特别是外敌的入侵、理想的破灭，显得憔悴不堪了。

"瘦桐先生，"李苹香放下酒杯，扭动着纤腰轻步走至叔同面前，把手中的绢扇一伸："给我留下你的墨宝，使我日夜如晤，赏个脸吧。"

说罢微送秋波，娇媚地一笑。

谢秋云欠身接过绢扇，对叔同微微一笑，娇嗔道："给苹香姐写诗，可不能写歪诗。"

"当然。"叔同轻轻地推开谢秋云，把雪白的绢扇往桌上铺开，稍一思索，便挥毫写就一首词：

> 杨柳无情，
> 丝丝化作愁千缕；
> 惺忪如许，
> 萦起心头绪。
> 谁道销魂，
> 尽是无凭据，
> 离亭外，
> 一帆风雨，
> 只有人归去……

"苹香，"谢秋云眯起媚眼，笑道："你是女诗人，回敬他一首。"

李苹香毫不推辞，也许是为了表现她的文采，她略一思索，信手挑了一张宣纸，蘸饱香墨，写道：

> 如君青眼几曾经，
> 欲和佳章久未成，
> 回首儿家身世感，
> 不堪樽酒话生平。

在场的人见此诗句，拍手，叫好，赏酒声闹成一团。半天没讲话的袁希濂，早看出李叔同的沉郁心情，似乎非让他发泄一顿不可，他起身说道：

"我的小弟漱筒，实乃当今才子，无奈怀才不遇，我等忿然不平，我提议："请小弟漱筒以诗言志，如何？"

话音未落，苹香、秋云抢着研墨，朱慧百、金娃娃裁纸润笔。叔同被老大哥袁希濂一启发，顿时思潮翻滚，一种难以抑制的忿懑之情，像拦河坝前的怒涛，一旦打开闸门，便以不可阻挡之势滚滚而来。只见他紧锁着两道浓眉，提笔写道：

故国三千里，深宫二十年，一声河满子，双泪落君前。世界鱼龙混，天心何不平？岂因时事感，偏作怒号声。烛尽难寻梦，书寒况五更？马嘶残月坠，金鼓万军营。

不过，这次茶会以后，叔同变了。他把忧时愤世之情，寄托于风情潇洒间，嬉戏于青楼脂粉之中。他的报国热情，像出炉的铁水，渐渐地冷却了。他寄情声色，走马章台，厮磨金粉，奔走于梨园名旦杨翠喜，歌唱女郎金娃娃，艺妓谢秋云、李苹香、朱慧百、高翠娥等秦楼香榻，常以诗酒酬唱，借以抒发内心之情。

一天，他闲荡到朱慧百的书寓。"妈妈"见到公子爷上门，笑得像拾到珠宝一般。转身捧来一只西瓜，一边切开，一边笑道：

"李公子先吃点瓜。姑娘正在洗澡，我去通知她一下，就来、就来。"

叔同刚坐定，朱慧百进来了。她穿了一件粉红色闪缎睡衣，像是大开衩的没袖旗袍，对叔同抿嘴一笑，娇声说道：

"哟，李少爷，好几天不见面啦。"说着挨到叔同身边一坐，"我知道，你是不想我的。"

叔同感到一股刺鼻的香味，忙说道：

"女人只知道情爱，可男人……"

"你又是老夫子一套！"慧百把头往叔同肩上一歪："不要老是忧民愤世吧，是否……能讲点快乐的事？"

叔同摇头，一丝苦笑。

慧百偎得更近些，一种女人的温馨使他陶醉，唤起他的情爱……

"瘦桐……我是理解你的。你上次送我的七言绝句，我也写了一首，本想和你的原作，可是，你的诗句是无与伦比的。"说罢，离开叔同怀里，从掸瓶里取出一把绢扇："这把扇子，尽管在你面前献丑，还是请你收下。"

叔同接过扇子，瞅了瞅画面，感到俗了些，再看这七绝和诗，更觉陈词滥调。可是瞧到附加的识语，却兴奋得直挠耳朵。原来上面写道：

漱筒先生，当湖名士，过谈累日，知其抱负非常，感事愤时，溢于言表。蒙贻佳作，并索画簑，勉以原韵，率成三截，以答琼琚，敬乞方家均政。

"谁说妓女只卖笑，感时愤世她全晓，若非出于无奈，实乃女流之骄。"叔同看了"识语"，心中暗暗思忖了半晌。

月上柳梢，路上乘凉的人已渐渐稀少了，叔同带了一身香汗，走回自己的家里。他习惯地在母亲的窗下停了一会儿，只听母亲轻轻咳了两声：

"岸子，"母亲还没睡，打开电灯："来，到娘这儿来。"

母亲从蚊帐里挪动出来，望着自己的儿子问道："哪儿去了？"

"到慧百家里去了。"

"慧百？就是那个野鸡？"

"娘，"叔同解释道："她，可不是一般的女人。"

"孩子，"母亲深情地叹了一声："娘知道你的苦闷，可是再苦闷也不能往下流地方跑啊！"

叔同不敢和母亲争辩，只是默默地听着。

"孩子，你是读书人，和妓女厮混，可不是你干的事啊！"

"娘，"叔同几乎哭出来："妓女，固然下流，可她们没罪。相反，我们这些读书的人，有的是报国无门，有的是伪君子，有的是朝廷的奸党，出卖民族土地的乱臣贼子。想想这些人，又与妓女有什么两样？"

母亲再没说下去，像是被儿子说服了似的，只是自言自语地说道："哎，自古以来，如果是乱臣贼子当道，英雄必然报国无门哪……"

"娘，您早点儿睡吧。"叔同瞅了一眼母亲那身夏布裤褂，似有汗渍渗出："窗户打开，好吗？"

"我不热。你现在快当爸爸啦，快到媳妇那里看看去！"

"嗳。"叔同应着便回到了自己的房间。

俞氏又怀孕了，而且临产期很近。自打叔同回沪以后，她深知丈夫的心境，然而，她毕竟是女人、妻子，眼巴巴瞅着丈夫扎在脂粉堆里，而又常常出没于妓院，心中不免有几分醋意。今晚见叔同深夜归来，微嗔道：

"光知道跟她们混，几乎每天等你到半夜。"

"啊……实不瞒你。"他爱抚地伏在躺着的妻子面前："我只是和她们填填词、写写字。"

"哼，金兰兄弟也不要啦？"

"……我们只是每月集会一次。"

俞氏娇嗔地把嘴一撇:"你就是不疼我。"

"疼啊!"叔同笑着亲了一下自己的妻子,然后沉吟道:"不过,光在家里,都快闷死了,你就让我散散心吧,我太痛苦了!"

妻子何尝不了解丈夫的痛楚呢。她觉得,只要丈夫洁身自爱,不遗弃自己,那就让他去吧。她抚摸着丈夫渐渐瘦下来的面颊,深情地说:

"我知道你的痛苦,读了那么多书,一心想报国,可时局如此,又有什么办法呢?想开点吧,瞧你,瘦成这个样子……"

妻子的声音,像是一曲温情的旋律,深深地感染着他。他瞅了瞅妻子那怀孕的身躯,叹道:"孩子长大,问起父亲的作为,怎能对得起后代子孙?就是祖上知道,也会在九泉之下号啕大哭的……"

这一夜,叔同没合眼,俞氏也没睡着,但她一动也不动地躺着,偎依在丈夫身旁。

第二天,叔同没去李苹香家里,晚饭是在谢秋云家里吃的,不用细说,鸨母殷勤、公子出钱。叔同对秋云,似乎不如对苹香那么动情,然而对她的爱,始终有着一种怜悯的疼爱,这种情感、缘分,像是老天爷故意安排的。

晚饭后,谢秋云洗漱之后,又重新打扮了一番,来到叔同面前,紧靠在一起坐下。叔同抓住她一只手,她趁势躺在叔同的胸前。仰望着叔同的笑脸,断断续续地说:

"瘦桐……我,我如果能伺候你一生……"她说着便把头埋在叔同的怀里。

这天夜里,谢秋云又一番柔情蜜意,使这一代著名才子留宿在这里了。

由怜爱到情爱,他并没感到生活的充实,他对谢秋云的"爱"

可以说是破碎的、痛苦的，甚至觉得对自身的一种犯罪。因为他在极端痛苦中才寻求感官的刺激，从而代替他精神上的折磨。他深深感到她们生得那样的美，能诗善词，唱得沁人心肺，得到过那么多男人的"爱"。然而，又是那样地被人瞧不起，被人认为是下贱之辈，到头来，没有一个有其圆满的归宿，而是一批终生被污辱被损害者。

清晨，已经驱散了昨夜的闷热，从纱窗里透进丝丝凉意。叔同披起白色夏布上衣，在谢秋云的卧房里欣赏着她的诗作，又拨弄了一下墙上挂着的月琴。坐在梳妆台前的谢秋云，回首莞尔一笑：

"会弹吗？"

"没学过。不过在票房学戏时，随便弹弹而已。"

正说着，门外的老鸨咳了一声："大少爷，起来了？"她笑着端进来一盘丰盛的早餐。

叔同简单地吃了几口，立起身来在屋里转模了一圈。谢秋云也放下筷子：

"大少爷，要嘛？"

"纸笔！"

"有，有。"秋云从书橱上拿下上等的徽宣，笑呵呵地说道："大少爷的墨宝，我从来没敢求过。今日有幸，那，就赏一副吧。"

叔同摊开宣纸，秋云急忙研起龙门香墨。叔同略思片刻，提笔写道：

> 风风雨雨忆前尘，
>
> 悔煞欢场色相因，
>
> 十日黄花愁见影，
>
> 一弯眉月懒窥人；
>
> 冰蚕丝尽心先死，

故国天寒梦不春，

眼界大千皆泪海，

为谁惆怅为谁擎？

谢秋云看了这首诗，琢磨半天，不解其意。她抬头望着叔同："大少爷，您，能给我解释一下吗？"

"哈哈，"叔同发出了一阵令人难以理解的大笑，谢秋云抿嘴一笑，然后娇嗔道：

"是……？嗯，是歪诗！"

"不！"叔同微微一笑，接着便收敛了笑容，像是疾呼的声调说道，"在这个世界，有谁是真正的笑？我们，在这块有八国联军的自己的土地上，只不过以笑解愁而已！"

"是呀，"谢秋云恍然大悟地叹道，"我自己明了，我的一生，只是一场悲剧。"说罢，猛扑在叔同肩上，哭了。

午饭前，叔同离开了这里。他没乘车，顶着火辣辣的太阳，往家里走去。路上的行人，尽管熙熙攘攘，但那些人的面孔像是一批刚翻出来的石膏像一样，死板板的毫无生气。只有几个法国巡捕，拎着警棍，耀武扬威地走在大街上，不时地对那些讨饭娃们呵斥着。

当他回到"城南草堂"已是正午十二点了。

母亲见孩子回来，担心地问道：

"又到谢秋云那里去啦？"

"是的，娘。"

"哎！可要守住自己。"

"娘，"叔同坐在娘身边："我想，龚自珍有一首七绝。他说：滑荡离愁白日斜，吟鞭东指即天涯，落红不是无情物，化作春泥更护花。这首诗，不正是为这些好人正名了吗？"

"反正娘也不懂，只不过劝你别毁了自己呀。"

叔同不愿让娘为自己担忧，故而振作了一下精神，说道："也可能，柳暗花明的时节会来的。"

说话间，张妈妈端来了饭菜。同时，把许幻园的一张帖子也交给了叔同：

"许公子说，晚宴是从杭州天香楼、楼外楼请来的名师烧菜……"

叔同没听进去，看了看帖子才知道是"迎中秋茶会"，只是对张妈妈淡淡地应了一声"知道了"。

是夜，城南草堂的前院，满地茉莉，几棵蔷薇爬满了围墙，正面那块用水泥砌成的养水池，潺潺有声，青翠的假山脚下，草木扶疏，鲜花点点，一圈石桌和瓷礅，这是"城南文社"社友们笔会和欢谈的地方，今天的晚宴就设在这里。

月儿从柳梢背后慢慢爬上来了，它像窥视着人间的奥秘，不时地躲进云层，当它最后出现的时候，宾客早已济济一堂，这种阔绰的场面，像是一块磁铁，使这滚圆的月亮不肯离去。

整个前庭花园灯火辉煌。

几位风姿秀美的艺妓像一串欢舞的彩蝶，在"五友"的间隙中出没不定，敬酒、欢笑。不一会儿，草堂主人许幻园，笑道：

"金娃儿的歌喉，上海人称金嗓子。我们请她唱一首，不过，月亮之下，就要月琴伴奏，这样，才有秋思之情。"

金娃儿一举杯：

"我最爱听许公子唱诗。你如果唱一段，我情愿罚这杯酒，再献上一首歌。"

"金娃最调皮。"许幻园红着脸，一想："好，你听着。"他学着老学究的声调，而且五音不全地摇头晃脑唱道：

> 中庭地白树栖鸦，
> 冷露无声湿桂花。
> 今夜月明人尽望，
> 不知秋思落谁家？

"好！"大家齐声叫道，仿佛金娃儿的声音更响些。这时，金娃儿把杯一举，"咕咚"一口喝光了。

"秋云姐，带我伴奏一曲《秋思》。"说话间把一支月琴交到谢秋云手中。

谢秋云接过月琴，看着金娃儿问道：

"用什么曲儿？"

"《月儿弯》。"

谢秋云轻拨琴弦，从容地弹出了过门。金娃儿望着"五友"，深情地唱道：

> 月上柳梢头，
> 心儿凄然愁，
> 泪光滴玉珠，
> 宛如星光流，
> 望君子，
> 何消瘦，
> 奴怨一弯月，
> 窥现众君忧。

金娃娃唱得凄楚动情，不仅五友听了动了心魄，就连杨翠喜、朱慧百、李苹香听了，也直淌泪。

袁希濂举杯说道："金娃儿的歌，可以与月儿比美：明澈、动人，我敬酒一杯。"停了一下，接着说："还有，老弟漱筒一篇新作，我已经发现。"

话音刚落，像是天降珍宝一样，大伙儿高兴地齐声喊着："请漱筒自己唱！"

叔同笑吟吟地站起来，端起酒杯先是"咕咚"喝了一口，然后收起笑容，感慨地说道：

"今晚月儿虽圆，但是，我的心已破碎了，刚才金娃儿的小曲儿，引出了我的一段拙词，如不嫌弃，我就读给诸友们听听。"他清了清喉咙，读道：

秋老江南矣！太（忒）匆匆，

春余梦影，樽前眉底，

陶写中年丝竹耳，走马胭脂队里，

怎到眼都成余子？

片玉昆山神朗朗，

紫缨桃，慢把红情系，

愁万斛，来收起！


泥他粉墨登场地，

领略那英雄气宇，秋娘情味。

雏凤声清几许，销尽填胸荡气，

笑我也布衣而已。

奔走天涯无一事，

问何如声色将情寄？

休怒骂，且游戏！

大伙儿听罢，怔住了。细品词意皆感叔同满腹愤世之情，借着酒劲一古脑儿把真话说穿了。老大袁希濂心中更清楚。他想：小弟漱筒近来沉湎于声色，实乃满腔愤慨无处发泄，满腹文才被混沌的社会所淹没。尽管寄情于风情柳巷，实是"奔走天涯无一事"而彷徨苦闷，他的内心是何等的压抑与痛苦啊！把"声色"视为"儿戏"，表面似乎在脂浓粉艳的境地放浪形骸，实乃是充分地流露出沧桑幻灭之感：

"小弟，"袁希濂伸出拿着酒杯的手："我们兄弟近日来肝胆相照，心脉相通。自打受阻不能赴开封，吾弟心情抑郁苦闷，我看，应把'奔走天涯无一事'，换成'君子奔走又一春'。想开点！来，大哥敬你一杯酒！"

叔同凝望着希濂，又喝下了一杯。众人望着他这不快的神情，个个脸上像蒙上了一层薄雾，失去了兴奋的光彩。

"我……"叔同一见大伙被自己的心情影响了，于是微微一笑："我也敬大家一杯。"

"李公子，"谢秋云两眼泪汪汪地说："我们毕竟是女流之辈，不懂政事。公子的诗词慷慨激昂，不过，我劝您且息怒，再往前看……"

"哈哈哈……"叔同笑道："女流？女子也是人。可现在，我们中国人在自己的国家里，对外国人卑躬屈膝。国与国不平等，人与人又何谈平等？来，让我们和那些腐朽的旧势力去抗争！抗争！干！"

叔同的眼睛火烫一般地望着大家，又"咕咚"一声，喝下了一杯。

"大少爷，向您道喜啦！"张妈妈笑着闯进来道："喜事……

快，快！"

满堂的人都被她说糊涂了。

叔同一怔："什么事？"

"快，快生啦！"

众人恍然大悟，叔同被张妈妈一说，酒劲早溜掉了一大半。于是抱拳向大家说道：

"失陪了，我屋里的要临产了。"

"慢点！"蔡小香说："我，虽是妇科大夫，可我不能亲自助产。这样，你去照料夫人。我去请大夫。"

说罢，许幻园把草堂马车全部用上了。请大夫、送女友。留下三兄弟，与杭州请来的厨师商量了一番，做了一碗"桂元八宝粥"。

片刻工夫，日本女大夫带了两位助产士和一个产包来到城南草堂。一切都很顺利。

俞氏生了一个男孩。

"喂，"袁希濂对叔同笑着打趣道："做爸爸的，可要会做。先取个名吧。"

"嘿嘿……"叔同虽然笑了笑，但心中委实不是个滋味，他感到做"爸爸"了，忽觉得自己老了。是的，壮志未酬人先老，何以报国？他面对现实，说道："上次长子降生时即离开人间，他乳名叫'葫芦'，也是我妻爱子心切，随之以宝为名，叫'葫芦哥'。这个，就算长子。记得《文心雕龙·熔裁》有'草创鸿笔，先标三准'。让他做个标准的人，我想给他取名叫李准。"

说话间，王氏从儿媳产房里正走出来。众兄弟见王氏，躬身："给妈妈贺喜。"

"同喜，同喜！"王氏笑得合不上嘴。

"娘！"

"嘛事？"娘笑吟吟地望着叔同。

"您看，孩子的名字叫'准'，好吗？"

"由你，一切由你。"王氏得了孙子，心里像抹了一层蜜糖，甜滋滋、笑呵呵的："叫李准也好。"忽地一回头："你们兄弟大伙儿，看这个名字好吗？"

"好，"许幻园抢先说道："叫孩子做个标准的人，《晋书·良吏传序》中说'斯并悖史播其徽音，良能以为准的，'就是希望人准。"

"不过，"袁希濂逗笑道："《汉书·高帝纪》中说'高祖为人，隆准而龙颜'。这准字，是指着皇上鼻子而言，将来漱筒得志，孩子可要爬到皇帝鼻子上去啦。"

"哄"地一声，满屋子人都笑了。

不觉天已微露熹光，兄弟们各回自己的家里，只有叔同还留在外间大厅。

高兴、心焦、惭愧、失意等等，像一堆乱麻，理不清、放不下。他认为：当自己在慈母膝下时，仍是个孩子；而今有了儿子，自己便成了"老子"。啊！可怕的"老子"。他后悔，悔不该娶妻生子，而今，"老"字加冕，深感自己已经变成了一个地地道道的"老少年"了。每想至此，感叹不已。于是他摸黑走进书房，研了墨，提笔写了一阕《老少年曲》：

> 梧桐树，西风黄叶飘，
> 夕日疏林杪，
> 花事匆匆，零落凭谁吊。
> 朱颜镜里凋，

白发愁边绕，

一宵光阴底是催人老，

有千金也难买韶华好。

……

第
十
章

／

　　金洞桥上已有三个月没走过皮篷马车了。赶车的老把式袁阿大没
事干，一天到晚揣着一瓶黄酒和门房刘老头坐在一块谈天说地。有时
喝得脸上发烧，背上出汗，直到杯干瓶空才醉醺醺地走到跨院，在叔
同的书房门外轻轻问一声"大少爷，今晚还出去不？"

　　叔同三个月没走出城南草堂。每当回答说"不出去了"。阿大便
回到门房，悄悄笑道：

　　"到底做爸爸了。哎！可怜的野鸡们又少了一个财神爷。"

　　"嗨！"刘老头笑着说："真是看'三国'掉眼泪，替古人担忧。
你也不想想，李少爷三年不出门，照样有人把钱送到野鸡手里。"

　　说真话，叔同得子之后，每天看看儿子，像是例行公事，尽尽义
务。然而他更多的时间是在书房里，发发笔墨牢骚，舒舒胸中之郁闷。

　　十二月七日，他翻阅着自己在城南文社夺冠的《二十自述诗》的
序言，一连读了三四遍，那种沉郁的心情，就像头顶那团乌云，使他
压抑、心烦。尤其那"俯仰之间，岁已弱冠……欣戚无端，抑郁谁语"
的词句，令他心寒。他木然地伏在案上，两手托着下巴。人总是那么
怪，越是逆境，越易回忆往事，他也不知听了多少遍"江南才子"的

美称，而今又是如何呢！这篇序言至今已有一个年头了，但在他心中像是经历了一个世纪。这一年的变幻，国事的日衰，科举的失意，民族的悲剧，以致小翠芳的被骗……想着想着，他突然感到自己与这个垂危的清政府是处在阴阳两界似的。

过了一会儿，冥冥中他有一种感觉，仿佛在大沙漠迷失方向的人，凭着日出的方位，总会走出这可怕的境地。他不相信命运。他要任性的走下去。尽管没事可做，他要整理自己的旧作，决定编选一部《李庐诗钟》，他在序文中写道："索居无俚，久不托音。短檠夜明，遂多羁绪。又值变乱，家园沦陷……庚子嘉平月。"．

他放下笔，正想推敲一番，只听门"呀"地一声进来一个人。一抬头，见是大哥袁希濂：

"小弟，"袁希濂进门把皮帽一脱，笑呵呵地说道："小弟啊，别老闷在家里。做爸爸啦，难道就这样做？"

"大哥，"叔同苦笑道："我真感到变成一个老少年啦。"他把袁希濂拉到一把太师椅上："你瞧，孩子都有了，可，我这做爸爸的，却一事无成！"

"嗨！天下这样的人太多了！"袁希濂把皮帽往桌上一丢："就凭咱这几个书生，能治天下？"

"不！"叔同微蹙双眉："中国非变法、维新不可。我们读书的人，不去报国，实难相安。"

"你呀，少操这份心吧！"袁希濂感到这句话似乎过重了，于是又劝慰道："下次科举，小弟中个举人、进士，再谈维新变法也不迟呀。"

"时光催人老啊……"叔同拉长了音调说。

"太消极！"

此时，张妈送茶进了书房，对袁希濂笑道：

"你们可要好好劝劝我们公子爷，这些日子，他大门不出二门不迈。刚才，他娘叫我告诉大哥，说要请您带他出去散散心，可别在家憋坏了身子。"

"请告诉姆妈，让她放心。"

张妈走后，袁希濂才把话拉入正题：

"漱筒，杨翠喜的班子有个十万火急的事，叫我来当个说客。"话还没说完，叔同把眼瞪得老大。急问道：

"什么事，大哥？"

"杨翠喜最近由天津到上海，这个班子已经和新舞台定了合同，拿了包银。可杨世钺那小子非要对半分。不分，他就给你晾台。"袁希濂喝了一口浓茶，微微一笑："杨翠喜知道你学过京剧，说你唱做念打都行。嘿嘿……小弟弟，你什么都没瞒我，可是这一条，我还是第一次听说。"

叔同忍不住笑了："那还是在天津的事啦。当时，我在国风社当票友，有人对我引见她，我才一睹风姿，并且还听她说过戏。"

"怪不得她对你那么了解。"袁希濂把凳子往前一拉，凑近叔同，笑问道："怎么样？帮她个忙吧。"

"杨翠喜的意思是……？"

"请你下海！"

"下海？"叔同吓了一跳："这可不行。玩票嘛，还可以凑合凑合。"

"下海也好，玩票也好，反正，你要给她补台！"希濂那个讲话语气，真像个兄长。

"哪天开锣？"

"后天。"

"嗬！"

"其他不必多思了。"袁希濂比杨翠喜还急:"明天、后天请你去排戏、走场子。怎么样?"

叔同皱了皱眉头,然后一拍大腿:"行!"事情说定了。

翌晨,前庭花园覆盖了一层薄薄的积雷,冷风卷着几片枯叶在雪地上翻着跟斗。几对雨点鸽子在屋檐下缩着脖子,连最爱咕噜噜地追赶雌鸽的那只铁膀老雄鸽也耸着羽毛在闭目养神,只有几株水中育蕾、雪里开花的绿梅,在挺着枝杆,显着"众芳摇落独暄妍,占尽风情向小园"的独特风韵。

叔同穿了一件白绒衣,灯笼裤,在走廊里压压腿、弯弯腰、拉拉膀、走走边、亮亮相,眉毛一竖,颇有英雄气宇。接着就是用母音吊吊嗓子。这几声不打紧,可大大惊动了城南草堂的上上下下。不一会儿,张妈披着棉大袍顺着声音就来了:

"哎呀,我的公子爷,你这是干嘛?"

"没嘛!我练练嗓子。"

叔同回到房间,合家已被他吵醒了。他匆匆吃罢早饭,向娘和妻子说了声"出去走走",便来到下房,找到了袁阿大,笑笑说:

"阿大,套车,送我到新舞台。"

"嗯?"阿大一愣,心想:三个月没出屋,怎么一下子到新舞台。嘴里不说,心里直嘀咕。尽管乱猜想,但还是手脚不停地套上了马车。

叔同一进新舞台后门,杨翠喜高兴地直作揖,然后娇媚地说道:

"真是有劳大少爷……"随后把叔同请进化装室:"跟您说吧,您要是不来呀,我可真要上吊啦。"接着便把架子花脸杨世钺"拿糖"的事说了一遍。

"说吧。"叔同很干脆:"差几出戏?"

"哟!"杨翠喜朝叔同瞟了一眼:"您的口气可真不小啊。我先问您，您学过哪几出戏？"

叔同眯起凤眼，微笑着说："你还真的看不起我呢？"

"谁敢哟！"杨翠喜笑着把嘴撇了撇。

"说实话吧。我学过《八蜡庙》还有《白水滩》……"

杨翠喜两手一拍："够了！就要这两出。"

当下，杨翠喜把场面上的和说戏的请来，开始"过戏"。第一出戏是《八大拿》中的《八蜡庙》，李叔同扮演黄天霸，演费德功的是朱麟童。正反两个角色"双起霸"一开始，杨翠喜乐了，就像一阵春风吹散了胸中的疑云。不禁暗自叹道："真够味！"然而，使她纳闷的是，这么一个风流倜傥的文弱书生，居然还有这么一套表演功夫。尤其那刀花，既根据性格的需要，又发挥自己的特长，有程式、有功力、有章法，杨翠喜高兴的直搓手。

两天排完了两出戏。当天在新舞台剧场外边海报上，增加了一条醒目的大字：

　　特邀天津著名票友李漱筒先生客串演出（夜戏《白水滩》中饰许起英）

这天，戏园子里全场爆满。单是叔同的金兰四位兄长就包了半个场子。

《白水滩》是压轴戏，武场打过之后，堂鼓咚咚的单调音响和阴锣的慢节奏，伴着侠士青面虎许起英愤世的醉步一上场，便来了个"碰头彩"，接着，一个花枪亮相，满堂喝彩，连连大声叫"好！"袁希濂、许幻园、蔡小香、张小楼等一批捧场的把手都拍疼了。

许起英醉卧在白水滩之后，一阵"急急风"锣鼓点，上来了龙套官兵，生擒了侠士许起英。这时，只听幕侧大喝一声：

"贼人，哪里走……！"

在一阵"乱锤"的锣鼓声中，侠士之妹佩珠率众上场，救回许起英，并在追赶押解官兵中，兄妹又与莫遇奇一番交战。对打有术，活而不乱。一个亮相，许幻园等四人这才认出来，原来扮演佩英的武旦就是杨翠喜。好家伙，雷鸣般地掌声几乎要把房盖掀起来。

散了戏，"天涯五友"和杨翠喜、金娃娃、谢秋云、朱慧百等人，乘上马车直奔"北京老乡亲"饭馆，吃着、笑着、评论着。半天没吭声的许幻园，正在撰写揄扬票友李叔同的文章。

吃完了夜餐，各自回家，只有许幻园、袁希濂二人直奔《申报》馆。

第二天，报纸以《江南才子李漱筒票演京剧〈白水滩〉》为题，对叔同的演出，大大地褒扬了一番。

夜场戏是《八蜡庙》。甫说，李叔同这位黄天霸一上场，就给了个碰头彩。

观众情绪十分热烈。只有一个人却引起了大伙儿的注意。此人身穿灰布棉袍、黑布坎肩。他没鼓掌，左手的拇指和食指直捻着山羊胡子，冷静地观察着黄天霸的手眼身法步，像似对叔同的一招一式、一步一行都在琢磨着。

演完了戏，叔同正在卸装，他来到了后台，从容地走至叔同的身边。

"太好了，李先生。"

叔同从镜子里一瞧，是位陌生人，赶忙站起来，笑道：

"过奖了，过奖了。"一边谦虚着，一边打量着来人："请问，尊姓大名？"

"在下姓俞，名语霜。"

"俞语霜先生"叔同猛地拉着这位上海"题襟馆"著名画家的手：

"请坐，请坐！有劳大画家前来赏光，实在有愧。"

俞语霜看了看手上被叔同沾上的化装颜料，笑道："人家是听戏，我是看戏。不过，贤弟的一招一式，决不仅是一般程式，而是带有刀笔书法之功力……"

"小弟不才，实想请您多多指教。"

"恕我冒昧地提个要求。"

"请说。"

"有闲之日，请到寒舍一叙，不知能否光临。"

叔同一听大画家邀请，马上答道：

"蒙先生垂爱，定当登门拜访。"

正说着，蔡小香闯进了后台："小弟，快上车吧。"

叔同一摆手，随即给蔡小香引见了俞语霜。直到俞语霜给叔同留下地址，才离开后台。叔同送走了画家，匆忙揩了揩脸，拔腿随着蔡小香上了马车，又在"老乡亲"欢聚了一次。

第二天，叔同来到俞语霜家。俞语霜把叔同让到客室，此时，房里还有两个人，也笑着迎接叔同。俞语霜介绍着说：

"这位是常熟乌目山僧黄仰宗；这位是书法名家高邕之。"

叔同听到这两个名字，高兴得瞪大了眼睛，心想：都是仰慕已久的书画名家，不料在此相会，幸甚，幸甚。

等佣人献上茶来，大家坐定，俞语霜笑道：

"我们久仰叔同大名，读了您的诗文词赋，看了您的篆刻佳作，尤其书法，深得汉魏六朝之秘，我等深感相见恨晚……"

"啊……"叔同觉得评价过高，脸一下子红到耳根："均属技类雕虫，何足挂齿。"

"听说……"胖大个子黄仰宗关切地问道："上海都在传说，您到开封参加乡试啦……"

叔同一下子很尴尬,苦笑笑。沉吟了半晌,才说道:

"说来确实使人痛心。第一次中了,第二场还没到开封,八国联军入侵进了京、津,眼见他们烧杀抢掠,践踏京、津,我真想二榜能中,这样,我可以求得功名,闯入宫中,上书皇上,改革政体,维新求存。可是这一切,都成了泡影。"

"小兄弟,论你的雄才,勿庸置疑,完全可以参政定国安邦。可是,你就是考中了状元,没人推举,也是白搭。"说话的人是高邕之。他讲话干脆。叔同很早知道他是上海艺坛的一名枭将。他能画,取八大、石涛,山水花卉均不同凡响。尤以草书法入画,颇具格体。由于他是一位享有盛名的书家,画名遂被书名所掩。叔同对这位较自己年长三十岁的老书家,十分尊敬。

"老师之言甚是。"叔同说罢,仰天长啸一声,"偌大个中国,清政府卖国求荣,奴颜婢膝,中华民族正处在存亡绝续之间,啊……奈何!"

"治表易,治本难。"黄仰宗声音宽厚而洪亮,他像开导小弟弟似的,把头伸过来说道:"要从根本上救国救民,你我之辈,谈何容易。我看,书画友人,必须寻求一条切实可行的路。"

"可行的路?"

"是啊,"老书家高邕之说:"书画篆刻是心灵的再现。我们的作品,正是怀着对大自然美的追求,对祖国河山的眷恋,启发人们对国家的深切的爱。这条路,不正是我们可行的路吗?"

叔同沉吟了一会儿,微微一笑:

"师长怀有如此爱国之心,弟子当然愿从吾师之命。"

"不必客气。"俞语霜说:"你虽年轻,但在上海已是不可多得的人才。我们想组成一个'上海书画公会'，荟萃贤人志士，把祖国的传统书画发扬光大，为此，请与吾弟商量，未知愿参加否？"

叔同一听，感到益友好交，知音难寻。顿时，像一泓清潭抛入一块石头，激起胸中的层层涟漪。他答应愿为该会活动献身。

自此，叔同参与"上海书画公会"的活动，每月编辑出版书画报一张。然而，印刷出版中国书画，哪来的条件？这种"出版"只不过是集中会员优秀作品，裱于册页宣纸本里，每月会员传阅一次而已。

没几个月，叔同把过去的篆刻作品，以及最近的新作，编纂了一部《李庐印谱》。当他把这个印谱送到俞语霜面前时，自己还把握不定，而俞语霜翻阅了几篇，就大声赞道：

"笔趣盎然，刀味隽永！"

是的，他自从受业于天津名士唐静岩门下，精学篆书和金石以来，骎骎日上，正如明代篆刻理论家说的"使刀如使笔，不易之法也"。叔同的篆刻艺术，巧妙地使用了刀切法、冲刀法，对石章上的线条进行过劲疾或淹留的加工，体现了既流亦留等耐人寻味的加工。很显然，他的刀是服务于笔，刻的结果是体现了篆写的精神，确是"方寸之间，气象万千"。因而，俞语霜看了几页，两个手指又捻起了山羊胡子，继续说道：

"真乃缩龙成寸，而且鳞甲无损，风云相副，精妙地再现了线条的固有特征。同时，置阵布势也不错。啊……小弟，你真是一个书法家呀！"

《李庐印谱》出版了。

"上海书画公会"像一阵春风，为三月的上海，增添了无限的春色，来访者、求画者、求学者、要求入会者甚多。然而，最迫切者算是求学者最多。蔡小香、许幻园、袁希濂和张小楼都参加了这个公会。

一天，上海书画公会在法租界贴了一张海报，内容是举办"书画讲习班"，免费听讲。是夜，俞语霜家里像个美术学校。左侧那间画室挤满了听课的青年、店员、工人、教员和小职员。书法由高邕之授课，花鸟由俞语霜授课，山水由黄仰宗授课，篆书与篆刻由李叔同授课。

但是，不论谁授课，叔同总是乘着皮篷马车穿过几条繁华的大街，来到俞语霜家里，不是听课，便是讲课。这里像一块巨大的磁场，紧紧吸引着他。

一天夜里，阴森森的天空飘落着雾一般的蒙蒙细雨。叔同跳上马车，袁阿大摇了一圈鞭梢，接着便"叭"地一声，马车犹如穿云驾雾，风驰电掣般，不一会儿，收缰下车。当叔同走进画室时，俞语霜正在讲授水墨画的"水与色之墨趣"。他悄悄坐在屋角那张固定的木靠椅上，悉心地听起课来。

尽管叔同用功求学和以精湛的刀笔传授技艺，但他也有"走神儿"的时候。他常以那深邃的目光瞟着课堂角落里的一位美少年，那少年生着一双秀气的星眼，文静得像一尊石雕，他从不东张西望，出入课堂从不昂首走路。进了课堂总是羞怯地躲在背光的角落，他从不和同学们交头接耳，也从不向先生提问，只是默默地、异常细心地听讲。每当叔同讲篆刻的刀法时，那少年从不正视先生一眼，偶尔两对目光交织在一起时，他便急速地避开先生的视线，悄悄地垂下眼帘。

这天，俞语霜讲完了水墨课，宣布"下次再会"时，叔同立即抢至门边，望着学生一个个离开课堂，当那位少年走到门边时，叔同朝他有意地看了几眼，正当他垂首而过时，叔同问道：

"小同学，家远吗？"

"……"他没讲话，也没走开。

"这次，带来了什么书画？能否让我看看？"

他默默地摇摇头，眼睛一直盯着门槛。

此刻，同样对这位少年有怀疑的俞语霜也笑着走过来了：

"嗷，这是那位老实得连话也不敢说的小学生吧？"

少年把头垂得更低。

"十几岁啦？"俞语霜拍了拍少年的瓜皮帽。

少年摘下了瓜皮帽，缓缓地把头一抬，一双水汪汪的大眼睛正和叔同的凤眼交织在一起。

"啊！是你？"

俞语霜一愣，心想：啊！原来是个女子。遂问道：

"女子也可以学画嘛！为啥要穿上长袍马褂呢？"

她是谁？是艺妓谢秋云。这时，她淌着眼泪望着俞语霜，没讲一句话。

"别哭，有话好说。"俞语霜望着这位秀美的女子，说道："女子和男子一样，何必女扮男装？"

谢秋云抽泣了两声，猛地跪倒在地：

"先生，别人家的女子有权学画。可我……是个被人瞧不起的女人，我没权进这个上等人的课堂……"

叔同的心被撕裂了。一个被人称作"下九流"的人如此追求画艺，他做梦也没想到。顿时，那种同情、怜悯、情爱、尊敬之情交织在一起，心里说不出是什么滋味。他急忙把她扶起来，顺着俞语霜的话茬儿说道：

"是呀，就是不化装，也能学画呀！"

谢秋云咬了咬下嘴唇，竭力控制着自己的痛楚，缓缓说道：

"按理，我的身份，是不能进出圣人学府的，可我，从小没有读过诗书，自从被人骗卖之后，才叫我跟一个"画影"的师傅学点书画，那，只不过是应付才子贵客的粗俗之作。但是从此以后，我爱上了书画……"

语霜一听，全然明白。他觉得面前的女子是个被污辱、被蹂躏的女性。然而，一个妓女进入此地……

"老师，"叔同早已看出俞语霜的复杂心情，于是，以恳求的口吻说道："她，是我救助过的同乡——天津人。不幸落得如此境况，我看，她既然如此爱好书画，那就……要不，请老师对她特别对待，单独授业。"

这一提醒，给语霜的思绪理出了一个头绪，仿佛一把钥匙，打开了他的心窍。他习惯地捻着稀疏的几根山羊胡子，喃喃说道：

"老天哪……大逆不道。一个好端端的女子居然求学无门？"他锁紧了双眉，而且越拧越紧，他突然把手一扬：

"好吧！我收下你这个学生。"

秋云一听，仿佛坠入雾海之中，他的双膝像似被压弯的弹簧，慢慢地跪在地上，眼神直巴巴地望着俞语霜：

"大师……大师。"这话语夹杂着哭声："我做梦也没想到哇。老师在上，请受女弟子一拜。"说罢"咚咚咚"磕了三个头。

俞语霜赶忙扶起谢秋云。

谢秋云告别了俞语霜，乘上李叔同的马车，叔同交代了去处，放下车帘，马车慢悠悠地向前行驶着。

车上的谢秋云一边哭着，一边一声接一声地唤着"瘦桐"。不知是过于激动、感激，还是感到幸运或自悲。她，一头扎在叔同怀里，半晌，没说一句话。只在这漆黑的车篷里抽泣着。

叔同似乎胸中有了个谱，他轻轻扶起谢秋云，二人并肩坐着。

"秋云，"叔同想了想，轻轻说道，"受业于俞语霜先生门下，确实不易。我考虑再三，还是把你赎出来，专习你的书画。今后，我个安身立命的工作……"

"不。"秋云抹了抹泪水,央求着说:"我要在你家做个使唤丫头,伺候您一辈子……"

"讲的是傻话。"叔同劝慰着说:"你还年轻,只不过和我同年,我把你赎出来,决不是让你伺候我,而是让你求一条应走的路。"

"难道,我伺候您?……"

"不,秋云。我是个奉母至孝的人,不能让母亲生气。"说到这里,叔同深表歉意地掠过一丝苦笑。

秋云是个机灵人,她马上意识到,一个艺妓,被人看作下九流的女人,怎能在维护道德的李母面前做丫鬟呢。

"那么,我只好向公子借点钱。"

"干吗?"

"赎身。"

"不必,"叔同说:"这点钱何必谈借。如果我有回天之力,宁愿倾家荡产,把被别人污辱、没有人权的女性,全部赎出来!"说罢深深叹了口气。眼前,仿佛有多少被污辱的女性在他面前张开乞怜的双臂,有多少被迫出卖灵魂的妇女在祈祷苍天。

马车把谢秋云送回书寓后继续前进着,片刻工夫,只听袁阿大"吁"地一声,车停了。门房刘老头披衣开了大门,叔同回到了自己的跨院。刚要进屋,只听母亲喊道:

"岸子,岸子。"

"哎,娘。"叔同进了母亲的房间,见母亲正在"打坐"。他蹑手蹑脚地立在母亲身边:"娘,您还没睡?"

王氏微睁双目,关心地问道:

"又听课去啦?"

"是的，娘。"说着，从蒲团上把母亲扶到床边："今天听的是水墨画的画法。"

"娘一向愿你上进。"母亲咳嗽了两声，"这些日子，天津你二哥那里，把三十万两银子寄到上海分庄来了。"

"娘，"叔同笑了笑："我跟您说了，这钱还是请您掌管。"

"也好。"娘说："不过，你要花钱，就到分庄去拿，啊？听说，光利息就够咱用的了。"

"哎。"叔同正和母亲唠嗑，门外有人轻轻问道：

"老兄弟回来啦？"

叔同听是许幻园的声音，急忙推开房门，让许幻园进到屋里。

"这么晚了还没睡？"叔同一边问着，一边让张妈沏上茶来。

"睡不着。"许幻园笑了笑，继而对叔同母子说道："听说了吧？南洋公学要招考学生。"

叔同一听，乐了。王氏疑惑地望着许幻园。

"老三，这是个什么书馆？"

"新派的学校，校方主讲人是著名教育家蔡元培先生。"

"噢……"王氏仿佛对这个名字很熟悉，她瞅了瞅儿子那舒展的眉宇，心里已猜到了八九分，笑着说："我记得蔡元培是取得功名的人，是个热心育人的先生。岸子，你看……？"

"娘，您就做主吧。"

"岸子，娘是这么想：尽管你参加'文社'和'书画公会'，但它毕竟不是你的职业。要做一番事业，就要学一些救国的本事。我也相信你是愿意学的……"王氏刚要说出开封二榜之遭遇，生怕伤了儿子的心。于是，像似自言自语地说："求点正式学问，不怕没有报国的机会。"

老实说，叔同对这个"公学"并不了解，只知是一般新式的学堂，尤恐师资不济，反而影响自己的长进。而今，听母亲一说，更有把握地说：

"娘，我去试试！"

"试试？"许幻园嘿嘿一笑："可不能疏忽大意，听说，百里挑一。这还不算，而且专门招考江南的后生。"

叔同听了"江南"二字，心里顿时冷了一半。他觉得实在渺茫，心想：身在北方长大，祖籍又是山西，拒收我这个江南异客、北国游子，又咋办？

须臾，他忽地眼睛一亮，大腿一拍：

"有了，我虚报一个祖籍！如果说是上海人，那是瞒不过的。要是信口开河，报个浙江平湖人，偌大个平湖，是无法查的！"

还没等母亲和幻园笑出声来，叔同又笑着补充了一句：

"这是我半生以来的第一句假话。"

第
十
一
章

/

　　南洋公学刚闹过一场风波。

　　这所公学原是大官僚买办盛宣怀于光绪二十二年（一八九六年）四月八日创建的。经费均来自电报、招商两局。是一所颇有名气的学校，吸引了江、浙两省秀才，然而，师资水平不高，就像缺少奶汁的母亲养育着婴儿一般，生员们"吃不饱"。试想：举人给举人授课，甚至秀才给举人讲学，这岂不成了笑话。

　　一天，全校同学拥至公学办公室，直接与盛宣怀交涉，要求提高师资水平，聘请贤人讲学。这下可把盛宣怀难住了。但是这小小的风潮倒把学校当局吹醒了。没几天，公学大门的公告栏上贴出了一张醒目的告示：

　　　　根据本公学同学要求，现已聘请大清进士蔡元培先生任特科教习，特此周知。

　　　　　　　　　　　　　　　　　　　　　　　　　　　　光绪二十七年九月

　　蔡元培二十二岁中进士，甲午战争以后，潜心研究西方资产阶级政治学说，同情康梁变法，支持维新派。来校这天，盛宣怀举行了一次隆重的晚宴，他举起酒杯，开口笑道：

"鄙人十分高兴地敬您一杯……"他把杯子与这位三十三岁的教师蔡元培的杯子一碰，笑嘻嘻地补了一句，"请来进士讲学，举人就没话说了。"说完，一阵哈哈大笑，倒把蔡元培弄得很没味儿。

蔡元培只是淡淡地说了一句："可不能小看这些年轻的学员，将来的报国人才，全都在这些人中产生啊……"

第二天，蔡元培要亲自招考新生。作文题目是《路》。

才子李叔同把个人之"路"与国家之"路"紧紧联系在一起，洋洋洒洒两千字，观点明确，立意颇新，文理清秀，书法遒劲，段落分明，把腐朽的"八股"格式一扫而光。蔡元培接了考卷，全文一看，不禁啧啧称赞，立即在姓名旁边批了一个"取"字。

蔡元培来"南洋公学"任教之后，便把李叔同和邵力子、谢无量、项骧等二十名举人、才子编成一个班，称经济特科（班）。

《路》的专题给李叔同以莫大的启发，"路"就像一颗火种，把他那消沉的理想又点燃了。他想起《史记·李将军列传赞》中的一条谚语，曰"桃李不言，下自成蹊"。

"一条新路啊。"叔同想着谚语中之内涵，与自己的境遇又是何等的相似。从这天起，李叔同改名叫李成蹊，字广平。

南洋公学（后来改为南洋大学、交通大学——特班），在上海徐家汇（现上海交通大学旧址）的东头，教室、设备、师资皆仿效西洋学堂。分四个院，即师范院，外院（附属小学），中院（即二等学堂）和上院（即头等大学堂）。叔同所读的经济特科，归属于大学堂。

经济特科以自学为主，蔡元培先生规定书目，每日写学习札记，每月命题作文一篇。札记与作文均由先生亲自批改。蔡先生最喜找学生个别授课，往往令其学生自述学习心得或时事感想。过了三个月，李成蹊的名字在大学堂里又"冒尖"了。老实说，哪个老师不爱高才生？就在这时，蔡元培看中了这个才子。

冬假之前，蔡元培在一间办公室为李成蹊授课。成蹊照例坐在先生对面那张竹椅子上。他似乎第一次正视蔡先生那端正的方脸庞，这是一张戴着圆镜片眼镜、有短而浓的眉毛、胡须几乎遮住了上唇的严肃的面容。

"多大年龄了？"

"二十二岁。"李成蹊讲到年龄，脸上有些潮红。正因为年龄，他写过《老少年》；正因为年龄，他对比自己小一岁的邵力子已取得"举人"功名而有些自悲；正因为年龄，他与眼前这位在二十二岁取得"进士"功名的先生，更感惭愧。

"先生，"成蹊的眼神暗淡，低声叹道："弟子虚度二十二年。"最后几个字异常轻微。

"噢，既然这样，就更要发奋读书喽！"

"是的，先生。"

"本来，"蔡先生说："今年有乡试，可是取消啦！"先生望着李成蹊那愤世的眼神，想听听他的看法。

成蹊深知这位具有维新观点的老师，是胸怀大略的，并常以启发式的诱导让学生独立思考，因而他就毫不隐晦地说道："是的，今年的乡试取消了。但政府投降的腐败政策、丧权辱国的无耻勾当，却一刻也未停止过。今年的'庚子赔款'，仅白银就四亿五千万两，加上各省地方赔款两千多万两，共有十亿之多。可以想象，清政府忙于道歉赔款，哪里来的精力去开科考生。再说，逃到西安的太后老佛爷又挟着光绪，带着浩浩荡荡的三千辆行李车，出潼关，到直隶，返京城。

一路之上修路，征税，民财搜刮殆尽，皇室诚恐诚惶，我等后生，忧国忧民。然而生路在哪儿，还请先生示下。"李成蹊越说越激动，他抹去眼泪，用急切的目光望着蔡先生。

蔡先生像听着学生答辩一样的认真而严肃，不时地微微点着头。过了一会儿，他若有所思地叹道：

"赔款，割壤，对国家来说是死亡的凶兆。现在，八国联军在我国十余处屯兵，就像一个巨人有十余处创伤，如果不去医治，就会导致不可收拾。然而，也有些人认为这是他发财致富的天意。哈哈……天意。"蔡先生冷笑了两声，继而指了指窗外，"可想而知，这些常驻平、津至山海关这十几个地区的侵略军，把那些本来就干枯、焦黄的灾荒地带，变得更加光秃秃、瘦嶙嶙的，像几块风干了的僵尸，凄凉、可怕、悲惨。可是，就在这国破家亡的年代，有些人则甘愿听凭命运的摆布，躲在自家屋里苟延残喘，偃仰待毙。你说，我等应如何处之？"

"我想……应寻求救国之路，决不能甘伏敌寇之下。"

话语投机，一谈就是大半天。尽管这年因庚子事变没有开科乡试，叔同却获得了一位恩师。

第二天下午，叔同捧着一本严复的《天演论》在校园里阅读着。忽地在林荫道上听到唱歌的声音，他顺着声音来到"中院"。

啊，这里正在上音乐课。

李叔同好奇地站在窗口，瞅着一位女先生教唱歌。先生弹着风琴，一句一句地教唱。听说话才知是日本女先生，而且又是日本歌。幸而叔同在蔡元培先生的授业下，学会了几百个日语单词，因而对这位穿着翻皮大衣的女先生的教唱，大体上能翻译个八九不离十。歌词大意是：

富士山　海岛之鹰

国旗中央红

我们都是天皇种

问大同……

　　叔同像是受了污辱。他知道，这是一首日本国歌，是的，他受到了污辱，脸色红一阵白一阵的，嘴唇也在颤抖着，脑袋"嗡"地一下涨得老大。他悄然离开窗口，撒开两条腿，奔到蔡先生办公室：

　　"先生，"他胸脯大幅度地起伏着："我弄不明白，为什么中院的唱歌课，教唱日本国歌？"叔同喘了喘气，瞅着先生的反应。

　　"你这问题提得对。"蔡先生说："本来，在这个新式的学堂里，是应该设乐歌课的。可是，我国的现状，还找不到一个乐歌先生，只好由公学高价聘请日本人，权代教授'学堂乐歌'。再者，我国又没有创作出一首自己的歌，只好由她教唱日本歌。至于唱什么内容，校方并没有检查。"

　　"我觉得我们民族的尊严受到了屈辱。"

　　蔡元培先生笑了，而这笑声包含着丰富的内涵。

　　"你还不知道哩！"蔡先生说："上两个月，慈禧太后逃难回京时，张勋在天津火车站开了一次欢迎会。他叫军乐队吹打一番，好叫老佛爷定定心，表示他维护皇室的一片忠心，谁知吹出了一段法国国歌《马赛曲》……"

　　叔同听了，不禁毛骨悚然。因为他知道这首《马赛曲》是一七九二年法国工程师鲁赛德利尔在法国革命时期的应征作品，原名《莱茵战歌》，一八七九年法国政府颁定为法兰西共和国国歌。叔同心想：用法国国歌在中国的土地上欢迎中国的太上皇，岂非咄咄怪事？

"这……难道'老佛爷'不发怒？"

"她听军乐，就像在皇宫里玩鸟笼子一样，不问什么鸟，只要会叫就行。不是吗？有一只鹦鹉学叫'太后老佛爷'，结果学歪了，叫成'太后老破鞋'。她没听出来，还赏了太监二百两白银，你说可笑不？"蔡先生说到这里，禁不住叹了口气："所以，不反对腐败的清廷，想解除我同胞项颈之枷锁，提倡维新，开设自己的音乐师范，难啊……难！"

叔同回到自修课堂，琢磨着蔡先生的启发，联想着方才的日本《国歌》，心中十分紊乱。他拿起毛笔，蘸了蘸浓墨，拧眉思索了片刻，奋笔写了一首歌词，题目是《祖国歌》。

> 上下数千年，一脉延，文明莫与肩。
>
> 纵横数万里，膏腴地，独享天然利。
>
> 国是世界最大国，
>
> 民是亚洲大国民，呜呼大国民！
>
> 呜呼，唯我大国民！
>
> 幸生珍世界，
>
> 琳琅十倍增声价。
>
> 我将骑狮越昆仑，
>
> 驾鹤飞渡太平洋，谁与我仗剑挥刀？
>
> 呜呼大国民，
>
> 谁与我鼓吹庆升平！

叔同放下笔，连读了两遍，似乎感到一腔爱国之情跃然纸上，不禁浓眉一展，微露笑容。旁边的邵力子拿眼一瞟，见到李成蹊脸上突然现出几个月来少有的笑容，于是凑过来朝歌词看了看，一把抢在手中，一连读了好几遍。

"啊……成蹊，气宇不凡。"

"随便涂抹涂抹。"

"嗨，别瞒着我，"邵力子晃了晃手上的歌词，轻轻笑道："这是对日本《国歌》的一首和诗，对吗？"

叔同一抬头，那火辣辣的眼神正和邵力子那富有男儿血性的目光碰在一起，他万没想到邵力子竟有如此敏感程度，也万没想到他的知识竟是如此渊博：

"力子，你听过日本《国歌》？"

"怎么没听过！中院的日本先生教的就是日本歌。"

"难道……我们的学堂乐歌课，用日本的《国歌》教导学生，岂不有辱我国的民族尊严？"

"这好办。"邵力子说："创办音乐师范，传播自己民族的乐歌，将来的乐歌先生，都是中国人，那不就解决啦！"

叔同默默地点点头。

转眼之间，公学放了寒假。假期中他出入书店，来往公学图书馆，寻觅有关学堂乐歌的书籍，然而他失望了，偌大个上海，竟然找不到一本中国的乐歌书籍。有一次，他回到家里，疲惫不堪地倒在床上，似睡非睡地想着教室里的乐歌先生。恍惚中，他仿佛是一位中国先生，穿着长袍，一条粗大的辫子拖在脑后，十个手指在风琴的键盘上像碧波涟漪，灵活地闪动着，歌喉洪亮得可以波及十里；渐渐整个教室、整个公学回响起一首振兴中华的歌：

上下数千年，一脉延，

文明莫与肩。

纵横数万里，膏腴地，

独享天然利。

……

　　"文涛"，俞氏推了推睡着的叔同："快起来吃晚饭了。"

　　叔同猛地醒过来，蒙蒙眬眬的一首《祖国歌》还在他耳边荡漾着，他披上棉袍走到正房，打开琴盖时，这首歌的调子已经溜走了。他坐在琴凳上，缩紧双眉，再也想不起曲调来了。当他回到母亲屋里吃饭时，仍是愁眉不展，家里人不知出了什么事，谁也没敢吱声，生怕惹得他烦恼。

　　不过，烦恼的事真来了。

　　一九〇二年二月，残阳西坠的时候，天津李家大院老管家郑三爷来了。看来他很辛苦，他那本来泛着红润的宽大的脸庞消瘦了；两颊留下了几道深沟，那双闪光的眼睛变得深陷而干枯了，白眼珠子布满了血丝，他，显然为李家的事务操劳得精疲力尽，简直不能令人置信，这就是当年声音洪亮、办事利索、嘛都会干的老管家郑三爷。叔同见了郑三爷，亲切而怜悯地喊了一声"郑三爷"，拉着他那瘦骨嶙嶙的大手，把他领到母亲屋里：

　　"哟！"王氏惊喜地喊着："这不是郑三爷吗？"

　　"是我呀，小奶奶。"

　　"快坐下。张妈妈，快给郑三爷准备饭。"

　　"我这次来，"郑三爷抹了抹干枯的眼角，望着叔同说："是二少爷叫我把一张禀帖给三少爷看看，说是三少爷文笔强，能改的就改。"说着便从贴身衣服里掏出一张禀帖的草稿："喏，就是这个。"

叔同接过禀帖，拧眉细读，一连看了三遍，只见禀帖写道：

### 津郡钱商环请维持银市禀

具禀：津郡钱商通益号、和盛益、恒隆号、桐达号、德昌厚、中裕厚、德信厚等禀为市面过滞，沥陈危发情形，环叩恩准，设法补救，以维商务事。窃津郡市面自乱后，银钱两空，各行铺商大有不能谋生之势。……

叔同看到这里，已知全部内容。心想：八国联军占了北京之后，刚刚订约赔款讲和，还成个国家吗？现在，各银号联合要求"恩准"拨款……？其实，叔同的心思哪里想去修改禀帖？哪里想到天津的市面过滞……？他想的是这个满目疮痍的民族，腐败的清廷。此刻，他的脸色刷地变了，手上的禀帖在颤抖着，他把这禀帖往郑三爷手上一塞，说了一声："甭改了，就这样禀报吧。"

郑三爷疑惑地望着李叔同，不知说什么好。

"岸子，"王氏纳闷地问道："嘛事？"

"天津的银根吃紧。"

王氏把心一拎，问郑三爷道："天津的银行业……不行啦？"

郑三爷举了举手上的禀帖："这不正在想办法。"说罢，叹了口气，一屁股坐在椅子上，眼神死盯在一个墙角上，不停地拍大腿，不住地唉声叹气。

叔同的心更乱了，仿佛一切景象都摆在了他的眼前。不是吗？天津的银号业的衰蔽、商贾的壅滞、民族的危难，政局的混乱、人心的不安，这一切的一切，像一幅凝固的、灰暗的、毫无生气的画面摆在他的眼前。

"本来，"郑三爷冷静了一下，接着说："本来是二爷亲自来上

海和他三弟商量自家'桐达银号'的事。可是，老太爷在世的时候，
是银行业公会会长。所以各个银号倒霉的时候都来了，说是一定叫
二爷出面，二爷无奈才写了这张联合禀帖。我来上海的时候，二爷进
京了。"

老实说，叔同对银号、禀帖等等并没有挂在心上。为了郑三爷回
去好交差，抽出信纸写了几句话，书道：

文熙兄长钧安：

郑三爷来沪，知津郡一切，然禀帖稿拟很妥，不必删动，今
着三爷带回，遥慰尘劳，特上。

弟文涛

三月的季节，尽管文人雅士不厌其烦地用"三月的桃花""春光
明媚，百草吐翠"之类的美词描写它，但上海滩的市井繁街此时像被
霜打过似的，一片枯萎沉寂，萧条冷落。

一辆皮篷马车通过了金洞桥，直奔南洋公学。

一张告示贴在公学的影壁墙上。叔同下了车凑在人群里一看。是
一张"补行庚子乡试"的告示，这消息成了整个公学的主要议论中心。

叔同到了班上，谢忱笑着走过来，问道：

"成蹊，去吗？"

"让我想一想。"

"嗨！想什么？去年庚子事变，乡试停考，今年补行庚子乡试，
是个机会，为啥不去？"

"成蹊，"王永海走过来笑笑说："我问过蔡先生，他的打算，
是让我俩赴杭州应试。"

"是吗？"

"谁骗你！"

正说着，蔡元培先生走进来了。这天，他没穿马褂，显然是没想走出去。嘴角上流溢着兴奋的微笑，颇有春风拂面之感。他走至讲台，说道：

"请坐好，今年参加补行考试的，就要启程了。去年庚子事变，虽说耽搁了一年，但是也带来了好处……"同学们听到这里，恨不得多长几只耳朵，以便听清带来什么好处。尤其是李叔同，这位满口天津话的小伙子，听起蔡先生那浓重的浙江绍兴话还真是有些吃力哩。

"这个好处……"蔡先生把手一扬："废除了'八股文'！"

这掌声真是如雷贯耳。

"当然，中过秀才的，这次就不去了。"讲到这里，班上同学自然把目光集中到李叔同和王永海身上。

四月的杭州，正是莺歌燕舞柳成荫的季节。

李叔同和王永海二人乘火车来到杭州，在西湖旅馆找了一间房子住下，第二天到"贡院"，看了开科日期，办了买卷手续。

第一场考试，仍然是《代圣贤立言》，不过，免掉了八股套式。结果李、王二人皆中，而且名列前茅。

第二场考试，题目是《论政》，可自由发挥。这下，叔同的文思犹如鱼得水、鸟入林，从康梁变法、八国联军，一直写到改革政体、振兴中华。思路像是冲破闸门的滔滔江河，文笔流畅、文理清秀，好一篇维新论文。

天哪！哪个县太爷敢画个"取"字？其实，县太爷只不过让后生们粉饰一下太平，宣扬一下现政，大家有饭吃，没有滋事生非，多写几句"太后老佛爷万岁"而已。

第二榜，李叔同、王永海二人被刷掉了。

不过，他俩并没有垂头丧气，更没有消极。俗话说"有失必有得"，他们所得到的却是清洗了一次眼睛，更清楚地看到了这腐败朝纲的不可救药。

他俩回到上海公学时，已是夏日炎炎的季节了。蔡元培对他俩的"落榜"，似乎没有料到，当他把李成蹊叫到办公室，并让成蹊"复述"了一遍《论政》的文稿之后，才悟到落榜的原因。于是他抚慰了几句，脸上浮现出严峻的神态，一字一顿地说：

"科举选才是为了什么？"此刻，蔡先生眼睛闪着焦灼的神情，继而喃喃地说道：

"要救国，要维新……"

打这天起，蔡先生对清政府的政事，已完全失望，他感到不维新便难以救中国于帝国主义的强食之中。课堂上，他经常讲时事、政治，讲日本明治维新，并介绍《民报》《革命军》等进步书刊让同学们阅读。很快，南洋公学经济特科变成了"爱国班"。

学监贾士贵对"爱国班"如临大敌，恨不得把全班师生"连窝端"，免得"传染"给安分守己的低班学生。于是，他下令特科班只准研读《大清会典》、《四书集注》和《申报》一类的书刊，禁读《民报》一类的进步书刊。然而，适得其反，看进步书籍、要求开放维新变法书籍的学生，像烽火燎原，一下子蔓延开来。就连下院的小学生们，也产生着逆反心理："你越不让看的，我越要看！"好家伙，上下四院到处可见传阅进步书刊的现象。

总学监贾士贵歇斯底里的喊着：

"娘的，谁再看这类书刊，开除、开除……"

蔡元培看见这种情况，认为无必要争辩。于是回到自己创办并任事务长（会长）的"中国教育会"，并动笔为这个"会"写了一个宗旨：

> 以教育中国男女青年，开发其智识而增进其国家观念，以为他日恢复国权之基础为目的。

这个"中国教育会"自四月二十七日创办以来，蔡元培还是第一次在办公室里坐坐。为了抗议公学当局开除阅读进步书刊的学生，他写了一份辞呈，批评了公学，辞去了特科教习之职务。

群龙无首，怨声载道。有的找学监辩论，有的到各班演说。此刻的李叔同却闷声不响地想念着他的老师——蔡元培。

十一月初的一个下午，特科班的高才生凑在一起，讨论起如何反对公学当局压制言论自由和无理开除同学的问题，情绪十分激昂。坐在旁边半天没响的李叔同，仿佛比平时更冷静，他听了大家的议论之后，不慌不忙地说道：

"我虽从师蔡先生门下仅一年多，但对我的思想影响，确是个转折点。我想，大家都有共同的体会。中国人民要觉醒，没有相当的文化基础不行。我建议大家退学，到中国教育会，请师长们另办公学……"

这一提议，大伙怔住了。心想：行吗？

"我第一个退学！"叔同说。

"我也退……"

"我也退……"

第五班全体同学"起义"了。

"起义"学生来到蔡元培的中国教育会办公室，要求建立一个能体现该会宗旨的公学。蔡先生笑呵呵的接待了这批同学，感到事情来得棘手。

"好吧，"蔡先生正色道："我个人非常同情你们，容我和教育会的同仁们商量之后，后天给你们一个答复。"

蔡先生送走这批学生，心里颇翻腾了一阵子。他同情这批爱国青年，也感到自己责任之重大，更痛恨反对新政的皇太后。

当夜，他邀请了教育家以及有识之士，在自己家里开了一个会。会议决定设立"爱国学社"。同时，推举了蔡元培任总理，吴稚晖任学监。并将二十几名退学的学生全部吸收至"爱国学社"。

学制分寻常、高等两级，均以两年为毕业期限。学务工作决定由学生联合会自治。学校设在泥城桥福源里，教习有黄炎培、章炳麟、蒋维乔等人。

十一月十六日"爱国学社"开学了。

李叔同这天打扮得十分应时，步行来到"爱国学社"。见到蔡元培先生，他极有礼貌地鞠了一躬：

"先生，同学们都感谢您。"

"啊……不必。"蔡元培亲切地笑笑，随即把叔同叫到他的办公室，说道："你是南洋公学的高才生，是个很有思想的青年，我想请你协助我做点工作。"

"您说吧，"叔同望着老师，不知老师给他什么工作做。

"中国教育会分了三个部分：即教育、出版、实业。同时，我们支持把《苏报》办好，这个报纸是传播革命思想、报道各地学生的爱国运动，发表爱国文章的报纸。我想，你在课余时间，协助他们编辑一些文稿和搞搞美术设计……"

"可以。"李叔同答应得很痛快。

自此，李叔同日间攻读，夜间编报，尽管疲惫不堪，但他那愤世的脸上漾出了一丝满意的笑容。因为他知道，《苏报》正在呐喊……

一九〇五年春，爱国运动在知识分子中风起云涌。此时，李叔同与北方相呼应，与穆恕斋、许幻园、黄炎培等一批青年先进分子组创了一个"沪学会"。尽管事务繁忙，但他仿佛在漫天乌云中见到了一缕橘红色的光芒，不知疲倦地奔走着。

"沪学会"设在租界地以外的南市。这里是一处帝国主义侵略者无法干涉、并可宣传民众的地带。这个会以"兴学"和"演说"为主要内容。在一次讨论具体工作时，叔同以征询的目光，望着黄炎培说：

"黄兄，这演说……我建议由你来负责，行吗？"

黄炎培一笑："这事儿我包了。不过，咱还要办一个补习学校……"语音十分坚定。

"补习学校？"叔同还是第一次听到这个词儿。

"嗨！"黄炎培解释说："补习学校……双免费。免费入学，办校不用资金。"

"对呀。"半天没开口的许幻园一拍桌子，笑道："咱这会里教师多，义务讲学，不是免掉开支啦？"

叔同一琢磨，笑了："这事，我和幻园负责。"

谁知，补习学校的招生广告一贴出，嘿！店员、工人、洋车夫、孤儿……报名的真不少。借了一所学校，开办了五个班。这下子可把李叔同忙坏了：编课文，撰时事讲义，安排课程，许幻园自告奋勇担任了文化启蒙班。

不过，叔同还有一番打算。也许是受了南洋公学中院乐歌课的影响，他要"创"一下，要在这夜校里增加一门"乐歌课"。

一天，当他从补习学校回家已是十点多钟了，他问了一下母亲的病情，便走到书房里，翻出那首与日本国歌唱"对台戏"的《祖国歌》词，反复看了几遍，仿佛祖国的三山五岳、江河湖海、富饶的资源、众多的人口、广阔的土地，像一幅幅极美的画面跃在他的面前，而人民却像一头巨大的醒狮……啊！祖国。

天下的事情就是那么怪。他把梦中的旋律一下子"抓"回来了。原来，这是一首民间音乐《老六板》的曲调，词曲一结合，非常贴切。这旋律浸透着人们爱国的心扉，唤起了人们对祖国的热爱。他急速整理好乐谱，填上歌词。当他在补习班上教唱时，许多学生激动地哭了。说真的，老大中华，谁愿意做奴隶？

《祖国歌》一下子在男女青年中传唱开了。

一天夜里，黄炎培从南洋公学演说回来，仿佛一个得胜的将军回营一样，满面笑容。他见李叔同刚上完乐歌课，便凑上来说：

"李兄，《祖国歌》唱遍了大上海，能否把这歌片儿给我看看？"

叔同二话没说，一伸手递给了黄炎培。

岂知，这《祖国歌》却被黄炎培珍存了五十多年。

为什么？正当黄炎培接过《祖国歌》之后，突然清廷宣诏缉拿革命党黄炎培，并被"太后老佛爷"朱笔一勾——斩！

顿时，黄炎培被爱国者救走，连夜乘船到日本去了。这首由李叔同亲笔写的《祖国歌》，一直由黄炎培珍藏了五十多年。当然，这是后话了。

第
十
二
章
/

王氏的病情恶化了。

一连好几天，叔同守候在母亲的病榻前，眼巴巴望着她那承受着一种接近死亡的痛苦。

俞氏轻轻走进婆婆屋里，手里端着小碗人参汤，悄然瞅着叔同轻轻问道：

"娘，醒了吗？"

"噢，又睡着了。"叔同把声音压得很轻。

俞氏把碗放在桌上，走到婆婆床边，坐下，伸手摸摸婆婆的额角，滚烫。

"娘在发烧。"

"哎！"叔同皱皱眉，"总是不退，比昨天烧得还厉害！"

此刻，金兰之友、妇科医生蔡小香带了一位"参茸医生"在门外敲了敲门：

"叔同，医生请来了。"

叔同忙不迭地拉开房门，把医生请到屋里。医生望着王氏眼圈上的一层黑青色素，眉头登时皱了起来。叔同和俞氏死死地盯着医生的每一丝表情，心中像被人捏了一把，突突地跳着。

医生摸了脉，开了一张药方：

"先喝了这帖药，"医生收紧下巴，两眼从老花眼镜上边射出两道冷冷的光亮，这眼光直射叔同的脸上："喝下去，如果见好，就有希望。"下一句还没说出，叔同的神色变了。

"先生，我娘的病……？"

"积郁成疾，心病日久，慢病急发……"

"您看……"叔同凑到了先生的耳根，战兢兢地问着："能好吗？"

"这帖药下去不见效，就另请高明。"

李叔同瞅瞅蔡小香，蔡小香拿起药方一看，心中全然明白：这帖药只不过是吊吊生命而已。当下送走了医生，又叫俞氏亲自为母亲煎药，蔡小香把李叔同拉到旁边，悄悄地叮嘱道：

"小弟，要做点准备。"

叔同一怔：信口"嗳"了一声。

几天来，一连请了七八个中西医生，然而他们的面部表情，都像一个模子里翻出来的石膏像，死板而冰冷。

药方，依然是为了吊着生命而开的。有的干脆连药方都免了。没几天工夫，病人连一口水都不能咽了。

"娘，岸子喊您了。"俞氏含泪喊着。

王氏微闭双眼，没有回音。

叔同摇着母亲那只像风干了腊肠似的胳膊，大声喊着："娘，娘！"

这时节，俞氏和张妈妈，泪水像断了线的珠子，然而谁也没敢哭出声来。

"好生看着母亲。"叔同对妻子俞氏吩咐了一句，并叫袁阿大套上马车，他要出去一趟。

"母亲做人一生，太不容易。我要买一口上等棺材，报答她老人家养育之恩。"叔同在马车里不断地思忖着。不一会儿，车在南市停下了。他跳下车径直走进棺材铺，定了一口上好的楠木寿材，立刻奔回城南草堂，岂知刚拐进垮院，便听到妻子俞氏的哭声，叔同三步并成两步，飞快地进到屋里，只见母亲身穿寿衣，面盖衾单，直挺挺地躺在床板上。许幻园家中的管家、女仆忙成了一团。叔同倚在门框上，想最后喊一声"娘"，可是张了张嘴巴，却喊不出声来，只觉脑袋"嗡"地一下，不知是昏倒还是跪倒，他伏在母亲的床边，眼泪唰唰地往下流淌。

二十六年，母子朝夕相随。叔同拼命地追忆着往事，忽地，他感到自己的幸福、人间应有的天伦之乐，已随着慈母的逝世一道离开了人间。他痛苦、绝望、负疚、难忍，只觉眼前一片迷茫。

他把母亲入了殓，等到七天过后，决定把母亲的灵柩运回天津，并决心以"新"式的、打破尘俗的观念来处理母亲的丧事。

一九〇五年七月初，他租了一艘小火轮，携妻俞氏和长子李准、次子李端，运送母亲灵柩回天津。他站在船头，双手抱拳，向金兰兄弟们挥泪告别。

"五友"的视线拉远了，轮船却与天津拉近了。

"五友"的感情拉近了，手足之情却闹翻了。

灵柩在半路上，电报却老早就到了天津。

当小火轮靠近天津海河码头时，叔同的二哥桐冈早就站在码头的凉棚下了。桐冈旁边站着儿子李圣章和李晋章，后边有老管家郑三爷、徐月亭以及雇来的杠夫等。

叔同见了二哥，悲喜交集，抹了抹泪水便跳下船来。桐冈上前把弟弟拉到河沿下，沉痛地说：

"文涛，你辛苦了……当然，这是极为悲痛的事情。"

"文熙哥，电报收到啦？"

"哎，哥哥就是跟你商量这件事来的。"

"回家商量吧。"

"不，不行，"桐冈的声音有些颤抖。

"怎么？"文涛莫名其妙地问。

"咱天津有句老话，"文熙凑近一步，轻轻地说："你记得吧，外丧不能进家宅！"

"什么？！"叔同两眉横成了一条线，眼神火辣辣地瞅着文熙："外丧不能进家宅？"

"这，你还不知道？"文熙劝说着。

叔同非常恼怒，瘦削的脸上气得发青，胸腔涨得鼓鼓的，他第一次用食指点着哥哥的脸说："咱哥俩虽然不是一母同胞，可都是李家的后代……"

"哎，弟弟，"文熙急了："你这说到哪儿去啦？"

"我娘生时没享到人间幸福，难道死了还不能进家门？"

"这是风俗，外丧是不能进家的！"

"我要扫掉这种风俗！"

"弟弟，我们的门第……"

"甭说了！"叔同火急了："我娘就是被这种所谓的门第害死的！"

"你一定要进家？"

"一定要！"

"那，那就由你吧！"哥哥让步了。

叔同回头对码头上的杠夫们喊道："兄弟们，把灵柩抬到河东粮店后街……"

文熙无奈，只得对总管徐月亭交代了一下，拉着弟弟上了马车。

赶车的还是郑三爷，他拉了拉缰绳，摇着鞭子，红鬃小马像通人性似的，慢悠悠的蹓跶着，好让久别的兄弟唠唠家常话。

"哥哥，这次我把娘送回家来，可要改变旧风俗。"

"唔，随你，你说怎么办就怎么办。"

"不过，我要征得哥哥的同意。"

"你打算怎么办？"

"第一，"叔同说，"冠裳绖带之五服，一律穿黑袍，披黑纱；第二，把灵柩停在接官厅的正中，开追悼会；第三，'豆腐'[1]饭，请俄国厨子做西餐。"

文熙听着弟弟的治丧打算，顿时感到自己的理解力退化了。维新派还是洋派？开天辟地、盘古到今没有的事啊，他简直是一只眼哭一只眼笑。寻思半天，才勉强说了声，"行！"

王氏的灵柩终于抬进了李家大院。

叔同在"接官厅"里横竖量了一个"十"字，把棺材停在中央。接着便由徐月亭带领男女佣人抬掇了一番，布起了灵堂，摆供了"吐斯"蛋糕。当天文熙写了几十张"讣告"，派人分送到亲友、银业公会、盐业公会、总督府以及父亲李筱楼的生前好友。通知了追悼会的时间是七月十八日。

灵堂上，连日来油漆棺木，书写挽联，改装洋厨房，放大照片，抬进钢琴，扎悬纸花，挂上横幅。西院里的男女裁缝汗流浃背，热得不愿讲话，只顾拼命地赶制黑袍子；书房里的叔同，正在凝神为母亲撰写"悼词"，填写"追悼歌"。几十只各色各样的猫在他身上跳上跳下、围着脚下打转转，都想和主人亲昵地接触一下，不料叔同对猫

---

[1]　南方一带对送丧饭称豆腐饭，即以素食缅怀洁白者的意思。

的宠爱已被母丧所替代了。猫，失去了宠爱，一个个地溜到院里，躺在树荫下，懒洋洋地伸展四肢，慢慢地闭上了眼睛。

"小爷，"徐月亭匆匆来到书房，对叔同说："杨厅长来了。"

叔同一怔："哪个杨厅长？"

"警察厅的杨义德，杨梆子。"

"嗷，我去！"

叔同刚站起来，杨义德已迈进了门槛。这杨义德乃武夫出身，军阀的敢死队员，斗大的字认不得五升，因做过李鸿章的便衣保镖，特提升为警察厅长。这时，他朝叔同敬了一个"洋"礼，随手递过一张帖子，叔同接帖看了看，笑道：

"有劳大驾，实不敢当！"

"甭客气！"杨义德大大咧咧地说："中堂大人的命令，我杨义德怎敢怠慢。老弟直说，丧事打算怎么办？"说罢，一屁股坐在红木椅上了。

叔同打量着这位杨厅长的神态，颇感不快。本来准备好的追悼会，生怕他把事情搞坏。既然是李鸿章派来的，也不便回绝，只是苦笑笑说道：

"厅长如此热情，小弟领了。那就请您在堂前坐坐，也是我李家的光彩。"

"这可使不得。常言说：'武官把门，文官点主。'这样吧，"杨义德摘下军帽往书桌上一丢，解开上衣纽扣，拉着下摆猛扇了几下："这次丧事，我给你当个军师，怎样？"

"杨厅长，"叔同急忙解释道："这次不是按过去的旧风俗……"

杨义德把袖子一挽："出'洋'殡！对吧？"

叔同点点头："是这样打算的。"

"哎呀，你怎么不早说呢？"杨义德咧开嘴巴，露出发黑的牙齿，"出洋殡，我当司仪。"

叔同二话没说，顺手从桌上拿起刚起草的《追悼会程序》往杨厅长面前一摊："这样开，行吗？"

"哈哈，"杨义德连看也不看地一推："嘛事您了？它认识我，我可不认识他！你可别寒碜我，到时候找个人教教我，我背得下来。你别看我大字不识，嗓门儿不错。"

叔同一听，心像掉进冰窟窿里，全凉。然而，对这位胸无点墨的武夫居然自告奋勇当"司仪"，心下也暗暗佩服：

"好吧，我叫总管徐月亭先生教教你。"

追悼会是在"接官厅"的阶下庭院里开的。上午十点，三百多位来宾身穿黑袍，女眷披黑纱，像西方国家修道院一样，一抹黑。杨义德脱去军装，穿了一件黑绸长衫，礼服呢圆口鞋。走路慢吞吞，沉着脸，嗓门还真不错。

《悼词》是叔同自己写的、自己读的，尽管他哀痛万分，但对母亲的一生慷慨陈词，触及了封建的道德伦理，似乎只有这样，才能慰藉九泉之下的慈母的心。

"唱挽歌——"杨厅长报了程序，大伙儿一怔，不禁面面相觑，那眼神儿里似乎冒出了一个大问号：唱歌？死了人还唱？大伙正在纳闷，只见叔同坐在钢琴前边，用外国《弥撒曲》填了一首"挽歌"，他自编、自弹、自唱，曲调委婉、凄楚：

> 月落乌啼，梦影依稀，
> 往事知不知？
> 泪半生哀乐之长逝兮，

感亲之恩其永垂。

叔同唱着挽歌，追念母亲生前对儿子的疼爱，他浮想联翩，一下子母亲的音容笑貌像一幅幅活动的画面，使他情动于衷，不禁声泪俱下！

谁没有父母子女？又有谁不被这牵动人心的挽歌所感动？霎时间，人们都哭了。

追悼会结束后，李家大院七十余间房子摆上了餐桌，来宾们美美地吃了一顿西餐。

下午，由王氏至亲护着灵柩，几十辆马车由杨义德率领，一路之上尘沙风扬，各个关口的警察整队迎送。这些都被叔同看在眼里，他的心似乎平静了些。

傍晚，待夕阳抚慰着地神的时候，王氏被埋在天津市郊余庆阜的李家公祠里。

在回来的路上，叔同在颠簸的马车里忽地想起《周礼·春官·大宗伯》："以丧礼哀死亡"的词句。于是，他丢掉了"李文涛"，摒弃了"李成蹊"，埋掉了"李岸"，改名为李哀，字哀公，从而追念母亲。

治丧已毕，哀公便把妻子俞氏、长子李准、次子李端和佣人张妈妈安顿在西院原宅，并托咐了哥哥文熙代为照管，自己又回到了上海。

俗话说："失去双亲，孑然一身，游丝飞絮，飘荡无垠。"李叔同失去了慈母，加上连日来衣不解带，少言寡欢，人本来就瘦，这就更瘦得可怜了。

不过，他那潜在的报国意识，像干旱的禾苗逢得了甘雨，猛地滋长起来。因为母亲作古了，再不受"父母在，不远游"的观念羁绊了。他要寻求一条路，能救国救民。然而他也目睹眼下的政局，有志青年纷纷奔走救国之路，尤其在这国事日衰、民族危亡的动荡时代，加上天灾，人祸，可谓："村村饿莩相枕籍，十家九室无炊烟。"这条路如何走？通向哪里？他总结了几位维新派先生的经验，随着知识分子留学救国的热潮，决定东渡扶桑，去日本留学。

当天，他在城南草堂过了一夜。翌日清晨，乘车去桐达银号上海分庄取钱。

马车在细雨中前进。细雨并没给人们带来凉意，叔同在马车里闷得大汗淋漓，他打开了左右车窗，突然发现一群男人围着一个衣着华丽而满身污泥的女人。当马车靠近时，叔同瞅了瞅这被围观的女人，啊？！心里咯噔一下，是她？

"停一停！"叔同跺了跺脚。

"吁——"袁大爷把马车停下，回头喊着说："大少爷下车吗？"

叔同没回答，他只顾盯着人群中的主角——曾与他荻水承欢的谢秋云。她，身穿湖色贡缎绣着八团五彩花的上衣，下系绣金洒花粉红裙，宫额齐眉，肤色苍白。以往那两只杏核似的媚眼，而今却变得直勾勾、痴呆呆、死板板的，像似刚出土的木俑。

"怎么回事？"叔同心中的疑团，顿时像一块石头压在心上，压得他透不过气来。

"小娘儿们，再唱一个吧……"

"再脱一件，给咱爷们儿解解闷儿！"

"他不脱，咱扒呀……！"

小瘪三们一拥而上，正要撕扯谢秋云的衣服，李叔同在车窗口喊道：

"慢着！"说罢，掀起车帘跳下车来。

谢秋云望见车上跳下来个人，急忙摆脱流氓们的嬉耍，晃晃悠悠地站在叔同面前，她不笑，也不哭，那眼神里像一汪死水，混浊浊，死沉沉，冷冰冰。此刻的人群，视线凝聚在一个焦点上，倒使叔同难堪、尴尬、无着。然而，心中的矛盾，就像十五把琴弓，七上八下的。老实说，他同情她，但又无法当众认她。他知道，她是在高度的精神创伤下精神失常的。但是，那么多的瘪三取笑、污辱她，就像无数把钢刀插在自己的心上。

"诸位"，叔同环视了一下人群："这是个神经受过创伤的人，请不要和她嬉戏取笑。"

"咦——"一个小流氓尖着嗓子叫了一声："她是你妹子还是你媳妇？"

"如果不是你老婆，滚开！"

"你要是有钱，买了摆在床上去！"

"哄"地一声，几个流氓更是得意。

叔同气得脸都拉长了。他盯着几个奸笑的流氓，大声说道：

"诸位不要无理。对她，我早就买下了。"说罢便从钱荷包里掏出了一张字据，在人群中找了一位老实巴交的人："先生，请您给大家读读。"

这是一位穿长衫的青年，他接过字据瞄了一眼，念道：

> 立字据人李漱筒与秋云书寓主人刘氏商妥：李愿出一千两白银将姑娘谢秋云赎出从良。此后，谢秋云与刘氏脱离干系，并恢复其人身自由。双方决不反悔，空口无凭，立此为证。
>
> 赎主：李漱筒（章）
>
> 养母：刘氏（手印）

一纸读罢，人们呆住了。

"袁大爷，"叔同喊了一声赶车的老头："请你把她送进疯人院去。"

"上来吧！"袁大爷对谢秋云说。

谢秋云根本没理这个茬儿，一味地痴笑。末了，还是袁大爷生拉硬拖地把她抱到了车上，接着便扣好了马车的门窗，生怕她跳车闯祸。

叔同徒步去上海分庄取了钱，谢秋云当天进了疯人院。

晚上，叔同还未回城南草堂，许幻园等三位兄长早就等候在这里。

"昨天你悄悄返回上海，"许幻园说："为啥不先打个招呼？"

"急，很急。"叔同说："如今慈母仙逝，我已无有牵挂，若不及时为国尽忠还待何时？所以，我决定东渡扶桑，留学日本。"

"学什么？"蔡小香关切地问。

"艺术。"

"啊……"三位金兰兄长赞道："艺术救国，这是一条行得通的路。"然而，尽管这么说，心中对叔同的远走，似乎都有一种难舍的留恋。但也十分羡慕，像袁希濂一样，已到了日本。如果各人家中没有牵挂，说不定也会和叔同一道去日本留学了。

"何时出发？"

"一周之内。"

"弟妹、小侄安顿何处？"

"已托哥哥照管了。"叔同说这话时，脑际中立刻泛起谢秋云的可悲形象，因问道："兄长是否知道谢秋云的情况？"

"啊，别提啦。"许幻园叹了一声，深沉地说："自从小弟把她赎出来以后，算是自由了几天。但是，老鸨子是个放'风筝'的，没多久，她勾结了帮会头子，每天找谢秋云的麻烦，谢秋云再也经受不起这种折磨，她，她疯了。"

"噢……"叔同说，"难怪。"此刻，他喃喃诵了一首北宋词人柳永的《迷仙行》："已受君恩顾，好与花为主。万里丹霄，何妨携手同归去。永弃却，烟花伴侣。免叫人见妾，朝云暮雨。"

"这首词，"许幻园沉思了半晌，怂然说道，"正写出了妓女从良的愿望，也深刻地刻画了她们追求情爱与幸福过程中的艰难与挫折。"

"谢秋云的遭遇，就是这首诗的原型。可是她失败了。"蔡小香说："不过，咱们还要救一救她。"

"这是治表。"许幻园不假思索地说。

叔同一惊："是表?"他急速回忆着把谢秋云送进疯人院的情景。是的，他感到了自己的责任，一个有血性的青年，决不是仅仅把一个疯了的妓女送进疯人院，这当儿，他也暗暗地忏悔自己寄情于声色的过失。尤其是谢秋云这样一个绝顶美丽，甚至带点高雅柔美的女性，她，疯了，疯了! 啊……千千万万个被污辱、被蹂躏的女性啊!

"我决定了，"叔同激昂地说道："要治本，要推翻腐朽之本，去学习维新，用艺术唤起民族的精神，用文化唤起民众的觉醒，每次想到这里，我心里就舒坦些。"

天，渐渐垂下了夜幕。

"四友"在许幻园家举行了一次送别酒会。酒席间免不了互赠诗词，然而，每人朗诵自己的新作时，像变了调子的进行曲，声声泪泪浑然一起。

一声闷雷，声息雨落。顿时，草堂前庭的靠墙处，发出哗哗的雨打芭蕉声。天空是墨黑的，好像一个庞然大物正张开魔鬼似的大口，随时睬视着人们的命运，吞噬着世上的弱者，攘捏着穷苦人的性命。

在一个晴朗朗的早上，天上没有一丝云彩，海浪像层层叠起的山峰，颠簸着一艘驶向日本的客轮。甲板上成群的赴日留学的青年，面孔像"布袋僧"的头像：笑眯眯、乐滋滋、喜洋洋。二十六岁的"哀公"却整天少言寡欢、脸上没有一丝笑容。他沉静，从不和同船青年嬉笑。然而他的成熟的面容，像似一张自我介绍的形象写照，不禁令人敬重。他那双凤眼闪着火光，两只酒窝嵌镶得不偏不倚，搭配在薄唇的两侧，给人以安详的感觉。微凸的额头，一对短而黑的眉毛，衬托了他那消瘦的面庞，显得凝重而聪颖。他拉着船头的铁索，望着跌宕起伏的海浪，情不自禁地低吟起他自己填的新词。海水就像一支庞大的管弦乐队，有节奏地拍打着船弦，伴和着他唱道：

> 披发佯狂走。莽中原，
> 暮鸦啼彻，几枝衰柳。
> 破碎河山谁收拾，
> 零落西风依旧，
> 便惹得离人消瘦。
> 行矣临流重太息，说相思，
> 刻骨双红豆。
> 愁黯黯，浓于酒。
> 漾情不断淞波溜。
> 恨年来絮飘萍泊，
> 遮难回首。
> 二十文章惊海内，
> 毕竟空谈何有？
> 听匣底苍龙狂吼。

长夜凄风眠不得，

度群生那惜心肝剖？

是祖国，忍孤负！


缓慢的调子，悲愤的旋律，激昂的情绪，与马达声、怒涛声、汽笛声混合在一起，像一部《维新之路》"交响乐"，在海空中飘荡。

第
十
三
章
/

　　初秋，叔同乘着马车，冒着烦人的秋雨，穿过东京上野不忍池畔的谷中小道，来到下谷上三畸北町三十一番地的门外。这里是一堵黑墙，墙外的一片带雨的秋海棠低垂着，仿佛欢迎这位来自中国客人的到来。

　　异国，对于叔同，一切都很新鲜。

　　在船上时，他还穿着一件灰色春绸长袍，脑后拖着一条又黑又长的辫子。当他住进这所私人出租的上野不忍池畔的小白楼时，他的装束变了。他要挤进这外国的艺术院校，要打扮得像个地地道道的新派人，要十分像一个留学生。于是他进了理发店，剪掉了长辫，改为三七分的发式。当天又进了服装公司，脱掉了长袍马褂，换上了西装，俨然成了一个风流潇洒的美少年。

　　当他报考了上野美术专科学校时，除了文化考试以外，专业考试是素描和书法。此外，还要交出其他美术作品。

　　当然，素描在中国尚未见过，单凭他平素书法的功力，是足可以应付考试的；书法作品颇使监考先生吃了一惊，细观他的字体，气势雄健，行笔流畅，意态洒落，运笔道挺庄凝，冲出了《三公山碑》，熔汉魏于一炉，而又风貌别具，并"夹有风霜雷电之气"。先生看罢十分惊喜，不断喊着"摇落西"。另外一篇作品是叔同的篆刻，先生一眼望去，作品颇有大家风度，篆文系"李叔同"三个字，任人皆知，此篆刻皆得力于书法，即印从书出，他把天津篆派独特的刀法，融入古玺印严谨的法度之中，把隶书的方正古朴之气纳于印中，因而风格凝重，平中寓奇，从而形成一种恬淡平稳，如同天然风光般的清新画面，秀逸之气扑人眉宇，大有"铁笔神来"之感。

这块印章，先生给了很高的评价。

"李叔同，"先生把他唤进办公室："这是你的作品？"

"是的，先生。"李叔同沉着而有礼貌地回答。接着反问道："先生，您的名字怎么称呼？"

"黑田清辉。"

"黑田先生，我可以入学吗？"

"当然，当然。"黑田先生抬头看了一眼李叔同："因为你带来了你们民族的篆刻艺术，当然可以入学了。"话语十分和蔼。

叔同学着日本人的礼貌，双手扶膝，深深鞠了个躬："谢谢。"

"你的，"黑田先生说："日语的明白？"

"学过，但不是很通。"叔同用日语回答。

黑田笑了笑，说道："专业课以外，你可以去预科班补习日语，愿意吗？"

"愿意。"叔同又鞠了一躬。

叔同入学了。他学的是西洋画。而在学习中他似乎有十足的信心，这信心便是扎根于童年对艺术的追求，尤其对西洋画，像是一见如故。除了上课，他常常溜进展览馆，那些由油彩、线条、光斑、冷风、肃穆和寂静构成的美术作品，把他的心一下子吸引了，他觉得自己在升腾，仿佛进入了一个新的世界的怀抱，步入了一片新的大地。

赤橙黄绿青蓝紫。黑田先生是油画教授，善讲"色调"，他把色调的组合，形容成音符的有机结合，即把死板的单调的色彩，像一根穿起珍珠的项链，组成理想的、自然的、经过画家加工了的色调组合，形成绚丽多彩的万千世界，去完成美的创造。

黑田先生的"色彩"课，颇使叔同得益。下课时，他背起画夹子和画凳，坐在不忍池畔，望着这诱人的初秋景色，浮想联翩。是的，那温暖的橙色和黄色，像似在母亲身边的记忆符号；那绿茵茵的草地，池边的垂柳，碧绿的池塘，啊，还有树荫中那静静的蓝色，是艺术家所追求的色彩，是迷人的去向。

夕阳像强弩之末，无力地西沉下去，秋风徐徐，卷了几片焦叶从树上转了一个小圈，然后慢悠悠地飘落在绿草坪上。李叔同最不爱褐色，因为它不是原色，是由多种原色凑合起来的、成分复杂的色彩。他背起画具，在暮霭下来至桥头，看到那些搬运工人，吃力地劳动着，于是，他急速地在画板上用了数不清的褐色线条，啊！他感觉到了褐色的深沉、悲愤、愤懑、凝聚着要冲破一切的爆发力。

夕阳是鲜红的，他看花了眼，然而这红色却唤起了自己的爱。它像炉火、热血、石榴花，又像妻子过年穿的衣裳，一种炽烈的感情在燃烧着他。

他走下桥坡，在绿荫的小路上，有一个拎着草篮的姑娘正与他擦肩而过。她的打扮并不光艳照人。雪白的上衣、雪白的裙子。就是这洁白的色泽，使他情不自禁地回过头去，贪婪地望着，仿佛看到了一个洁白无瑕、纯净透明的化身。

黄昏，他踏着绿茵茵的草地，走了一段石级山坡，回到了自己的住所。在外屋他脱掉了鞋子，拉开了木格子小门，一头躺在"榻榻米"上。他双手垫着后脑勺，舒展了一下疲惫的身躯，回味着黑田先生的

"色彩"课。恍惚中像是钻进了一个五彩缤纷的巨大花园里。啊，这就是世界、宇宙、天地、自然之间的彩色，这斑斓夺目的珍珠，这褐褚的地狱之光。这当儿，他又像是回到了自己的国土，他绘制着母亲的头像，蓦地，他的手颤抖了，眼前是八国联军、腐败的清政府。找到了，找到了！找到了色彩的语言！

"叔同先生。"

"啊！"叔同醒来，见房东兼佣人良秀成子大妈站在门外，他猛地坐起来："大妈。"

"饭菜送来了，吃了再休息。"良秀大妈亲昵地望着这位中国留学生。

"谢谢您。"叔同说着便一骨碌爬起来，穿上鞋，恭恭敬敬地鞠了个躬。

"吃得惯吗？试试看。"

"可以。"叔同根本没看送来的是什么饭菜，"您不用操心，我来此地求学，就已经是半个日本人了。"

良秀大妈笑了笑，回去了。

叔同吃了一餐中日"混合饭"，甚感新鲜。不过他的刻意之功全在于学业上，为了日有所获，他用宣纸写了"日新"两个字悬挂在外间的中堂。

老实说：像李叔同这位善于在艺海里"游泳"的人，尤其是在诗词、书画、金石、音乐中颇有成就的"才子"，留学习画，自然就像艺海拾贝，扎个猛子就可得到意料的收获。因为在他的聪慧脑海里，对艺术的各个门类都留有一席之地。

但是，上野美专的进度很快，从素描到人体解剖仅在两个月之间。尤其这人体写生，仅靠每周一个课时的"模特儿"或是人像写生，似乎很难把握人体美的真谛。尽管这位"江南才子"早就"二十文章惊海内"了，可这"模特儿"还从来没有接触过，因而，画"模特儿"便成了他的主攻课程。他清楚地记得黑田先生的教导：模特儿并不是工具，并不是石膏模型，她有显示美的独特功能，能感召画家的灵感。

初冬，他吃过晚饭，试弹着自己刚买来的一架新的法国钢琴。他那修长的十指像涟漪粼波一样，弹了一首肖邦的 bE 大调圆舞曲，当他奏完最后一个和弦时，蓦地发现在黑乎乎的门外有一个人影在晃动。他离开琴凳，来至门口定睛细看，听琴的是位姑娘，然而却看不见她的面容：

"啊……"叔同不知说些什么，只是客气地说了一句，"请进来弹琴吧。"

叔同满以为这姑娘会感到被人发现而溜走的。其实不然，她竟然大大方方的走进来了，她温和地朝叔同一鞠躬，低着头说道：

"先生，请您弹吧，我很高兴听钢琴。"

"那么，您也会？"

姑娘一抬头："学过一些练习曲。"

叔同眼睛一亮，简直不敢相信自己的眼睛。眼下，站在他面前的竟是在桥下相遇的那个穿着洁白衣裙的日本姑娘。在耀眼的灯光下，她那秀美的容貌，迷人的身姿一下子把他吸引住了：

"您，住在……？"

"和您是邻居，"姑娘指了指对面坡上的那幢二层楼的寓所说道，"这是我的外婆家。"

"噢，就是良秀大妈？"

"是的。"

"你的名字……？"

"叶子。"

叔同清楚地记得，自从看房子、买家具、交房租、买钢琴，两个多月的出出进进，还从未见过这位姑娘。正在疑惑，叶子解释道：

"我刚搬到外婆家来。因父亲早逝，从小随母亲学钢琴。最近，母亲在外地工作，所以……我和外婆住在一起了。"叶子介绍到这里，微微瞟了叔同一眼："先生，不知如何称呼您？"

"我叫李叔同。"

叔同答得很快。然而他的视线一直盯着这位姑娘。的确，她像一潭清澈的泉水，给人以甜美的感觉，她像一座雕塑家创造的女神，每一个部位都恰到好处。

"啊！多么理想的'模特儿'。"然而，他没敢讲出来，生怕冒犯了这位女神。可是，他没词儿了，只是淡淡地请她弹琴。她莞尔一笑，像在自己家里一样，走近钢琴，坐在黑色的琴凳上，轻松而自如地弹了一首日本歌曲。

"你弹得很好，"叔同诚挚地说："你的指法很明显，受过严格的训练。"

姑娘站起来，客气地鞠了个躬。接着，两只水汪汪的眼睛像参观着文物博览会一样，品赏着四周墙上的书画、篆刻，以及叔同来上野的班上作品。

"您来日本，打算学点什么呢？"

"西洋画。"叔同笑了笑，"不过，我还准备投考东京音乐学院学钢琴。"

"你的中国书画、金石水平，在上野美专恐怕连教师也赶不上。"她讲得很从容。

"所以，我学的是西画。"叔同品了品姑娘的谈吐，感到此人不一般，因问道，"你也懂得中国书画？"

"中学没毕业时，我就爱上了中国书画。"

…………

这天晚上，他们谈的都是音乐和美术。几天过后，这位一向少言寡欢的公子爷，生活越加"日化"，如早浴、和服、长火钵，诸如此类的江户趣味，似乎都要尝到不可。

"李先生，吃饭了。"

叶子第一次替代外婆给李叔同送饭来了。也许是来往多了，叶子也不那么拘谨了。她把盘中的饭菜往桌上一放，立在叔同的背后，静静地望着人像画的素描作业。当李叔同画完了最后一笔，她才悄悄地重复着说："李先生，吃饭了。"

叔同一惊："啊，是你呀叶子。"

"我外婆说，打今天起由我来给您送饭。"叶子说着，便毫不掩饰地露出兴奋的神态。老实说，叶子的情绪和生动的脸型，以及她的身材、线条、高度，仿佛都超出了日本女孩子的遗传。叔同再也不愿隐晦自己的愿望了：

"叶子，我想请你帮个忙。"

"帮什么，请您说吧。"

"合作！"

"我？"叶子笑了，然而笑得很甜蜜，"我没学过绘画。"

"不，你搞错了。"

"噢？"叶子停住了笑，睁大两眼望着叔同，这眼神儿里显然是急于让叔同说出帮什么忙。

"我……我想，请你做我的'模特儿'。"叔同还没说完，叶子脸色"唰"地变了。她咬着嘴唇，半晌没吭声。

　　叔同慌了。他后悔，悔不该唐突地向叶子提出这个要求，他悄悄朝叶子瞥了一眼，怕叶子给他一个难堪的回答；又怕叶子不理解这纯洁而神圣的合作，把他看成是个轻薄浮华的公子哥儿。

　　"如果您不愿意……"叔同诚恳的声音在颤抖着，屋里的空气似乎也凝固了，叔同感到一种透不过气的压力。末了，还是郑重地说："如果您不愿意，那就请你帮助我，找一位素妆淡抹、身材适度，风度较美的女模特儿好吗？"

　　叶子的脸色由红变白，由白变红，两手挽在一起，紧咬着嘴唇没松开过。眼睛总是盯着那墙角上的颜料罐子。片刻，她缓缓朝叔同望了一眼，羞涩地说道：

　　"本来，这是我一辈子不曾想过的事，既然你的学业需要，那，我……可以试一试。"叶子说到这里不知是哭，是笑；说话的声音几乎连自己也听不到。叔同用感激的目光望着她：

　　"不知怎么谢你才好！"

　　"不用谢，"叶子的脸上似乎一点儿表情也没有了，说话的音调好像乐器没定准音一样，淡淡地说道："做模特儿，是一个女孩子为艺术的牺牲行动。如果你真正能成为一个大画家，我是愿意牺牲自己的。不过，你也别担心，如果真的帮了你的忙，我的牺牲是情愿的。"

　　叔同万万没想到，这些通情达理的话是出自叶子的口，他再一次感受到这是一位不凡的日本姑娘，她有见识，有气度。尊敬之情油然而生，他不禁以日本人的习惯，朝叶子深深鞠了一个躬：

　　"太感谢你了！"

　　"不过，这事儿，"叶子说："还须要瞒着我的外婆，她是绝对不容许的。"

　　"放心吧！"叔同又鞠了一个躬。

叶子正眼瞥过去，见叔同的表情庄严、那种温厚和无邪的表情，足可以使她消除一切顾虑，她感到精神松弛了很多。

在一个布好了光线的夜晚，墙角上摆了两只炭火盆，叶子像个将要出征的将军，她要丢掉一切恐惧和羞涩，她慢慢地脱掉了身上的一切，眼梢瞄了一下这个十分潇洒的中国留学生便沉湎在这清静无邪的艺术气氛中。

"请你半卧在榻榻米上。"叔同自己做了个姿势。

叶子看他一眼，没说话。

叔同调整了一下光线，迅速摊开画架，从叶子的身材轮廓、人体结构、肌肉的质感、发式、神情，以及每个部位的美感点，都感受着人体美的价值。

当他在局部描绘其质感部分时，突然发现在她的胸前正中有一颗"痣"，这倒给他一个新的启发：他忆起清代著名评点家脂砚斋提出的美学观点。言及曹雪芹笔下的人物史湘云，他说："可笑近于野史中，满纸羞花闭月，莺啼燕语，殊不知真正美人方有一陋处，如太真之肥，飞燕之瘦，西子之病……今以咬舌二字加之湘云……不独不见其陋，其更觉轻俏娇媚，俨然一娇憨湘云立于书上……"叔同想到这里，颇有启发，顿时，他感到在艺术作品中，如果一味地把描绘的对象理想化、绝对化，反而会影响它的审美效果。因为没有一点瑕疵的面孔，只会是画家的理想，而人的脸和肌肤总免不了有些小毛病，倘若要使画像具有生命活力，就不应当回避这一"陋"处。进而他又联想到"美人的黑痣"不正是西洋美学史上常涉及的新的美学概念吗？

叔同迅速完成了透视的角度之后，继而把这颗胸前"痣"摄于自己的作品上。然后用炭笔勾勒出明度的对比。

当油彩的笔触为头部打完底色的时候，已经过了一个钟头。

"好了。"叔同轻轻说了一声。

"画完了？"叶子的视线一动也不动地问了一声。

"我已经和你说过了，"叔同说："我每周和你合作两次。"

这时，叶子像是偷人东西被发现了似的，拉起自己的内衣内裤，一下子把纯洁神圣的部位护住了。

叶子一边扣着上衣纽扣，一边微笑着走过来时，叔同已经整理好了画具。叶子走近画架前认真看着，说道：

"你，光画完了我的脸，其他部位仅仅勾勒出了轮廓！"

"我已经与你讲过了。"叔同一边收拾东西，一边满意地说道："我们还要合作的。"

"我不和你合作了。"

"为什么？"叔同一怔。

"羞煞人啦。"

"当完成了这幅作品时，你才能发现你的真正价值。"

"价值？"

"是啊，"叔同走至叶子的面前说："譬如，你那纯真的灵魂，少女的丽质，体态的均匀，会给人类带来美的感受，它将给人们带来美的追求，难道这不是价值？"

"可……这毕竟是难为情的事啊！"

"凡是把美献给人类的人，是最崇高的啊！"

叶子垂下了头，拼命地品味着"崇高"的内涵。这时，突然传来良秀大妈的呼唤：

"叶子，叶子——"

叶子一惊，脸色绯红，像做了亏心事被外婆发现了似的，心跳得几乎到了喉咙口。她朝叔同瞟了一下，回头应了一声，忙拉开房门，穿上鞋子朝外婆屋里跑去。

　　叔同望着叶子的背影，他为偶然找到叶子这个理想的"模特儿"而高兴，然而也替叶子捏着把汗，生怕她受到良秀大妈的辱骂。

　　"李先生。"叶子的声音。只见她端着一碗日本人常吃的夜点心"豆沙汤"进来："哎，外婆怕你晚上饿，特地让我送来的。"说完，那双水晶般的大眼睛一直盯着叔同。

　　叔同笑了。心想：谢天谢地，良秀大妈不但没发现，反而还做了夜点心。他瞅了一眼叶子，高兴地吃了这碗带有年糕片的豆沙糖羹。这时，叶子已把方才的差涩感忘掉了一大半。她坐在墙边的琴凳上，"咣"地一声弹了一连串的琶音，音色透明，颇有竖琴之音质，叔同听了兴奋得瞪大了凤眼。

　　"啊！你弹得真好。"

　　叶子回头笑了笑，接着便弹起了比才的《卡门》序曲，曲调活泼有力，但在这快活的旋律中，交织着一种迷茫的情绪。叔同听得张开了嘴巴，陷于浮想之中：

　　"叶子，"秀良大妈又喊了。叶子离开了钢琴，收拾了饭碗，回去了。

　　过了三天，叶子按约定的时间，准时来到叔同的外间屋。

　　"叶子姑娘，"叔同正从套间里出来，笑呵呵地说："咱们再继续合作。"

　　不知怎的，叶子没吭声，只是尴尬地苦笑笑。说真话，第一次给李叔同当"模特儿"，就像新兵第一次打仗一样，不知哪来的一股冲劲。等到第二次上场，才真正感到沙场的可怕。叶子何尝不是如此呢？当她第一次供一个陌生的男人做绘画的模特儿时，像是飘在十里云雾中，懵里懵懂地听从了叔同的摆布。可这次则不然，她后怕，悔不该答应这件不情愿的"合作"。

"怎么？"叔同微笑着说："不太高兴？"

叶子没说话，她无表情地看了看叔同那严肃的态度，她觉得这个中国青年如此刻意锐进、认真求学的精神，就像一盆炭火，使自己这刚冷却的心，又炽烈起来。她也非常了解，这满屋的书画、金石、诗词，皆出于这位中国才子之手，也感到这是一个不平凡的青年，决非轻浮之辈，她那充满矛盾的心，渐渐地平静了。

"我答应过李先生，"叶子慢吞吞地说："咱们再合作吧……"

李叔同双手扶膝，深深鞠了一个九十度的躬。

叶子脱了鞋子，进了里屋，按照原来的要求、姿势摆好。叔同进得屋来，拉好房门，站在画架前，顿然被叶子的体态征服了，那种女性的典型美，在她身上的每一个部位都体现得到。正由于这种美感，深深地感染了他，因而她的自然美，便大大地唤起了画家的灵感。

一幅裸女油画出世了。

"啊……"叶子穿好了衣裳，详细地看了这张由自己提供的画像，心中有着一种不可名状的欢快感。心想："难道我是这么美吗？"

转瞬之间，春去夏来。因上野美专的课程，叔同的作业，逐步深入，叶子也就变成了"专用"模特儿。头像、人像、半裸、全裸，从某角度的表达，直到全面的立体表达；从面部的静美，到全身的动态美，这都要借助自然的人体美来表达。当然，叶子就担当了这个角色。渐渐也就习以为常了。

叶子已经二十岁了，尽管没经历过人间坎坷、人世风险，然而，她在生理上、发育上、感情上都熟透了。

"叔同。"啊，她无意中脱口而出，叫了一声叔同的名字。她故意避开叔同的视线，绯红的脸直对着墙上的《日新》二字。

"叶子，"叔同说："你在想什么呢？"

"……"叶子无话以答，但是她的头始终冲着墙壁。

"有什么心事吗？"

"不……"叶子镇静了一下："我感到你的艺术门类学的多，而且都不一般。"

"叶子，艺术的门类，并非不能逾越的，例如：一幅好的画，可以说它是无声的音乐，一首好的音乐作品，则又是一种流动着的画面；黑田先生讲的美学，仅一个'陋'字，就可用在各个门类的艺术上。其他，如快慢、张弛、浓淡、疏密等等对比关系，又有哪一门艺术能离得开这种关系？所以，学艺术的人，如果开了"窍"，是可以触类旁通的。不过，'通'，并不等于'精'，否则，我远涉重洋到此何干？"

"那么，"叶子说："你来日本，就是为了学会西洋画吗？"

"不能这样理解。我们中国有自己的画法，其他国家没有。但是西洋画，中国没有。我们做些沟通艺术的工作，把先进的东西带回我的祖国，让我的祖国人民，通过艺术而觉醒，这就是我所求的报国之路。"

"啊……"叶子心想："非凡的思想，他与那些为艺术而艺术，把艺术看成是自己哗众取宠、自鸣得意的公子哥，没有丝毫相同之处。"她把他看得很重、很高大，仿佛一下子自己矮了很多。

"叶子，"叔同说："你在想什么？"

"我……？我想，你如果为了你的祖国而学画，我情愿给你当一辈子模特儿。"叶子的话由感而发，毫无矫揉造作之势。

"叶子——"叔同感动得声音像小提琴拉出的泛音，微弱而充满了感情："你不能为我的事业而牺牲你的一生啊！"

"我崇拜艺术家，更崇拜我自己。所以，我要走的路，是谁也拦不住的。"叶子的倔强性格，显然是冲破了情感的樊篱而形成的。

"我不忍心让你这样做。"叔同轻柔地说。

"叔同，你太通人情了。"叶子说完，一种日本女人特有的脆弱和易于激动之性格使她的泪水夺眶而出。她猛地上前，把手搭在他的肩上："原谅我……"

"叶子。"叔同说着便拉住她的手，紧握了两下。然后把她让在自己对面的那张皮椅上，说道："说真话，来上野的习作，均得到了黑田先生的很高评价。每当此时，我都在心底感谢你。可以说：作曲家可以反映出没有听到过的声音，但是画家，不可能画出没见过的物体。试想，没有天性美的模特儿，哪会有天才的画家；不感受大自然的美，不感受真实的精神的冲力，怎能反映出人类的真、善、美。如果你是平庸的、愚昧的、无情的，就是画上一百幅，能唤起什么呢……"

二人沉默了良久。屋子里静得可以听得到对方心脏的跳动。这种跳动正是双方情感在冲击着自己的灵魂。

"正因为我可以给你一些创造的精神力量，所以我才下了这个决心的。"

叔同的心突突地跳着，然而那异峰突起的矛盾却涌上心头。母亲的一生，他亲眼目睹，当一个女人被人冷落、毫无社会地位的情景，他，再也不愿世界上如此无情……

叶子没有想的那么多，她只觉得眼前的这位中国艺术家是自己所崇拜的人。她如果是一条野藤，她所攀附的定是高山上的青松。然而她所希望的，则是这棵青松能扎根于日本国土。

叔同悄悄地瞟了她一眼，这热情像火一样的目光正和她那温柔而深情的眼神儿碰在一起。啊！瞧她那明月般的目光，透明而纯真的感情，假若自己是一颗寒星，也宁愿伴随着这皎洁的明月。

"明月，"叔同脱口而出："明月总是伴随着黑暗而存在。"

"不要这样说！"叶子赶忙堵住叔同的嘴，"这样想，对你是不幸的。"

"啊，"叔同笑了笑："我不是说过吗：世界上的艺术不是总包含着美与丑、动与静、黑与白吗？"

"不！"叶子娇嗔地说，"我和你，就不存在黑与白、明与暗……"

"为什么？"叔同故意地问。

"如果你是一个月亮，我就是你身旁的一颗星星。有了你这位画家，才显出我的作用。"

叔同的情感被撼动了，但他毕竟是个有血性的男人。他的眼眶涌出了泪水。听了叶子这番话，不知是感激，还是投入了情网。他抬头正视着叶子，只觉得她的面容十分坦然，好像找不出更多的词汇去形容她。贵妃、王嫱、西施，他没见过。眼前的她，像似亮出了一颗透明的心：纯真、无瑕、美丽。

"叶子，我要学的东西太多了……"

"可以说，你搞什么艺术，都会像月亮一样，明澈、闪光！"

"叶子，"叔同猛地拉过叶子，凝视了半晌，一颗颗晶莹的泪珠，扑簌簌地滚下来。

叔同感到了叶子那丰满的胸脯在激烈地颤动，好像两人的血液正在一起流动着……

第
十
四
章
/

这时候，情感的冲击波就像三原火山的岩浆，烧化了那双跳动着的心。黝黝暗室，面面相对，刹那之后，半晌无语。前面是地狱坟场，还是幸福的温柔之乡？他俩谁也不敢想。此时此刻，双方都堕入无声的爱之中。

"叶子。"叔同轻轻推开她："你知道中国的小说《红楼梦》吗？"

叶子雪白的秀脸上，仿佛涂上了一层不均匀的颜料，红一块、白一块的。

"只听说过，没有读过。"叶子羞涩地避开叔同的目光，眼睛一直瞅着自己的脚尖。

"男主角贾宝玉，为了追求爱情的自由，最后出家做了和尚；女的主角林黛玉，由痴情的火焰，渐渐像蜡烛一样，耗干了年轻的生命。不过，这样的巨著，世界上还有许多：《罗密欧与朱丽叶》、《黑奴吁天录》、《茶花女遗事》……我如果会演戏，我就把这扭曲的灵魂、不平的世界、人间的苦难，统统搬到舞台上，让所有的人认识这个世界……"

叶子微微抬起了头，凝视着叔同那郑重的样子，"扑哧"笑了。

"你要上台，我就帮你化装。"

叔同抬起双手，重重压在她的肩上："这可不是给我当'模特儿'啊！那是用你的人体美，唤起人们的爱和力。你如给我化装，可就没这么大的威力了。"

"那……"叶子那双娇媚的眼睛亮了一下："我该做什么呢？"

"嘿嘿。"叔同摇了摇叶子丰满的肩："做我的观众。"

"不——"叶子大声喊着。

"你听我说，如果我演戏，你就陪着你外婆来看戏，这就是你该做的。"

叶子无言以对，只是抿着嘴，默默地点点头。

"叶——子——"良秀外婆站在石级上喊着。叶子猛地站起来，理了一下一刀齐的秀发，朝叔同一摆手："再见！"

这一夜，叔同并不平静。心中像有个微型的螺旋桨，使他辗转反侧，难以入眠。这并不单是因为"爱神"的光临，他心中还翻腾着"戏"。不是吗？自打娘胎来到人世，家里办了不知多少次"堂会"，几乎什么戏班都看过，那只不过是老戏，帝王将相、文靠武打、文场武场，加上各种不可逾越雷池半步的程式，化装之复杂，又怎能及时为人类呐喊呢？……

门外，黑压压的云层像一顶巨大的盖子，把整个世界盖得严严实实，雪，下得很大。叔同翻了个身，发出不规则的鼾声，显然他是在一种不平静的沉郁中睡去的。

晨曦，当东方微露紫灰色的光线时，叔同便醒了，他裹着棉被从窗口往外望去，嘎！好大的雪。他一骨碌爬起来，穿上衣裳，推开房门，领略着异国他乡的自然风光，几片雪花在半空中转悠了几圈，然后慢悠悠地落到了他的肩上，眨眼的工夫，那雪花便隐匿在他肩膀上的大衣呢里。

这天，他和往常一样，下了课回到"家"里，吃罢晚饭，约了叶子去看戏，看新剧，看"浪人剧"。

黄昏的街上，狂风夹雪下个不停，他和叶子撑着一把雨伞，穿过两条马路，来到"乐座"戏院。也许是戏剧淡季，观众不多，他俩走进第三排位子上，脱下大衣轻轻地抖了抖积雪，这时，大幕正好拉开，这天是川上音二郎夫妇主演的一出"浪人戏"。其实，叔同并没有注意它的情节、内容，心里一个劲儿地琢磨其他的事：

"叶子，你看，"叔同拉了拉她的袖子："舞台上简单吧？"

"我不懂你的意思！"

"服装、道具，在我们生活里就有，也没有乐队，靠的是语言和表演艺术。"

"啊，你说这个。"叶子眼睛始终望着舞台，"所以才叫新戏！"她用眼梢瞄了瞄叔同，信口问道："你们中国也有新戏吗？"

叔同一听，正触到自己的思维神经，仿佛心底的秘密被人发现了似的。诚然，他曾朝思暮想地试演新戏，他观摩"浪人戏"全在于领略其新戏的社会功能，能否在这里为新戏"育苗"。

"如果中国有新戏，我何必把时间耗在这里呢？"叔同的语言很平淡。

"哦，……"叶子调皮地一笑："我倒忘了，我还是你未来的观众哩。"说完了，把头靠在了叔同的肩上。

一连三天，叔同像着了魔似的，在"乐座"看了三场戏。第四天，学习了"油画"主修课之后，他离开了上野，雇了一辆马车，带上黑田先生的"便条"，直奔日本戏剧艺术家藤泽浅二郎先生家里。他下了车，先按了门铃，又付了车钱。片刻工夫，门开了。

"请问，您找谁？"开门的是一身打扮入时的夫人。态度非常和善。

"我找藤泽先生。"

"哦，他刚回来。请进吧先生。"

此刻，藤泽浅二郎已出现在客厅门外。他穿了一件黑色和服，溜光的黑发向后背着，温和而带有点锋芒的眼神儿透过镜片看了看来人。

"您是藤泽先生吧？"叔同操着日语问道。

"是的。您？……"

"我是中国人。"叔同递上了黑田的"便条"，自我介绍说："我叫李叔同。"

藤泽眯起双眼，看了便条，抬头望了望这位修长身材、月眉凤眼的中国人，感到十分新奇，于是笑着把叔同让到客厅里。

"请谈谈，"藤泽笑容可掬地让叔同坐在对面那张虎皮沙发上。

"我看过很多的书，"叔同直截了当地说："可我同情一些人，也憎恶一些人。我想，如果用日本新剧的办法，在留学生中组织起一个剧社，把这些善恶公布于众，唤起人们的爱憎……"

"哦，年轻人。"藤泽打断了叔同的话说："可别小看了新戏哟。"

"是的，先生，正由于此，我才来拜访您的。"

"我已经知道你的愿望了。在中国留学生中，陆镜若也向我讨教过新剧的问题。"藤泽浅二郎沉思了一下："新戏不同于旧剧。旧剧，在我们日本如歌舞伎，在中国如京剧，它是靠着一种严格的程式、讲究的脸谱、固定的唱腔、完整的乐队、生旦等行当，甚至深厚的武功。新剧则不同，它不需要那么多的'规定'。然而，正因为这个，所以，新剧就有它独特的难处。如你们中国的'张飞'戏，画了脸谱就像张飞；但新剧不画脸谱，不给你锣鼓经，要演张飞靠什么？靠的是深刻地挖掘角色的性格和心理活动，同时还要有较好的艺术表达能力，这就是新剧的难处。"

叔同目不转睛地望着藤泽先生，像在课堂上听课似的。

"你的愿望是可以达到的！"

叔同微微一笑，两颊像飞来两片红云，高兴得直搓手。

"因为，"藤泽接着说："你们中国人内秀含蓄、感情丰富。表达能力很强，尤其你们学艺术的人，学演戏，自然没问题。"藤泽好像很兴奋。他挺了挺胸，用手捋了捋溜光的头发，又指了指书橱里的《莎士比亚全集》，说："新剧，光莎翁的这些戏，就够演的了。他的戏可以说包括了地球上的各种人物。美丑、悲欢、苦甜、生死、离合，宣扬了真善美，鞭挞了假恶丑……"

"是的，先生。"叔同忙不迭地接上话题说："我的理想和追求，正是这个。"

"那好。"藤泽浅二郎说着便从茶盘的烟盒里抽出一支"富士"牌的烟卷，在茶几上顿了顿，划了根火柴，点着了深深地吸了一口，笑着说"如果在我撰写的戏剧史上，中国的新剧先锋，恐怕你是第一个人。"

"我就是来请您帮助我们……"

"哦，我如果能抽出时间，一定来。"

叔同告别了藤泽先生，乘上马车回到不忍池畔，草草吃了午饭，下午又到上野美专，进入了他的"油画世界"。不料，中国驻日本东京领事馆的文化参赞刘耀文乘着一辆比尔卡来到学校，要召集中国留学生开会。叔同放下油画笔，也没洗手就来到常开会的那间教室。这位参赞老早就坐在讲台上，那古铜色的长袍下边跷着二郎腿，刀条脸上没有一丝血色，黑色马褂上垂着一条镀金的表链。二郎腿一摇，表链在胸前荡着"秋千"，那两颗暴出来的黑牙，随着笑眯眯的眼神儿，露出得意地神气。

"同学们不要讲话了。"他干咳了几声，掏出雪白的手帕抹了抹嘴角："领事馆接到我国的来电，黄河成灾，两淮水患，百姓饿殍遍野。因我朝廷政府国库紧张，希望，留学生们不要忘记乡亲父老，面对水旱灾难，有钱出钱，有力出力。"说的话像背《三字经》似的，毫无表情，语调像是同音反复，十分苍白。最后，他站起来，把胳膊伸到空中晃了两下，提高了青蛙嗓门说道："献金台就在领事馆，散会！"话音刚落便匆匆离开了教室。

留学生们面面相视，有人压根儿就没听出讲的是啥名堂！

叔同环视了一遍前后的同学，其中有曾孝谷、黄二难、陆镜若、吴玉章等。

"诸位，"李叔同似乎很有把握地说："这次赈灾，我有个建议。"

曾孝谷笑着说："有何高见？"

"我们去演戏。"

"演戏？"曾孝谷心想："怎么想的那么一致？像钻到人的肚子里似的。"于是把腿一拍："好哇，咱们想到一起啦。"

吴玉章笑笑说："这主张，我当然赞成！"

"我也想过。"陆镜若说："为了演新戏，我也讨教过专家。不过，这经费……"

"有，"叔同的语气很肯定："第一，我已经请了日本著名戏剧家藤泽浅二郎先生做我们的指导；第二，上海给我寄来的钱，足可以租借剧场。这样，我们可以把义演的收入直接寄回祖国。"

"哎，叔同，晚上我俩给剧社起个社名，研究个办法。"曾孝谷这一提议，叔同也很赞成。

傍晚，曾孝谷离开自己的公寓，来到上野不忍池畔小白楼，和叔同谈起了创办剧社的事。曾孝谷话语滔滔，谈起演戏可以忘掉一切。

"叔同，我们这个剧社就要多演移风易俗、灵魂再造的新剧。"说完，看着叔同的面容，忽地想起了一段诗歌，诵道：

"春柳菲兮芳草萋萋，"

"塞北江南兮披绿农。"叔同对答了一句。

"树木参天兮成良才"曾孝谷又诵出了一句。

"东方巨厦兮拔地而起。"李叔同对答如流。

"好，"曾孝谷一拍大腿："这四句就算我们社的宗旨。"

"妙极，妙极！"叔同哈哈大笑了一阵："咱中国留学生喜看新剧，历来把它看成是学习日语的好途径。咱用日语演出，观众的范围就更宽了。"

"当然，用汉语演出，日本人是看不懂的。"

第二天，二人在出租广告上，找到了一所宽大的二层楼房子，当即奔到东京下谷区泡之端七轩町二十八番地钟声馆，叔同交了房租，挂上了"春柳社事务所"一块大牌子。

过路人都在这块新牌子面前逗留一会儿，谁也说不明白这是个什么单位。

晚上，东京的大街像一块大棋盘，纵横交错，灯火如昼。霓虹灯非常醒目，广告灯不时地眨着眼睛，车灯像一对一对的光柱，扫视着街上的一切。"伎座"里正演着日本歌舞伎，剧场门外人群熙攘，好一派繁华的东京。

刚过了春节，可"春柳社事务所"里的排练场上人人冒着热汗。前边的椅子上坐着藤泽浅二郎先生，眼前的小桌上放着《茶花女》的剧本和一杯中国北方的香片茶。几个戏剧专科学校的学生坐在他的背后。

"铃……铃",藤泽先生按了一下桌上小铃,顿时鸦雀无声。满屋子的"演员"个个把视线投到了藤泽先生的脸上。

"请注意!"藤泽先生把手扬起来说道:"你们大都受了你们国家京剧的影响。"说着站了起来,学着京剧的"四方步""小碎步""兰花指"等许多传统戏曲的东西,把大伙逗得哈哈大笑。接着他又说道:"所谓'新剧',在日本是时事新戏,时装戏。这就要求接近现代生活,要真实、自然。但它的动作只不过是比日常的生活幅度大一些、略夸张一些。好,开始。"

藤泽回到导演位置上,把铃一按,又开始了。这天,排练场上十分认真。扮演茶花女的是李叔同,扮演亚芒的是学政治的唐肯,扮演亚芒父亲的是叔同的同班同学曾延年(即曾孝谷,号存吴),都在导演的启发下,创造着各自的角色。

根据导演的计划,将演出《茶花女》的两场戏,即从亚芒的父亲访茶花女和茶花女临终的两场。这两场内容曲折,是全剧的高潮。也许是新戏的原因,"演员"们人人能"进戏",连藤泽先生都暗自敬佩,连说了几遍:"没料到!"

夜,静谧得可怕,店铺打烊了,只有几只路灯移动着叔同的影子。路上没有声息,仿佛只有自己的脚步声伴着他那兴奋的心情。

排完了戏,他没乘车。尽管寒风凛冽,回到小白楼时,已经冒出了汗水。他进门把大衣一脱,帽子一摘,径直走至那面穿衣镜前,对着镜子练起了表演。老实说,如果不知道他正在为茶花女这一角色练表情时,还真会把他当成"疯子"呢。

他按照导演的启发:"她"的肺病发作了。此时,她已不是当年的花都魁首了,那艳名四播的声望早已销声匿迹了……

"信,薇奥丽达小姐……"

他仿佛听到了侍女安妮娜的声音，他手颤抖着，昏沉沉中看了亚芒父亲的来信……

"晚了，为时太晚了……"她，又昏睡了。

叔同为了这句台词，发着纤弱、失望、凄怆的声音。他觉得这声音已经接近了人物……然而，对着镜子一瞅，不对！鼻下的那束美术式的小胡子大大影响了他的"自我感觉"。他急速找来那把日式剪刀，对着镜子"喀嚓喀嚓"剪掉了，接着又用刮脸刀，在涂满肥皂沫的脸上，把所有的胡茬子刮了个精光。

他，又进入了角色，所不同的，除了表情逼真之外，肩上还披了一块床单。

"晚了"他无力地呻吟着："为时太晚了……"

"咦？"叶子一进门便吓了一跳。只见李叔同披着床单，对着镜子，发着出自内心的呻吟："叔同……叔同……"叶子委实慌了："你……怎么啦？"她的语言发颤，手中的夜点心差点掉在地上。

叔同完全"投情"了，他似乎忘却了自我的存在。他的早年知交谢秋云，像是茶花女的原型，她追求幸福、呼唤人权、挣脱人下人的桎梏，她失败了，直至潦倒、无援、苍白、绝望。这一切像活动着的画面，在他心灵的屏幕上再现着。渐渐地，这画面模糊了，像一盏无力的孤灯，昏黢黢，摇晃晃，混沌沌，意茫茫。他，一下子看穿了半个世界，透视了惨淡漂泊的人生，前边只是一片蒙蒙眬眬，眼下更是凄凄惨惨。

他，几乎昏倒！

"叔同——"叶子猛地放下饭碗，马上跑过去，用力地扶住李叔同："叔同，你怎么啦？"她的呼吸很急促。

"啊，叶——子。"叔同如梦方醒一般，按住叶子的双肩，把凤眼睁得老大："你看我……像吗？"

"像什么？"叶子惊魂未定的反问道。

"茶花女！"

"小仲马笔下的茶花女？"

"对呀！"

"噢……"叶子拍拍自己的胸脯："你可把我吓死啦！"说话间，发现叔同那最美的浓胡须刮掉了，"你，怎么把胡须也剃啦？"

"啊……"叔同摸着光溜溜的脸，笑吟吟地说："茶花女能长胡子吗？"

"你，真的演《茶花女》？这个女主角戏，男人可不好演哪！"

"是的，"叔同叹了一声，"我要向观众展示这个不幸的女性，让人们更深刻的认识这个世界不是更好吗！"

"那么，我真的要做你的观众了？"

"不单是观众，你还要陪我去定做服装。"

"可以，"叶子微笑道："不过，今晚的夜点心要吃掉。再不吃就变成冰淇淋啦。"

接连下了几场大雪，路上结了厚厚的一层积雪。一辆马车慢悠悠地向前走着，马蹄子不断地在冻结的冰地上打着滑，那匹枣红高马汗流浃背，直冒热气。马车在神田区青年会剧场门外停下了。车上下来的是良秀大妈和叶子。

剧场外边人山人海，一张醒目的海报一下子跑进叶子的眼帘：

"外婆，您看。"

良秀大妈拨开人群，挤进海报跟前，眯起老花眼端详了半天：

"叶子，你眼尖，看看上边写的啥？"

"春柳社赈灾游艺会"，叶子一字一顿地给外婆读着："根据法国小仲马的《茶花女》改编的新剧：茶花女。由息霜扮演茶花女。您知道这息霜是谁吗？"良秀外婆迟疑了一下，叶子急忙补充说："就是李叔同。"

"就是我们的房客李叔同？"

"是呀。"叶子爽朗地一笑："您还没看到呢：他买了一身粉红色的西装；做了两套晚礼服；一顶时髦的法国女人帽子就花了一百块（日元）。还有，他把那最喜欢的小胡子也剃掉了。"叶子一边介绍着，一边扶着外婆顺着人群走进了剧场。

静场铃打过了两遍。

帷幕拉开，冷色的灯光铺满了舞台，使茶花女那消瘦的脸庞，更显得惨白无光。当亚芒的父亲一上场，各自心理上的矛盾，把戏剧冲突逐步引向高潮，整个剧场像是一个巨大的磁场，把观众"抓"得紧紧的。此刻，李叔同似乎完全进入了角色。因为他有深刻的生活体验；金娃儿的苦闷，谢秋云的绝望，李苹香的质朴，杨翠喜的才艺，一古脑儿地集中在他的脑海里，这些人，隐隐约约，悲悲喜喜，但有一点最相似，她们都是社会的牺牲者，一旦找到了意中人，她们便对他倾注了全部的爱，宁愿丢弃一切物质享乐，也要追求光明的生活。这时，叔同的表演，逼真地再现了一个被社会扭曲了灵魂的被人瞧不起的女性。

当第四场，茶花女对亚芒苦笑，拼着最后的一点力气，颤巍巍地说："别……说……了！一切都太迟了……"

"不！"亚芒眼里闪着火一样的光芒，他温柔而怜悯地望着她那苍白的面孔，吻着她那无血色的嘴唇，抱起这瘦得像干柴似的躯体，就在这一瞬间，死神终于从他的怀抱中夺走了她的生命。

大幕像不忍心暴露这人间的悲凉，它，徐徐地降落下来。观众像被魔术师"定"住了一样，半晌，才恢复了正常意识。突然，爆发了一阵雷鸣般的掌声，经久不息。

大幕又拉开了。

曾孝谷挽着李叔同缓缓地返回舞台，朝着欢腾的人群深深地鞠了一个躬，又鞠了一个躬。然而，人们的视线一直盯住这位"茶花女"。

"外婆，您坐着别动，我去看他一下。"叶子跟良秀外婆说着，便钻进散场的人群里。她匆匆进了后台，一眼望见李叔同正在卸装，兴奋得把眼睛瞪的老大：

"叔同——"她抓着叔同的胳膊摇了摇："你演的太好啦！"

"叶子！"叔同猛地握住她的手。叶子缩回了手一看，满手都是卸装油。

"啊。对不起。"叔同拿了几张卸装纸递给叶子，并朝她瞥了一眼，一怔说："你哭了？"

叶子"扑哧"一笑："谁不哭，别说日本观众，连其他外国留学生都哭了。"

叶子说完，一回头补了一句："我外婆还在剧场里。"说着便一溜烟地离开了后台。

夜晚，寒风袭人，马路上只有几家夜餐店在迎接着最后一批散场的观众。叔同和曾孝谷最后离开了后台，在凄凄寒风中雇了一辆马车，把二人送回各自的寓所。

叔同穿着一件从中国带来的貂皮大衣，一进门，叶子早就在这里等他了。

"啊，叶子，你还没睡？"

"外婆叫我送来的。"叶子把盘子一推，笑道："天气冷，快吃了吧！"

叔同脱下大衣，叶子一把接过去，替他挂在大衣架上。

叔同还在兴奋着。他吃完了夜餐，似乎还没品出什么味道，只是一味地凝视着叶子的哭脸：

"叶子，今晚还回去睡吗？"

"今晚？"叶子反问了一句。脸，唰地红了："不过，外婆只是命我照顾你吃夜餐哪……"她说着顽皮话，却走近了叔同的面前。叔同笑眯眯地望着叶子胸前毛衣上的那朵胭脂色的玫瑰花，这朵玫瑰花随着叶子的呼吸起伏着，他忽地感到，那朵花正在温暖着他那被冻僵了的面颊……

清晨，路上的积雪已冻成了厚冰。不忍池畔几个背书包的孩子，用手挖着积雪，互相打着"雪仗"。他们奔跑着，喊叫着，仿佛这冰天雪地与他们无关，笑着闹着进了学校。

上野美术专科学校里更热闹，大家簇拥着李叔同、曾孝谷，一个劲儿地让他们谈"体会"，连文静持重的女同学，也都打着哈哈逗着笑说：

"快讲！你们在台上的感觉是什么？……"

"哄"地一声，把别的同学都吸引来了。

老实说，大伙儿最纳闷的，也是最佩服的是，为什么这个不甚活跃的李叔同，竟能演戏！而且刚演了一会儿，就把其他"乐座"的观众都吸引来了。尽管在叔同心中压根儿就没有与其他剧团唱"对台戏"的丝毫想法，可实际效果却是这样。否则，也决不会震动了东京的剧人组织。

上了早课，叔同看了看表，正是九点四十分。他急忙离开上野，赶到东京音乐专科学校，因为，他要"回课"。

俗话说："一只手抓不住两只螃蟹。"这对李叔同来说是例外的。

他的时间观念，真是扳着指头算着用。就在他读上野的同时，还考进了东京音乐专科学校，在上直行先生那里学钢琴。一进教室，上直行先生笑容可掬地说道：

"啊，没想到。你能演得那么好，据我所知，在你们中国，开创新剧者，恐怕你是第一人。"

叔同微微一笑，没讲话。

上直行先生是个矮个子，眼镜像瓶子底儿似的。说话速度很快，简直让人应接不暇：

"新剧，你可以带回国去，但是钢琴能在你们国家发展吗？"

"暂时还不能普及，但是我也有了打算。"

"能告诉我吗？"

"当然，"叔同诚挚地望着老师："我打算在东京留学期间，办一个音乐杂志。因为我们国家，要去掉陈腐的东西，必须要有新的文化去培养人们的精神文明。"

"如果你需要我帮助，尽管说。"

"谢谢老师，"叔同笑了笑说："不过，我想办的杂志，还不能涉及钢琴，因为我国有钢琴的地方，屈指可数。我要办的则是：介绍西洋音乐家，传播西方音乐知识。尤其是教育歌唱，在我国还没有。来日本之后，我亲眼看到贵国许多作曲家，利用了中国的古诗词，谱写了很多好歌。可惜，这方面还没有引起我们中国人的重视。"

"哦，你如果办好，可以送我一份吗？"

"当然，一定请您指教。"

当天，李叔同回了课，上直行先生范奏了一首新的练习曲，叔同把先生的手势、指法、力度全记在心里，夹上琴谱，告别了老师。

当叔同回到寓所时，曾孝谷正在这里等他。

"来看哪，李君。"曾孝谷递给他一张当天的《东京日报》，李叔同笑呵呵地接过来，一眼瞄到那张散着长发、双手前伸、责问苍天的带着绝望神态的茶花女剧照。叔同简直不敢相信这就是自己。然而，这醒目的标题、副标题清楚地写道：

中国留学生昨晚演出小仲马名作《茶花女》
——上野美专学生李叔同君扮演的薇奥丽达优美婉丽，使东京观众大为轰动

"看来，"叔同说："新剧的优点是，排练快、效果好。此法，我等大可在祖国推广。"

"我国人才多，"曾孝谷抑制不住的兴奋，一屁股坐在叔同的书桌上，把手在空中晃了晃说："完全可以带到咱们中国去。"

李叔同眯着眼，沉思了片刻，喃喃地说：

"这叫日本育苗，中国种植。我想，咱们会更有信心啦！"

曾孝谷从桌上跳下来，郑重地说："你上午走后，剧场经理松田先生来找你。"

"什么事？"叔同一怔。

"加演！"

"为什么？"

"他说，这种上座率，是东京有史以来的第一次。另外，要求看戏的观众，简直吵翻了天，一致要求多演几场。喂！老兄，怎么办！"曾孝谷的眼神很明显，等着李叔同拿主意。

"你说怎么办？"

"我的意见，让咱加演，咱就演，说明观众要看。另外，还可以

多赚点钱，救灾嘛！"

叔同一拍桌子，果断地说道："演！加演三场，我再'死'三次！"

"你可不能死啊！"叶子笑着送饭来了。

"你要死……"曾孝谷打着哈哈说："她，可不答应……啊？"

说的三个人笑个不停，然而这笑中各有各的心思。

第
十
五
章

/

李叔同成了东京戏剧界的一流"名角"。

三场《茶花女》演完，一连收到几十封信。这些充满赞扬、捧场、述怀的信，有的还出自妙龄少女的手笔。

从此，他对外隐掉了"李叔同"，改名息霜。

寒假的几天，简直没见太阳，一团团的乌云，一阵阵大雷，把个东京打扮得银装素裹，白茫茫一片，整个空间像个透明的大气团，人们寒怵地来往于混蒙之中。路上的行人少了，安静多了，就像这雪中的空气一样，清新、爽气、宜人。

"请问，李叔同君住在此地吗？"

"啊……"叶子急忙跑到门边，忽然瞪大眼睛，发现一个少女正在雪地里站着。这少女撑着一把绛红色的雨伞，从发式到装束是典型的日本女学生打扮。叶子微笑着问道："你找谁？"

"李叔同先生。"

"对不起，"叶子很客气地说："这里没有这个人。"因为叔同珍惜时间，曾经交代过叶子。

姑娘眉头一皱："他就住在这里。"她把戴着毛线手套的手一晃：

"这地址写的十分清楚。"

"你找他有什么事？"叶子的口气缓和了。

"送稿子，是我父亲叫我来的。"

"噢！快请进。"叶子忙将她让进外屋。

原来是日本著名词人种竹山人派女儿送词稿来了。叔同闻声赶忙穿上鞋子来到堂前：

"噢，这是上个月请种竹先生写的稿子，不想先生如此认真，多谢多谢。"叔同接过稿子看时，叶子捧来一个濑户产的火盆，火星子噼噼啪啪地迸溅着。

叔同拿着稿子，急不可捺地读起采，这真是一首好词，他高兴地对姑娘说：

"请转告令尊，我代表《音乐小杂志》编辑部向他表示感谢。"

"谢谢先生。"姑娘鞠了个躬，一抬头禁不住一怔。心想：他怎么穿着一件"久留米的绀饼"[1]的和服呢，而且还系着一条黑绉纱的腰带，头上留着漂亮的三七分的发型，要不是爸爸说他是中国人，我还以为他是日本人哩。

"请坐坐吧。"叶子说。

"不坐啦，谢谢。"姑娘笑了笑，转身走了。

叶子站在地上没动弹，她一直想着这个《音乐小杂志》编辑部，她仿佛感到叔同是个不可思议的人物：怎么又出来一个编辑部？

"叔同，你还有个……编辑部？"

"啊，是呀！"叔同笑得眼睛眯成一条缝。

叶子更糊涂了，她瞅着叔同那个兴奋劲，一字一顿地问着："音

---

[1]　日本九州久留米地方生产的一种藏青色有花纹的织物。

乐小杂志？"

叔同把手往她肩上一搭，盯着叶子那双湖水般的大眼睛，神秘地说：

"我要为祖国做的事，多着呢。"

叶子一听，明白了，于是莞尔一笑："难道，我不能帮助你吗？"

"能！"叔同赶快接上话茬儿说："譬如，我现在的工作，是为我国创办一个《音乐小杂志》，让音乐教育普及全国。音乐的功能，知道吗叶子，它将唤起人们觉醒，改变人们的精神，有些歌曲可以激发人们的爱国热情。你看，"叔同让叶子坐在书桌前，又把炭盆挪了挪，随手把在上海编写的《祖国歌》递给叶子。

"这是我根据《新民丛报》去年所载的歌词《大国民》而编写的，可它却受到了群众的欢迎。"叔同说。

"这曲调……？"

"我是用中国民间曲调填的词。"

叶子看了这篇富有激情的爱国之作，不禁对叔同心中又增添了几分敬慕之情："他，是个与众不同的青年啊！决不是平庸之辈。"

"请你帮助我。"叔同拿出一张用铝画纸绘制的五彩《醒狮》表纸（即封面）："请把每一彩色部分，用黑墨描复出来。换句话说，就是复制五张黑白稿。"

叶子一怔，似乎很难入手，叔同又教了她一遍，于是，五张透明纸纤纤细细、一丝不苟地描出了与原稿不差分毫的黑白稿……

叔同挽起了和服袖子，在另一张纸上，工工整整地画了两行五线谱，精精细细地写上了两行《马赛曲》的旋律片断。叶子好奇地走过来，瞄了一眼曲谱，立刻在钢琴上试奏了一下，笑道：

"这不是《马赛曲》吗？"

"是啊，"叔同深沉地说："这是法国的革命歌曲。当然，作为这本小杂志的'表纸',我想,再合适不过了。"

叶子点点头,信手弹起了这首雄壮的歌曲,渐渐,他俩情不自禁地唱起来了,叶子的声音纯正甘美,叔同尽管嗓子并不洪亮,然而额角却暴起了青筋,声音是激越粗犷的。

"叶子、叶子!"良秀外婆连叫了几声,都被《马赛曲》淹没了。外婆干脆一推门,只见二人正在尽情高歌。二人回头一看,歌声戛然而止,只见良秀穿着一件紫色团花和服,腰扎一条宽带,留着高耸的灰发,穿着白布袜木屐鞋,腰板挺硬朗地站在门口,叶子撒娇地问外婆道:

"有事吗,外婆?"

"你还问我,"良秀笑嗔道:"几点啦?"

"哦!"叔同看了看手上的金壳表:"六点半啦。"

"我以为你们成仙了。"良秀用眼梢瞅了瞅屋里,笑了。"李先生,这墙上都是你画的?"

"是的,大妈。"

"哟,这光着身子的……?"

"是学校请来的模特儿,在班上画的。"叔同说。

"外婆,您看画的好吗?"叶子朝叔同一挤眼,故意问道。

"好是好,不过,这样的身材在我们日本极少。"

叶子忍不住地"扑哧"一笑。

"笑什么!"良秀看着自己的独生外孙女,怪可爱的,于是半真半假地批评道:"还不给李先生端饭去?光笑,笑能当饭吃?"

叶子一溜烟儿地出去了。

"对不起,李先生,"良秀大妈一躬腰:"让你受饿了。"

"不,没关系,我……不饿。"叔同一边客气着,肚子里却唱着

"空城计"。他笑呵呵地送走了良秀，又回到书桌上，翻开了自己根据日本石原小三郎《西洋音乐史》而纂编的《乐圣比独芬（贝多芬）传》，又详细地修改了一遍。这时，叶子端进来两份"四喜饭"[1]和一个"柳川锅"[2]。

"快吃吧！"叶子放下盘子，搓了搓冻僵的手。

叔同和叶子第一次同桌吃饭，而且是中国式的吃法——坐在凳子上吃。

饭后，叶子以日本妇女特有的对男人的尊从，很快地收拾了碗筷，并给叔同沏了一壶日本绿茶。

"叶子，你去睡吧。"

"你不睡？"

"我计划的事，总要做好，不然，计划它干什么呢？不过，明天请你帮个忙。"

"你说吧。"叶子似乎很有把握地说。

"请你租一所编辑用房。"

"多少人工作？"

"我一个人！"

"怎么，就你一个人？"

"就我一个人。"

叶子笑得前俯后仰，话也连不成句了："你一个人就是编辑部……哈哈……"

"啊，叶子，你听我说：因为经费的原因。"

---

[1] 是渍鱼、贝肉、蛋、几种菜和糖盐醋拌合制成的日本传统食品。
[2] 是一种泥鳅鱼砂锅，加牛蒡、鸡蛋制成的。

"这好办嘛。"叶子忍住笑说："神田区今川小路二丁目三番地集贤馆，留学生在那里出版的刊物很多，就在那里租一间房子，开支很省。"

叔同笑了："很好，就在那里。"

叶子去后，叔同拨了拨炭盆，把门窗关得严严实实，一心整理着稿件。他理出在上海写的一首歌词《我的国》，选用日本音乐教育家铃木先生堂课中的曲谱，恰到好处地把歌词填上，然后在钢琴上自弹自唱起来。

人非草木，孰能无情。遥望天际，寥廓寒星，祖国、家乡、妻子、儿子。当他唱到最后一句时，两行热泪直泻在琴键上……

"我的祖国"。他缓缓站起来，推开房门，清冷的寒风嗖的扑面而来，他望着从小看惯了的北斗星，追忆着往事，包括自己孩提时代所学的民谣……"啊，我要给孩子们写一首歌，让他们健康地成长，难道'东亚病夫'的辱帽永久戴在中国人的头上？……"

他提笔写道：教育唱歌《春郊赛跑》

跑！跑！跑！
看是谁先到。
杨柳青青，
桃李带笑。
万物皆春，
男儿年少。
跑！跑！跑！
锦标夺得了。

叔同的心醉了。是的，他又回到了孩提时代。这似乎不是他写的词：没有一句古文，没有半丝润饰，像是孩子们跑步信口喊出的顺口溜。写完一看，连他自己都笑了，因为翻开他的历史墨迹，没有一首白话词。这时，他边吟哦着，边做着赛跑的动作，鼓起嘴巴，涨红着脸，上气不接下气地跑着、笑着，仿佛他正在参加学堂的班级赛跑。老实说，如果叶子看到这个场面，非吓跑不可。然而，就在这"原地跑步"中，他找到了曲调，无论从情绪、节奏，再合适不过了，这就是德国民歌《跳，跳，跳》。他急忙填好歌词，在钢琴上一试，很贴切，这时，他才满意地吸了口气，又恢复了"自我"。

但是，他对一些留学生中数典忘祖之辈感到痛心，一方面对词章之学有不景气之势又十分担忧。因为，他眼见日本唱歌集中，其词袭用我国古诗者，十之八九，然我留学生中，却对日本歌曲，啧啧称之为奇妙。为此，他在灯下，奋笔写道：

呜呼！词章！

予到东后，稍涉猎日本唱歌，其词意袭用我古诗者，约十之九五（日本作歌大家，大半善汉诗）。我国近世以来，士习帖括，词章之学，金蔑视之。挽近西学除入，风靡一时，词章之名辞几有消灭之势。……迨见日本唱歌，反啧啧称其理想之奇妙，凡我古诗之唾余，皆认为岛夷所固有，既出冷于大雅，亦贻笑于外人矣。（日本学者皆通史记汉书，昔有日本人举史汉事迹置诸吾国留学生，而留学生茫然不解其所谓，且不知史记汉书为何物，至使日本人传为笑柄）。

当夜，根据几天来的外稿和自撰稿，列了一个《音乐小杂志第一期目次》：

表纸（即封面）

随后，他又编进了五首诗词，总题为《词府》。但是，这夜颇使他费精力的是《序言》，在这序言的草稿中，圈了改，改了又圈。末了，他以音乐的社会功能为出发点，就是"琢磨道德，促社会之健全；陶冶性情，感精神之粹美"。当他放下笔杆时，雄鸡已叫了两遍了。

第二天清晨，李叔同带着稿件和"目次"，乘马车来到神田区今川小路二丁目三番地集贤馆。租了一间带办公用具的房子，开始了他的编辑工作。

最后"封三"，在方块的图案里，还写上了"不许转载翻印""编辑人李叔同"。

寒假，对大学生来说，是休整的黄金时代，美术学校里清廓寥寂，冷若夜空，李叔同犹似那高悬的寒星，他面对祖国闪着光，宁肯在黎明前淹没，也愿给祖国带来光明。

傍晚，他赴剧场，悉心地为"茶花女"造型。他在一片热烈的掌声中出场，在震撼着夜空的喝彩声中谢幕。继而又雇辆马车奔到集贤馆，校阅着他那为祖国开创的第一部《音乐小杂志》校稿。的确，他很疲倦，他为我国最早的音乐刊物倾注了全部心血。从选材、撰稿、组稿、翻译、写词、作曲，直到封面设计、美术装帧，全出自他一人手笔。不过，人虽瘦了，但那火辣辣的眼神儿始终在闪着兴奋的光芒。最后，《音乐小杂志》在凝结着叔同的爱国热情和对传播音乐的志向中如期诞生了。

叔同捧着这本"样书"，像怀抱自己的头生儿子一样，兴冲冲地回到了上野不忍池畔小白楼寓所。一推门，不禁一阵清新之感迎面扑来，原来这间废纸成堆，衣物不整的外屋，早已被收拾得干干净净。叔同心中明白，这一定是叶子的功劳。

"叔同……叔同……"叶子见叔同回来，高兴地奔了过来："编好啦？”

"不但编好，"叔同把这本带着五彩封面的小杂志往空中一举："喏，书都印好啦。"

"啊，"叶子瞪大了眼睛，"你才走出去十天哪！"说着便抢过小杂志，翻开歌曲部分，往钢琴上一放，边弹边唱起了《我的国》：

> 东海东，波涛万丈红。
> 朝日丽天，云霞齐捧，
> 五洲惟我中央中。
> 二十世纪谁称雄，
> 请看赫赫神明种。
> 我的国，我的国，
> 我的国万岁，万岁万万岁！

"这首歌，"叔同直截了当地说："是为我的祖国而写的。她，还很贫弱，如果这首歌能唤起炎黄子孙的觉醒，哪怕起一些作用，我也是高兴的。"

"假若我是一个中国人，"叶子郑重地说："她会鼓动我奋进的……"

"那，就请你再唱一遍吧。"叔同说。

叶子朝叔同斜了一眼，随着乐谱熟练地弹出了即兴伴奏，她，放开了嗓子，声情并茂地唱起了《我的国》……唱罢，又贪婪地翻了翻这本只有十九项内容的小杂志：

"叔同，这贝多芬像也是你画的？"

"唔，"叔同不以为然地应了一声。

"恐怕，"叶子说："这《乐圣贝多芬像》和《乐圣贝多芬传》是向中国介绍贝多芬的最早作品了吧？"

"我在国内还没看到过，"叔同说："也许是这样的。"

"这小杂志还准备运到中国吗？"

"我写得十分清楚，在日本编辑印刷，在上海出版、发行。"

正说着，有人在外喊着"李君、李君"。

叔同推门一看，是东京帝国大学文科学生陆镜若，还带着一个眉清目秀的青年学生。通过介绍，才知道这个美少年是剧校学生欧阳予倩。

"欧阳君，"叔同连忙让他二人坐下，并请叶子帮助沏茶，招待这两位戏剧行家："久仰大名。"

"哪里，"欧阳予倩微微一笑："我看了你们的演出，本来老早就想来拜访。可是，课程多……"

"直说了吧。"陆镜若拍了拍欧阳的肩："我们这位剧校高才生，想参加咱们的春柳社。"

"那好，"叔同诚挚地望着欧阳予倩："我们的春柳社就是要大家一道办嘛。"叔同想了想说："在上海，柳亚子和汪笑侬创办的《二十世纪大舞台》就提到戏剧改良的内容，还有陈独秀提倡改革新剧的学说，我真是赞成。在异乡，我想把新剧的'芽'培植好，再移栽到咱中国去，工作上可以说任重道远，说实话，我们这个社，还真地希望有专业留学生参加哩。"

欧阳予倩说："我确想参加。说实话，看了《茶花女》，就看到了戏剧的前景。"

欧阳君比叔同小九岁，一口湖南浏阳腔，他的祖父欧阳辨疆，是改良派政治家谭嗣同和唐才常的老师，而唐才常又是欧阳予倩幼年的老师，因而欧阳予倩的文学修养和维新思想受长辈影响颇深。

"听说你对京剧很熟悉。"

"说不上熟。"欧阳予倩谦虚地笑了笑。此时,陆镜若打着哈哈说:"欧阳,来段京剧,让咱们饱饱耳福如何?"欧阳予倩毫不忸怩地站起来,笑道:"我念一段白口,您看如何?"说罢,一挽袖口,念了一段孙二娘的泼辣白口,逗得叔同咯咯笑出声来,连忙摆手笑着说:"好啦,真够棒。"

"李君,"陆镜若插话道:"欧阳君对新剧很有见解,我们不妨再讨论一下。"

"当然好啦,"叔同看了看表:"我十点钟有事,这样,请欧阳君明日上午九点钟来这里,行吗?"

"好!"欧阳予倩、陆镜若二人离开了小白楼。

翌晨,叔同做了一小时"素描"作业,练习了一小时书法。九点钟迎接欧阳予倩,但欧阳予倩迟到了。于是他把练琴的时间提了上来。

清冷的屋里,没生炭火。叔同的十指却灵活得像群鸟啄食,把快速练习曲弹奏得如行云流水,铿锵有力。

"李君,"欧阳予倩笑呵呵地敲敲房门。

"先生——"叶子从小山坡上跑过来,礼貌地鞠个躬:"先生,李君曾关照过,他练琴时是不见客人的。"

欧阳一怔,笑了笑说:"昨天我们约好的。"

琴声停了,叔同推开房门点点头:

"啊……欧阳君,请你十点钟再来,因为你九时没来,我把课程表调了一下。"说罢一点头,又缩回去了。接着门"嘭!"地一下,琴声飞出了屋外。

幸而欧阳君自幼家教甚严,否则这一"闭门羹"是难以吞下的。这时,他在外边信步兜了一圈,回到叔同寓所,正好,曾孝谷、陆镜若也来了。

此刻的叔同面若春风，热情地请欧阳君进屋坐下，谈起了新剧《茶花女》，并确定了下一个剧目：《黑奴吁天录》。

开学，各自进修自己的学业。

春天，正当百草吐青、桃红柳绿的时节，叔同的身体产生了一种症兆：下午面色发红、咳嗽、低温，经医生检查系早期"TB"。啊，叶子慌了，叔同却颇坦然，像正常人一样。

"叶子，中国有句老话，叫'在劫难逃'。不过，主宰命运的人，还是自己。要相信，在日本国土，这点病又算得了什么？"

"不过，这种病可要当心呀。"

"谢谢你的关照。"叔同为了消除叶子的顾虑，他走到镜子面前，学着幽灵般的低沉调子，举起双臂："好朋友！请看在上帝的份儿上，请不要掘我的骨灰！祝福保护这里墓群的人吧……诅咒移动我的骨灰的人吧！……"

"啊！吓死人啦！"

"这不是我说的。"叔同笑着拉过叶子的手，"这是莎士比亚的《自选墓志铭》啊！"

叶子撒娇似的拍打着叔同的胸脯："不要听，我不要听……"

是夜，叔同做完了作业，把《黑奴吁天录》的剧本认真地读了一遍，禁不住泪水汪汪。矛盾，矛盾！人间的不平，黑白人种如此，本国也是如此，黄河水患如淹不到"老佛爷"脚下，横尸遍野与她也是不搭界的。渐渐，他又回到了莱葛立家中女黑奴爱尔玲的角色中，他从书架的杂志栏中抽出了一叠画报，一页一页地寻找黑奴的形象……啊！她仰着脖子，裸露着上身，瘦骨伶仃，灰暗的眼神望着渺茫的远方。啊！农奴主的皮鞭……一串一串的被链条锁着上岸的黑人……

他放下画报，跪在镜子面前，这镜子里仿佛是一个理想中的典型黑奴，头发短而弯曲，她双手抱着臂膀，一双苍茫无神的眼睛，绝望地乞求着上帝：

"啊……上帝，你饶恕我们吧……"

突然有人喊了一声："李君在吗？"

叔同立刻恢复了自我意识，一开门，曾孝谷轻松地走进来，一笑，问道：

"剧本看了吗？"

"看了。"叔同说："确实感动了我。"

这剧本原系林纾翻译的美国作家斯陀夫人的小说《汤姆叔的小屋》，林纾用文言译为《黑奴吁天录》，经曾孝谷改编成五幕同名话剧，它大大减弱了原作中的宗教色彩，强调了民族的觉醒，争取民族的解放。他俩研究了剧本之后，为具体排练之事，讨论到后半夜。

在春柳社事务所的排练场上，藤泽先生刚按下"开排"铃，一群外国留学生像一窝蜂似的拥进来了，站了一会儿，个个心里痒痒的，似乎人人跃跃欲试，结果一个印度留学生喊道：

"……这种戏，我也要参加！"

这一声不打紧，别国的留学生也喊起来了：

"我们也参加演剧！……"

"我们要参加春柳社！"

戏，排不下去了。怎么办？曾孝谷又为难、又高兴，瞅着李叔同，显然叫他拿主意。

叔同只顾笑，心下很矛盾，两只眼不住地瞟着导演。

"这好办。"剧专学生欧阳予倩开腔了："咱不是缺黑奴吗？挑几个丑的！"

"好主意。"叔同一拍手："还有那几位印度同学，甭化装，上去就像。"

几个人正在议论，藤泽先生眉头一皱，按了两下铃。顿时，排练场上静下来了。他说：

"春柳社是在排戏，不是在游戏，更不是校庆的游艺晚会。中国留学生建立此社，旨在为戏曲创造一条改革之路。想参加的同学，我表示欢迎，但要遵守排练制度，遵守演出纪律……"

"做得到，先生。"一个印度留学生很至诚地说。

"那好。"藤泽先生说："除中国留学生以外，其他国家的同学报一报你的国名。"

"印度。"

"日本。"

"朝鲜。"

……

"好！"藤泽先生说："舞会这场戏，由欧阳君担任助导，请到隔壁房里排练。"说罢，铃声一响，两边同时排练，秩序井然，没几天就排完了。

演出前，李叔同为这五场戏设计了布景，又与曾孝谷、陆镜若、欧阳予倩研究了说明书，并定名为"春柳社演艺大会"。其中"趣意"由李叔同执笔。他不假思索地拿起毛笔，端端正正的地写道：

"演艺之事，关系于文明至巨。故本社创始伊始，特设专部研究新旧戏曲，冀为吾国艺界改良之先导。春间曾于青年会扮演助善，颇辱同人喝彩；嗣后承海内外人士交相赞助，本社值此时机，不敢放弃。兹定于六月初一初二日，借本乡座举行'丁未演艺大会'，准于每日午后一时开演《黑奴吁天录》五幕。所有内容概论及各幕扮装人名，特列左方。大雅君子，幸垂教焉。"

大伙儿一瞧，笑得脸上像绽开的花朵。

《黑奴吁天录》开始公演了。

第一天演出前，后台乱哄哄的，李叔同穿着自己新做的一套粉红色的西装，头戴金黄色的烫发头套，在台上忙着搭布景；曾孝谷、陆镜若忙着为大伙儿化装，连良秀大妈和叶子也在后台沏茶倒水。

说也奇怪，若说李叔同、曾孝谷、欧阳予倩这天演得好，因为他们是"老演员""头排人物"，然而奇怪的是，连那些第一次登台的"龙套"，也极为认真，竟活龙活现地使自己俨然成了一个黑奴。瞧，他们为了逃避人贩子的虐待和再度贩卖，小心、紧张、悄然、迅速地逃进了深山野谷……

老实说，春柳社的演出已成了东京的一大新闻。这天，许多"乐座"的上座率骤然跌落，而演《黑》剧的"本乡座"票房却早早挂上了"客满"的大牌子。

新剧的种子抽芽了。

在日本培植起来的幼芽，正在往中国移栽！不是吗？上海的"春阳社"正随着"春柳社"的起步，也演起话剧（文明戏）来了。

六月二日刚演完，大伙儿正卸着装，一位中年人笑呵呵地来到后台。此人是谁？他乃上海工业专科学校的校长，姓张名半海，是叔同的老相识，他见了叔同，握着手摇了又摇，激动地直结巴：

"没想到，这种新戏……竟有这么大的威力！"

"这也是一种试验……"叔同很谦虚。

"不！"张半海郑重地说："你这'登高一呼'……"

"怎么样？"叔同笑了。

"我要跳上舞台去当戏子！"

"哈哈……"叔同大笑了一阵："你，校长不当啦？"

"不当了！"张半海很果断，面色涨得绯红。"校长？能有这个作用大？教育当局限制那么多，我要用新戏，触及时弊，冲破它的樊篱，发挥这种戏的威力！"

叔同被感动了，半晌说不出话来。

"我最近就回上海，"张半海一伸手："你回上海时，我恐怕已登上舞台了。再见！"

张半海走后，不知又有多少观众挤进了后台。这时，叶子早把叔同的服装包好了，她，静静地立在侧幕旁边等待着。这位漂亮而又倾心于艺术的姑娘，在中国留学生眼里，早已看出，她不仅是李叔同的模特儿，而且也是异乡情侣。的确，在回去的路上，她挽着叔同的胳膊，紧紧地依偎在一起，仿佛这世界上，只有她俩……

第
十
六
章

/

中国驻日本公使馆发出了布告：禁止留学生上台演戏。

布告一出，就像油锅里倒了瓢冷水，一下子炸开了。社友们一个个不约而同地来到上野不忍池畔小白楼李叔同的寓所。

"说真格的吧，"曾孝谷扯着嗓门喊着："公使馆的布告，怎么对付？"

"嗨！"陆镜若大咧咧地说："管他娘的，不就是《茶花女》'有伤风化'吗？还有什么《黑奴吁天录》是'革命戏'喽！他贴他的'公告'，我演我的戏。"

"堂堂的清国公使，文化参赞居然不知道《茶花女》是什么内容，这才叫'秀才遇到兵，有理说不清'哩！"马绛士愤愤地说。

"管他哩，"小个子欧阳予倩笑着看了看大伙儿，"反正我们大都是自费留学。"

坐在沙发上的瘦高个吴玉章，比往常更稳健，他不慌不忙地说道：

"演新戏，可以说没错。他们不是号召救灾吗？我们捐献了上千块；再者，我们演新剧，几乎在日的中国留学生都看了，那么多的人支持我们，难道错了吗？我们不承认错。我看这事，我和叔同去交涉，大家看如何？"

"好！"大伙儿异口同声地说，"就选你二人当代表。"

"就这样吧，"吴玉章正要站起来，叶子送茶来了。

关于叶子，留学生们都知道她是叔同的房东、模特儿。虽然并不很熟悉，但她那恬静的仪容，素雅的修饰，使大伙儿乐于接近她。

曾孝谷接过叶子送上来的茶杯后，笑呵呵地说：

"谢谢叶子女士。"

叶子抿着嘴笑起来了，曾孝谷以为她很满意这个尊称，岂知她一扬头，"扑哧"一声，有礼貌地说：

"先生，我还没有结婚呢。"

曾孝谷很尴尬，讪笑道："真对不起。"

哄地一声大笑，红了三张脸：叶子、曾孝谷，还有李叔同。

第二天，清晨下了一场暴雨，几朵云彩像镶了一道金边，使天空闪烁着迷人的光彩。

叶子陪着叔同穿过沿池的小径，向吴玉章的寓所走去。

叔同和叶子的来往，像是有"缘"一样。本来叔同那张沉静的脸上，常常给人以严肃、庄重的印象，除了台上演戏的需要以外，很少见他哈哈大笑。然而只有和叶子相处，脸上才露出难得的笑容：

"叶子，请你回去吧，晚上见。"

叶子替他按了电铃，微微一笑，转身走了。叔同望着一线斜阳直射的窈窕身影，心里感到甜甜的。

吴玉章和李叔同谈了一个多小时，内容不是"交涉"，更不是"请愿"，而是商量去见孙中山先生。因为此时的李叔同已是一名中国同盟会会员了。由于这是一个在中外反动派的高压下极其秘密的革命组织，因而还处于保密时期。同盟会的政纲是：

"驱除鞑虏，恢复中华，建立民国，平均地权。"

这正是李叔同所期待的啊！

就在去年四月的一天，吴玉章交给李叔同一份印有同盟会政纲的志愿书，他毫不犹豫地画了押，吴玉章等主盟人和介绍人也郑重其事地画了押。

"请问李君，"吴玉章说："为何自愿入会？"

"为实现同盟会的政治纲领。"

"是否心悦诚服？"气氛很严肃。

"没有半分犹豫。"叔同郑重地说。

"同盟会为秘密会，入会者无名誉利益可图，是共做光复祖国的大业，能遵守吗？"

"当然！"

"那么，请你写一份'盟书'。"吴玉章把准备好的表格，交给了李叔同。

须臾，叔同把盟书写好。吴玉章看了看，微笑道：

"按照入会手续，请你起立，举起右手，向天宣誓。"

叔同一一照办了，然而这一切都是极其秘密地进行的。打这天起，他的面色像是飘来了一片红云。胸中有了主心骨，他与曾孝谷创办了"春柳社"，因为他要向旧势力宣战，对旧的封建文化离经叛道！

吴玉章请叔同吃了午饭。下午二人来到一个辟静的小花园里，弯进一条杂草丛生、樱花耀眼的林荫小路，笔直走进一座灰色的木结构的西式洋房里。这里，是孙中山的秘密住所，也是组织和发展同盟会的地址。

吴玉章带李叔同拜见了孙中山：

"啊，你好。"孙中山握着李叔同的手："欢迎啊，太欢迎了。"

"孙先生，"吴玉章说："叔同君是李世珍的后代，早已'二十文章惊海内'了，对我们同盟会是个极好的人才。"

孙中山听了介绍，微笑道："当然欢迎，在东京的同盟会员，都是恢复中华，建立民国的栋梁。"孙先生望着叔同那修长的个子，问道："现在攻读什么？"

"攻西洋画，音乐……"

"中国革命非常需要……"孙中山高兴地拍拍叔同的肩膀。

"不过，"叔同憨笑着说："我们演新剧却遭到使馆的反对！"

"他代表清政府当然反对喽，因为你们干的是戏剧革命！"

"革命？！"叔同可很少用"革命"这个词。

"是啊，"孙中山笑了笑说："新的内容。譬如你们的《黑奴》戏，不是警世之钟吗？新的表现手法，不是更能使群众接受吗？我们要革命，首先就是要唤起民众。你说，这不是革命吗？"

叔同听得蛮新鲜，朝玉章一咧嘴，笑了。他正想说些什么，孙中山一扬手："只要能唤起民众，认清腐败的朝廷，他再禁演，也是螳臂挡车。"

春柳社这棵"艺芽"像是吸收了甘露，更加苗壮地成长了。对于公使馆的"禁演"令，就根本没理那个茬儿。社员越来越多，接连在"乐座""本乡座""孟玛德"剧场，演出了《画家与其妹》、《鸣不平》、《热血》、《新蝶梦》、《血蓑衣》、《生相怜》等剧。李叔同的名字，更为中外人士所关注。日本评论家松居松翁在《艺居杂志》上撰文写道：

> ……中国的俳优，使我佩服的，便是李叔同君。他在日本，虽然只是一位留学生，但他所组织的春柳剧团在乐座上演春姬（即

茶花女）一剧，实在非常好。不，与其说是这个剧团好，宁可说
是这位饰春姬的李君演得非常好。……李君的优美婉丽，绝非日
本的俳优所能比拟。看到这个戏，使我联想起在法国蒙得尔剧场
那个女优杜菲列所演的茶花女……

的确，李叔同"红"了，不仅在留学生中，就连东京市民，不论
男女老幼，有口皆碑，提起"春姬"无不啧啧称赞。

一九〇八年秋，东京的气候"阴阳相半也，故昼夜均而寒暑平。"
秋分那天，太阳几乎直射赤道，昼夜时值相等。叔同的屋里，也应了
"多事之秋"的节气。

叶子眼圈红了。

她，矛盾的心情是悲是喜，是乐是忧，总是理不出个头绪来。

她爱他。她对叔同的身世已全部了解。然而女人心细。可她比
别人更胜一筹，她知道：他家中有一个由母亲包办的妻子，他履行过
夫妻的义务，有过两个孩子，他曾为母亲的毕生痛苦而立誓不娶外室；
他曾有过几个风尘烟花至交；尤其是，他是个中国人，假若我去中
国……想到这里，她的思绪，就像单线条的旋律接着来了一个"大全
奏"一样，脑海里像是一部交响乐在演奏着，对峙的主题冲突着……

"叔同，"她终于开口了，"我们俩的距离，只是因为是一对异
国人吗？"

尽管叶子含着泪，说话时的表情是美的，她有着令人难以置言的
素质美，兼音乐与美术之间的精神美：

"叶子，"叔同深沉而有感情地说，"难道艺术有国界吗？"

"不，我不是这个意思。"叶子抬头瞅了叔同一眼："我是说，
假如我是中国人……"

叔同深知要对叶子的情操负责，而内心总有隐隐的负疚感，仿佛有块沉重的东西压在心中：

"我承认，人的两面性。我爱你像对我的生命一样，然而，我也有忏悔的一面。"

"不，叔同，"叶子简直要哭出声来："我知道你对我是负责的。"

叔同故意打破这沉闷的空气，笑道：

"我如果去做和尚呢？"

叶子"刷"地一下寡白了脸，她站起身子，晃了两晃。忽然，她笑了，眼里闪着泪花：

"你不要吓我，在我们日本，和尚、婚娶、寺庙、家庭，是可以统一的。"

叔同的思想被撼动了，这还并不仅仅因为她的痴情，而是在这个时代，男权高于一切：父亲曾有四房妻妾，二哥文熙曾买过一位小妾。啊，男人的世界！

"叶子，在日本的佛教，出家人与居士是分不开的，可以说，人人可以做和尚，因为这里是个佛教国，以信佛为荣啊，可我们中国就不一样。"叔同说到这里，感到话中有点"滑边"，怕又触伤她的心，于是正色道：

"我很想听你的打算。"

"我如果随你去中国呢？"叶子不假思索地冲口问道。

"我当然欢迎。"叔同笑着说。

"我……"叶子瞪大了眼睛，真诚地说："我愿侍候你一辈子。"

"啊……"叔同没做肯定地答复。

"因为，我和艺术分不开了。真的，分不开了。"叶子目不转睛地望着叔同，企图从他的表情里得到一个圆满地回答。

"可是，我回国，是想办教育的……"

"这没关系，"叶子把话盯得很紧："我决不会让你为我改变志向。"

"你外婆同意吗？"

"你是知道的，她最爱艺术。尤其中国艺术，她常对我夸你，说过：叔同真是多才多艺。她老人家是十分喜欢你的呀！"

啊，叶子！

碧绿的叶子，

清透的叶子，

纯洁的叶子。

爱情的甘露，艺术的满足，使叶子更俊俏。

叔同在上野第三年时，便和叶子比翼齐飞了。然而这月下老，不是别人，是音乐和美术，就像一条金锁链，把他们紧紧缠绕在爱神的怀抱里。

一天下午，叔同正在绘画着课外作业"扶犁者"，刚刚勾完整体结构，良秀大妈在石级上喊着："李先生，有客人。"

叔同握着炭条，推开房门一瞅，是一位陌生的男子，他学着日本人的礼貌，鞠躬问道：

"你找哪个？"

"噢，"来者温和地一笑："我找息霜先生。"

"请进，我就是。"

来者穿一身藏青西装，没系领带，背着一架照相机和一个皮包，样子很斯文。进门便递了张名片：名片印着"东京周报记者，小川二郎。"

"哦，请坐。"

小川并没有马上坐下，只顾巡视着四周墙上的艺术作品，继而又把画布上的《扶犁者》的草图瞥了一眼，然后像参观了一次展览会似的，满意地笑笑。

"我是专门来拜访您的，息霜先生。"说着便坐在那条矮小的转椅上。此刻，他才认真地端详了一遍李叔同。心想，原来这先生，虽说瘦高了一点，但秀长的脸膛，有着宽阔的额头，黑眼珠透着聪明的灵气，高鼻梁，薄嘴唇，一副清俊相貌，难怪人们称他是"活春姬"哩。

叔同一下子还摸不着头脑，只是抿着嘴微笑。

"您留学日本几年了？"

"三年。"

"能否谈谈感想，或学习的情况？"

"我来东京之前，习经书、篆刻、书法、诗词等。在我国，大约在秦汉以后，书法便成了一种专门学业。然而，诗与书又是水乳相融、相辅相成的，它们共同谱写成我国书法史的瑰丽的长卷。可以说，我们有自己的传统，王羲之仅仅通过那些抽象的点线有规律的组合和有节奏的变幻，就可以传达他情感上的忧郁、畅快、恬逸、奔放、兴奋、甚至悲哀，可以说是无声的音乐。

"然而，我们国家必须振兴。要使我国扫除内忧外患，就要革新。艺术又何尝不是如此呢。眼下，我国需要引进，引进西方一切先进的、能唤起民众的艺术形式。我来东京，目的也是如此。"

谁说叔同"少言寡欢"，但谈起艺术却滔滔不绝。

"请问，"小川直起身子，用启发式的口吻说，"您来东京的收获怎么样？"

"好，老师好。学业正是我所追求的，也是我国需要的。例如人体画、西画有独到之处，尤其十九世纪以来，是绘画艺术史上最重要的时代，画家可以挣脱传统的枷锁，用自己的强烈艺术语言，揭示空前崭新的视野，可以更加洒落超脱，追求个人的主观精神，反对照相式的再现，我们可以用装饰的效果把人体的外形表现出来。

"形是艺术形象的肉体，神乃肉体的灵魂。人物不同的'神'，又以人物的性格、环境与心理的有机联系……啊，我说的太远了。"

"不，李先生，请您谈下去。"

"为什么一幅好的裸画，能唤起人的美感？为什么一幅好的花瓶静物，它的质感简直可以敲出声音来？这是中国画所难以达到的。"

"您毕业后的打算？……"

"回国！"

"没有留在东京的愿望吗？"

叔同笑了，而且笑得很自然：

"我来日本不是做生意。"叔同说："试想，我在日本培养的幼芽，能栽在东京吗？说实话，我要把西方的艺术，栽培到我的祖国去。"

"如果上野留您任教呢？"

"那除非是黑田先生到我的祖国任教！"

小川先生语塞了。

也许是全世界的记者有个共同的誓约：即光"提问"，不"表态"，因而小川记者只是满意地笑笑，接着他指了一下茶花女的剧照：

"听说，李先生亲自为《春姬》写的节目单，原件已被东京大学图书馆收藏了？"

"这，我还不知道。"叔同迟疑了一下，继而说道，"艺术是不分国界的，那就给日本朋友留个纪念吧！"

小川翻了一下蓝皮笔记本，急速瞄了一眼，笑道，"息霜先生，您对政治或是时事是否关心？"

叔同没马上回答，只是思索了片刻，接着昂首说道：

"去年，章太炎出狱后来到东京，我们留学生开了一个欢迎会……"

"是的，"小川活跃起来了："那天，我也去了，不知您对章先生的慷慨疾呼，是否同意？"

"我同意谭嗣同以及章太炎推崇的佛说：'我不入地狱，谁入地狱'的精神，这种'舍己救人之大业，唯佛教足以当之'，谭氏正是以此来激励自己的斗争意志，而视死如归，慷慨就义的。"

"你对佛教的信仰如何？"

"就在那天欢迎会上，我被章太炎的演说打动了！当然，我被打动，其中奥妙没离开一个'缘'字。他说过：'民德是革命成功之原。用宗教发起信心，增进国民的道德。'这个宗教便是佛教。他说：'我们中国，本称佛教国。佛教的理论，使上智人不能不信，佛教的戒律，使下愚人不能不信。通彻上下，这是最可用的。'因而，我认为这华严宗精神，是在于普度众生。为此，甚至头目脑髓，都可施舍与人，在道德上最有益。人们如有这种信仰，才能勇猛无畏。所以提倡佛教，决不是中国古代佛学的延续，而是伴随着西学对我国的传入而重新振作起来的。什么叫佛陀、菩堤？翻译过来是个'觉'字，'般若'译过来是个'智'字。若要革命维新，必须从无我主义开始，这就要从佛法求之。"

"那么，您是信仰佛教的，是吗？"

"净土[1]法门。"叔同郑重地点头应是。

最后，小川二郎要求叔同赠与书法一张，叔同微微一笑，摊开宣纸，研好新墨，提笔书写了"勇猛奋进"四个大字。小川乐得直道谢。

---

[1] 佛学的一个宗派。

待小川离开这里时，天已渐暗。

"我是同盟会的成员，我终生奋斗的救国救民之路，当然是'三民主义'。"李叔同坐在原处未动，久久思忖着。是啊！他为了寻求中国的出路，他没有留在天津老家享受豪门少年的优裕生活，而是远渡重洋，步入异国的土地。啊，三年了，他没忘记，当生下第一个儿子时所写下的那首《老少年曲》，因而他极为珍惜着留学的时间，时间就是生命和学问。因为他已经同中国的命运交织在一起，正在洞察着祖国的沧桑变迁，履行着为救国而求学的道路。

这时，夕阳正斜射着的一道道红色的光芒，却被一片阴云遮盖了。

晚饭过后，又来了一批客人。

曾孝谷、陆镜若、吴玉章、马绛士、黄二难、欧阳予倩、李涛痕、吴我尊、高剑父拥进了叔同的房间。叶子忙碌着搬凳倒茶。

"听说了吧，"大炮黄二难说："日本内阁文部省又在徇清公使的要求下颁布《取缔清韩留学生规则》啦！"

"对这种有辱国体的事，要罢课！"曾孝谷晃着拳头说。

"怪谁呢？"叔同很冷静地朝朋友们扫视了一遍："我国青年为了学习救国之道，的确出现了热潮，仅在日本的中国留学生就有八千多人。回想在一九〇二年来日本的只有四五百人。但是，我刚来日本那年，就碰上这件事，全体罢课，并有二百多同学纷纷回国。我认为东京的这个《规则》，为什么敢叫公使颁发？因为我国政体腐败，内忧外患。我认为全体罢课，和上次一样，把取缔'留学生'改成取缔这个'规则'。要知道，我们的民族不是软弱的……"

"我看，"吴玉章说："由现在开始，实行'三民主义'，明日罢课，组织演讲，要在公使馆里争得民主权利！"

"赞成！"

吴玉章的建议，真像颗火种，把大伙儿的心点燃了。

第二天上午，以同盟会的会员为骨干，组织罢课，抗议清公使的辱国决定；下午举行演讲，使文部省都感到震惊。不过也真灵，清公使立刻与日本文部省照会，要求取消了这个《规定》。

转瞬又是两年，不论是西洋绘画和钢琴，叔同的成绩均是辕冠侪辈。

从一九〇五年，到一九一〇年初夏，整整五年，叔同在上野美专和东京音专钢琴科消耗了自己五年的精力。东京不仅造就了李叔同，也决定了他后三十年的归宿。

夜，静静的；门窗关得严严的。屋里是闷热的，两颗心却激烈地跳着。

"那么，就去吧。说实话我也不忍心留下你，叶子。"

"是的。"叶子抽泣着，瞪大了哭红的眼睛："如果我去中国，你认为是个累赘……"

"不！我已经决定了！"

叶子一头扎在叔同怀里："你知道吗？我若离开你是多么地难过……"

叔同轻柔地理了理她的乱发，哪怕她在哭着，在叔同眼里她也是美的，是一种特殊的美质，啊！还有她的钢琴演奏水平，气质和乐感……

"我知道……"叶子勾住叔同的脖子，柔情地说："在你们中国，我不能称作你的原配，然而，我一生尽我日本式的妇道……叔同、叔同"叶子的泪水流过了耳根，"我只要能见到你、我就能活……"

"哦……"叔同心想，尽管我要回国办学，我把叶子作为副室安放在别处，是未尝不可的，何况，自己的家资是足可以养活这位日本夫人的。这个想法，已不止一次地在脑海中盘旋过。

情欲战胜了理智，因为他毕竟是个人。然而大凡投情于钟爱的人的女性，她的感情是不会轻易撤离"阵地"的。

"你不怕离开你的祖国吗？"叔同又问了一遍。

"艺术，"叶子破涕为笑道："是不分国界的呀！"

"你要知道，我是不能与我的妻子离婚的！否则，我会害了她。尽管母亲包办的婚姻，可她毕竟为我生过两个男孩子啦。"

叶子把叔同的嘴一下子捂住了："谁要你离婚啦？请不要说下去吧……只要我能侍候你一生……我，就满足了。"她把头紧紧埋在叔同的胸前。

"哎……人生，总是违拗不过命运啊！"

"你在说什么？"叶子从叔同怀里挣脱出来，有些不解地问道。

"没什么，我想过了。因为天津的朋友，给我找到了一份教员的差事，我暂时送你到上海，在那里，我有朋友照顾你，还有一架钢琴……"

"这样，也好嘛！"叶子高兴地说："只要你放假时来看看我，就满足了。"

"当然！"

"那么，我去收拾一下，再和我外婆谈谈。"

"你去吧。"

行期越近，叔同心情的矛盾越激烈。叶子随自己到中国，不知是福是祸，反正留下叶子，无疑是罪。

结束了整整五年的留学生涯，李叔同告别了黑田清辉先生和上直行先生。上直行先生临别赠送他许多钢琴教材和独奏曲谱：

"带去吧，这算是我的小小礼物。也许，这些曲谱在你们国家还未刊印过……"

叔同紧紧握着老师的手。

他回到不忍池小白楼时，叶子正为叔同整理行装。

临行时，下了一场小雨，叔同雇了一辆马车，带着叶子，向码头驶去。车篷上的雨水滴滴答答，两颗年轻的心啊缠缠绵绵。

他俩由神户乘英国一艘邮船，经过太平洋，来到上海码头。这里，早有金兰好友给他在法租界租好了一套洋式公寓。

继而叔同去天津了，把叶子留在上海，让一架德国钢琴伴着她。

第
十
七
章
/

李家破产了。

李文熙愁得几天睡不着觉，每天夜里躺在炕上唉声叹气，翻来覆去地睡不着。这不，上代苦心经营的三个银号。就因为整个盐业改为"官盐"，使李家两个投资于盐业的银号，破产近百万元。

叔同回到了天津，阖家老小那满目乌云的脸上一下子出了太阳。尤其是俞氏，心里甜滋滋的，又不好意思在众人面前露出太高兴的样子，只是亲手给这位由日本留洋回来的丈夫沏了一壶酽茶，随后出去把六岁的、长得虎头虎脑的次子李端找来。

"快进去，给你爸爸磕个头！"

李端吐了吐舌头，猛地钻进屋里，跪在方砖地上，咚咚咚磕了三个头，爬起来没敢朝爸爸正视一眼，扭头就跑，就像有人追他似的，一溜烟钻进了大奶奶屋里。

俞氏瞅着叔同，还没来得及说上一句知心话，二哥文熙来了。文熙笑着拍了拍弟弟的肩：

"还是那么瘦？"

"看来，我这个'瘦桐'的名字，改不了啦！"

"学业怎么样？"文熙一边关切地问着，一边翻阅着带回国的那批水彩画和油画。

"本来还可以多学两年，但是，国内的情形，使我不能不回来工作……"

"嗨！"文熙像触到伤痛一样，脸上掠过一丝阴影。他深深叹了口气，眸子里湿润了，接着一对亮晶晶的泪珠滚动着："兄弟，哥哥要告诉你一件事。"

叔同一见哥哥的神色，急问道：

"哥哥，什么事？"

"信中，我没敢告诉你；咱们的'义善源''源丰润'两个票号……破产了！"

叔同一怔，心像被人捏了一把，紧缩了一下，然后突突地跳得很快。

"什么原因？"叔同拧紧了双眉。

"本来，"二哥掏出雪白的手绢擦了一下泪水，"这两个票庄的钱，全部投入盐田。可是，朝廷的银库空了。一眼盯上了盐田，他们说：'晒盐就是晒银子。'首先把咱投资的盐田改成了'官盐田'，盐农一律由官家雇佣。这样，咱撒出去的银钱……连上海、安徽总庄，都赔进去了。"

这一打击，似乎使叔同有些承受不住，他身子一晃，差点跌倒。破产，对他来说，并不因为豪门不富了而难过，而是随着经济的破产，将有可能致使他的理想也随之"破产"。

"哥哥，"叔同稍稍振作了一下精神，力图使哥哥把眼光放远些，"中国有句老话，叫'瘦死的骆驼比羊肥'，我们不是还有个'桐达'吗！"

"哎！现在只好靠这座山啦，"文熙说，"否则，我是对不起祖上的。"他沉吟了片刻，望着叔同，缓缓说道，"幸好，佛爷保佑，你那三十万又回到了'桐达'。"

"你记得吗？"叔同劝慰着说，"我小时候，写过一副楹联，叫'人生犹似西山日，富贵终如草上霜'。人生匆匆即逝，来时两手空空，死时两袖清风，何必为钱财过于劳神呢？"

"不行啊！"文熙哭丧着脸说，"上辈给咱留下了产业，而我们守都没守住，怎能对得起祖上呢？"

"嗨！"叔同说："祖上的产业再多，咱们一死，又是一个'空'字。"

"所以，"文熙用手拎了一下身边的黄皮包，"我现在行医只好收费了。"

叔同听到哥哥看病要钱了，心中老大的不快："看病要钱，似乎不太像'善人'家里的事。"

"又有嘛办法呢？"

"我……"叔同说，"如果去当教员呢？"

"工作？"文熙问道："谁给你谋事？"

"在日本时的同学。"

"家有三担粮，不当孩子王。"文熙想了想又问道，"在什么地方工作？"

"天津。"

"不走啦？"

"嗯……"叔同迟疑了一下。叶子还丢在上海，怎么说呢。只好搪塞道，"回国前，我已受聘于天津工业专门学校。"

"噢，"文熙那因破产而沮丧已久的面容，略现出一丝悦色。当晚，叫厨房炒了几个北方菜，兄弟二人喝了几杯。

是夜，俞氏为叔同安排了一番之后，自己的心像一潭清水投进了一块石头，激起了涟漪，她瞅着丈夫的面容，似乎比以往更潇洒清秀，她感到任何一个男人都比不上自己的丈夫，尽管她对叔同的才艺并非在行，然而她知道丈夫是个了不起的人物，她瞅着瞅着，脸色红得像喝醉了酒似的：

"你还走吗？"

"哦，我先在天津做教席，看情况再说吧。"

俞氏此刻的心情是复杂的，她恨不得丈夫永远守在自己身边，千万别离开自己。她对游离于乡里之外的丈夫感到心疼，并加上一层担忧，因为自己长于叔同两岁，带大了两个孩子，老了。确实，她额头上的皱纹，眼角的鱼尾纹都记录了她的生活历程。

"在日本，谁照料你的生活呢……？"俞氏小声询问道。

"啊，"叔同已有了准备，他不打算向妻子隐瞒，他移近炕沿，搂着妻子的肩头，恳切地说道："这件事，我是要和你讲清的。"他把脸颊紧紧靠着俞氏的肩头，以内疚的口吻说道："我在信上无法说清，所以我……不过你别难过，你为我养大了两个孩子，我要对你负责，你能原谅我吗……"

吞吞吐吐的几句话，像五雷轰顶，使妻子几乎昏过去。不过，她似乎老早也有了准备，只是没料到事情来得竟那么突然，那么快。老实说，在这个社会，尤其是李家，买个小老婆是理所当然的事，因为是男权社会嘛！

"你直说了吧，我也不难过。何况，你还年轻。"妻子终于说出了自己不愿说的话。

叔同猛地把妻搂在自己的怀里，说：

"只要你能原谅我……"

这天夜里，她在麻木中度过的，不知是幸福还是痛苦。然而她的泪水却流在了丈夫的脸上。

翌晨，团团乌云像跑马似的在漫天乱滚，偶尔露出一丝阳光，又被黑压压的云层遮住了。空气是混浊的，地面上异常闷热。

叔同的大儿子李准还病在炕上。叔同和俞氏来到大儿子房中，张妈妈正在给他捶背：

"你到日本不久，孩子就得了哮喘病，他二伯开了多少药方也不见好。"俞氏一边说着，一边怜爱地望着这透不过气的十岁的大儿子。

叔同朝张妈妈摆摆手：

"不用捶背，这对哮喘没什么好处。"

虽说叔同从日本回到家乡，但他的心始终没平静过；长子的病，对妻子的负疚，家庭的破产，还有使他更悬在心上的叶子。啊！叶子现在在做什么……弹琴？流泪？他心上的砝码越来越重。

开学之前，他除了画画之外，还特地整理了一番"洋书房"。这书房设在花园的西侧，宽大的石级，直对粮店后街的大门。这里的藏书，一律为西方外文版和有关社会科学的中译书，这间洋书房的四周，除了素描、水彩画之外，还有几幅油画，而这些油画大都是女眷、丫鬟们遮目而过的"裸女"画。

"我的公子爷，"帮助整理洋书房的老管家徐月亭瞅了瞅这些油画，"这些画多寒碜，光着屁股，东洋人喜欢这玩意儿？"

叔同笑了：

"徐大爷，您不喜欢？"

"啧，"徐月亭摇摇头，咧了咧嘴："像，倒是蛮像，不过……"徐月亭尽管摇着头，但眼睛始终没离开这些裸体画。

叔同从画框后边拿出一卷画布："送给您一幅。"

徐月亭拉开画布，禁不住喃喃地赞道：

"嘦！……又是一张大美人。好，好"他赶忙卷起这张油画，朝叔同嘿嘿一笑，"我先把它送回家去，让我那老伴开开眼界。"说罢一扬手，送回家去了。

"少爷，少爷，"张妈妈喊着进来了。她一眼看到这批油画，把要说的事给忘了："哟，我的少爷，这不是给我们开洋荤了吗？啧啧，多好看的大美人儿呀！"张妈妈指着另一张问道："这上画的是什么？"

"轮船。"叔同说："这是我回国时在船上画的。"

"这个……？"张妈妈刚指着画中一个戴眼镜的人物，突然哎呀一声，"坏了，我把正事儿给忘啦！"

"什么事？"

"外边有一个戴眼镜穿西服的人来找你。"

叔同二话没问，推开房门，见一个熟悉的身影已来到石阶下面。

"啊，大哥！"叔同急忙跑下石级，握住袁希濂的手，"快进屋里。"拉着袁希濂进了洋书房。

袁希濂东渡扶桑之后，在东京政法大学读书后，虽然在东京见过叔同几面，但因学科不同，两校距离又远，因而畅谈的机会不多。如今老友相见，分外亲热。

"先说说，你现在在什么地方？"

"去年回国，就在这天津。"

"什么工作？"

"法曹。"

"噢"，叔同眨了眨眼睛："这可要为老百姓伸张正义啦！"

"嗨，这年头，谁敢做包公？"袁希濂忿然说道，"在我们这个国家，外国人就是法律；在这天津，有势力的大官就是法律。我们做法曹的，只不过是聋子的耳朵——摆设而已。"袁希濂似有难言的隐痛，然而他不愿多说。只顾观赏着叔同的一幅幅作品，信口问道：

"不知吾弟回国有何打算？"

"决定了。"叔同说，"脱去西装，换长袍。"

"教书？"

"是啊，吾辈报国，除此之外，别无他门。"

"我倒是赞成。"袁希濂心想："古人阮籍虽因愤世不平隐身蓬池，尚能为后人留下不朽的诗章，启迪后人的灵知。而今，自己不能为缺衣少食的老百姓出一点力，奈何？中华民族处在存亡绝续之间，又奈何？"这时，他忽地觉得自己是一个弱者，自觉不如这位立命于教育，以美育唤起民众的叔同，不禁伤感起来：

"只可惜我这个学法律的人，又有何用？"

"吾兄不可消极。"

"啊，贤弟。"袁希濂猛地想起一桩美人贿赂案来，拧眉说道："你没忘记杨翠喜吧？"

"她，"叔同一怔，"她怎么啦？"

"我一回到天津，就接到一份密告！"

"噢？"叔同瞪大了眼睛。

"慈禧的宠臣戴振来津，一眼看上了杨翠喜，地方官段兰贵，立刻专车把杨翠喜送到戴振府中，并以此美人换得了一个黑龙江巡抚的官职。"

"啊？！"叔同气得脸色煞白，"竟有这等事情？"

"这还不算。"袁希濂把手中的茶盅往桌上"噔"地一放，"当时，有位画家叫张瘦虎、为人耿直，敢于用画笔触及时弊，他立刻画了一张《升官图》，画面上有一美女坦坐高椅，地方官段兰贵头戴红顶帽，跪在美女脚下，寓意深刻呀！可这幅画竟没有一家报刊敢登！我，作为一个法曹，有什么办法？嗨！"

叔同目不转睛地听着袁希濂的叙述，然而胸中却在翻腾着。

"大哥，"叔同声音很沉重："杨翠喜确是色艺双全，可是，命运摆布了她……"说到痛处，他站起来苦苦地思索了一会儿："大哥。"

袁希濂一怔："说吧，我听着呢。"

"我……想了一段词。词牌是《菩萨蛮》，题是：忆杨翠喜。"

叔同倒剪双手，望着窗口，信口唱出一段词来。词道：

> 燕子山上花如雪，燕子山下人如月，额发翠云铺，眉弯淡欲无。夕阳微雨后，叶底秋痕瘦，生小怕言愁，言愁不耐羞。
>
> 晓风无力垂杨懒，情长忘却游丝短。酒醒月痕底，江南杜宇啼。痴魂销一捻，愿化穿花蝶，帘外隔花荫，朝朝香梦沈。

袁希濂正在凝神听着，忽见张妈妈进来：

"请两位少爷吃饭去啦。"

二人随着张妈妈去了，但吃饭时，谁也没讲话。

就在这年秋天，叔同脱去了留学时期的西服，换上了教席的流行服装——灰布长袍，黑呢马褂，黑鞋白袜，马褂的口袋上牵拉着一条金表链。

他，第一次为人师表。

讲台上，面对一批眼睛会动，心里会想，嘴里会说的学生，深深感到这副担子，绝对不比"总督"轻松。然而，他更懂得，为人师表，绝不能"像"一位师长，而要真正成为一位名副其实的师长。直到转年执教于直隶模范工业学堂，任国画教席时，依然是严于律己，成了一位受人崇敬的教师。因为在他的大脑里，过去的生活让它死去，而只有眼下的最实际、最真实、最富有意义。

一九一一年，辛亥十月十日，由武昌爆发了革命起义，革命的怒潮席卷大江南北。叔同像是被禁锢于枯水洼中的一条鱼，一跃而起，他要扬眉吐气地革命了。就在工业学校动荡不定的情况下，他决心南下上海。

十二月下旬，孙中山回国，十七省代表会议，推举他为临时大总统。二月十二日，清帝宣布退位，清王朝结束了二百九十年的封建统治。

春天，万物复苏，黄浦江码头，一声声沉闷的汽笛长鸣，将笨拙的海轮，吃力地向岸边推进。船舷的铁栏边，站着南下的叔同，他凝神搜寻着码头上的人群。当他从扶梯鱼贯走下来时，已听到熟悉的声音在热烈地呼唤：

"叔同——叔同——"

跑上来的有金兰之友许幻园，春柳社艺友、上野同学曾孝谷，还有叶子。

"啊，叔同。"叶子激动地揩着泪水，"你可回到上海了。"

"北方还好吗？"许幻园问。

"啊……"叔同摇摇头："北方很差，辫子兵连杂货铺都抢光了。"

"这里还好，"曾孝谷说："上海已经和革命结成了一个整体。"

"听说陈英士继《苏报》、《民报》之后，将要创办一家《太平洋报》，在聘请的编辑名单中，听说就有你！"许幻园滔滔不绝地说，"这份报纸的编辑，全部是……"

"嗨！"叶子微嗔道，"有话不好回家慢慢说？！瞧，这哪是谈话的地方啊……"

"啊，我见到叔同，话太多了。"许幻园故意把"太"字拉长了音。"好，那就上车。"

四人拎着四个包，其中是画具、刻具、文具和书籍。走上边道，已有两辆马车在等候。

幻园、孝谷在前，叔同、叶子在后。也许是过于激动，叶子倚在叔同肩上，一只手抓住叔同胸前的衣襟，手都捏出了汗，但一句话也没说。

马车一直往法租界驶去。

下了车，早有"娘姨"[1]备好的酒菜。席间，许幻园真像上满了发条的话匣子，从分别之后，谈到码头重逢；从清王朝灭亡，谈到革命的民国。

叔同没讲话，一双细长的凤眼微笑着，样子很平常。他善于品味对方的言情，尤其听到江南的一切，似有万象更新之感，与其古老的北方相比，更显出革命的威力和希望。

"叶子，请拿纸来！"

叔同走近书桌，摊开宣纸，待叶子研好墨后，叔同信手写了一阕《大中华》。

许幻园瞅着他写完，不禁拍案叫绝：

"好一个'万岁'！"

叶子一把抓过来，朝大伙斜瞄了一眼，笑道："我用汉语读一遍，听听对吗？"还没等别人插话，她朗诵起来了：

万岁、万岁、万岁，赤县膏腴神明裔。

---

[1]　上海人对保姆的称呼。

地大物博，相生相养，建国五千余岁。

振衣昆仑之巅，濯足扶桑之漪；

山川灵秀所钟，人物光荣永垂。

猗欤哉，伟欤哉，仁风翔九畿；

猗欤哉，伟欤哉，威灵振四夷！

万岁！万岁！万万岁！

叶子读完，大伙一个劲儿地拍手叫好，然而这掌声却包含了双重意思：既为这首浩然雄心之诗作而喝彩；又为叶子能用如此流利的汉语朗诵古体诗而称赞。尤其是叔同，为叶子的汉语水平能如此猛进，高兴得瞪大了眼睛：

"啊，叶子，真没想到……"

"来，"叔同高兴地给大伙斟上酒："为我们的三民主义，为孙中山的健康，干杯！"

"干！干！"

大伙儿一饮而尽。

孝谷与幻园在春寒料峭中，各乘一辆马车，告别了叔同。曾孝谷将要赶火车回老家成都。

叶子和叔同在灯下，有说不完的话，叙不完的情。

仲春时节，江南已呈现出一片青翠的覆盖面。那隐没在金洞桥边的"老宅"，散发着阵阵的杜鹃花香，在一片草花中，诱来了一对对蝴蝶在花丛中翩翩起舞。远远望去，青苗飘摇，黄花粲粲，白蝶飞舞，把整个花园点缀得相映成趣。与大上海相比，这里可谓世外桃源了。

叔同来到许幻园家，已是黄昏的时候。旧时的其他老友已经不在了，只有许幻园还过着富足的风流生活。

"叔同，"幻园介绍着说："上海的文坛，革命者居首位。社会的变革，也带来了文坛上的变化。"

"当然。"叔同说，"日本的明治维新，足可以证明。他们的文坛，已开始显露出西方的傲气。"

"消息也真快，"幻园望着叔同说，"你一来，就像一阵春风，一下子传遍了上海。"

"上海的人才多得像过江之鱼，我算得上什么呀！"

"你就瞧着吧。"幻园笑着说。

"谢秋云……"叔同突然想起了旧交，"她现在怎样？"

"疯了。"

"没治好？"

"从疯人院逃出来过。"许幻园沉吟了一会儿，说道，"有人看到过，说她在外滩上奔走吟唱，鬓发蓬散，腰上还系了一条麻绳……"

"后来呢？"叔同同情地问道。

"听说，又收回去了。"

"可怜的女人。"叔同长叹了一声，心像摧肝裂腑似地搅动着。

晚饭后，叔同雇了一辆黄包车，回到了家里。岂知刚踏进客厅，便有一僧人打扮的青年人迎着叔同笑道：

"是李叔同先生吧？"

"是的。"叔同笑着问道，"贵姓？"

"姓苏，苏曼殊。"

"哦……"叔同一拍脑门："久仰大名。快，请坐。"

叶子献上两杯龙井茶。

苏曼殊原名玄瑛，曾留学日本，他能诗文，擅绘画，精通英、法、日、梵诸文。曾从事教育和文学、佛学的撰述和翻译工作。是南社社员，有名的江南才子，与章太炎、柳亚子等过往甚密，一九〇三年为僧。

"叔同先生，"曼殊温和地笑道，"我对你可说是闻声思慕多年，而今才有缘相见，真是太晚哪。"

"您太客气。"叔同情不自禁地朝这位以"比丘"[1]身份来访的著名才子身上打量了一番，灰色的袈裟镶着黑色的宽大襟，一双布袜芒鞋，干净利索。矍铄的神态，双目灼灼，好像人世间的一切失望都凝聚在他那一双眸子里。只是感到苏曼殊的生活未免太清苦了，一种同情之感，油然而生。

"本来，"曼殊说："像我这个离俗的人，不该寻访知交，不过，看来我们是有缘的。"说罢便哈哈大笑起来。

"啊，我真是承认'缘分'二字。"叔同望着这位大和尚那豁达、开朗的性格，不禁肃然起敬："您写的纪实体小说《断鸿零雁记》，简直把我迷住了……"

叶子拎着茶壶进来，把水添满，客气地说："请用素茶。"说罢深深鞠了一个躬。曼殊双手合十，低头称谢。叶子走后，苏曼殊撩了撩袍子，抬头问道：

"噢，在哪里看到的？"

"南洋的一家报纸。"

"本来是随写随刊，可惜，这家报纸停刊啦，我的笔也就停了。"

"您现在？……"

"还在翻译佛经。这不，'南社'聚会，我赶来上海。昨日柳亚子先生特地告诉我，这次雅集要请您参加。"

---

[1] 佛教指和尚；"比丘尼"指佛教尼姑。

"我还谈不上啊！"叔同感到突然。

"你刚来上海，便传遍了文坛。当柳亚子先生提起李叔同三个字，我就自告奋勇：'李叔同嘛，我来登门邀请。'说实话，我这两条腿呀，跑惯了。"说罢，又是一阵哈哈大笑。

"什么时间？"叔同露出乐意的样子问。

"三月十三，在愚园路的'愚园'里集会。"

"南社"为江南名士雅集的进步组织，提倡反清的革命文学，所谓"钟仪操南音，不忘本也"，该社初建于清末一九〇九年十一月十三日（宣统元年十月），第一次活动在虎丘张东阳祠，成为当时的民主运动和政治革命的一种精神力量。南社的活动由苏州改为上海，后转为杭州西湖。

三月十三日，愚园里文人雅士荟萃一堂，此时，也是南社的全盛时期。叔同穿了一件古铜色青绸长袍，黑坎肩上挂了一条金表链，小背头梳得溜光，面色红润，尽管瘦了些，仍是仪表堂堂。

"欢迎，欢迎！"愚园茶楼里的人都站起来了。

"与江南才子相聚，三生有幸！"叔同抱拳回敬道。

南社会员们一下子把叔同围住了。这个曾经名噪一时的"茶花女"，仿佛第一次嘴角流溢出酒窝。他朝众人笑着巡视了一遍，又一个一个地作揖寒暄了一番，然而大部分面孔是陌生的。末了，柳亚子拉着他的手让大家互相介绍了之后，说道：

"叔同先生，今天我们柬请您来，一是我们南社多了一位巨子；二是想聘请您担任《太平洋报》的副刊主笔，想必不会推辞的。"

叔同很干脆："受您之命，岂有不办之理！"

柳亚子把叔同拉到自己身边，待送上茶来之后，眯着笑眼，指了指对面一个细高条、白净书生模样的人说，"介绍一下：姚雨平先生，太平洋报社的社长。"

还没等叔同伸过手去，柳亚子又指着另一个满脸络腮胡茬的中年人说："总主笔叶楚伧。"

"……久仰久仰……"叔同正说着，柳亚子又开腔了：

"喏，这几位。"没等柳亚子介绍他们便各自主动报出了姓名，其中有苏曼殊、林一厂、余天遂、姚鹓雏、夏光宇、胡朴安、胡寄尘、陈无我、梁云松。

"这几位都是咱报社各栏目的主笔。"柳亚子补充着说，"还有你和我，也是分栏主笔。"

尽管一个个报着姓名，叔同哪里记得住啊。他笑嘻嘻地点着头，表示敬意。但心里是热乎乎的，像喝醉了酒。是的，他参加了进步文人的行列。然而，更使他惊喜的，这批新友，大都是老同盟会员，像自己一样，也举过手、画过押、投递过"志愿书"，如果没有武昌首义的成功，还真的不知"南社"是同盟会的犄角哩。

傍晚，杏花楼里酒宴。社友们的"酒诗"，乐观热情，像一团火，慷慨激昂，对祖国的未来充满了希望。大家尽兴到很晚，方各自散去。

果然《太平洋报》的文艺副刊名声大震。这是一张用连史纸刊印的单张文艺画报，每期随正刊附送。叔同在编辑过程中，早已把他耿耿于怀中的《断鸿零雁记》准备用来连载。他找了苏曼殊，苏曼殊也乐于续写，于是，《断鸿零雁记》便在大陆问世了。

《断鸿零雁记》是一部长达二十七章的具有长篇规模的小说。它用第一人称的叙述方式，塑造了一位敢于反抗封建势力、忠于爱情的女子雪梅的形象。她含辛茹苦地等待着所爱者，而继母却力逼她出嫁到富室去，最后她绝食而死。

这部小说对于以女子为"货物"、对见利忘义的丑恶社会进行了鞭笞，揭示了这一悲剧的根源在于贫富之间的悬殊，在当时引起了社会的强烈反响。

以《太平洋报》为基地，文坛开拓了一代新的气息。

自此，李息霜、李息、李叔同的名字，像野杜鹃正在张开的花苞，红艳艳的，开遍了江南一带。

一天下午，初夏的阳光，像是对文坛的革命气氛留恋，而不肯西斜。叔同正在为《太平洋报》编写文章，一位中年女士走进编辑室：

"请问，李息霜先生……"

"我就是。"

"哦，太好啦。"女士说："我是上海城东女校的副校长。"

"哦，请坐。"叔同像接待作者一样，十分热情，随手还递上了一把蒲扇。

"我是杨白民校长介绍来的。"女校长说，"女子，向来是被社会冷落的。也许是世俗的偏见，女子无才便是德。可我们学校，学生的呼声很高。所以，杨校长派我来邀请您到我校任教。老实说，我是奉命加慕名而来……"

叔同十分冷静地思考着，最后问道：

"要开什么课？"

"文学。"

"啊……"不用分说，他要解放女性，他要在教育工作中，实现他的报国志愿，"兼课，可以吗？因为我们的副刊……"

"这我知道，"副校长非常爽气，"只要您肯答应，每周几个课时就行了。"

世界上的巧事很多，一个聘请教席，一个愿意为解放女性而努力，当然一拍即合。

　　叔同已经身兼两职。不，是三职，他还以《太平洋报》为中心，发起组织了"文美会"，编辑名家书画印稿。汇集成册，裱装精致，每次集会，大家传阅，从而交流美术创作经验。

　　然而，这文化副刊正在轰轰烈烈地开始，却又冷冷清清地告终，就像地球的运转一样，白天还是阳光灿烂，夜里却是寒星闪耀，真是千古如斯也！

第
十
八
章
／

　　五月，石榴枝叶正茂，繁花如火，凝红欲滴，大有"万绿丛中红一点，动人春色不须多"之感。如说"人杰地灵"，确有可信之处。沿城隍山麓，径直往北，顺着西湖滨廊，那六桥三竺南北高峰，钟毓之下，聚集着众多才子，又是一次"南社"雅集。

　　"南社"与"西湖"相得益彰，恰成一对。

　　金沙江畔的唐庄，几幢古式楼阁隐匿在绿荫丛中。文人荟萃雅聚一堂，这次的当值人，是高等学堂讲席陈巢南和马叙伦。柳亚子、陈陶遗、邹亚云、朱少屏、雷铁厓等数十人，报裙屡联翩之乐。丁不识、丁白丁、丁展庵、王毓岱、徐仲可、徐公孟、俞诚之、陈蝶仙、陈鉴吾、陈无我、陆绍棠、陶志渊、卫克强、李叔同等都有诗作。众人"联文酒之欢者，凡二十余日"，最后几天，于西泠印社举行大规模的雅集。当时，有人提议，要在孤山冯小青墓前勒一石碑。

　　"碑文，由谁来写？"柳亚子说着，便把视线停在李叔同身上。

　　"我建议，碑文请李叔同手书。"

　　"赞成。"在掌声中大伙儿呼喊着。

　　"推举李叔同。"马叙伦的语调更坚实。

在目标一致情况下，李叔同用汉魏书写了一篇《冯小青墓志》，当天请来石匠，仅三天刻完了碑文。

次日下午，社友们来至西泠印社，凭吊了吴昌硕的遗迹和诗书画印珍品。然后推选李叔同亲笔书写"南社通讯录"。原因是社友的队伍壮大了。

李叔同这天很吃力，上午游湖，晚上诗会。就在这天下午，他在粉红色的封面上设计了一幅古老而又有新意的图案，横写了"南社通讯录"五个字，左边直写了"中华民国元年五月第三次改订本"。文字分为上下两编：上编从陈巢南到姜可生，共二百八十一人；下编从俞廷材到范茂芝，共三十人。总计三百一十一人，比上次，不到一年工夫，增加了九十三人。落款是"李息霜题"。

南社兴盛了，《太平洋报》却被封了。

九月的一个清晨，来了十名警察，一下子包围了太平洋报社，为首的是个法官。他指手画脚地布置了一番以后，带了三名警察进了报社。此刻，叔同尚未上班，只有胡寄尘一个人先到。

"你是报馆的？"法官慢条斯理地打着官腔。

"是的。"寄尘一怔。

"报馆要封闭。"

"为什么？"寄尘惊愕地问道。

"有人告了！欠债累累，闭门盘账。"

"这……不行！"胡寄尘又急又气，嘴唇直发抖。

"不行也得行！"法官对几个拿着"封条"的警察一努嘴："封起来！"

寄尘慌了。他知道：在此只有"孤军作战"，同事们肯定被堵在门外，他略一镇静，首先考虑到的是一些重要手稿。他仓促中抓起了苏曼殊为叶小凤所作的"汾堤吊梦图"铸版，以及苏曼殊的手稿《断鸿零雁记》。

"拿的什么？"法官斜过脖子问。

"我自己的东西。"胡寄尘头也没抬。

"我看看！"

"嘻！先生。"寄尘急中生智地说："你不是封报馆吗？"

"对呀？"

"那么，个人的东西就不封喽？"

"不封！"说着又瞄了一眼寄尘的手："快点，出去！"

寄尘拎起小皮包，径直往大门走去。

"寄尘。"

寄尘一眼望去，见李叔同正被堵在门外，他忿然走出大门，拉着李叔同：

"走，到边道上去说。"

"怎么回事？"叔同拧着双眉，不解地问。

"听说，有人告了，说是欠债被控。"

"噢，那些手稿呢？"

寄尘把手一举："都在这里！"

叔同急忙打开公文包一看，脸色突变："少了一篇！"叔同说。

"少哪篇？"寄尘茫然了。

"我写的《莎士比亚墓志》原文。"

"哎呀！"寄尘遗憾得直拍脑门："太遗憾了，我没把它抢出来。"他急着返回大门口，要求回到里边，却被门警阻拦了。

《太平洋报》被封闭，像是一则特大新闻，传开了，也引起了一些教育家的瞩目。谁不想在报界物色人才？当然，从日本留学归来、而且才华横溢的李叔同便成了主要目标。

第一个来上海聘请李叔同担任图画、音乐教师的是杭州"浙江两级师范学校"。叔同早知晓，该校的教师，前有周树人、沈钧儒。尤其经子渊校长，治校有方，为培养人才，不惜聘请著名高手任教，眼下就有夏丏尊、陈望道、刘大白、马叙伦、沈仲久、姜丹书、钱均夫等。在其以后的教师中有朱自清、朱光潜、俞平伯等，当然这只是后话。如此阵容，可以看出这所学校的声誉不同凡响。

叔同接到了经子渊校长的聘书。显然是这位校长对这位上野的高才生早就动了念头，而今特派夏丏尊来上海邀请。

叔同欣然应聘，丏尊高兴地回到了杭州。

晚风萧瑟，深秋乍寒。

叶子见叔同回到家里，从深思中恢复了常态，急忙迎上去，帮他脱掉西服上衣，换上毛线外套。也许是相处久了，她从叔同的一举一动，已分析出了叔同的思想状态：

"叔同，你一定又有工作了吧？"

"是啊，"叔同拉着叶子同坐在一条长沙发上，"我的理想，报国之路就要实现了！"

"教育，对吗？"叶子歪着头，笑着说。

"我将要到杭州……"

"杭州？"

"你又怕我离开你吧？"

"不是的，"叶子摆摆手，猛地挽住叔同的胳膊，扬起秀脸说道："我怕你生活不方便。"

"生死离别，是人间常事。好在，上海离杭州很近，我可以半个月回家一次。这比天天见面，似乎更有一番情趣。"

"你真会说。"叶子娇嗔地瞟了他一眼。

"自然,留下你一个人,是孤单些。如果我去当和尚呢?"

"又讲这个话。"叶子抽回手来,"再讲当和尚,我就……"说着便"扑哧"一笑,一头扎进了叔同的怀里。

叔同收拾好行装,将要去杭州了。

他又换了打扮,一身灰布长袍,黑呢坎肩,胸前一条金表链,金丝眼镜换了一副镀镍镜架,典型的朴素无华的教师"流行装"。

尽管学校里已经宣布:"音乐图画课,解聘了日本教席、特请江南音乐家、书画家李叔同担任音乐图画课。"但学生中对"音美"两门,似乎仍有轻视感,认为是可学可不学的游戏课。

果然,李叔同来校后,在学生眼里平平常常。只有校工闻玉,在为李先生搬行李、打扫房间时,凭着他的经验,他感到李先生非同寻常,从他那高瘦的身材,宽额、细眼,严峻的面孔;笑起来只动容不出声音的神态;使他感到这位李先生是一位安详严厉而又友爱和善的人。再从他的被褥、文具、雕具、画具、诗词、歌谱,像似执教多年的老学究,然而他才三十二岁啊!

说句公道话,学生们虽是轻视音乐、图画课,但如果多看几眼这位平平常常的李先生,尽管布衣布袜,却很整洁;不仅全无穷相,而却另具一种朴素的美,这乃是一种无可比拟的气质美。

上课的预备铃响了。这是下午。学生们听着铃声漫不经心地晃荡着,嘻嘻哈哈、大大咧咧地鱼贯涌进了音乐教室。

"啊!"学生们一惊,几乎喊出声来,原来李老师早已端坐在讲台前,如一尊活佛。

后边又一批学生。哼着曲，推的推、搡的搡，一迈门槛，顿然怔住了，就像留声机断了发条一样，嘈杂声戛然停止了。一个个蹑手蹑脚迅速地溜到了自己的位子上。他们悄悄撩起眼皮，看见李先生高而瘦削的上半身露出在讲桌上，宽阔的前额，细长的凤眼，隆正的鼻梁，嘴角的深窝，样子既和蔼又严厉。用"温而厉"三个字来概括，恐怕是不多不少。同学们再看讲桌，上面放着点名簿，讲义，教课笔记本，粉笔；讲桌旁边的钢琴衣解开了，已经掀起了琴盖，端端正正地放着琴谱，琴顶面板上还放着一只怀表。

李叔同站起来，深深地一鞠躬，倒把学生弄得很不好意思，他们面面相觑，不知如何还礼。

课就算开始了。

"同学们好，今天我讲的课是三个纲目：一，音乐与国人之精神；二，近世乐典大意；三，学琴……"

课堂上，一个年纪稍大的同学在偷偷看别的书，还一个较小的同学把痰吐在地板上了。叔同全然看在眼里。但他没有吱声，仍然讲他的课。下课铃响了。

李叔同指了指这两位同学，用很轻而严肃的声音郑重地说：

"你们二位同学等一等再走。"

这两位同学木然站着不动。待全班同学走出去之后，李叔同对年纪稍大者轻而严肃地说：

"下次上课不要看别的书。"扭头又对较小的同学说道："下次，痰不要吐在地板上。"说过之后，他微微地一鞠躬，表示："你们可以去了。"

这两位同学脸上觉得发烧，面颊上红一阵，白一阵地走出了教室。立在门外的同学悄悄问了一句："啥事体？"他俩尴尬地摇摇头，红着脸擦肩走开了。

初冬，贡院旧址的"浙江两级师范学校"，宽阔的校园里，群芳摇曳，树影婆娑，阵阵西风拍打着教室的门窗，尤其这间四面临空，独立在一个花园里的音乐教室，寒意更浓。一天，刚下了音乐课，一群青年学子一窝蜂似的破门而出，最后一个随手把门"嘭"地一声，人不见了。

李叔同推门，望着这位已跑出几十步以外的学子，满面和气地喊着："请你来一下。"

学生转过来，李叔同微微一笑：

"请你回到教室来。"学生回到了教室，忐忑不安地望着老师，不知为何让他回来。李先生和蔼地说："下次走出教室，轻轻地关门。"

说罢，对学生鞠了一个躬，在送走这位学生时，自己轻轻地把门关上了。

音乐与图画，在中国的学府，似乎是无关紧要的副课中的副课。唱歌先生，图画先生，谁看得起？如果说弹琴的、画画的能治国安邦，鬼才相信。然而，在叔同心里却有一种信念，这信念就是：美育可以唤起爱国之心，爱国乃救国之本。

说也奇怪，李叔同就是有这么大的魅力！你听，六十架风琴，一台练习用的钢琴，课余时间没一架"睡觉"的，整个校园就像一座艺术宫殿，到处有琴声，人人有画夹。连主课老师都惊叹："一师将变成'艺师'矣！"

叔同任教以来，琴课每周一个课时。课堂上，一变过去嘻嘻哈哈之风，但是他从不威胁学生，而学生见他自生敬畏。

"刘质平。"叔同在一年级班上，对这个小方脸、浓眉大眼的学生说："上周的课，练了吗？"

"练了，"刘质平憨笑地回答。

"请你上来回琴[1]。"

刘质平紧张地红着脸，走到钢琴前，弹起了上周布置的练习曲。不一会儿：

"停，"叔同指着第三小节说，"这节是两拍。"

刘质平慌了。老实说，越是重弹，心中越是慌乱而出错越多。刘质平又弹错了。

"下次再还。"叔同要求得很严，然而态度是温和的。此时，小质平只得起身离琴，快快回到自己位子上，垂着头听着别的同学回琴。

大凡听到"下次再还"的同学，似乎都感到有一种压力，而这压力必须在课外去苦练，实际上比主课还要艰辛而认真。不是吗，那一课一课的练习曲，就像登山运动员爬山一样，谁愿落后？谁愿半路退下来？殊不知音乐就是在"登山"过程中产生了感觉、体味而逐渐养成对音乐的兴趣。

刘质平被"下次再还"闷住了，下课铃一响，他带着满脸的窘态，低着头离开了教室。晚饭过后，他抢占了一间琴房，抿着小嘴唇，一遍一遍、一节一节地练着，虽是初秋的季节，那小方脸上的汗水顺着音乐的节奏，滴在琴谱上，仿佛甘露洒在了禾苗上。一个飞跃，那"死"板板的音符一下子活了。啊！音乐。他对枯燥的练习曲突然感到了有趣。渐渐，他舒展了浓眉，练习曲被他弹奏得悠然自得、流畅自如。

俗话说："艺高胆大。"他，决定单独找李老师去回琴，于是，他合上琴盖，拿上乐谱，一回头，幕地发现李老师就在门边。

李叔同微微一笑："练好啦？"

"嗯。"刘质平那憨厚的小方脸上像熟透了的柿子，他朝李老师

---

[1] 也称"还琴"或"回课"，即将老师示范或布置的练习曲，经过学生练习，再弹给老师听。

鞠了个躬："李老师，我正想找您去回琴。"语调有些拘谨。

"通过了。"李叔同温和地一笑，上前扶着刘质平的肩膀边小声指教着什么，边走出了教室，不一会儿师生便消失在黑暗中。

"辛亥革命成功了！"叔同常常在心里激动地呼喊着。他满怀兴奋地研起了新墨，而就在这研墨的当儿，他的思绪万千，热泪纵横。他自己觉得像一只苍鹰，翱翔在祖国的蓝天，骄傲地俯视着祖国的河山……这时，他提笔拧眉，词文像高山流水，一泻而就：

民国肇造填满江红志感

皎皎昆仑，山顶月、有人长啸。
看囊底、宝刀如雪，恩仇多少。
双手裂开鼷鼠胆，寸金铸成民权脑。
算此生不负是男儿，头颅好。
荆轲墓，咸阳道：聂政死，尸骸暴。

尽大江东去，余情还绕。
魂魄化成精卫鸟，血花溅作红心草。
看从今、一担好山河，英雄造。

写罢，他深深嘘了口气，一种胜利者的悦色流于脸上，他拿着这首《满江红》来到这桂花盛开的后院音乐教室，打开琴盖，禁不住自弹自唱起来。

刚探头的月亮给这茫茫夜色带来一抹银灰色的光亮，教室窗外的几个学生踮着脚跟，蹦着高，个小的踩着凳子，趴在玻璃窗上，把鼻子都挤平了，都被这浑厚雄健并富有爱国激情的歌声迷住了。

叔同一抬头，见几个同学把脸贴在窗上，便停止了歌声，朝大伙一摆手："进来吧！"

最小的那个从凳子上跳下来，缩了缩脖子，也夹在大同学中进来了。叔同眼睛亮了一下，指着小同学问道：

"叫刘质平，对吧。"

刘质平一点头，随即"嗯"了一声，脸刷地又红了。

"你，"叔同朝另一个同学笑了笑："叫吴梦非，对吧？"

"对，对。"吴梦非很恭敬地回答。

"同学们，请坐。"叔同一数凳子，很巧，不多不少都坐下了。"大家想听歌，也要学唱歌，将来……还要去教歌。今晚上，我教你们唱一首歌，愿意吗？"

"愿意！"这声音划破了夜空。

叔同把歌词抄在黑板上："今天是中华民国的第一天，"他的话很激动，然而是缓慢的，深沉的，仿佛能从语音里挤出热情的泪水来，"我国古典《满江红》的曲调……"说罢深深鞠了一躬。

也许在窗外已被歌声感染了的原因，同学们像是人人对祖国的未来抱着极大的希望，个个充满了歌颂缅怀英雄的豪情。听：

"看从今，一担好山河，英雄造！"

叔同含着热泪听着。是的，他感觉到了，报国者有沙场上的英雄，也有教育、美育战线上的斗士啊！

这堂"课余的课"结束时，他叫住了刘质平。说真话，这个"小不点儿"慌了，心里直嘀咕，不知犯了什么错误。

"家乡是什么地方？"

"浙江海宁。"

"喜欢音乐吗？"

刘质平腼腆地一笑："有李老师教我们，当然喜欢啦。"

"爸爸是做什么的？"

这一问，像一块石头丢在他的心里，一种沉重感使他流了泪：

"我五岁时，爸爸就去世了。"

这一答，叔同怔住了，心想：和我一样，也是五岁没了父亲。

"那么，生活呢？"

"靠母亲种田……"刘质平回答时，那凝滞的眼神儿里仿佛在说："我是个穷孩子啊！……"

"我几次听你回琴，都很满意。因为你能领悟老师的精神，也肯刻苦，在我接触的少年中，像你一样的还不多……"

刘质平听了鼓励的话，张了张嘴，不知说什么。正在这时，夏丏尊先生来了：

"李先生，同学们到现在还不睡觉……"

李叔同愕然一愣："欸？……"

"您这首《满江红》，真像野火燎原，一下子唱到每个宿舍里，这不，到现在还在唱。"

叔同让刘质平走后，对夏丏尊开着玩笑说："既然我点了火，那么，这消防队，就看你这位当舍监的喽……"

二人大笑了一阵，然而谁都看到了，学生重视了音乐，而又是那么认真。所以，他二人的笑，是发自肺腑，并有着共鸣的因素。

转瞬之间，寒假来临。叔同正在打点行装，刘质平来了：

"李老师，我来帮你……"

"咦，你怎么没回家？"

"一没路费，二要练琴。"刘质平一边说着，一边帮着李老师打包裹，卷行李，扫地……

最后，叔同拿出三块银元，往刘质平口袋里一塞："拿去，"叔同轻而温和地说："母亲，是生身之亲人，过年不去看望，她的精神是受不了的。"

刘质平把手伸进口袋里，摸着银元，不知是还给老师好，还是留着回家探母好。半晌，他望着这位慈父般的李老师，猛地一鞠躬，跑出去了……

叔同回到了上海，叶子流下了泪水。然而这是兴奋的、幸福的泪水，她的心像是涂了一层蜜糖，甜滋滋的：

"啊！叔同"，她急忙接过叔同的行装，"我知道你今天会来的。"她以日本女人特有的贤惠与温柔照顾着叔同。

"你觉得，做教席还好吗？"

"哦……"叔同洗了一把脸："在学校，只有在学校，才能看到中国的前途。"

"那么说，你很爱你的学生，是吗？"

"是的，"叔同晃着手上的毛巾，对叶子说："有一天，能办起一所专门的艺术师范，中国的人才就更多了。"

"啊，叔同，"叶子兴奋得瞪大了眼睛，"记得在东京吗？你说过，要把西方优秀的艺术传播到中国来，这，你完全可以如愿以偿了。"

"我的《音乐小杂志》正是这样做的，科学的五线谱，乐圣贝多芬，教育歌唱，我已经带到了我们中国……"

"你的学生能接受吗？"

"我的学生，在头脑中对音乐艺术，还是一张白纸。外国孩子能接受，中国的孩子难道比外国孩子迟钝吗？"叔同说着咳嗽了两声。

"你需要吃点药了。"叶子在抽斗里拿出一瓶药，倒了一杯白开水，送到叔同面前："这药，对你的肺部很有好处。"叔同接过药瓶子，看了看用量，拿出四粒，吃下去了。继而说道：

"叶子，你看到报纸了吗？"

"啊……？"叶子接过杯子，放好了药瓶子。

"我们的春柳社，已经开创了我国新剧的先河。上海造了一座'春柳舞台'，就是在东京播的种，在上海长的苗啊。还有，四川演出了《光复图》、《祭邹客》、《黄兴挂帅》、《徐锡麟刺恩铭》、《川路血》，二十多个新戏，还有其他几个省……"

"哈哈……"叶子听到这种新闻，打心眼里替叔同高兴。她猛地抱住了叔同的脖子："叔同，我相信，中国会有更多的茶花女……"她附在叔同耳边逗趣地说："都不如你漂亮。"

她的秀发紧紧磨擦着叔同的面颊。

"笃笃"几下敲门声。

叶子从沙发上立起来，理了一下头发，奔至大门边，岂知是叔同的至友许幻园来了。不过，他似乎变了，几乎变得令人难以相信：头上的乱发像一堆干稻草，嘴唇发青，面部微肿。胸前那条金表链也不见了，那条礼服呢的长袍好像也随着主人的面色，失去了光彩。

叔同怔住了，他直勾勾地望着许幻园："怎么，几个月没见，变成这个样了啦？"

许幻园神情颓丧地叹了一口气，无精打采地和叔同坐在一张长条沙发上。叔同惊愕地望着他，心想，此刻的许幻园，与原来充满活力的许幻园怎么一下子判若两人：

"怎么啦，病了？"叔同又问了一句。

"一言难尽。"许幻园的声音比哭还令人心酸，"我家将要……彻底……破产。"

"到底怎么回事？"叔同急切地催问着。

"我要立刻离开上海，连我自己也说不清楚。我是来告别的，但愿后会有期。"说罢眼泪夺眶而出。

叔同被他说的直揪心。然而又不知从何劝慰和开导。

"我现在就走。"许幻园站起来，恋恋不舍地望了叔同好久。一回头，差点把叶子端来的茶杯撞到地上："谢谢你，叶子，但愿我能再见到你们。"

叔同正在愣神儿的时候，许幻园走了。他急忙追出去，人已经消失在茫茫的夜色之中。一阵狂风，使他禁不住打了个寒战，把溜光的头发吹得像溪边的野草，东歪西斜地蓬乱着。

"叔同，外边冷呀！"

叔同仿佛丝毫没听见，木然地立在那里。

"我的金兰弟兄，难道就这样送别了吗？"他的心一下子沉下来了，这种离愁别恨的心情，像大海的狂涛撞击的焦岩，被猛烈地撼动着。他要呐喊，要疾呼……渐渐，他的思绪凝练着，似乎一种冲动使他的思绪化成了诗句。

他扭头回到院里，把大门"嘭"地一声关上，急忙走至书桌前，研了点墨，提笔写道：

### 《送别》

长亭外，古道边，
芳草碧连天。
晚风拂柳笛声残，
夕阳山外山。

天之涯，地之角，

知交半零落；

一瓢浊酒尽余欢，

今宵别梦寒。

此时，叶子站在叔同后侧，屏住呼吸望着他写好这段词。她深知他的心境，她赞服这首诗词的绮丽典雅和情感的真切。为了不打乱他的构思，她没走动一步。

叔同反复吟哦了几遍，心情豁然开朗。这时一首曲调在他的心田里，像泉水般地流淌而过。他记不起这是哪国的曲调，啊！抓住这个曲调。他急忙坐在琴凳上，打开琴盖，把这首曲调弹了一遍。接着，又弹了一遍，这遍与刚才不同，他轻轻地唱了起来，而且十分动情。唱罢，他的面色红润了，像是一抹霞光照拂在他的脸上。他兴奋极了，眼睛发出火一样的光。他信手为这首词填上了曲谱，然后又工工整整地抄了一遍：

"叶子。"

叶子被这冷不丁的叫声，吓了一跳。

"叶子，"叔同高兴地搂着叶子的肩头："你弹一遍，我唱唱看。"

叶子接过曲谱往钢琴上一放，凝神把曲谱看了一遍，便开始了她的即兴伴奏。啊，曲调凄楚动人，娓婉动听，情真意切，朴实流畅。

叶子一遍又一遍地弹着，叔同一遍又一遍地唱着。然而，都没有机械地重复，都发挥了二度创作的艺术空间。

"啊……太美了。叔同，词曲结合，用汉语来形容，真叫天衣无缝。"

"叶子，你知道这曲调是哪个国家的吗？"

"不知道。"叶子说，"我只知道这是一首西方的曲子。"

"作曲者呢？"

"不记得了。"

叔同沉思了片刻，提笔在《送别》[1]旁边写上"李叔同词"。

叶子很熟悉叔同的生活规律，当他在大片大片地涂抹油画颜料时，别喊他吃饭；当他的刻刀正在发出"嘎嘎"地声响时，别送上茶去；当他的毫笔没写完落款的最后一笔时，千万别跟他说一句话；当他在琴凳上没弹完最后一个终止和弦时，绝对不能去打岔。

可是，今天的叔同真使叶子愕然。他唱完了这首歌，半天没讲一句话。叶子端上饭来，他一口没吃。他这时的思绪也许像驰骋的野马，想得很远，很远……

---

[1] 电影《城南旧事》、《早春二月》、日本影片《啊！野麦岭》均选用了这首《送别》作为电影插曲。曲调选自西方，作者不详。

第
十
九
章
／

　　整个寒假，叔同一直和油膏画布打交道。当然，模特儿仍由叶子"兼任"。不论是正反立卧，叶子都能使叔同获得美妙的质感。

　　开学的前夕，叔同回到了杭州。

　　"息霜！"

　　叔同一抬头，见夏丏尊喊着跑了过来，接过叔同的行李，笑呵呵地说道：

　　"来得好，来得正是时候。晚上，经校长请咱俩去吃饭。"

　　叔同微微一笑，他知道：校长经子渊（亨颐）乃是老同盟会员，在辛亥革命中做出过贡献。经过上学期的接触，深感他为人耿直，办事顶真。然而更使叔同钦佩的是，他任人唯贤，尊重人才，并精于诗文篆刻，对改革教育可以称之为"开拓型"的人物。

　　晚上，经校长备了几盘小菜，举杯说道：

　　"李君任教以来，为师范生增长了美育的才干，如果说教育救国，我祝你如愿，并愿与二位共勉，干！"

　　"老前辈，"叔同齐眉举杯，"富有经验的教育家，虽是相见恨晚，愿为同志，干！"回头对夏丏尊一晃杯，"老友相处，深得相帮，愿你这位国文老师桃李芬芳，来！"

仨人"咕咚"一口，喝了个满杯。

"今年，"经子渊校长掏出手帕抹了一下嘴巴，笑着说："省里决定把我们'两级'师范，改成第一师范。今后不再招'初师'的学生了。"经校长一边给叔同和丏尊夹着菜，一边说道，"可喜的是，李君为师范生上音乐图画课，在社会上引起了很大的反响。"

"哦……"叔同听了这句话，脸色微红。

经校长立起来，从里屋拿出两封信来：

"真叫我进退维谷。"说着便递给叔同一封信，脸上显然有些为难的神情，"南京师范的江谦校长，是我的老友，但他却让我……哎！你先看看。"

丏尊愕然地瞅着校长，不知是什么事，回头再看叔同，满脸悦色，连眉宇间的笑纹都流露出叔同的心声。

"什么事？"丏尊急着问了一句。

"南京师范江谦校长的来信，"经子渊校长说，"一封信是和我商量，要把李君聘走……这第二封信……"

"一张聘书！"叔同插话道，"在师范开音乐图画课，看来南京也很重视。"

"说明李君开了一代新风……"经校长尽管脸上笑呵呵的，但心里却是沉郁郁的，"如果让我放人，我是不赞成的。"

夏丏尊听得真切，斜了一眼，对叔同说：

"我们的友情啊，叔同，难道顶不过一张聘书？"

叔同给二位斟上了酒，自己也满了一杯，接着把杯一举，几乎碰到了经校长的鼻子。微笑道：

"自古以来，兼课者甚多。我既舍不得浙江第一师范，对南京的江谦校长，又盛情难却。何况，在师范进行美育教育，其影响所及，是可想而知的。"

经校长嘘了口气，像是一块石头落了地。

"李君不走，我经某敬你一杯！"一口喝干，扬了扬眉毛，又说，"是啊，江谦之聘请，实是求贤如渴之所为。到南京兼课，只要李君吃得消，我当然支持。"

三人尽欢而散，经校长把他俩送出门外。

开学之后，叔同便往返杭宁之间，各教半个月，因而，学校的玻璃布告栏里常挂着"李师请假"的牌子，但是两校都聘了助教先生。

话要说回来，经子渊校长挽留李叔同的便宴，如果没有夏丐尊在座，恐怕没么容易，因他与丐尊有着莫逆深交，两人都重情感，叔同大于丐尊六岁，只要小弟苦苦恳留，叔同是不忍拂袖而走的。

弹指间，叔同在一师已度过了两个春秋。

音乐图画这两门历来被人们忽视的学科，像山坡上久旱的野草，忽然得到了春雨，一下子拔地而起，被重视起来了，几乎把全校学生的注意力都牵引过来了。你听，课余的琴声歌声，再看，假日里有成群的学生背着画具外出写生。

一天下午，一年级的图画课是木炭石膏模型写生。这班学生一向是习惯于临摹，李叔同讲完实物写生的目力观察之后，仍是无从着手。四十余人中竟没有一个人描得像样的。

"学画的人，当确信石膏模型为实物写生的第一范本，它可以用单纯的直线曲线结构物体，然后，阴阳浓淡……"叔同一边讲着，一边在讲台上手起笔落，范画了一张贴在黑板上。同学们一看，笑了，大伙儿急忙照着黑板临摹。只有潘天寿、丰子恺等几个同学，依旧按叔同讲的方法，从石膏模型写生入手。

"李老师，"丰子恺下课后来到李叔同住处，"这是同学们的作业。"说罢，学着李叔同的样子，向老师深深鞠了一躬。

丰子恺是刚考进一师的新生，是一年级的级长，当他收齐了课堂作业之后，以公事的角度来到李先生房里。尽管"公事"，那小圆脸上还是有点不自然。为什么？因他刚考进一师就听到许多对李老师的议论。尤其是李老师的人格和学问，是人们敬重他、学习他、崇拜他的主要因素。任人皆知，李叔同教音乐图画，是以博学多才为背景的，其国文比国文先生高，其英文比英文先生强，其历史比历史先生更有研究，其常识比博物先生更丰富，又是书法篆刻专家，中国话剧的鼻祖，谁不敬重他？然而，叔同对这位一年级的丰子恺，似乎有着特殊的印象，不论其气质与爱好，都像是叔同理想中的"苗子"。

这天，叔同接过一年级的作业，一眼就发现丰子恺的这幅木炭画，他举在手里远看近看，连连点头。子恺以为这是示意："你可去了。"

丰子恺正鞠躬告退，李叔同笑着喊道：

"回来，"叔同的声音很轻，然而又严肃又和气地说："你的图画进步很快，我看你以后可……"话虽停顿了，但丰子恺聪敏地感到后一句是"专门习画"。

"谢谢李先生。"丰子恺只是说了一句感激的话，但他心中的砝码已放在艺术的天平上了。打这天起，他打定了主意，专门学画。

寒假将临，杭州下了几天历史上少有的大雪，叔同下了课，捧着粉笔盒和讲义顺着一条被学生们踩平的雪路回到了自己的住处。

"李老师"校工闻玉进来说，"今天冷，我给您烧一碗面条，热乎乎的，您看好吗？"

"哎，"叔同笑着说："很好，再放点胡椒粉。"

闻玉去后，一支烟的工夫，闻玉提着饭盒来了，叔同搓搓手，端起这碗带胡椒粉的"片儿川"，刚动筷，刘质平来了。

"李老师，"刘质平穿了一件带补丁的旧棉袄，在门外跺了跺脚上的积雪，进屋行了礼，笑笑说："我作了一首……曲子，"他伸手放在饭桌上，难为情地说，"请您看看，我……这是第一次。"

叔同放下筷子，把曲子细细看了一遍，拧眉思索了半晌，抬头望着这个穷学生，良久没讲话，小质平被看得十分尴尬，仿佛无置身之地一样的难受。

"今晚，"叔同讲话了，而且很缓慢，"八点三十五分，到音乐教室来，有话跟你说。"

刘质平唯唯而退，心里忐忑不安。

是夜，风狂雪大，片片雪花在空中飘摇不定，连地上的积雪也被掀到半空打转转。后院那几根桂花树被西风吹得"沙沙"直响。刘质平通过黑灯瞎火的林荫小路，来到后院的音乐教室，他见教室门窗紧闭，声息全无，只好缩着脖子揣着手鹄立廊下，任凭风吹雪飘，只不停地跺着那两只冻僵了的脚。

"咦！"刘质平一怔，心想，"这雪地上像是有人走过。嗯，莫非有人来过……？"他正在纳闷，突然，"叭嗒"一声教室的电灯亮了，倒把刘质平吓了一跳。此时，门开处，室内走出一个人来，刘质平定睛一看，正是李先生。

"李老师……"刘质平急忙抽出双手，朝先生鞠了一躬。

叔同瞄了一下手中的怀表，说道：

"时间很准。"他仰望着漫天的雪花，继而瞄了一眼刘质平身上的积雪，"我知道，你在这里饱尝风雪之苦久矣。好啦，你可以去了。"

刘质平呆住了，心想："这是啥意思！"真是丈二和尚摸不着头脑。然而，他毕竟是个老实孩子，只好快快而归，回到宿舍坐在床沿上直愣神儿。

第二天傍晚，叔同亲自把刘质平叫到自己屋里，将刘质平的处女作和修改稿摊在书桌上，足足讲了两个小时"作曲课"。末了，叔同亮开了昨夜令人难解的谜，他说：

"昨夜，足见你求学之'诚'。现在，我再给你介绍一位钢琴老师。"说着便拿出一封早已写好的信，"带上我的信，她会给你上课的。"

刘质平接过信，那双感激的目光顿时被泪水遮住了。回到宿舍才看清这信是写给一位美籍钢琴家鲍乃德夫人的。

这天夜里，叔同乘了夜班火车到了南京。半个月之后，回到了上海。

叶子接到了信，早已等候在车站上。

"叔同，叔同。"叶子见到叔同步出了车站，上去接过了他的小皮包。其洒脱利索的行动，雍容秀美的风姿，吸引了不少人的注意。

她穿了件蓝绸滚着黑丝绒花边的夹袄，下边穿的绣花筒裙，手上还捏着一块洒花汗巾，笑嘻嘻地挽着叔同，这倒把叔同逗笑了：

"叶子，怎么换了这么一身？"

"你不是穿的中国长袍吗？"叶子笑着反问道。

"啊，牵强地配合，会闹笑话的。"

叶子一怔："为什么？"

"传统的打扮，维新的大脚；中国的男女，西方的习俗……"

"不，我这样打扮你会满意的。"叶子娇嗔地瞟了叔同一眼，胳膊挽得更紧。

"哦，"叔同嘴角现出了酒窝："阔太太挽着一个灰袍穷先生，这不是笑话吗？"

叶子莞尔一笑，心里怪甜的。这时，一辆黄包车过来："先生，我拉您去。"

他俩乘上黄包车，直奔家里。

也许是东方人的美德，当一个女人爱着她的丈夫时，她可以想方设法使男人满意，如果说是痴情，是毫不夸张的。

“你知道吗，叔同。哦，请原谅，在我们日本，我应该称你先生的。”叶子紧紧依偎在叔同身边，西蒙斯沙发把他俩陷在一个坑里。叶子亲昵地抚摸着叔同的面颊和浓须，她感到温暖和精神上的满足。说真的，二十八岁的叶子，青春年华，她需要他，只有见到叔同，也只有在这一二天的情爱中，来填补她半月或一个月的精神上的空虚：

“叔同，我给你准备了你最爱吃的……”

“哦……”叔同的鼻尖触着叶子那散发着幽香的秀发：“是吗……？”

“你猜呀？”叶子扬起脸，摇着他的胳膊。

“日本的四喜饭。”

“不对，”叶子扑哧一笑：“你是天津人，再猜。”

叔同望着叶子的笑脸直摇头。

“包饺子！”叶子大声喊着。

叔同缓缓站起来，半信半疑地走到厨房，嚄！叔同笑眯了眼，真是一盘“饺子”：大大小小厚厚薄薄，圆圆扁扁，真哏。然而在叔同眼里，虽是饺子皮厚，却看到了叶子的赤心；尽管样子五花八门，却展示了叶子的一片真情。

“啊，太好啦，这是中国北方人的美食。”

叶子听了叔同的赞扬话，笑得脸上绽出了一朵花。

晚饭是在笑声中结束的。

叶子收拾了餐具，笑呵呵地给叔同沏上一杯茉莉花茶，随后便依偎在叔同的身旁。说真的，她希望世界的时针被地球的磁场固定住，这是她日思夜盼的时刻啊！

"你常常宁杭两地奔跑，我真担心你的身体。"叶子深情地说。

"当你发现音乐图画人才的时候，你就不会觉得疲劳。如果我们中国能造就出大批的人才，我宁愿牺牲自己……"

叶子不愿再谈这些，她知道，如再谈下去，她的这位"老夫子"可以从哲学、艺术，儒家，佛学滔滔不绝、洋洋洒洒无休止地谈下去。于是，她把话题一转：

"先生，你去做教席，我是多么的寂寞呀！"

"哦，叶子，你和音乐是分不开的，钢琴，不是你的伴侣吗？"叔同明知这是一套敷衍话，可又有什么办法呢？

"你呢？"叶子娇媚地反问了一句。

"我？有许多学生，丰子恺、刘质平、吴梦非、潘天寿、裘梦痕、曹聚仁、李鸿梁、李增庸……我的生活是充实的。说句真心话，我的爱，是献给一切人的……"

"你每次都是丰子恺、刘质平……这固然是好。可我总有一个心事……"叶子坐起来，理了一下头发，"我是说……难道你对天津的妻子就不思念吗？"

叔同的脸色沉下来了，半晌没讲话。

"叔同，"叶子郑重地说，"我是个女人，我也理解女人，尽管我爱你到了疯狂的程度，可我不忍心让她寂寞……"

叔同垂下头，两手托着下巴，心里很烦乱，仿佛一支庞大的交响乐队，正在他胸中演奏着贝多芬的《命运交响乐》，他要冲出这命运的樊篱，然而他不忍心。老实说，当俞氏知道丈夫娶了一个日本太太，没闹出事来，早使他丢了一份心事。今夜，经善良的叶子一提，倒勾起他早已忘却的烦恼。

"先生，"叶子十分诚恳地说，"你要爱一切人，我也要求你爱天津的妻子。"

"我第一是爱我的母亲，我同情她，她是受了一辈子罪的呀。你知道，我的母亲毕生只有一个错误，她不应该给我包办一个步她的后尘的人……"叔同流下了泪："我对天津的妻子，只能是同情，像同情我母亲一样。也因为她为我生了两个孩子，而且由她劳心抚养，如若抛弃她，那只能是害了她……"

"我也是个女人，"叶子说，"所以，我不忍心让她寂寞……"

"那除非我做了和尚……"叔同抬起头来望着叶子："到那时，都会清净了。"

叶子一把堵住叔同的嘴，她慌了。她知道叔同是一个放得下，捡得起的一个人。历史已经有过记录：由一位翩翩浊世的佳公子，变为一个高帽燕尾服的留学生；忽而一变，又是一位西服革履金丝眼镜的《太平洋报》的编辑；忽而一变，又成为一位灰布长袍黑鞋马褂的令人起敬的著名教席。她，真的怕了……为什么？因为他变得太彻底了。

叔同回到一师，已是晚自修的时间了。校工闻玉帮他打来洗脸水，又帮他买来晚饭。

校园里的各班亮着灯，歌声从教室里传出来，像一股春风，吹开叔同的心扉；

> 长亭外，古道边，
> 芳草碧连天
> ……

"您到南京之后，经校长叫我刻印了一百多张《送别》歌，全寄出去了。今天，又给了我一批讨歌的单子，大概有几百个学校……"

"哦，闻玉，"叔同说："麻烦你啦……"

"不麻烦，"闻玉笑嘻嘻地说："我的书法，全靠您的教导了。"闻玉从口袋里掏出两封信："这是今天收到的。"

叔同拆开一看：一是"南社"雅集的通知单，二是"西泠印社"吸收他为社员的邀请书。

初秋，"南社"的文人墨客，云集于杭州的孤山。此刻，又值"西泠印社"十周年纪念。

孤山，一名孤屿，与栖霞山相连，为历代诗人常留之地，对孤山的独特自然的环境和那清出恬静的美丽景色，留下许多赞美的诗篇。这里，错落地散布着古朴的亭台楼阁、花架水榭。周围奇石森矗，乔灌苍郁，拾级而上，宛如凭吊百转回廊，恍如进入传说中的蓬莱仙境。

这年，西泠印社经过了十年的经营，又值历史上著名的东晋王羲之兰亭修补雅集第二十六个癸丑年。会上，选举了书画兼金石家吴昌硕为首任社长。其时，就连日本著名印学家长尾甲、河井仙郎等人，也不惮跋涉，远渡重洋赶到杭州孤山，前来入社。

社友们在"题襟馆"交流、切磋金石艺术时，传阅着一本近作《与马冬涵（马海霦）论书法篆刻书》，此文乃李叔同所著。其中一段写道：

> 刀尾扁尖而平齐若椎状者，为朽人自意所创。椎形之刀仅能刻白文，如以铁笔写字也。扁尖形之刀可刻朱文，终不免雕琢之痕，不若以椎形刀刻白文能得自然之天趣也。此为朽人之创论，未审有当否耶？

"啊，李兄，"陈师曾指着这段叹道："足见吾兄对印学研究之精深！"

"哪里！"叔同微微一笑："偶得之一孔之见，何足挂齿。"

徐星舟认真地读了一遍，要求叔同发个言。

"时间不早了，"叔同笑笑说，"今天，我是两个雅集的与会者，现在容我到楼外楼，那里还有'南社'的友人等着我……"

一阵掌声，送走了李叔同。

李叔同顺着湖边，徒步走到楼外楼菜馆，陈巢南、柳亚子、夏丏尊、马一浮、马叙伦、苏曼殊、胡寄尘、陈无我、胡朴安、朱少屏等都坐满了上下两个大厅。

"啊……叔同来了。"陈巢南一眼发现了李叔同。接着"哄"地一声，鼓起掌来。

"哎呀，叔同，"柳亚子喊着说，"你来得正好，刚才，十分钟命题诗，罚酒三人。大家给你留了一题，看你是吃敬酒、还是吃罚酒！"

叔同对这种场面，也习惯了。笑着把手一扬："请出题！"

"七言绝句，每句有'春'，外一首可不带春。"柳亚子说罢，端了一杯满酒，走到叔同眼前，大声喊道："十分钟！"

顿时，几百个人静下来了，有人窃笑，有人盯着叔同的表情，更有人担心他"吃罚酒"。

其实，叔同听了命题之后，再也没顾其他，以他那丰富的想象力、观察力和记忆力，顿时一首七言绝句构思在胸，他诵道：

春风吹面薄于纱，
春人妆束淡于画。
游春人在画中行，
万花飞舞春人下。

梨花淡白菜花黄，
柳花委地芥花香。
莺啼陌上人归去，
花外疏钟送夕阳。

一阵掌声。

柳亚子是个干脆的人，听了叔同朗诵，一看表。喊道："从命题到诵诗，五分钟。"话音刚落，"咕咚"一口，把满杯的绍兴花雕喝了个精光。

是夜，社友们都回到了西湖旅馆。叔同正打着哈欠。发现一位长者，颤颤巍巍地进屋来了，叔同细瞅老人，猛地站起来，高兴地说：

"老先生，您好啊？"

"我找了你半天，楼外楼听你诵诗，我才知道你也来了。"

老人叫王海帆，名毓岱，号少舫，浙江余杭人，为南社社友中年龄最长者。叔同在南洋公学攻读时，与王海帆均来杭州乡试。他比叔同年长三十二岁，是叔同所尊敬的长者之一。

"快请坐，"叔同把王海帆让在藤椅上，倒了一杯茶，笑笑说："老先生，福体近来可好？"

"嗨，生性喜文弄墨，身体嘛，还不错。"

叔同笑了。

王海帆捋了捋下巴那撮山羊胡子，笑着说：

"我老早就想求你一副墨宝，谁知今日才得以相见。"说到这里，王老先生从怀里掏出一卷东西，打开手帕，是一个扇面，王老先生往叔同面前一放，"写什么，悉听尊便，但是，一定要讨你几个字。"

谁都知道，李叔同的书法取道北魏，以得之于《龙门二十品》为多，加之其深邃的艺术修养，既不失其北魏风规神韵，而又脱其粗犷剽悍的习气，而今已自成一格。

叔同微笑着接过扇面，思忖和端详了半晌，诗句与布局似已胸有成竹。取过"镇纸"，压平扇面，一手研墨，眼睛却盯在扇面上。浓墨已就，他凝神写道：

孤山归寓成小诗书扇贻王海帆先生。

文字联交谊，相逢有宿缘（前年五月，南社同人雅集湖上，始识先生）。社盟称后学（先生长余三十二年），科第亦同年（岁壬寅，余与先生同应浙江乡试，先生及第）。抚碣伤禾黍[1]（今岁，余侍先生游孤山，先生抚古墓碑，视皇清二字未磨灭，感喟久之），怡情醉管弦（孤山归来，顾曲于湖上歌台）。西湖风月好，不慕赤松[2]仙（近来余视现世为乐土，先生也赞此说）。

王老先生拿起扇面，把胳膊伸得老远，左看右看，嘴里不断地"啧啧"称赞。老先生收起扇面，信口问道："听说，你在杭州教书？"

"省立一师。"

"培养新学人才的地方。好，好。"

"王先生，你在杭州老友很多，是吧？"

"嗨，多得很。"

"我想求助您一件事。"

"你说吧！"王老先生捋了捋山羊胡子。

---

[1] 禾黍：《诗·五凤·黍离篇》，小序："闵宗周也，周大夫引役，至于宗周，过故宗庙宫室，尽为禾黍，闵周家之颠覆，彷徨不忍去，而作是诗。"

[2] 赤松：古仙人。《史记·张良传》："愿弃人间事，从赤松子游耳。"

"近年，我的理想已经定型。"叔同诚挚地望着老人："艺术门类，尤其是音乐与美术，是振作国民精神的美育教育。我想在西湖一带办一所艺术师范学校，为开发后一代的艺术智慧，振作民族精神，做一点工作。"

王老先生蹙眉思忖了一下，随口问道：

"你说吧，只要我能办到。"

"物色一所校舍。"

"可以。"王老先生不假思索地说。

"第一，在杭州的西湖周围，可称地利人和；"叔同说："第二，不必教育厅资助，我个人拿出三十万银元；第三，不论租赁和买房，均可。"

王海帆先生想了很久，末了，抬头望着叔同，像似自言自语地说道：

"啊，太理想了，就在附近。不过，你不要急，他家如果在国外定居了，我有把握把它买过来。"

叔同立起身来，恭恭敬敬地说道：

"这艺术师范的大门，就是我的报国之门！"

王老先生对这句话琢磨了很久。

第
二
十
章
/

　　省教育厅来了一位"查学"的。据说这是厅长夏晋权的心腹。此人生得平平常常，只是那只蒜头鼻子令人厌恶。然而他会笑，有着一副菩萨面孔。经校长陪着他到各班，听听看看，同学们一眼发现了这副尊容，都悄悄议论：

　　"大蒜头。"

　　"真像。"

　　大蒜头晃晃悠悠地来到图画教室，掀开一道、二道门帘，灯光底下立着一位彪形大汉。他裸着全身，臀部朝外。双臂交叉凝神远眺。其坚实的体魄，好像每一块肌肉都在唤起人们的美感。"查学"的进来了，在同学们眼里，他仿佛屋顶上掉下来的一丝灰尘，根本没理那个茬儿。

　　"这是……干什么的？"

　　"人体写生。"经校长急忙回答。

　　"哦……"大蒜头拧紧了眉毛："这……光着屁股，是什么意思？"

　　"这是美术课。"

"光着屁股上课？"大蒜头神气十足地晃了晃脑袋："什么人教图画？"

"我！"叔同从另一犄角走过来。

"噢……鼎鼎大名的息霜先生吧？"

"图画先生李叔同。"叔同很和善，然而没有一丝笑容。

"这种教学，你不感到有伤风化吗？"

全体同学，包括刘质平、丰子恺、李鸿梁、黄寄慈、金咨甫、吴梦非、李增庸、潘天寿、吕伯攸、曹聚仁、傅彬然等，几乎要跳起来。

"这是图画的必修课。"叔同矜持地走上一步。

"必修？……"大蒜头眉宇间拧得更紧了。

"是的，"叔同从容地说："这叫画模特儿！"

"这……这光着屁股，做什么用？"

"哄"地一声，连大汉模特儿也笑得变了姿势。

"模特儿本身是让学生做裸体写生的。"叔同忍着火，还是耐心地解释道，"艺术是求美的，它之所以感染着人们的心灵，全是美的作用。模特儿的作用，是自然的人体美……"

大蒜头直摇脑袋，表示不大赞同的样子。叔同轻蔑地笑笑：

"如果你认为美术是神圣的，你就不觉得模特儿有伤风化了。如果，有那么一些人动了邪念，那么，再神圣的美，也会看成是卑贱的丑，对吗？"

大蒜头张了张嘴，没吐出一个字儿来，脸色"刷"地变白了，继而深深吸了口气，还没呼出来便拉着经校长离开了美术教室。

不久，教育厅下了一道行文："不得在图画课里画模特儿。"

众所周知，师范生是最守本分的，从不闹事。这次则不然，一直闹到了省教育厅。经子渊、夏丏尊、李叔同等都曾留学于日本，对西洋艺术的传入，视如必然，对画模特儿，认为是猎人脚下的山路，非走不行。结果，斗争胜利了。

这些日子，叔同的面色，仿佛涂上了一层夕阳的余辉，光灿灿、红通通的。

这些日子，在学生们的心目中，仿佛音乐与美术课比英（文）、国（文）、算（术）还重要。每天课余饭后，在那两间图画教室里，画架林立，人头挤挤，围着几个石膏像，画着木炭画；再听那些琴房，叮叮咚咚传遍整个校园。

一天夜里，叔同在琴房里找来刘质平、吴梦非、吕伯攸、曹聚仁、丰子恺等十余人，到音乐教室里试唱一首新歌：

"同学们"叔同把一首在孤山雅集时的即席之作《春游》，写了一首三部小合唱："这首歌请同学们视唱一下。"说罢，每人分了一张。同学们拿在手里一瞧，感到分外新奇。是的，因为在我国声乐史上，出现多声部合唱，这还是第一次。叔同把声部分好，继而弹起了前奏。嘎！一下子把人们带到了春天，大有集体游春的意境。音乐是八分之六拍，旋律轻盈、跳荡，和声正规、谐和。仿佛一幅色彩丰富的油画，令人陶醉。唱了几遍之后，又拥进来一批同学，每一张歌片儿围了一圈人，把个《春游》小合唱变成了大合唱。

"李老师，"吴梦非建议说："歌片儿太少了，能否印它一批送给别的学校？"

"我也这样想。"刘质平说："老师，没人刻印我来干。"

"啊……"叔同和蔼地说："我跟大家想得不一样。"说到这里，顿时静下来了。"要印的话，何不办一个杂志呢。国外的大学有校刊，我们一师……可以用'浙师校友会'的名义，办一个综合性的文艺杂志。"

同学们听得个个摩拳擦掌。实则叔同已早有了打算，拟将音乐图画等艺术门类通过刊物传播知识，一方面使同学们加深印象；一方面把其他学校也动员起来。于是笑问道：

"大家意见如何？"

"同意！"

"老师，"丰子恺放大了胆子说，"我看别的杂志都有个名称，我们学校也……"

叔同笑了，"我已经想过了。现在国势不稳，我们的杂志就叫《白阳》，即白日，意味着朝阳和光明。"

李叔同向来是说到办到、拿得起放得下。就在这月，从头至尾均由他一个人书写，包括设计封面、题图等。其中他写的《近世欧洲文学之概观》、《西洋乐器种类概况》、《石膏模型用法》以及三部合唱《春游》等八篇作品发表于《白阳》杂志诞生号。

正当李叔同积极从事西洋画教育和成立"洋画研究会"的时候，又来了一位"查学"的。俗话说："无巧不成书"。这天又逢"人体写生"课，模特儿还是那位结实的大汉。

"查学"的在经子渊校长陪同下，笑模悠悠的来到图画教室。此刻，叔同正在为一个学生悄悄地指点着人体的比例。也许他对那些吃着粮饷摆威风的督学们抱有成见的原因，叔同没理睬，仿佛门启处吹进一阵风，全不在他眼下。然而这"查学"的与已往不同，他没惊动授课老师，没有干涉裸体写生，相反，他瞅了瞅模特儿，又瞧了瞧画板，看得十分认真，当他走过叔同身旁时，叔同连眼皮儿都没抬，仍旧在各个画板上指指点点。

查学的走了，与经子渊告别时，仅说了一句："图画课在江南，最好的算是一师了。"

不到半个月，经校长拿着一本商务印书馆出版的《黄炎培考察教育日记》第一集，来到叔同屋里：

"李先生，请你看看这本书。"说着便翻到了第三页。上写着："其专修科的成绩殆视前两级师范专修科为尤高。主其事者为吾友美术专家李君叔同（哀）也。"

经校长对这段中肯的评价颇为高兴，叔同也为老友、教育家黄炎培的支持感到满意，叔同忽地想到另外一件事：

"校长，我校习篆刻的学生甚多。尤其是您和夏丏尊皆是篆刻好手，我想若在本校建立一个'乐石社'，师生共同研究篆刻，发扬民族艺术，满足师生的艺术需求，岂不更好。"

校长很干脆，立刻双手赞成。成立《乐石社》那天，四五十位师生，一致推举李叔同为社长。

此刻的叔同已完全证实了个人创办一所"艺术师范"的信心与可能性，这个"师范"无需教育厅督学，不受封建制度的羁绊，他可以全心全意地培养艺术师资，提高人们的艺术修养，哪怕不能"救国"，也能以文艺促进人们"爱国"的热诚。这个想法，就像十月怀胎，逐渐趋于成熟了。

各班的音乐课唱遍了《春游》，又学了一首叔同的作品《人与自然界》：

严冬风雪摧贞干，
逢春依旧郁苍苍。
吾人心志宜坚强，
历尽艰辛不磨灭，
惟天降福俾尔昌！

浮云掩星星无光，
云开光彩逾芒芒。
吾人心志宜坚强，
历尽艰辛不磨灭，
惟天降福俾而昌！

班班学唱这首歌，不久又传遍了校园。

正在这时，教育厅寄来一首《国歌》，这是窃国大盗袁世凯篡夺了辛亥革命的胜利果实之后，他的"政府"政事堂礼制馆煞费苦心地制作的一首国歌，要全国推广学唱，当然，各学校便成了这首歌的传播者。

叔同看看这首歌，立刻明白，这是他熟知的《中华雄踞天地间》，歌词是：

中华雄踞天地间，
廓八埏，华胄从来昆仑巅，
江湖浩荡山绵连，
勋华揖让开尧天，
亿万年。

叔同阅毕，脸色冷若冰霜，鼻子里"哼"了一声，心想，这袁世凯窃取了革命成果，居然把自己比作上古的圣帝尧，而且还要全国祝愿他的腐朽统治"亿万年"。这天，叔同露出从未有过的冷笑，他随手把这《国歌》一揉，丢在了纸篓里。

叔同非常清楚，民国建立以后，同盟会逐渐失去了蓬勃进取的劲头。

当同盟会集合诸党派改组为国民党，一时泥沙俱下，成员复杂，而他那"一担好河山"却被袁世凯北洋军阀统治了，革命竟是一出走马换任的官场游戏。然而人民的地位不但没一点儿改变，反而陷入了军阀混战的灾难深渊。

他失望了，陷入了无法解脱的困境。对革命、民国失去了信心，"仕途报国"之理想彻底破灭了。

这时节，他惟一的报国之路，只有用艺术唤起人们之爱国情怀，因而，自费筹办"艺术师范"便成了他奋斗不息的惟一目标。

此时，闻玉进来了：

"李先生，有一位长者来访您。"

叔同眼睛一亮："谁？"还没等闻玉回答，来人已经进到屋里，叔同连忙起身喊着：

"王老先生。"

来人正是王海帆。他虽是年逾花甲，但精神矍铄，一身蓝宁绸棉袍，青缎瓜皮帽，手里拄着一根斑竹手杖。灰白色的山羊胡子，根根清楚而弯曲。

"请坐，"叔同忙移过来一把藤椅。

"不，我先看看。"王海帆悉心环视着叔同的书、画、篆刻作品。"啊！"他叹道，"奇才，难得的奇才！"

立在一旁的闻玉轻轻问道：

"李先生，是否送两份午饭？"

叔同微笑着点点头，闻玉出去了。

"李先生，"王海帆坐下来，拄着手杖，笑着说道，"你托我办的事，已经有了着落！"

"噢？"叔同兴奋得嘴都合不拢了。

"有一片地皮，房子不少，也很宽大，可以说……是你理想的校园。"

"什么地方，王先生？"叔同急着问。

"里西湖，藏书楼附近。"

"好哇！"叔同把腿一拍，"地方蛮大的嘛！"

"那里，办个学校，再好不过。"

"尤其是艺术师范学校，更合适啊。"

"后边，还有两片地，可做花园。"

"噢，好，好！"

"这里，本是钱姓的房子，上一代在南洋，至今未归，我'托人找了房权人，一听说办学校，很支持！"

"能买下来吗？"叔同的心急如火，巴不得一下子买到手。

"开始，要三十万银元。估计，二十万现大洋，可以买下来。"

叔同见王老先生很有把握的样子，高兴得直搓手。这时，闻玉送来两份饭菜。

"闻玉，"叔同掏出一块银元："给，买瓶绍兴陈年花雕。另外，王老夫子牙齿不好，再买点小菜来。"

闻玉直纳闷，心想：李老师一贯朴素有度，今天怎么啦？心里虽然嘀咕着，但还是上街了。

"王老先生，"叔同生怕走了题，遂问道，"房权人，可以见面吗？"

"可以，"王海帆很有把握，说话时胡子直颤悠。

这天，叔同请王海帆吃了午饭，加上三杯酒落肚，脸上红扑扑的。下午的美术课请助教帮助上了。当下便雇了两辆黄包车直奔藏书楼。

谈判结果，不出王海帆所料。双方言明，一九一六年交房并办理过户手续；房价定为二十万元（不收纸币，一律以银元为准）；并言明一九一七年十二月底一次付清。

打这天起，叔同走起路来腰板挺直，讲起话来谈笑风生，讲起课来生动有趣，接人待物春风扑面。每当想起未来的"艺术师范"，仿佛一百个琴房正在发出铿锵的钢琴声；仿佛七座教学大楼正矗立在眼前；仿佛由全国聘来的贤才正在课堂上讲课；仿佛有十名雇佣的男女模特儿正在为美术班学生提供人体的美的感受。啊！满枝硕果，桃李芬芳，时代歌曲像流动着的彩墨，感染着千千万万的炎黄子孙；美术作品像一曲曲无声的音乐，激励着男男女女的心灵。啊，贫穷不振的祖国，在您的历史上，将永远抹掉愚昧的劣迹，一个精神文明高度发达的国家，将屹立在世界的东方。

在四年级的音乐课堂上，叔同讲完了"基础和声"之后，说道："当然，这个和声学，是外国人总结了他们实践中的经验而编写的。吾辈同学还要在民间的、民族的音乐中，去探索、去钻研，我相信，总会有一部中国的民族和声学出现的。"叔同讲到这里，稍停了片刻，他瞅了瞅同学那求知欲的目光，感慨地说道："谁都知道，我国是世界上最古老的国家，可是现在，我们被人欺辱了，中国的土地上，还有外国的租界。鸦片战争以后，我们丧失了多少主权啊。民国，民国，可一些喊着革命的人，现在……"他正想痛骂袁世凯一顿，然而把话咽下去了，末了，十分忧虑地说道，"同学们，要珍惜自己的年华，救国救民的一代，就在你们这些人中产生啊……"他眸子里涌出了泪水，为了避免被同学发现，他深深地鞠了一个躬，表示下课。同学们默默地走出教室。

吴梦非、刘质平离开教室时，心里怪难受的。是的，他们还从来没有听到过这样动情的课啊！

晚上，寒风不停地刮着，后院的小树苗吹得东倒西歪，树叶沙沙地作响，后院的音乐教室里，琴声叮当。叔同顺着弯曲的小路，走到了音乐教室。他站在刘质平的背后，屏住呼吸听完了汤普森《现代钢琴教材》的最后一课。也许怕吓着刘质平，他轻轻在教室里走了一圈，咳嗽了一声，然后走到钢琴旁边。

刘质平听到有人进来，一回头，蓦地发现老师正在笑呵呵地站在钢琴旁边。刘质平憨笑着站起来，正想鞠躬，叔同笑着一摆手：

"坐下，坐下。"

刘质平回到琴凳上，李叔同亲切地摸着他的头顶，说道：

"你在音乐上很有长进，将来必定能在音乐教育上发挥你的才智。"

质平嘿嘿一笑："我真想当一名音乐教师。"

"噢……"叔同微微一笑，"要做一个合格的音乐老师，除了钢琴、声乐之外，还要具有丰富的知识……"

"老师告诫的极是。"

"你可以想象，我国将有一个专门的艺术师范学校……"

质平一下子跳起来："那太好了！"

"这个学校，将要为我们这个落后的国家造就出大批的音乐、美术教师。"

质平直勾勾地望着叔同，眼睛闪烁着火一样的光。

"蔡元培先生讲过'以美育代宗教'。这就是要在我国提倡美育。当然，宗教也有其忏悔和律己的一个方面。但是，第一还是教育。"

"…………"

"你已经快毕业了。为了使你深造，毕业后，我打算推荐你到东京留学。”

“这……这。老师，我是个穷苦人家的孩子啊！”

“这没关系。我到教育厅为你申请公费留学。”

刘质平一激动，泪水刷地流出来了。

“要知道，”叔同说，“建设一个不受人欺凌的国家，教育、知识、人才，就显得格外地重要。如果发展美育教育，是需要大量的师资啊！”

刘质平激动得不知说什么才好，一种幸福、温暖、感激之情，像一股潺潺泉水，流过了他的心田。他望着老师那和蔼而诚挚的面孔，缓缓立起身来，双手握起老师的手，而且越握越紧，两只大眼睛湿润了。顿时，泪水遮住了他的视线，眼前的老师，仿佛变得很高，很大。

这时，丰子恺抱着一叠图画作业，来找李叔同：

“老师，这是一批课外作业，同学们叫我送来给您看看。”说话时，后边跟来一大帮同学。

“大家坐吧。”叔同望着这些大有长进的学生，心里乐滋滋的。刘质平正要离开，叔同说：“先别走。”

刘质平一怔。

“先给大家弹一首快速练习曲。”叔同说。

“咣……”一首复调练习曲流利酣畅地弹了出来，大家静静地听着。演奏完了，李叔同才把手上的画稿细心地看了一遍，抬头笑道：

“你们的图画、音乐成绩，确实超乎我的想象，不过，还要记住古人的铭言。古人云：‘士之致远，当先器识，后文艺。’也就是说，没有人品的艺术家，他的作品绝对没有生命。若一个人失去了品与德，必然落到‘江郎才尽’的地步。你们将来要为人师表，要记住两句话：即‘文艺应以人传，不可人以文艺传。’杜甫、白居易、屈原、莎士比亚，他们的作品千古不衰，为什么？这就是器识与智慧的总合。”

叔同讲到这里，拉了拉皱起的长袍，挽起两只袖口，精神抖擞地说，"我想，杭州必然会出现一所'艺术师范'，到那时，师资从哪里来？还从外国高价聘请吗？还叫中国的孩子学唱日本国歌吗？同学们要勇猛奋进，我希望在你们当中，有更多的同学能担起教师的重任。"

丰子恺感到先生的话，有些不寻常。俗话说：锣鼓听音儿，说话听声儿。先生的话似乎四处有音，当然先生的抱负任人皆知，先生的学问令人赞服。可从哪里冒出个"艺术师范？"心中感到十分蹊跷，然而，又不便多问，只能私下猜测。

正在这时，校工闻玉来了：

"老师，天津有一位先生找您。"

"谁？"叔同一怔。

"我没问，他说和您是世交。"

叔同朝同学们微使眼神儿，表示歉意，捧起那叠图画作业，回到自己房间。

"啊，筱庄先生！"

此人系天津当代教育家。姓陈，号筱庄，名宝泉。一九一二年，任北京高等师范学校（今北师大前身）校长。与严范孙同为天津早年的著名教育家。陈先生一向爱才如命，又与李叔同为世交。今日找到叔同，十分高兴：

"找到你就好啊！"陈先生摘下翻皮帽子，一双微露喜色的眼睛，热情地瞅着叔同，"我真怕你不在杭州。"

叔同急忙请陈先生坐在藤椅上，自己坐在他的对面。

"来杭州，怎么不早通知小弟啊？"

"嗨！堂堂的李息霜、李叔同，谁不知道？还怕找不到你。"陈先生动了动微胖的身躯，"怎么样，搞教育还舒心吧？"陈先生的性格很开朗，豁达的胸襟，爽快的语言，很使叔同敬服，尤其办教育有方，是叔同早有耳闻的。

"啊，陈先生。"叔同深有感触地说，"只有学校，才是吾等报国之门。你是有经验的教育家，还要请你多指教啊！"

"明日是礼拜天。咱们楼外楼吃中饭，吃着谈，怎么样？"

老实说，叔同很难判断陈先生的来意，如他能留在杭州，为自己将要筹办的"艺术师范"助一臂之力，那将是天降斯也。

"好，"叔同眯眼一笑，"长兄的心意，小弟焉有不从之理！"

第二天，二人雇了两辆黄包车，在楼外楼吃了一餐"糖醋鱼"与"叫花鸡"。接着便漫步来到烟霞洞。这时节，陈筱庄才说到正题：

"叔同，我这次来杭州，一方面是来考察浙江教育；二来……是聘请你的。"

叔同一听，二人显然是想到两岔去了。他既不便回绝，又不能答应，只好微微一笑。

筱庄误为叔同"一笑应之"。顿时，一拍手"好啊，吾弟能助兄一臂之力，咱北京高等师范学校，可增设艺术系了。"说罢，大笑了一阵。

"啊，筱庄兄，不必过急……等我……"

"嗨，叔同，我这次可以和你约定，聘为北京高师的教授！"

"教授？"叔同嘴角流溢着不以为然的微笑。

"你在这里可以辞职了。"筱庄从口袋里掏出早已写好的聘书往叔同手里一塞，"这是聘书！"

叔同微笑着轻轻一推：

"不必急嘛，容我想想。"

"那好，我等你的回信，一言为定！"筱庄也像投石问路一样，不想让叔同马上表态，他把聘书往皮包里一塞，"听说，西湖的船上，能一览水乡的湖光山色……"

叔同感到话题转了，于是插话说道：

"走，西湖的船娘……可是颇有历史知识的，咱们不免泛舟一游，如何？"

"好啊，走！"筱庄随着叔同上了船。真若身入蓬莱仙境，远望那三面环抱着葱茏起伏的青山，眼下涵藏着一泓清澈明净的湖水。在茂林修竹丛中，楼台亭阁，交相辉映。筱庄正看得入神，船娘又讲起了神话故事……

其间，叔同已酝酿了《喝火令》小词一首，掏出一段铅笔，拿起船上的报纸，写道：

> 故国鸣鷤鴂，垂阳有暮鸦，江山如画月西斜，新月撩人，窥入碧窗纱。陌上青青草，楼头艳艳花，洛阳儿女学琵琶，不管冬青一树属谁家，不管冬青树底影事一些些。

写罢，把报纸往筱庄眼前一递：

"小词一首，请别见笑。"

筱庄看罢，只当即兴之作，随即向船娘买下了这张报纸。

事实上，叔同则是以愤世之情，以言其志，这点，筱庄并未深窥其意。

当晚，叔同把筱庄送到车站，回来时他没乘车，只穿了一件薄棉袍。是夜，寒风凄凄，他小跑似的回到了学校。刚踏进校门，闻玉从门房里出来。

"李先生，有人等你大半天了！"

"谁？"叔同很和气地问道。

"从天津来的。"

"人呢？"

"在您屋里。"

叔同三步并成两步，到了自己门口，拉门一看，兴奋得直拍巴掌：

"哎呀，我的大哥！"

谁？是叔同的"天涯五友"的金兰兄弟老大，袁希濂。袁希濂穿得特别阔绰，西服革履，羔皮短大衣，一顶黑翻毛土耳其高帽，戴着雪白的手套，拎着一根"文明棍"，俨然一副绅士派头。

袁希濂摘下手套，紧紧地握着叔同的手，笑道：

"咱们又见面了！"

"你……"叔同疑惑地问道："你从天津来？"

"不！"袁希濂莞尔一笑："是从天津调到杭州来的。"

"还当法曹？"

"没变！"

"啊，太好了。"

"是啊，咱们兄弟又在一起了。"

"可惜，"叔同叹了口气，"许幻园临走，也没讲出真话。他精神非常沮丧。"

"派系之间，胜者为王，败者为寇。他家，已经被抄了。"

叔同沉默了半晌，他不愿再追问下去，只是摇了摇头，不再言语。

"这件事，慢慢你会知道的。"袁希濂故意把话题拉开，"你的职业如何？身体怎样？叶子愉快吗？"

叔同听了"职业"二字，立刻想起办学的事。是啊！眼下最使他耿耿于怀的理想，莫过于办学了。

"希濂，"叔同眸子里闪着光，郑重地问道，"你是法曹，我如果办一所学校，法律能保护吗？"

"能！"希濂不假思索地说："想办个什么学校？"

"艺术师范！"

"啊……"希濂用敬佩的目光望着叔同，"这可是个伟大的理想！"

"嗨，咱们报效国家的本领，一不会打仗，二不会追随袁大头，只有大批地培养艺术人才，让国家文化发达起来，让炎黄子孙不受外国欺负。我想，这是我惟一的报国之门了。"

"当然好了，我万分拥护和支持！"

"法律不干涉吗？"

"这，我就要问你，经费、校舍都有法权单位吗？"

"自费！"叔同信口而出，袁希濂一拍桌子：

"可以，生意人不都是自费吗！难道学校有公立，就不能私立吗？"

叔同听罢，笑了，连眉宇间的笑纹都表露着一种难以抑制的兴奋。

"啊……到底是个法曹啊！"

"你准备投进去多少钱？"

"办校主要是三个条件：一是校舍、二是资金、三是师资。现在，我拟用二十万现大洋买下里西湖的一所校舍；师资，我已拟好人选；还有十万银元，做行政经费。关于教职员工的月薪开支和学生伙食，我已请了财团做董事。

希濂站起来，双手往叔同肩上一拍，笑道：

"在法律上，我全包了。"

叔同高兴得眼睛笑成了一条缝。仿佛从这眼缝里已经看到了一所可观的艺术师范学校。

第
二
十
一
章
/

　　春寒。小雨整天不停地下着，仿佛天上有一个大筛子，像粉末一样的雨点，把宇宙之间蒙上了一层透明的雾幔。尽管苏东坡咏诗赞美西湖说："水光潋滟晴方好，山色空蒙雨也奇。"然而，军阀混战，国事日衰，人心烦乱。

　　民国初建，袁世凯耍尽了阴险伎俩，抢占了大总统的宝座。进而野心大发，决心做皇帝了。虽是昙花一现，却引来一连串的军阀战祸。

　　叔同从上海回到学校，已是掌灯时分了。他胡乱吃了点东西，便习惯地研起了墨。而往往在此时正是他构思诗词、画题的时候，因而这研墨便成为他心不在焉的机械运动。此刻，叔同看到国内封建势力猖獗，人民生活涂炭，大有生命无常之感，于是饱蘸浓墨，信手写道：

　　　　纷，纷，纷，纷，纷，纷，……惟落花委地无言兮，化作泥尘；
　　　　寂，寂，寂，寂，寂，寂，……何春光长逝不归兮，永绝消息。
　　　　忆春风之日暝，芬菲菲的争妍。
　　　　既乘荣以发秀，倏节易而时迁，春残。
　　　　览落红之辞枝兮，伤花事其阑珊，已矣！

春秋其代序以遰嬗兮，俯念迟暮。

荣枯不须臾，盛衰有常数！

人生之浮华若朝露兮，泉壤兴哀；

朱华易消歇，青春不再来。

——落花

叔同放下笔，搓搓手，连着打了几个寒颤。他走近窗前，望着黑乎乎的夜空，耳听房檐流下的滴水声，心情十分烦闷，仿佛这愁人的雨雾像一块填满了空间的石块，憋得他透不过气来。这当儿，他盼望着雾消云散，哪怕有一线月光，也愿把人间之苦痛，寄情于月色的圣洁之中。他喘着粗气，回到书桌前，在凝结的墨汁里加上了几滴热水，提笔又写了一个"月"字。随着自己的冥想，写道：

仰碧空明明，朗月悬太清。

瞰下界扰扰，尘欲迷中道！

惟愿灵光普万方，荡涤垢滓扬芬芳。

虚渺无报，圣洁神秘，灵光常仰望！

…………

此刻的叔同，与世界上的一切艺术家一样，当埋在心底的"冲动"需要宣泄时，就像急流直下的瀑布。他匆匆蘸了蘸墨汁，又写了《月夜》二字。诗道：

纤云四卷银河净，梧叶萧疏摇月影。

剪径凉风阵阵紧，暮鸦栖止未定。

万里空明人意静。呀！是何处，

敲彻王磬，一声声清越度幽岭。

呀！是何处，声相酬应，

是孤雁寒砧并。

想此时此际幽人应独醒，倚栏风冷。

一连几天，灰蒙蒙的愁云未散，却又来了一声霹雳！

"信！"闻玉笑嘻嘻地从门房跑到叔同的房间："李先生，天津的信。……嘿嘿，如果我没猜错，准是太太的平安家信。"说着把信便交给了叔同。

叔同拆开一看，"刷"地一下白了脸，脑袋"嗡"地一下，身子晃了两晃，几乎倒在地上。

"怎么啦，李先生？"闻玉吓得直喊。

"没事，"叔同强作镇静，苦笑了两声："你去吧，头有点昏。"

闻玉倒了杯白开水，送到叔同面前：

"喝点水，先生。"

叔同木然接过杯子说："你去吧，没事。"

闻玉瞅着叔同的面色，很是放心不下。但冷冷的"你去吧"。这种口吻，闻玉还从来没有听到过。然而，站在这里又怕碍事，只得悄悄地离开了叔同的房间。

叔同愣愣地站在屋里，脑海里是空荡荡的，全身仿佛都麻木了。"叭"地一声，手中的开水杯落在地上，布鞋上沾满了水……

完了！彻底完了！

原来叔同为了创办一所"艺术师范"，写信找二哥文熙，拟从自家桐达银号中取出自己的三十万银元。谁知，哥哥的回信写道：

……民国成立，中国银行开始铸币发钞。桐达贷出的银元，归还时连款带息均以纸币交我银号。由于国事混乱，市井萧条，金融拮据，通货价格动荡不定，贷款难收，故我银号随之而倒闭，并欠款累累，惟恐吾弟精神受挫，故迟迟未敢相告，望见信后不必忧伤愤世，况兄乃津门中医，日有五元至十几元的收入，弟媳之生活，为兄自当负责耳。

…………

叔同用颤抖的手捏着，一连看了三遍，拉开抽屉把信往里一丢，却又发现昨夜拟好的那份名单，他拿在手中，苦笑着看了看，上边写着：

中华艺术师范学校聘请书（草拟）

拟聘：高剑父、徐悲鸿、陈师曾、夏丏尊、李苦李、王福庵、叶舟、……

深造培养者：丰子恺、吴梦非、刘质平、李增庸、潘天寿、吕伯攸、曹聚仁、傅彬然、黄寄慈……

叔同捏着这张教师名单，心中像是有十二只螺旋桨在转动，一种撕肝裂肺的痛苦使他恨不得仰天大叫几声！

无情的现实，粉碎了他的理想。他把这张"待聘"和"培养"的名单，撕成一条一条的，随着他最后的理想，丢进了字纸篓。

然而，这位平时少言寡欢的人，对任何事都能拿得起放得下，似这种"五雷轰顶"的打击，也没动声色，除了闻玉之外，任何人都没感到他有意外的事情发生，就是对挚友夏丏尊，也没吐露过一个字。

几天以后，他回到了上海。街上，车水马龙，人来人往，显得这"冒险家的乐园"具有热闹非凡的气息。穷的、富的、拐子、骗子、地头蛇、妓女、教授、职员、工人、商人……组成了一个足能使外国人嘲笑的"乐园"。

> 长亭外、古道边，
>
> 芳草碧连天
>
> …………
>
> 知交半零落，
>
> 一瓢浊酒尽余欢，
>
> 今宵别梦寒。

歌声从九江路口传到叔同耳边，使他为之一震。本来，此首歌曲早已在全国唱遍，不论男女老少，都能哼上两句。然而，这歌声却在一堆围观的人群中传过来的，而且，是个女声。

叔同好奇地走过去，站在圈外往里一瞅，只见一个女叫化子，三十六七岁，她头发蓬乱，褴褛不堪的蓝底白花上衣，连个扣子都没有。一条露着肉的破单裤，露出足有半条腿，纤细的腰上，扎了一条麻绳。一张苍白而憔悴的脸上沾满了污垢，好像人世间的悲怆冷酷全都凝聚在她那一双直勾勾的瞳孔里。

"疯子！……"

"再唱一个！"

顽皮的孩子丢过去一块石头，正好打在疯女人的肚子上。女人嘻嘻笑了：

"妈的，别闹！"女人骂了一句，又唱道："长亭外，古道边，芳草碧连天……"

叔同一惊，心像被谁捏了一把，一下子憋住了，继而"突突"地跳得很快！

"是她？"叔同惊愕地倒退了几步："谢秋云！"他心里呼喊着。

大凡精神病患者，都有过一刹那的清醒状态，就像滚滚乌云的空中突然射出一条光柱，很快又被云层遮住了。她，突然看到了李叔同，鼻子里"嗯——"的一下，歌声戛然中止，愣了好半天，才把眼神儿盯在叔同那一双凤眼上。

目光相对，倒使叔同吸了口冷气。是她！诗酒酬唱，寄情声色时的温柔乡主。他曾赠过她一首小诗。她曾对他以身相许。

她，一步一晃地走过来了，那凄楚、失望、愤世、忧伤、痛苦、乞怜的眼神儿，像孩子偶然见到失去多年的母亲，像妻子突然找到失去多年的丈夫。

叔同望着她朝自己摇摇晃晃地走过来，心里委实有些发毛，怜悯中带点惊慌。幸亏她在五尺以外就停住了，他的心才稍稍平静些。

她的视线一动也不动地盯着叔同，就像一对钉子。她没敢贸然呼喊"李先生""瘦桐"，而是带有试探性地诵着诗词，尽管声音微弱凄楚，叔同听得却十分真切，你听：

> 风风雨雨忆前尘，
> 悔煞欢场色相因。
> 十日黄花愁见影，
> 一弯眉目懒窥人。
> 冰蚕丝尽人先死，
> 故国天寒梦不春，
> 眼界大千皆泪海，

　　为谁惆怅为谁颦。


　　"秋云，秋云！"叔同声音哽咽了。

　　"啊……瘦桐。"呼声夹杂着哭声，她，猛地跪在叔同面前，双臂抱着叔同那两条细长的腿，把脸紧紧贴在他的腿上，哭泣着，伤心地痛哭着，仿佛要把自己毕生的苦楚、无限的悲痛倾泻殆尽。

　　忽地，她的神态变了。她仰起直勾勾的眼睛，那种苍茫、绝望的眼神儿咄咄逼人，仿佛一个溺水者突然发现一根可以依附的木头，她一眼不眨地立起身来，猛地抱住了叔同，抱得死死的。叔同被这冷不丁地一抱，惊慌得不知所措，心突突地跳着。他似乎对这以往的情人有说不出的感觉：是个活人、还是会喘气的僵尸？是女性的肉体、还是冷冰冰的大理石？然而，更使他尴尬和狼狈的、在众目睽睽之下，像是一个初试镜头的演员，一下子被放置在炽热的聚光灯下，受到围观者指手画脚的猜疑。他真恨不得找个地缝钻进去！

　　叔同冷静地推开谢秋云，她松了手，垂直了双臂，那双凝滞而带有绝望的眼睛，盯住叔同的脸，像一尊不成功的雕塑品。

　　看热闹的人也被这场面怔住了。

　　叔同环视着周围群众，用上海话央求道：

　　"请大家回去好，勿要看喽，她是我的亲戚，请侬回去，好，谢谢侬……"俯身扶起谢秋云，他怜悯地望着她那肮脏的面孔，只有那双泪眼，还记录着她对人世间一切虚伪、欺骗的满腔怨恨……然而也勾起了叔同的翩翩联想。这联想就像一套写实的照片，一幅幅，一张张，历历在目：学戏时被师傅打骂、针扎；深夜拦车跪地求救；郑三爷寒夜送逃；五友欢宴时的巧遇；以身相报夜寝温柔乡，厮磨金粉索笔赠书，马车驰骋送往疯人院……

啊！女人，受辱的女人。她，记录着人世间女人的一部长卷，这长卷血淋淋地揭露了残酷的人生，控诉着人间的一切罪恶。她，是千千万万不幸女人中的一个。

"我，也有罪啊……"叔同心想："我的破产，理想的幻灭……报应、报应……罪孽的报应。"

想到这里，他自忏地望着谢秋云。半晌，突然想到佛说：

"我不入地狱，谁入地狱！"

一道闪电，一声霹雷，一片乌云，一阵暴雨。叔同痛苦地感到：往昔的情人，眼下的疯人；几次搭救都无济于事，末了，逃脱不了这吃人的社会。他自恨没有回天之力，后悔少年风流，走马章台。她们，才是被损害者，不禁仰天长叹：

"我不入地狱，谁入地狱！"

岂知这一句佛说，却成了谢秋云精神病发作的诱因……

"哈哈哈……"她猛地推了一把叔同，直勾勾的眼神儿，傻愣愣地瞪着他："地狱！魔鬼，阎王爷来喽……"接着一阵讪笑，继而指天画地地冷笑着，又望着叔同蠢笑着，双手合十痴笑着，撩起衣襟假笑着……

大雨瓢泼，人已散尽。

叔同忍不住抢上一步，急忙拉好她的衣襟，拖着她来到小百货店的屋檐底下。叫了一辆黄包车，直送闵行精神病院。

"又来了？"门诊大夫瞅着被雨水淋透了的谢秋云。

谢秋云微露玩世不恭的神态，肩膀一晃："嘿嘿，老朋友啦，阎王爷不是说过啦？让我下地狱……嘻嘻。"

"你是他什么人。"大夫抬头冷冷地问着叔同。

"嗯……"叔同没料到冷不防地问了这么一句，想了想说道：

"亲戚。"

"长期住院不可能……"

"为什么？"

"没人接济！"

"那么，暂时求大夫，让她先住进去，然后我再……"叔同掏了十块现大洋的住院费，随后谢秋云便被两名男护士像绑架一样，拖进铁栅栏门里，渐渐，离开了叔同的视线。然而那湿漉漉的乱发，仿佛还在他的眼前晃动……

他回到家里，已经是深夜了。他悄悄打开自家的房门，正要推开叶子的卧室：

"谁！"叶子惊叫了一声

"我呀，叶子。"

叶子揉了揉惺松的眼睛，跳下床来，拉开房门，双手猛地勾住叔同的脖子，娇嗔道：

"我……以为你不来了。亲爱的叔同……"她娇声娇气地喊着，一种倚栏望夫之情，一古脑儿倾吐在这一刹那的柔情蜜意中。

"先别，"叔同轻轻地推开叶子，"我身上很湿，外边雨很大"话语是无表情的，眼睛望着别处。

"先洗澡吧，来，我陪你洗。"

"……不行！"

"怕什么！"叶子把嘴一撇："在我们日本，就是男女同池嘛。"

"使不得，使不得！"叔同苦笑着。

"肉体和感情是两码事。"

"这，我知道。"叔同捡起一套内衣，钻进了卫生间。尽管情绪有些反常，但由于平日的少言寡欢，叶子并没有觉察到。反而高兴地进了厨房。

叔同洗了澡，叶子陪着他吃了晚饭，事实已是翌晨的早饭了。此刻，他没有睡意。

"叔同，睡吧！"

"哦，哦哦。"他走神儿了，敷衍地答应着。

"咦！病啦？"叶子蹙紧了柳叶眉。

"没有。"叔同竭力抑制着破产的打击，为了不让叶子过早地失望，他上了床。苦笑着朝叶子瞥了一眼："今天，也辛苦你了。"

"不要这样说。"叶子把头埋在叔同胸前，"只要你的肺部没病，我就是最幸福的人了。"

"要是没有我呢？……"

"不，不要这样说。"叶子双手捶打着叔同的前胸，两只拳头像小棉球。

"我想，人与人之间，是博爱海洋中的一滴水而已。"

"我们的爱，应该比……"

"你不要说了，"叔同打断了她的话，"我们之间，总觉得有一种人为的罗网，在束缚着自己。"

"你……？"叶子反驳道，"人类的爱情之网，都是自投的，难道你不是吗？"

"啊……我应为你负责。可是，也有时会使你失望的。"

"怎么啦，你？"叶子感到叔同有些语无伦次，信口问道，"有什么心事吗？"

"我想，如果一个人能按照《新佛学论》所说'今欲救人，必先救己，其法惟有无我主义'的论点去做，恐怕是其乐无穷的……"叔同仰望着天花板说道。

"我不明白……"叶子一骨碌翻身坐起。

"欲求无我主义，只有从佛法求之。"

"不谈这些了吧，叔同。"叶子轻轻推着叔同央求着。

"哦……"

老实说，叔同这夜是在痛苦的、麻木的、被动的、勉强的心情下度过的。

回到杭州，刚下火车，报童们夹着报纸，奔跑着，叫喊着："袁世凯大总统死了；请看大总统袁世凯病死的消息……"

叔同不以为然地付之一笑，心想：章太炎早就预见过"道德堕废者，革命不成功之原"矣。

回到学校，闻玉早就发现了叔同，赶忙拎着一壶开水，笑嘻嘻地随他进了房间：

"李先生，你一走开，我这心里总感到少了点什么。"

"哪有的事啊！"叔同掸了掸身上的灰尘。

"原来同学们议论说：'就怕李老师这一鞠躬。'现在呀，嗨，不同啦，说您的作风是'温而厉'，将来他们出去当老师，肯定会受您的影响。"

"小闻，"叔同岔开了他的话题，"下课后，请你把刘质平找来，好吗？"

"嗷，丰仁[1]要不要来？"

"暂时先别叫他。"

闻玉给叔同沏好了一壶茶，拎着开水壶走了，忽地又回来了，笑道：

"李先生，我忘了一个事儿，去年有一位长者，您记得吗？"

---

[1] 丰仁：即丰子恺。

"啊……"叔同为之一震："记得，记得。"

"他还要来。"

"什么时候？"

"就这两天。"闻玉说完，拎着壶又走了。

下课铃"当当"地响了一会儿，叔同隔着窗户看到了刘质平。刘质平推开李叔同的房门，憨笑着鞠了个躬：

"李先生。"

"坐吧。"叔同微笑着搬了把椅子，自己坐在刘质平的对面："离毕业还有一年，要打好基础，该做留学的准备了。"

"谢谢李先生，我母亲也十分感激。母亲来信说，绝对不能忘记您的栽培。"

"不，"叔同说，"若说栽培，还要看苗子啊。"

刘质平傻笑笑。

"你和丰仁的成绩是不错的，现在，你要加紧攻钢琴，弹完了'二九九'，要弹几首独奏曲，要知道，去日本攻作曲，没有很好的钢琴基础是不行的。"

质平用心地听着。

"经费方面，我争取为你申请公费，当然，最好是这样喽。"

"我也担心，如果公费不批准……"

"那没关系，放心吧。总会让你留学深造的，只要你肯用功……"

刘质平激动地直冒汗。他知道，留学需要钱。这年头谁肯用公费保送一个农家子弟去留学？同时，在传说中，他也知道李老师的家破过产，这钱？……刘质平的心像坠了一块石头：

"老师，如果您很为难……"

"这个，你不必多想。"叔同摆了摆手。其实，他的彻底破产，任何人也不知道。如果刘质平知道了，那将必然"逃学"了。

忽然，闻玉进来了：

"李先生，有人找您！"

李叔同急忙迎出去，果然，是王海帆老先生。

"请坐，快请坐。"叔同说着，刘质平便摆好了椅子，闻玉献了茶。待来客坐定，他俩便出去了。

"上次，老弟谈到校舍之事……"

"啊……"叔同一听校舍二字，心里"咯噔"一下，"有劳您了！"

"关于看房、付款的手续，"王海帆瞅着叔同说："房主找我催办这件事。本来言明今年办理过户手续，可眼下已到六月了。"

"哦……"叔同的脸色变了。对方的每一句话都像一块石头垒在他的心上，简直沉重地透不过气来。"买房、二十万银元。哪还有钱噢！"叔同心里念叨着，眼前一片昏暗，耳边像是不停地听到"鬼票子、鬼票子……"他麻木了，血液似乎也凝固了。他拼命地冷静着，末了，淡淡地说了一句：

"我的钱，都已变成鬼票子了。"

王海帆是个明白人，听到"鬼票子"三个字，已知李叔同的心境与苦衷，他没说任何一句指责的话，只是宽慰着说：

"没关系，房主也不是等钱用。因为你要办的是艺术师范，所以他们才肯转让。否则，人家会卖房子？"

"我只能遗憾地向您道歉。"叔同低着头深深叹了一口气，又说，"这都是国事日衰的结果。啊……我参加了同盟会，追随孙中山，躬于辛亥之役，谁知，连对美育后代的理想，都无以实现，惭愧啊，惭愧！"

"不必过于伤心，"王海帆抖动着花白的山羊胡子："努力培养你的学生……"王老先生开始讲话还谈笑风生，然而讲到这里，他没词了。末了，补了几句："老弟的忙，我也帮了；老弟的理想，也对得起破碎的中华民族了。这样，我们下次再谈吧。"

"吃了晚饭……"

"不啦。"王海帆晃着手杖说："我……还有点事。"说罢，把手杖在半空中晃了晃，"笃笃"地离开了学校。

诚然，叔同从读《百家姓》开始，就编织着美丽的幻想，谁知这最近的理想，竟淹没在民国之后。谁知在半年之前的"顺利进行曲"，忽地一下变了调，他那报国的志向，终于被外扰内乱的战事毁灭了。

静谧的夜里，没有一点声息，只有南屏的晚钟"当、当"地传来神话般地响声。

钟声，在叔同的心中，仿佛是神的召唤；他乐于听这钟声，仿佛比交响乐更富有感召力。

晚钟敲过，他转身回到自己房间，也许章太炎的"佛说"有些作用，使他产生了一种超现实的向往，像是要把心灵寄托于彼岸，把人生寄托于天国了。于是他提笔写了《晚钟》二字。蒙眬中，时断时续地写下了一百六十六字的长诗。他痛苦于"众生病苦谁持扶？尘纲颠倒泥涂污"。他萌生一种皈依佛门的念头："誓心稽首永皈依，瞑瞑入定陈虔祈。"

放下笔，嘘了口气，似乎在这《晚钟》里悟到了点"灵气"。

他飘飘然了，自觉对佛的虔诚，自然而然地在头脑中产生了"灵光"。其实，他两天两夜没睡上一分钟的觉，怎不飘飘然呢？

钟声响了。这是学校的钟声。

他继续给学生们讲课了。晚上，照常接待丰子恺、刘质平等一些同学。

两周过后，他到了南京。这次，他要发起一个美术作品展览会。

不几天，学生会征稿评选，把评选出来的书画、篆刻、西画、油画、素描等两百多件，都给叔同过目定稿。

"老师，"学生会的王复安问道："可以展出了吗？"

叔同笑呵呵地说："可以，可以。"

"在礼堂里，好吗？"

"不，借大悲寺。"

"庙里？"王复安不解地问道："到和尚庙展览？"

"对呀，佛的灵光普照，你们就更能无畏地创造！"

王复安以为李叔同在开玩笑，然而他又迟疑地望着老师，半晌，才喃喃自语道：李老师向来是个严肃和蔼的人啊……

最后，还是在大庙里开了三天展览会。观众却屈指可数。然而，叔同在这个庙里，吃了三天斋饭。

第
二
十
二
章
/

抉择不当，往往会导致弯曲的命运，而命运的屈服者，却往往会
扭曲自己的灵魂。

叔同到杭州五年多，神秘多端的西子湖，令人神往的佛图城，在
这里，他培养了足以承传的艺术桃李，也种下了情感的善根，结交了
一代名士。夏丏尊就是其中的一个。他和夏丏尊朝夕相处，肝胆相照，
一对好友，任人皆知。然而，君子之交，其友情的况味是平淡的，但
谁的心事，也瞒不了谁。

一九一七年初春。

期考结束，年假将至，学生们正打点着行李，准备回家，过一个
团团圆圆的古老的传统春节。

南方的气候不同，年假只有十余天。丏尊吃罢晚饭，卷好了包裹，
又看了一会儿日本杂志。便站起来，以舍监的身份，看望了一些要走
的学生。老实说，学生们并不怕他，但很尊重他。同学们有个顺口溜，
说是："严父贝多芬（李叔同），慈母夏木瓜；最怕李师一鞠躬，爱
和胖子打哈哈。"此话不假，这是纯洁心灵的天真流露，是对李叔同、
夏丏尊的"爱称"。

"回去不要乱吃，"夏丏尊逛到了四年级宿舍，对丰子恺说，"吃多了拉肚子，啊！"回头叮嘱潘天寿说，"不要喝酒，这不是好东西。过年时，喝一点儿没关系，啊！"说话时，用卷着的那本杂志还比比画画的。

丏尊出来，顶着袭人的冷风，缩着脖子来到叔同的窗口。灯还亮着，但听到微微的诵读声，其声调像是老学究读《唐诗》般地抑扬有韵。

不管三七二十一，丏尊推门进去了。

"哦，丏尊，"叔同戛然停止了诵读声，回头说了一声："坐吧。"

丏尊早已注意了叔同的变化。叔同书桌的正面挂上了一幅佛像。这尊画像是叔同根据幼时对父亲李筱楼供养的佛像的记忆而画成的。

再看叔同手上，一串念珠，由一百零八颗佛珠串连在一起。

"叔同，你在念佛？"丏尊悄悄地问道。

"诵经。"

"我只知道，你近来对道教很感兴趣。"

"前些日子，我是学道。道家思想发祥于春秋战国，源源二千多年，与中国的文化发展有关。我学道，只不过是增长点知识而已。"

"现在学佛，也是为了浏览一番经典？"

"不能那么说，丏尊。"叔同扬起头来，虔诚地说，"人生的路，就像画家的笔下，可以创造出五彩的光圈。我已决定，放下这音乐、美术、篆刻，乃至教书生活……"

"什么？"丏尊大吃一惊，"你要干什么去？"

"惟一的一条路，"叔同的话音消极，"去庙里长期研究佛经，从佛经里理出人生最上乘的理路……"

"啊……！叔同，我不能赞成！"

"有一小众生不得度者，我誓不成佛。惟舍己救人之大业，惟佛教足以当之。"

"哎呀，"丏尊急得直结巴，"你……在日本欢迎章太炎时……中的什么思想？还……还有，你那后一句我知道，是谭嗣同说的，那是想利用佛教思想，道德人心，为的是变革社会。"

"我也可以宣扬佛教！"

"什么？你放下教书生活？……"

"目前，"叔同低着头，手里还不停地扳着念珠，"还没下最后的决心。不过，我真想不干了。"声音很微弱。

丏尊被弄得一筹莫展。他简直要喊了，但他忍住了。他知道，被扭曲了的灵魂，靠喊是无济于事的，最后还是拧眉问道：

"你留学的目的，难道是为了遁入空门；在日本东京你还说过，求学为了报国嘛！"

"报国之门……"叔同抬起头来，苦笑着说，"在哪里？"

"在……"丏尊打了个磕巴，"教育工作，不是很好吗？"

"啊，丏尊。理想的幻灭，说明我德性不好，报国无门，是我的罪恶……报应。"

丏尊感到他越讲越离谱了。心中不免纳闷起来，平时无话不谈的挚友，今天怎么啦？癔语？梦话？

"叔同，你这讲的是些什么话？"

"我不入地狱，谁入地狱？"

"嗨，这是变法者抛头颅、洒热血的誓言！"

"不！"叔同沉着睑，"这是佛家思想。"

"我看，不过……"丏尊在挖空心思地寻找劝说的根据，"我们的友情也置之不顾了？还有叶子……"

叔同听到叶子，心里仿佛被人戳了一刀，猛地痛了一下，但他表面上仍然很沉着。大凡出家的人，对妻子儿女也只有忍心离开，哪怕是柔肠寸断，也能立断葛藤。尤其是叔同，除了朋友、学子、妻子，还有一个放不下的叶子。

"丏尊，"他抬头望着这位朝夕相处的挚友，深沉地说："我心中的矛盾，错综复杂，这是不言而喻的。叶子的问题，好办，然而我心中更难于言表的东西，太多了。我只能走这……"

"空门？对吗，"丏尊有些急了，故意刺了他几句："空、空、空，都空！"

"啊……丏尊。"叔同又低下头，数着念珠。

"我错了一步棋，"丏尊喃喃地沉吟道，"过去，几个学校聘你，我都苦苦地留你。因我，友情难舍呀……"丏尊第一次流泪，"今天，你居然要遁世，唔……这都是我的错。早知今日，我就不留你啦，这……不等于我……"

"此言不切，丏尊，"叔同又抬起头来，微露一丝难以捉摸的笑容，"我离俗，我们还是道友啊。何况，我还需要你给我护法哩。"

门，突然有人敲了几下。

"请进……"叔同没站起来。

"两位老师都在。"丰子恺把一卷杂志往夏丏尊眼前一晃，"您的日本杂志，忘在我们宿舍里了。"

"看了没有？"夏丏尊笑着问。

"有些地方看不懂呢。"

"李老师教过你们日语呀。"夏丏尊说时朝叔同斜瞟了一眼。

"下册，还没有学完哩。"说罢转身笑嘻嘻地出去了。

丏尊拿着这本杂志，笑了笑说：

"叔同，你应该看看这个，"他指着目录说，"这篇佛食法，是洗尘养身、赎罪自忏之法。佛食法，即忏悔之法。可没让你去当和尚啊！"

叔同听了"赎罪、忏悔、洗尘、养身"等字眼儿，顿时把眯合的眼睛瞪得老大：

"能借给我看看吗？"

"嘿！说哪去啦？"把杂志往叔同胸前一塞"拿去看看。"刚站起来，又坐下了，"大哥哥，你只比我大六岁，年轻轻的，不想想这世界上还有许多可留恋的呀！"

"有可留恋的，就有可放弃的。"叔同打开杂志，漫不经心地说："世界上的好人，有多少？屈指算算，他们的抱负、理想，又有几个成功的？他们的结局如何？下场如何？"

"这样吧，"丏尊无可奈何地叹了口气，"我们年假之后，再谈吧。"

夏丏尊走后，叔同没有继续诵经，他如饥似渴地翻开《佛食法》，贪婪地读了下去。

不看还好。这一看，倒给他的"佛根"加上了一点"法力"。这根本不是"佛食法"，而是让人成佛的"断食法"。

叔同笑了，不是笑在脸上，仿佛道家突然得了一颗金丹，真是"天降斯也！"他感到与佛门有"缘"，岂知，这缘正是他一生脱俗的序幕。

放寒假了。

校园里空荡荡的。昔日的教室，讲课声、歌声、自修声、辩论声、铃声、欢笑声……突然没了，令人失去了习惯性的平衡。

"李先生，"闻玉拎着一串钥匙，笑嘻嘻地来到叔同屋里："你还没走？"

"哦，你不回家了？"叔同反问了一句。

"嗨！"闻玉大大咧咧地说："没家没小的，回去做啥。再说，十来天的时间，又花钱……"

"啊……"叔同微微一笑："那，我就请你帮个忙了！"

"您说吧。您教我那么长时间的书法，为您做点事还不是理所当然的。"

说起闻玉，这二十多岁的年轻人，在学校当校工比叔同的教龄还长，但在许多教师中，最数李叔同使他佩服得五体投地。尤其他喜爱书法，每次求教于李老师，皆得以真传，因此他与叔同的关系，情同父子，像是前世的缘分。

"你陪我到虎跑定慧寺，住上二十来天，可以吗？"

"可以。"闻玉怔了一下："什么时间去？"

"现在就走！"叔同眯着笑眼，看着闻玉的反应。

闻玉朝屋里看了一下；一个行李卷，一个大网篮，里边除了生活用品、衣物之外，还有文具、刀具、笔墨宣纸等等。心中很是纳闷：

"您，这是做什么？"

"学习断食。"

"您等一等。"说罢，闻玉打点了一下行李，来到叔同屋里，把二人的行李用竹扁担一挑，跟着叔同来到定慧寺。时间已经是傍晚了。

了悟和尚十分殷勤地接待了叔同。闻玉心想：肯定早有了联系，否则怎能供出两间空房子？

第二天，叔同开始断食了。

断食前，他和闻玉详细地讨论了一番。其中规定：不会任何亲友，不拆任何信件，不问任何事物，家中有事或有人采访，一切由闻玉答复，待断食期满，再由闻玉告知。

断食起，由每餐一碗半饭，周末改成一碗粥，第二周全部断食，每"餐"一杯白开水，第三周开始，由半碗稀粥，渐渐增至一碗粥，到第三周末，开始吃半碗饭直至结束时，恢复原来的饭量。

每日练字、刻印、静坐。三周结束时，共集中了各体书法一百多幅，刻印数枚。

断食后，闻玉请来摄影师，拍了一张叔同手捧"断食日记"的照片。并由闻玉题记：

李息翁先生断食后之像

丙辰新嘉平十九日　侍子闻玉敬题

中国有句俗话，叫"信则灵"。

叔同断食成功，尽管"文思渐起，不能自"，却感到"精神世界一片灵明"，"法喜无垠"。明明人生起居饮食，新陈代谢，维系肉体生存的饮食，却认为是"生理上的习惯"；显然在断食中感到"腹中熊熊然"，却以"不食人间烟火"为一种灵性。不过，其断食的第七天，深感"空空洞洞，既悲而欢"。才是真实的感受。

正常人实行断食，势必体内减少热量，断了各种维系生命的营养，造成全身无力，腿脚像踩了棉花一样，走起路来摇摇晃晃。然而，对叔同来说，却有飘飘欲仙的样子。

叔同回到第一师范，身心一阵轻快。他趁着学生自修时间，打开房门，闻玉随着也进来了。一个忙着扫地沏茶，一个摊开了宣纸研墨。

叔同研好浓墨，甩了甩手背，喝了两口热茶。提笔写了两个六七寸见方的"灵化"二字。落款写道，"丙辰新嘉平[1]，入大慈山，

---

[1]　嘉平，即腊月，《史纪·秦始皇本纪》说"(始皇)三十一年十二月，更名腊曰嘉平"。根据阴阳历月份差数推算，为一九一六年末及一九一七年岁首。

断食十七日，身心灵化，欢乐康强，书此奉稣典仁弟，以为纪念。欣欣道人李欣叔同。"下嵌二印：一为"李息"，一为"不食人间烟火"。

细观"灵化"二字，足见叔同深邃的艺术修养。"灵化"二字既得北碑的经营位置，又不失其风规神韵，但北碑粗犷剽悍的习气，在此却一丝儿也不见了。因而气息极为端庄沉静而饶得韵致。这"灵"字结体方而用笔亦方，气格接《魏灵藏》；"化"字构体圆而用笔亦圆，风神逼《张孟虎》。然而，两字的组合，恰如水乳交融，韵味协调。

叔同刚卷起了"灵化"墨迹，"嘭"地一声门开了。夏丏尊的面色很难看，见着叔同大喊着：

"我的哥呀，你跟我捉的什么迷藏？"

"啊，丏尊，快坐下。"叔同笑呵呵地说。

"病啦？病了也告诉我一声啊！"丏尊像连珠炮似地埋怨着："咱不是定好了吗？互相通个信。可好，开学了两周，没见你的影儿，我一打听，说你和闻玉请了两周的假，这到底是怎么回事？"

"我去断食去了。"

丏尊一拍大腿："怪不得又瘦啦！"丏尊后悔地直拍头顶，"是不是看了那本杂志去效仿的？怪我，怪我！"

"你听我说，这断食的文章，的确是灵化了我，不信？"叔同搬出两方印章，往桌上一放，"你瞧瞧！"

丏尊拿在手中，一块是"一息尚存"；一方是"不食人间烟火"。

丏尊看罢，苦笑笑，同情地叹了口气。

第二天上午，叔同找到老友、佛教居士马一浮的家里，绘声绘色地谈了断食后的感觉。马一浮听了甚是赞赏。

"要学佛，"马一浮郑重而虔诚地说，"必须全身心地灵净。但要有人指点，更需要有清静的环境。"

"我在大慈山，和尚待我很好，又很清静，实是佛国的佳境。"

"那里的了悟和尚，修功不错。"

"我正想拜他为师呢！"

这天，和马一浮谈了很久。

回来的路上，世俗种种，像一把把钩子，牵动着他的心。一幕幕往事，一件件悲欢离合，一次次的打击，过电影似的呈现在他脑海中。他没忘记天津"进士第"的大院里，柳氏尽孝吞金自杀的惨状；母亲悲苦的一生和谢秋云的凄苦下场；哥哥的来信，两次大破产；由于破产而幻灭的最后理想，这一切又与八国联军在我国制造尸山血海的惨景有什么两样？只是内忧外患的不同体的一对怪胎。这人间的一切悲苦使叔同仿佛看到了一幅亘古以来惨绝人寰的地狱图景。这幅图景正在摧肝裂腑地冲上他的心头。他失去了情感，似乎在不动声色的絮语，似乎在为人间墓场编挽歌。

"我不入地狱，谁入地狱？"

没几天，他来到虎跑。到了定慧寺，直冲方丈了悟和尚的禅房。

"师父！"叔同微露笑容。

"哎呀，断食成功的居士，鼎鼎大名的艺术家，今天……？"

"一来看看您老，二来想请您收下我这个徒弟。"

"不敢，不敢！"了悟和尚笑着摇摇头。

"为什么？"

"大艺术家，江南才子，我承受不了啊！"

"了悟师父，"叔同十分诚恳地央求道，"我不是来定慧寺求艺的！"

"你有所不知，在全国多少艺术家，最后，不都是逃禅啦？"了悟想了想，"譬如张大千、苏曼殊……"

"我……"

"入佛门，"了悟和尚说，"要六根清静，要持戒。我看，你既然学佛心切，不仿暂时做个在家居士。"

"哦……也好，"叔同明知这是了悟对自己虔诚之心的"考验"，因而他只恳求收下这个徒弟，"了悟师父，先收个徒弟，总可以了吧？"

"也好，我就收下你这个佛门居士！"

正巧，叔同行了跪拜礼之后，马一浮来了，后边还跟着一个彪形大汉：

"息翁，我来给你介绍一位道友。"

叔同微微一笑，对这位高大汉子，不知是握手好、还是鞠躬好。

"这位是息翁，是我们敬慕已久的艺术大师李叔同先生。这位是彭逊之先生，原是军政界的佛家居士。"

马一浮陪彭逊之见过长老之后，三个人出了庙门登高远望，嚄！好一派秀雅的江南园林。前面是叠翠轩、桂花厅、滴翠轩、罗汉亭、钟楼，东侧是西方殿、观音殿，西侧有天王殿、大雄宝殿。眼下泉水叮咚，清幽醉人。

"记得苏东坡的《病中游祖塔院》的这首诗吗？"马一浮说。

"哦，知道，知道。"叔同说。

"最后两句却是'道人不惜阶前水，借与匏尊自在尝。'确有意境。"马一浮兴致勃勃地又说，"息翁啊，如果你不介绍断食的环境，我哪里寻得到这种幽静的地方啊！"

此刻，李叔同总盯着彭逊之看。马一浮的话他没听进去，只感到此人如此剽悍、体型之高大，眉毛之粗黑，落腮的胡茬，若要投入佛门，谁也不会相信。然而，在彭逊之眼前的李叔同，修长的身材，消瘦的面孔，尤其那件灰棉袍，若说是著名的音乐家、画家，他也难以置信。但是，各揣各的心思，谁也没多说话。

过了一会儿，三个人转进寺里，又见了了悟和尚，了悟和尚笑着说：

"今天都来了，那么，李居士由我来给你说些功课；那位彭居士，请法轮长老说课，好吗？"

大家都合十称是。

"了悟师父，"马一浮笑道，"这位彭先生，不！彭居士的家不在杭州，我请求师父给他一个住处。"

"有，有，"了悟和尚说，"这里很清静，住在这里也可以。"

当天，各自由师父说些功课，随后彭逊之住进了定慧寺，李叔同和马一浮下山而归。叔同回到学校，天已经老黑了。

自此，他白天教课，夜里做"功课"。这功课只不过是没有文化程度的和尚也会念的一句"南无阿弥陀佛"。念一句，拨一个佛珠。

"怎么啦？"刘质平对丰子恺悄悄说："你听听。"

"嗯，像是念佛，"丰子恺拧着眉毛，"李老师最近变化很大。听说他的家里，是天津有名的大户，赫赫有名的'李善人'家。"

"我也听说，"刘质平对丰子恺耳语道，"他家破产了。"

"这都知道。"丰子恺很有把握地说，"一百多万银元。这种打击谁受得了。"

这天，两位得意门生没敢惊动李老师。

大约过了一个星期，李叔同捡了个礼拜天，要去拜见了悟师父。他洗了个澡，换上了一件新的罩衫，挑了一双软底布鞋，步行来到虎跑。顺着泉溪，悠悠直上。在一面石壁前，遇见了一位和尚，叔同躬礼问道：

"请问师父，了悟师父在庙里吗？"

和尚抬头一看，笑了：

"是你呀，艺术家！"和尚哈哈笑了一阵。

叔同一瞅，不是别人，正是马一浮带来的彭逊之居士。

"怎么，您……出家了。"叔同心底有些羡慕。

"您找了悟师父，他在大殿。"彭逊之忽地感到答非所问，于是，补充说道，"马居士带我来的那天，就是我发誓出家的那天。"

"哦……"叔同笑了笑，心想，"这么大的个子，居然离尘出家，这倒没看出来。"

"我呀。"彭逊之说，"原来在军界，当军人嘛，还不是为了国家太平。谁知，尔虞我诈，四分五裂，干吗？我替他们卖命去！这倒干脆，一切皆空。天塌下来也与我无关。李居士，我看透了这个社会。"

"是呀，"叔同心想："彭逊之算是真看破红尘了！"

叔同上山来到寺院。心里觉得怪不是滋味，"怎么，倒叫彭逊之先入山出了家。"

他跨进寺院，忽地又出来了。慢慢走上山坡，面对寺院，口念"阿弥陀佛！"恨不得立即跪在师父面前："请师父剃度吧！"

傍晚，众僧做功课了，叔同还在山坡上。寺院里传出的诵经声，他知道：那个宽厚而圆润的声音，就是彭逊之。

时光还是按照大自然的运转规律，毫不留情地把岁月流光推动着。转瞬又到了暑假，刘质平毕业了，他决定赴日本留学，但对老师的精神境界有些琢磨不透。一天晚上，他待老师诵完经之后，轻轻敲敲屋门：

"老师、老师……"

"进来吧。"

刘质平推开门，一股香火弥漫着全屋，像雾瘴一般，然而那香味却引起人们联想，一种寺院的气息，仿佛与人世间隔着一点什么。

"老师，"刘质平恭恭敬敬地鞠了个躬，"我决定走了，到日本去留学……"

"啊，质平，你去吧。要取得好成绩，以前我亲眼见到日本人对留学生的成绩持讪笑之态度。你，将来必可为吾国人吐一口气的……"

"老师，我不忘您的教诲……"刘质平哭了。是的，他从小失父，李老师的关切，名虽师生，确是情同父子啊！

刘质平东渡扶桑，李叔同却一心超脱凡尘。是的，当他孩提时代，家中香烟缭绕，诵经声声，他耳濡目染，受到潜移默化的影响。因而他写出了"人生犹似西沉日，富贵终如草上霜"感伤惘怅的诗句，渗透着虚无感与宿命观。而在国内民不聊生，自己理想破灭的严酷现实面前，他要从佛门经卷中去寻找精神上的超脱。

此刻的叔同，他的心仿佛是一张浸在水里的薄纸，再也承受不住一点压力了。然而，唯一能慰藉他这颗脆弱的心的，就是他亲自培养起来的高才生了。尽管精神上有些颓唐，但他毕竟还是在俗的人啊。他惦记着刘质平。刘质平刚赴日本，他便在八月十九日追去一封信。信中说：

> 君之志气甚佳，将来必可为吾国人吐一口气。但现在宜注意者如下：
> （一）注重卫生；（二）宜慎出场演奏；（三）宜慎交游；（四）勿躐等急进；（五）勿心浮急躁。

署名为李婴[1]。

他为刘质平的官费留日，往返奔波于教育行政部门，软钉子吃尽，毫无结果。最后，他只好缩衣节食，从每月一百零五元薪水中节

---

[1] 根据老子"能婴儿呼"是断食后的别署。

余二十元，以助刘质平读书之开支。

世界上的一切事物，都是在矛盾当中发生和发展的。叔同本想尽早遁入空门，但又不能舍弃任教而置刘质平于日本而不顾；而刘质平明知恩师"将要入山"，岂肯耽搁其剃度之日期。因而每每来信，表示提早回国。于是，叔同又去一信：

质平仁弟：

　　书悉。君所需至毕业为止之学费，约日金千余元。顷已设法借华金千元，以供此费。余虽修道念切，然决不忍致君事于度外。此款倘可借到，余再入山；如不能借到，余仍就职至君毕业时止。君以后可以安心求学，勿再过虑。至要至要。即颂近佳。

演音[1]三月二十四日

刘质平接到此信，甚是不安。他坐在东京音乐专科学校的留学生宿舍里，默默地思忖着。心想：近来数月费用均由师供给，师恩之深如此，我怎能以自己求学之故，去耽误恩师修道之日期呢？就在暑假之前，他毅然卷起行李回到了杭州。见了老师，哭道：

"恕我早归，可我不忍心耽搁您入山啊！"

李叔同微微点头，那眼神里仿佛告诉人们：他又朝着庙宇走近了一步啊！

---

[1]　一九一八年三月，李叔同已皈依三宝，得法名演音。故署名演音。

第
二
十
三
章

/

叶子一夜没合眼。

拂晓，她仍坐在长沙发上，双手托着下巴，蓬乱的长发垂下来，遮住了她那哭红了的眼泡。叔同坐在她对面的一张靠背椅上，那黄蜡蜡的脸上，好像一夜之间又添了几条明显的鱼尾纹，只有那对细长的凤眼还闪着光。

他的声音嘶哑了。遁世的决心更坚定了。他深深懂得："出家者大丈夫之事，非王侯将相之所能为"也。因而，他宁肯撇下这个日本情种，也要出家去学佛。

叶子与世俗女子虽不一般，却怎能放得下夫妇之情？谁能愿做忍情禁欲的活寡妇？如早知丈夫一变而为和尚，谁愿远离国土冒此风险？

"你断食，又开始食素，我已经对你的身体十分担心了。"叶子哭泣泣地说，"而今，你又要遁入空门……"她又放声地哭了。

"啊，叶子，"叔同说，"说穿了吧，我对这个社会不抱什么希望了。"

"那你永远守在家里，我为你调理素食，放弃社会生活，不行吗？"

"不牺牲自己，难度众生；不感化民众，国无宁日。"

"在日本，吃荤、娶妻的和尚，多的是！"

"不能律己，怎能律人？叶子，我不愿当那种和尚！"

"难道做个佛门居士就不行？"

"啊，叶子，我的嘴都磨破了。我认为，做人，不做一般的人：别人报国无门，过过隐居生活，自古以来大有人在。别人为了洗刷自己的罪过，对佛磕个头，喊两声'保佑'，那只不过是掩耳盗铃，更是罪过。做人，应该与别人不同。这种不同，则要有毅力和决心。贝多芬与人不同之处，他作了震撼人们灵魂的乐章；莎士比亚与人不同之处，他写出了真、善、美，揭露了假、恶、丑；司马迁与人不同之处，他勇于写出了《史记》。我虽没有救国救民之才识，但佛门大开。这个门，谁也无法禁我。但是，要做和尚，就要与众不同，做个彻底的苦行僧。这样才能体现'普救众生'的佛家思想。这难道，不也是'救国救民'吗？"

叶子猛地抬起头，眼里含着晶莹的泪珠：

"你一定要出家，就先毁了我！"

"你胡说什么呀！"叔同望着这个可爱的、而且是共同生活了十多年的爱妾，心里的滋味是难受的。但是，他已横下了一条心："你听我说，上海这个家，除了我身上的，全归你。这足可以供养你一生。"

"不，我没有你，是什么滋味呀？"

"我的精神还在。你看，钢琴，乐谱，你的肖像，我的画具……这些，都是你的精神寄托。"

叔同站起来，正想洗个脸，叶子猛地抱住他，颤栗、呜咽、抽泣。人啊，叔同毕竟还是一个有血有肉的人哪！此刻，他同情她，为她将要遭受感情的折磨而疼她。然而在情爱上，他麻木了。仿佛眼前的人不是叶子，是谢秋云，肮脏的疯女人。我少年的荒唐，寄情声色。我的罪啊，人世间的罪孽。

"让我……"叶子哭泣着说，"最后再求你一次，我……不让你现在回答。为了我，请你再想想，啊？"

叔同再也不想无休止地执拗地逼着她应诺了。他轻轻地推开她，淡淡地瞅了她一眼，悄悄地拎起小包袱，默默地走出了大门。

虽是三月的天气，狂风撕裂了春光。

叔同回到学校，渐渐地消沉了，像被霜打过的枯叶，萎变了。

暑假将近，他整理了友人赠送的金石九十二方，加上自刻的一块，共九十三方，亲自送到杭州"西泠印社"。此刻，西泠印社已早有传闻。他把小皮箱往"题襟馆"画案上一放，和蔼地朝众社友微微一笑：

"我将要离俗出家，这些友人馈赠之珍品，我不能带它出家。赠给社里做个纪念吧！"

社长叶舟一愣，还没弄明白什么意思时，叔同回首飘然而去。走下石级，经过西泠桥时，猛地看到"钱塘苏小小之墓"七个大字。一对楹联写着："千载芳名留古迹，六朝韵事著西泠。"叔同心中一下子像有十二把刀子乱搅。谁不知道：这苏小小是一个聪明美丽、能歌善舞、很有才气的女子，沦为歌妓之后，并没随波逐流，对爱情颇为忠贞。一次，当她乘车出游时，在白堤遇到青年阮郁，二人邂逅相遇，互为倾心。此后，天成佳侣。然而好景不长，阮郁被在京做官的父亲催回，从而，再不容其返杭。忠贞于爱情的苏小小，顿然成疾，不久便郁郁而亡。苏小小死后，有位落难时曾受苏小小资助而得取功名的鲍仁，见此情景，便感其仁德，把她埋葬于西泠桥畔，并造了"慕才亭"以示后人。

叔同的心在颤栗着，他不敢想下去。然而这座光滑的水泥坟头，就像埋在他的心里。啊！啊！忠贞于爱情的叶子，你会不会也坠于坟底呢？哦！叶子，但愿你能完全起信于佛门，做一个虔诚的居尼，或许，减少一些精神上的痛苦吧？想到这里，他的心似乎平静了很多。

当天夜里，夏丏尊感到暑假渐近，唯恐叔同再生出"断食"的事端，担心地来到叔同屋外。一推门，门已倒插。他踮起脚跟从窗外望望屋里。只见叔同盘膝于炕上，念着什么经。此刻，丏尊胸中甚是苦闷：

"唉，放着好好的生活不过；全身的艺术不做，偏偏念经打坐。真是宗教之隔，亲兄弟也会各奔各。"丏尊心中有些不悦。

"叔同，"他干脆叫了一声。

半晌，门"呀"地一声开了。丏尊闷着头走进叔同房间。只见香火缭绕，桌上摆着一卷经。

"这是什么经典？"丏尊强作笑脸。

"金刚般若波罗蜜经！"

"噢？人间的艺术，你不去创造了？"丏尊对佛典显然有些贬意。

"啊！丏尊，没有宗教，还成什么艺术？"

丏尊感到他的话，叔同是听不进去了。

没几天，年度考试了。

考完的第二天上午，闻玉笑嘻嘻地进来：

"李师，哪天回家？"

"哦，闻玉，我正想找你。"叔同淡淡地一笑："请你把夏师请来。"

"好。"

"还有，"叔同想了一下，"把刘质平、丰子恺、王平陵、李增庸也找来。"

丏尊听说叔同有请，不禁心里直犯嘀咕。索兴，把丰子恺、刘质平、王平陵、吴梦非、李鸿梁都带上了。嘿！来了一大帮。

　　叔同见了大伙儿，笑吟吟地让大家坐下，闻玉忙着给大伙沏茶倒水，随后也坐下来了。

　　"我来这里七八年，和丏尊朝夕相处，情同手足，又深得众同学厚爱，自勉自强，刻苦上进。今日有劳大家，甚是不安。在这些年里，得到多方关照，感谢之极。现在，我已呈上了'辞职书'，马上要离开学校。很惭愧，没有别的奉送，只有一些身外之物……"他说着便拿起了当年朱慧百、李苹香二妓送给他的诗画扇页，和他赠与金娃娃的词卷，这些均已装裱为卷轴。"这些，送与丏尊做个纪念。"

　　丏尊直愣愣地望着叔同。叔同又说道：

　　"啊，忘了。"叔同把这些卷轴拉开，用毛笔端端正正地写了"前尘影事"四个字。接着，从怀中掏出一块金表，往桌上一放，轻轻推至丏尊的面前："这个，我用不着了，送丏尊掌握时间。还有一些历年来我收藏的书法，也送给你吧。"

　　丏尊难过得拳头都握出了汗水。

　　"关于一些油画和水彩画的作品，我已托人送给了北京国立美术专门学校。还有九十三方金石赠品，我已送到西泠印社。"叔同凄然一笑，继而停顿了一下。

　　屋里静得可怕，甚至可以听得到对方的心脏跳动。

　　"当然，"叔同想了想说，"做了和尚，与俗家不同。虽说佛门经典与中国文化有关，但它毕竟不是艺术创造。因此，这些身外之物，给你们，还有些用处。"

　　"李师……"丰子恺忍不住了，眸子里闪着泪花。

　　"等一等。"叔同已判知丰子恺要说什么。于是把手摆了摆，又说道，"子恺，我这里还有一批画谱、理论书、全套'莎士比亚'和几幅书画作品送给你。"

丰子恺心里被什么撞击了一下，眼里滚动着泪水，咬紧牙关不让它流出来。

"还有一批书画、音乐名著和乐理书，送给质平。还有，"叔同指了指文具、南社文集等，"给平陵。"

他朝闻玉看了看，微笑道：

"你待人实在诚恳，我无以报答。我这些俗家衣服，你拿去穿吧！"

闻玉吓了一跳，心想："怎么还有我的份儿？这些衣服可不是我当校役穿的呀，除了西服，就是料子衣裳……"

"最后，还要麻烦丏尊。"他指了指桌角上的一包东西："请你转给经校长。"

叔同把这些视作极珍贵的文物散尽后，只剩下一个小行李卷和一个柳条包了。

大家还说什么呢？就连平日对学生婆婆妈妈叨咕不休的夏丏尊也哑口无言了。

半晌，没有一个人讲话。

叔同散尽了身外之物，似乎卸下了一个重担。然而这重担却甩给了全屋的人，这重担像块大石头，沉甸甸地压在每个人的心头。

"讲话呀，夏师。"几位同学沉郁的眼睛盯着夏丏尊，巴不得由他来打破这令人难忍的场面：

"李师是个放得下、拿得起的人。"夏丏尊终于说话了，"我也不再多说了。今天，叔同已经披上了麻布长衫，换了鞋袜。那么，我想请人拍个照，做个永久的纪念。"

"我去找人来！"闻玉拔腿跑出去了。

"也好，"叔同笑了，"不过，在俗任教期间，我教的音乐和美术。那么，就叫我的两位学生陪着我，怎样？"

谁都知道，他指的两个学生是谁。

"照相的来了。"闻玉喘着粗气。

"这么快？"夏丏尊问道。

"就离学校不远嘛！"

此刻，李叔同已盘膝坐在炕上。夏丏尊喊了一声，"丰子恺、刘质平，陪着李师拍个照。"

二人很听话，走到炕沿前，分别左右盘膝坐在地下两侧。照相师握着皮球快门，"咔"地一下，照完了。

"闻玉。"叔同下了炕说道："还要麻烦你一趟。"

"这还用吩咐吗？李师。"

还是那条竹扁担，一头行李卷，一头柳条包。

吃罢了午饭。闻玉挑起了扁担，叔同告别了校长经子渊。经子渊和没走的同学一直把他送到校门外，这才挥手告别。

一条扁担悠悠地离开了人们的视线。

"丏尊，你回去吧。"叔同的声音凄然。

"唉，唉，我不再送了。咱们还能见面的。"丏尊黯然一笑，语音哽咽，拉着叔同的手，半晌没有一句话，瞅着他那清瘦的面容，鼻子一酸，眼泪涌进眸眶。

"回去吧，别送了。为我护法吧。"说罢，摇了摇丏尊的手，回头便飘然离去。

丏尊忍泣望着叔同的背影，伫立着，凝视着，像石塑木雕。这时，他再也忍不住了，两行热泪流了出来。

扁担悠悠，节奏很快。闻玉挑了一段路，卸下担子，拎起衣襟抹了一把汗水，回头望了望，待叔同姗姗而来时，又挑起担子上路了。直到距虎跑定慧寺仅有半里路的"四眼井"时，叔同跟上来了：

"闻玉,就在这里停下吧。"

闻玉愕然:"还有很长一段路呢?"

"好了。"叔同往路边的凉亭一指,"就放在这儿吧。"态度很温和。

闻玉把挑子放在凉亭里,抹了把汗,远望高山,郁郁葱葱,此刻,闻玉的心中不知是什么滋味。然而就在这时,叔同打开了柳条包,披上袈裟,穿上了草鞋。闻玉一回头:

"李先生,您⋯⋯?"闻玉惊愕地喊着。

"我⋯⋯"叔同缓缓地说道,"已经不是李先生了。"态度十分从容而深沉,"谢谢闻玉居士,我走啦。"说罢,挑起担子,直奔虎跑大慈山。

闻玉愣了。想哭哭不出,想喊不敢喊,想追腿发软,一阵昏眩,几乎摔倒在地。他扶着凉亭柱子,站了半晌。

"不!我不能让他一个人去。"闻玉追上去了。

当他找到定慧寺李叔同的寮房时,叔同正在打扫房间。闻玉再也抑制不住难过的心情,"呜⋯⋯"地哭了。

"李先生——"他抢过扫把,哽咽着说,"这不是您做的生活!"说完,便迅速地帮助打扫起房间。

"闻玉居士。"叔同语言有千钧重,然而是温和的,"做和尚的,上有两只手,下有两只脚,这原为劳动而生的。不唯出家人要劳动,即到佛的地位,也要常常劳动。"

"⋯⋯⋯⋯⋯"

叔同接过扫把,微微一笑:"请回去吧,要为我护法。"

闻玉抹干了泪水,咽了一口唾沫,带着通红的眼圈,退出了叔同的寮房。

闻玉回到学校,把经过一五一十地告诉了夏丏尊。丏尊听后,不禁凄然泪下：

"可惜，可惜，一代才子……"

丰尊一边叹着，一边计划去大慈山看望叔同。不料，丰尊父亲病重的家信，迫使他回到了家乡。

叔同的出家，不仅是杭州的新闻，而且也震动了大江南北。柳亚子听到李叔同出家的消息，惊呼："苏曼殊逃禅归儒，李叔同又逃儒归禅，真乃'南社'两大畸人矣！"

西泠印社召开了在杭的社友会议，会上传达了叔同出家的真实消息。登时，社友们打开了这只小皮箱，把每一件金石作品小心翼翼地传阅了一遍。其中有夏丰尊、陈师曾、经亨颐、王福庵、李苦李、叶舟、徐星周等在国内外享有极高声誉的金石书画家，还有石生、葆场、志贞、在应等受业门生的佳作，共九十三方。经社友们讨论决定，在西泠印泉右侧，凿开一方石壁，把叔同的九十三方金石印章，封于石壁之中，嵌碑一块，题曰《印藏》。

寺院的殿宇和寮房，曲曲回回。一年前，叔同在这里断食时，因沉着静息，不便走动，加上一身长袍马褂和溜光的小背头，如果东张西望地走动，总不像个样子。而今，他迎着橙红色的夕阳晚照，前殿后堂走了一遭，继而漫步往虎跑走去，他望着山脚边的一汪泉眼涌出的清泉，涓涓流入一只方形的泉井，像一颗颗绿色的珍珠跃进玉盘，终日滴沥。滴翠亭前后尤多名人题字，并镌刻有出于梵典的五百罗汉，他感到这幽静而雅寂的下处，倒也不错，只要决心抛弃凡尘俗事，真像个隐士一般。

夜里，他躺在寮房里，"隐士"的心不平静了，就像十二级台风掀起的江河海浪，起起伏伏，撞撞迭迭，似乎非要把"前尘影事"一窝端出来不可。从进士门第孩提时代，到出国留学；从家庭破产直到理想的幻灭；从走马章台到谢秋云的疯病；从俞氏及两个孩子，想到眼下的叶子。从艺术世界想到文坛故友；从"天涯五友"想到挚交夏丏尊……

"啊，丢弃这与佛门无关的尘事吧！"

他要永远埋掉李叔同的名字。

他清楚记得，断食后拜入门师时，曾要求了悟和尚为他取个法名。这位退休的老和尚笑道："大学问家，法名你自己取吧！"

"不，师父，请您赐名。"

了悟和尚捻着念珠，口称"阿弥陀佛"，接着便以佛门字号、排辈追源地想了一会儿：

"请问李居士，素茹习经，心诚否？"

叔同虔诚而严肃地说："弟子投入佛门，一心演经习佛，弘扬佛法……"

"好，你就叫演音，号弘一吧。"

"啊，师父。真是佛缘哪。这弘字乃"36"的变体字，加"一"正好三十七，是我的实足年龄啊！"

"阿弥陀佛！"了悟和尚高兴地念了一声佛号。

往事如烟，袅袅缭绕，轻轻散去。

第二天叔同便随着众僧做功课，静坐，鱼板梵钟，开始了孤灯黄卷的生活。

再过几天，便是大势至菩萨的生日。叔同和了悟和尚来到灵隐寺。在大雄宝殿拜见了主持长老。老和尚笑吟吟地问道：

"李居士，你真的愿意出家吗？"

"是的，愿佛门慈悲。"

"为什么出家？"

"演经习佛，普救众生。因为弟子少年放浪形骸，近年又无律己之行为，其理想之幻灭，实为罪孽深重。"

"七月十三日，是大势至菩萨的生日，在这一天削发，如何？"

"谢谢师父！"叔同激动得匍下来虔诚地顶礼。

老实说，当他站起来时，思绪蓦地回到了上海。至于这十里洋场，在李苹香、朱慧百、杨翠喜、金娃娃，以及疯了的谢秋云，这段因缘回忆，似乎尚无遗憾，认为人生也不过如此而已。然而，眼下的叶子，就在他的面前啊，多么现实的情景，与他厮守了十二年的叶子。这一剃度，岂不又牺牲了一个无辜的女性？尽管为了报国无门而看破了红尘，然而这颗心，仍然是血与肉的组合物啊！

"进了佛门，"老和尚又说，"要严守戒律，做得到吗？"

这一问话，触醒了正在走神儿的叔同：

"做得到，师父。"他回答了之后，立刻恢复了镇静。把心一横，决心割断世俗因缘，悉心地忏悔，净化自己的一切凡想，否则，就不能普救众生。

七月十三日，云林禅寺的山门，那顶天立地、耀武扬威的金刚仿佛在欢迎一个剃度者似的，显得非常神气。殿外的几棵槐树，被风吹落的叶子，悠悠地飘落在溪涧，然后顺流而下，那唧唧喳喳的百鸟，像一曲迷人的"幽林交响乐"，为大自然增添了无限的妙趣。

正殿里，红烛高燃，香火缭绕，叔同披着一身"海青"，脚穿"芒鞋"，在金身大佛前顶礼三拜。接着，"当"地一声，磬声绕梁，钟声"咚咚。"

不一会儿，众僧赶到大殿。

又敲响了一声大磬。老和尚身披袈裟，缓缓来至佛龛前。众僧与叔同各就各位。

第三声磬响，众僧大礼三拜，接着便是梵音经典，声震山林。

"金刀剃尽娘生发，除尽尘芥不净身……"老和尚念罢，小和尚捧着一个托盘，里面放着剃刀和帖子。老和尚打开剃刀，在叔同事先剃光了的头上晃了晃说道：

"誓断一切恶心，誓除一切苦厄，誓度一切众生。"接着便为叔同说"皈依佛，皈依法，皈依僧"这三皈依。老和尚收起剃刀，又从盘子里拿出帖子，唱道："剃度之后，剔除俗名。法名演音，号弘一。"

剃度礼结束，众僧为之祝贺。然而，对这位"师兄弟"都另眼看待，似乎是个了不起的老和尚。

次日，叔同刚从"大雄宝殿"做了早课出来，迎面碰上了一个人。谁？夏丏尊！

"丏尊！"叔同喊了一声。

丏尊仔细一瞅，面相确是叔同。但那光光的头皮，短须全无，着起了海青，倒使丏尊吃了一惊：

"你不是说，只在这里修行的吗？"丏尊惊愕地瞪大了眼睛。

"哦……"叔同笑呵呵地说，"这也是你的意思嘛！你不是说：索性做了和尚吗？"

丏尊怔住了，心中感慨万千，恨不得一下子把这位吃苦的老友拉回去，但他冷静下来了：

"叔同，"丏尊黯然说道，"你赫然是个和尚啦！"这句话，连他自己也不知是什么表情。

"昨天受剃度的。"叔同笑呵呵地说，"日子很好，恰巧是大势至菩萨生日。"

丏尊看着叔同的神态，不知如何是好：

"本来，早就想来看望你，无奈，父亲病重，我回家去了一趟。"

"令尊大人身体好些吗？"

"年纪大了，容易生病。现在情况还好……"

叔同带着丏尊，穿过几个殿堂，边走边劝说："令尊的病，要使他入佛，做个虔诚的居士，恐怕要好些，啊……你说对吗？"

丏尊茫然"哦"了一声，连自己也不知这"哦"的一声，算是同意还是不同意。他只感到，叔同的光头、海青、芒鞋，像从哪里飘来的一阵乌云，黑压压的，乌沉沉的，一种难以卸掉的压力和责任感，使他透不过气来。

"你在这儿等一等，我写一幅字，你带回去，算是我出家的纪念。"

叔同进了寮房。丏尊望着这阴森森的庙宇甚是忐忑不安：啊，叔同，撇下妻子儿子叶子，自找苦吃，唉！连你的艺术一起埋藏了呀！

约摸有半个小时光景，叔同捧着一幅书法出来。"丏尊，这个送你做个纪念。"

丏尊丢掉头脑中的纷繁联想，接过条幅一看，是楞严大势至念佛园通章，并加了跋语。末了，还写了"愿他年同生安养，共圆种智……"

丏尊念了一遍，点头说道：

"你的满腹古文，确是你入佛门的阶梯。"丏尊的话，一语双关；如果古文根底浅薄，怎能理解这佛门的奥义文词？

"丏尊。什么是'同生安养，共圆种智'呢？这不经译过，是不可理解的。"

叔同越是津津乐道地解释《楞严经》的奥义，丏尊更觉得迷惘莫测，仿佛他与叔同隔了一片雾瘴，这雾瘴隔离着世交挚友，使他俩的共同语言突然起了化学变化，他伤心了，他望着对佛门如此热情的叔同，流下了热泪。

"这是我出家以后第一次以书赠人。丏尊，别难过，我的出家，并非一般失利而逃避现实。在俗时，我做不到的报国之愿，佛家为我开了门。这也是前缘之故吧。"

丏尊默默地点点头，然而他并不理解叔同的"全文"。

"如果说，念其我们过去的友情，为我护持一些，我心则安矣……"

"叔同。"

"嗯？"叔同皱皱眉头。

丏尊感到失口了，立刻改口道："弘公，你放心吧，我为你吃素一年，护持你的佛法。"

"阿弥陀佛！……"叔同双手合十。

丏尊也做了个样子，双手合十，上下摆动了两下："那么，我就告辞了。"说着便卷起了这张《楞严经》。

"丏尊，我有一事放心不下。"

丏尊一怔："什么事？请说吧，弘公。"

"上海……叶子的事，这是我出家人不能沾边的俗事。我想托你，如一旦去上海……哦，我忘了告诉你。当我最后离开她时，我没完全宣布出家。如果她知道了，肯定不依。请你转告她，我已经出家了。异乡没有故土香，劝她回本国去。久留上海，也不是长久之计……"

丏尊深深地叹了口气，把胸脯抬得老高。心想："苦行僧啊，真是不可思议，这么忠贞的爱妾，舍得丢下？让她如何了结这后半生？"

第
二
十
四
章

/

李家大院像出了一件"丑事"，大门紧闭着，男女老少，上下人等个个哭丧着脸，心，绷得紧紧的。文熙拍着大腿直叹息：

"哎……嘛事不能干，偏偏去当和尚！"说罢，又朝桌上睨了一眼。

大厅的八仙桌上放着一个黄布包裹，是李叔同寄回家来的一缕头发和一本《楞严经》。

一封书信很简单：

……余于七月十三日剃染出家，九月在灵隐受戒，始终安顺，未值障缘，诚佛菩萨之慈力加被也。此后，以宏扬佛法终其身耳。望在俗眷属不必思墅，只当我患"霍利拉"死去矣！

演音　弘一

俞氏哭得很伤心。

此刻，叔同的大儿子李准，次子李端，以及侄儿、侄媳、侄孙女都围着这只布包看呆了。

"弟妹，"文熙一筹莫展地对弟媳妇说："不要难过了，我这个弟弟是个拿得起、放得下的人。他要执拗地一心做和尚，你哭，他也不会受感动的。这样吧，我写封信，让他还俗！"

"哥哥呀……"俞氏哭得愈发伤心了："他的脾气我知道，叫他还俗……不容易呀……呜——"

正哭着，李筱楼的大姨太太、八十多岁的郭氏老夫人来了。她拄着拐杖，颤颤巍巍地来到厅前。小曾孙女李孟娟急忙过去，扶着郭氏进了大厅：

"嘛事？"她睁大干枯的眼窝，朝全家人看了一遍："啊？哭嘛？"

"大娘，"文熙生怕大娘气个好歹的，于是含糊地说，"也没什么事……"

"没嘛事就哭？别瞒着我！"

小孟娟给曾祖母搬来一把椅子。

郭氏坐在凳子上，又对文熙说："什么事，跟娘说说！"

"哎！"文熙叹了口气。无奈，往桌上一指，"您看，这太不像话了。"

郭氏眯着老眼瞅了瞅，又用手背揩了揩眼窝，说道：

"文熙，我眼花了，看不清，你跟大娘说说。"

"文涛来信啦！"

"怎么？病啦？"

"当和尚去啦！"

"别骗我。"郭氏有点颤抖了。

"您看！头发，经卷，都寄到家里来了。"

郭氏一听，嘴唇颤抖了几下，差点厥过去。文熙赶帮上去扶着大娘，小孟娟不停地给曾祖母捶着背。片刻，郭氏站立起来，对全家人说道：

"你们都别哭了。我早就说过：我们家呀，就是一本《红楼梦》

啊……我说文涛家里的，你也别哭。年轻轻的，哭坏了身子，两个孩子怎么办？有能耐，把他找回来！"

俞氏忍住了哭泣，低头思索了半天，自知此事无法扳回，因而，望着郭氏说道：

"大奶奶，他要当和尚，就随他去吧。"

打这天起，郭氏老夫人一病不起，没几年就谢世了。

俞氏没去虎跑大慈山，叶子却到了定慧寺。

十月的杭州，秋风秋雨一连阴了好几天。大慈山上的一草一木，一丘一壑，似乎与往常不同，在叶子眼里，苏东坡的著名诗句"山色空蒙雨亦奇"似乎也黯然失色了。

叶子没带东西，手里紧紧捏着几张被雨水淋湿了的报纸。这报纸给她报了消息，也是全国的一大新闻——《艺术大师李叔同弃俗为僧》。

一阵大雨，叶子躲在虎跑山坡的凉亭里，大雨过后，她冒着滴滴小雨，爬上了大慈山，抬头望见"定慧寺"三个大字。此刻的心，紧张得不能自已，她顾不得这靡靡细雨，也不觉得衣服已湿透了。也许这是第一次见到中国的庙宇，她环视了一下周围，古木森森，空旷寂寂，石级重重，殿宇深幽，回廊曲折，好一派古刹寺院。然而，这优美的古代建筑艺术，这蒙蒙山色，似乎都与她无关。她顺着石级来到了庙前。

阴雨的气候，没有香客，也没有施主。几殿佛堂静得瘆人，整个大庙没有一点声息。

叶子在庙门外伫立了良久，眼前的庙门紧闭着，她的心却忐忑地急跳着。她盼望着能有个和尚出来，岂知全体和尚正在坐禅，只有苦风凄雨吹打着树叶发出愁人的声响。

"嘭、嘭！"叶子忍不住拉起大铜环子，敲打着庙门。

"谁?"一个小沙弥拉开庙门,不禁一怔。只见一位女子,穿着一件被雨水打透了的湖蓝色夹袍,皮鞋白袜沾满了泥浆,苍白的脸上淌着雨水,神色十分憔悴。于是急问道:"女施主,有什么事?"

"我找个人。"叶子见是个小和尚,年龄不过十三四岁,样子很厚道,于是,十分客气并强作笑脸地补充了一句:"我找……李叔同。"说罢深深鞠了一躬。

"李叔同?"小和尚一皱眉,"什么李叔同?"

"哦……小师父,"叶子那颗破碎的心跳得更激烈了,"就……就是刚出家的李叔同。"

小和尚从这不流利的汉语中听明白了。然而李叔同对庙里僧人早有关照,对任何来找他的俗家人,只说入山时短,每日修行打坐,谢绝来访。

"女施主,你说的李叔同,他叫演音,号弘一,正在打坐,不见任何人。"

"小师父,只让我进去,就行了。"

"不行,"小沙弥正要关门,叶子拼命地顶着庙门,哭切切地喊着:"小师父,我是他的妻子啊……我只要求见他一面……"

"更不行,出家人是没有妻子的。"

"啊……小师父,我求求你。请通报一声,就说上海的叶子来找他……他一定会见我的。"

小沙弥把心一横,说道:

"方丈也关照过,任何人来也不能见面。"

叶子痴痴地望着小沙弥,用牙咬着发抖的嘴唇,那红肿的眼眶里,顿时又涌出了热泪,此刻,她二话没说,"扑通"一声,跪在湿漉漉的庙门前。

善心的小沙弥，毕竟是个孩子。心想：师父不叫带进寮房，让她进庙，也不算犯戒呀。于是，他把庙门开了。

叶子急速爬起来，径直走进大庙，这时，正值庙里做完功课，叶子恨不得多生几双眼睛，她拼命地在和尚中寻视着，然而，庙里走动的人都是一个模样：光头、海青、芒鞋。她顿然想到，这位与自己曾经云情雨意十二年的艺术大师，恐怕也是上剃光头，下着芒鞋的老和尚啦，禁不住两行同情、酸楚的热泪，落在水汪汪的方砖地上。

"小师父，求求你，帮我找一找，好吗？"

"嗯……"小沙弥把叶子领到大雄宝殿檐下："我去找一找，你在这里等一等。"

"谢谢，"叶子急忙双手扶膝，一连鞠了三个躬。

小沙弥走后，叶子朝大殿望了一眼，恍惚中感到佛像在微笑："啊……佛呀。"她的心突突地跳得更加激烈。然而，她不敢再想下去了，她拖着疲惫不堪的双腿往石门槛上一坐，还没喘过气来，只听有人问道：

"女居士，找谁？"

叶子猛地站起来，见是一个五大三粗的和尚立在旁边："我找……李叔同。"

正说着，小沙弥回来了。

"找到了，他说：出家的和尚啦……嗯……对在家的俗人，一律不见！"

这句话，像半空中打来的闷棍，几乎把叶子打昏过去。

"阿弥陀佛——"大和尚无奈地摇摇头，走了。

"女居士，"小沙弥同情地望着叶子，喃喃地劝道，"还是不见的好，弘一师父在做功课呢……"说罢便悄然离开了叶子。

叶子忍着心底的颤动，猛地闯进大雄宝殿，双眼虔诚地望着大佛，双膝慢慢地跪下来，像祷告，像乞求，顿时，一肚子苦水仿佛要倾诉殆尽，她再也忍不住了，对着大佛"哇"地一声大哭起来：

"佛呀……佛。我一生没做过亏心事啊……佛……我没罪呀。为什么佛爷偏偏如此惩罚我，佛呀！佛——"

正哭着，走过来一个浓眉剽悍的壮年和尚。

"请问女施主，是请经超度亡灵的吗？"

"不是的，师父，"叶子抬头迅速朝和尚瞄了一眼，哭诉道："我是找人的。"

"找哪一个？"

"找刚出家的李叔同……"

"噢，"大和尚搔搔头皮，同情地说道，"快起来，我给你去找。"说完，他往后殿去了。

来往的和尚很多，叶子都和他们的目光对照了一下，却没有发现使他看惯了的那双细长的凤眼。

细蒙蒙的苦雨，寒飕飕的秋风，使全身湿漉漉的叶子禁不住打了个寒战，她猛地站起来，晃悠悠地走出大殿，望着来往的僧人，恍惚中，仿佛叔同就在她的眼前：

"叔同啊……快回家添衣服去吧，多冷的天啊……夹袍……还有那皮坎肩，我给你准备好了，啊！"

没有反响，只有木鱼"哚哚"地敲起了使她难忍地声音。此刻，晚斋开始了，整个庙宇鸦雀无声，顿时连个人影也不见了。

"佛呀，"叶子回头面对大佛，哀求道："大慈大悲的佛呀……我一生没有作过孽……他虔诚地信佛，我为他护法；他要做居士，我为他素食；他要削发出家，我没权成为他的障碍，可是，我要求佛保佑，使我俩再见最后一面，说上最后一句话……"

"女居士，"大和尚回来了，脸色沉静得像块石板，缓缓地说道："我见到弘一了，他说，既已脱离了凡尘，再也不见前尘亲属了。你再等，他也不见了。"

这时，躲在红柱后边的小沙弥，眼里涌着一汪泪水，又出现在叶子面前，他找不出更好的话去安慰她，只是关切地插话说：

"天气又不好，别在这里冻出病来，还是早点回去吧……"

叶子脑袋里"嗡"地一下，身子一软，又跪在殿前的方砖地上：

"佛呀，成全了我吧……"一声痛哭，把人心都撕碎了。

"咚——咚——"南屏晚钟敲响了。僧人们都各奔各殿燃香点烛做晚课去了。

叶子的泪似乎流干了，唯有血液还在奔流。

"女施主。"

叶子一惊。在大雄宝殿的烛影照拂下，见一个和尚走出殿堂，声似宏钟般地说道：

"请你不必再等了，弘一说，你就当他得了'霍利拉'死掉了！阿弥陀佛——"

叶子失望了，就像掉进大海里抓不到一点儿依附的东西。

她从水汪汪的方砖地上慢慢爬起来，晃了两晃，没讲一句话，那双失魂落魄的眼神儿仿佛凝固在眸子里，就像一个蹩脚的雕塑家的失败之作，无神、渺茫、痴呆，发直……

"啊……不可能，不可能。"她发出癔语般的悲凉的呼唤，"李叔同……李哀……息霜……惜霜……叔同……"

声音是微弱的、凄楚的，渗透着夫妻之情，穿透人心，摧人泪下。

"女居士，请你回去吧，快关山门啦！"小沙弥很同情地喊着。

"不，我一定要见到他……"叶子凄厉地说。

阴雨的天气，夜幕无情地垂下来了，使庙宇周围呈现着一片黑黝黝的世界，只有大雄宝殿那对红蜡烛闪烁着圣洁的光辉。

叶子孤独地伫立在殿前，目光茫然地望着周围。须臾，一声撕肝裂肺的呼喊："不！我一定要找到他！"

是的，叶子的心碎了。然而惟一能使她怀有一线希望的是：李叔同是真的在此庙里。这时，她拉开疲惫而发抖的双腿，不顾坎坷的陡坡，顶着愁人的细雨，一步一步地顺着大雄宝殿的外围走着。

一道闪电，劈开雨雾，闪现着一张苍白而挂满泪雨的秀脸。一声闷雷，回荡山川，大雨瓢泼而来，然而这对叶子来说，似乎已经麻木了，她只顾不停地往前摸索着，围着大殿转着。

一圈，二圈……她整整转了四圈。末了，她绝望地对着大殿，幽幽地喊着："佛呀——"

"女施主，"大和尚微闭双眼，音色深沉。

"女居士，"小沙弥叫了一声，声调像从雪地里传过来的一样，冷飕飕的。

"用过斋饭再走吧。"异口同声地说。

叶子悲伤极了，默默地摇摇头。

她，在定慧寺里流干了最后一滴泪。

天色漆黑，细雨不停，叶子探着陌生的山路，踉踉跄跄地往山下走去。

壮年和尚返回叔同的寮房，很不客气地说："演音，难道你就这样忍心让她走了吗？"

"你我众生，都是同体之亲。你，还是原来的彭逊之吗？既然礼佛发愿，再存个夫妻、父子之情……何况，你我更不相同。我的罪孽深重……见了她，反而不好，如再存个夫妻之情，那就……"

其实，叔同早有猜想，叶子会来的。然而冒雨跪庙求见，这倒使他吃了一惊。他知道，如若和叶子见面，被叶子死活一缠，岂不坏事？就像阴阳二极相触，这两颗未消亡的情种，将会"炸"毁这座庙的。

"说的也是。"这位被后人称为"亚东破佛"的彭逊之搔搔头皮，"唉，那就让她去吧！"

"走了吗？"叔同问。

"已经下山了！"彭逊之皱皱眉。

"阿弥陀佛——"长长的一声佛号，使他抛弃了世俗的遐想。

然而，谁能控制这血肉之躯的灵魂，谁能一下子把人之常情划个"空"字？

给叶子打开山门的那个小和尚。十三岁，是个憨头憨脑的孩子，为人忠厚，颇得弘一大师的欢喜，因而，一直跟随弘一大师。十八岁时被弘一大师收为正式徒弟，法号宽愿。

一天，这个老实巴交的小和尚拿着一封家信，笑嘻嘻来到弘一寮房：

"师父，我家来信了。"把原信往弘一大师手上一送："您看看，上边写的是什么！"

弘一大师拆开一看，内容是他母亲想儿子想出了病，让他回家见上一面。弘一大师原原本本地向小和尚说了一遍。

小和尚把眼皮一耷拉，半晌，才喃喃地问师父，"我也想去看看妈妈……可以吗？"

弘一大师思索了半天，末了，没蹦出一个字儿来。

小和尚懵了。撩起眼皮儿瞅了瞅师父，这眼神儿里包含着焦急、乞求、疑虑、心慌和思母之情。

又等了半天，师父还没吭声。心下已凉了大半截。临走时，眼里含着一汪子泪水。

　　过了三四天，来了一位弘一大师的故友。小和尚急忙奔至寺外迎接。来人系中国银行杭州分行的蔡谷卿。蔡先生见到小和尚，笑呵呵地拍拍他的肩：

　　"听说，你母亲病啦？"

　　小和尚傻笑笑：

　　"您怎么知道的？"

　　"嗨，傻孩子，你师父给我写信时，说他的手头很拮据。"

　　小和尚一听，忽地明白了，感动得差点哭出来。他急忙带着蔡先生来到叔同的寮房：

　　"哎呀，蔡居士，你还亲自来啦……"弘一大师站起来说。

　　"你不写信，我也要来看望你呀！"说着，掏出了五块银元往大师桌上一放，就坐下了。

　　弘一大师拿起钱来，往小和尚手中一塞：

　　"你明日起程去看望母亲吧，代我向她问安。"说罢，又从抽斗里拿出两封写好的信，交给小和尚说，"这信上都有衢州的地址，交给我的朋友。他们会关照你的。"

　　小和尚捧着银元和信，高兴的张大了嘴巴。第二天便到衢州，送完了信，转程到了常山乡下。

　　几天以后，小宽愿高高兴兴地回来了。进了庙门直奔弘一大师的寮房。正好弘一在做功课，他悄悄离开外间禅房，往大殿而去。

　　岂知，宽愿探母回来，动了"钱"的邪念。

　　原来，叔同出家以后，在定慧寺立下了誓言：一不做主持；二不化缘；三不卖经。因而，定慧寺在他的影响下，个个是穷和尚。

　　在一个晴朗朗的早上，斜阳刚刚射满土红色西墙的时候，山上来了两个小和尚。小宽愿憨笑着凑过去。

"你们是哪个山上的？"

"灵隐寺的。"

"灵隐寺？"小宽愿一琢磨，不对，路程起码十几里之遥，如何这么早就来到虎跑？"你们半夜就走出来了吧？"

两个小和尚咯咯一笑：

"乘车来的，第一班车！"

"那……你们……有钱乘车？"

"你们不分钱？"两个小和尚反问了一句。

"不给钱，光是一天三餐斋饭。"

"唉！"一个小和尚大模大样地说："你真傻！为什么不到灵隐寺？"又凑近了一步悄悄说道，"我告诉你，我们那里每天放焰口，做法事。善男信女都是大把大把地往庙里扔钱。你别看我们刚进山的，每天都有个把红包，或几铜板的进项。"

小宽愿的心被说动了。

有一天，他趁着弘一大师整理佛经的时候，撒开两条飞毛腿，一口气跑到灵隐寺，找到两个小和尚，要求见主持大师。小和尚一听，心中十分高兴，立刻把他领到主持和尚却非方丈的禅房：

"却非法师。"小宽愿双手合十顶礼一拜，说道，"我是弘一大师的侍从和尚，我想学做法事，请大师跟我师父说说，让我来这里学吧！"

却非方丈把脸一沉，半晌，才正色教诲说：

"你人在宝山不识宝，真是罪过！"却非法师摇了摇头，"你知道不知道，哪个人不想当你师父的弟子？"

小宽愿一听，脸色绯红，连嘴角都挪了位。

"你师父身上的一切，比什么都珍贵！去吧！"却非严厉地说。

小宽愿听了这席话，心里像揣了个小兔子，忐忑不安，感到十分惭愧。还暗暗地咒了一声那两个小和尚。随后，悻悻回到了大慈山。

不知怎的，弘一大师知道了这件事。

在一次宽愿送水的时候，弘一大师眯着慧眼叫了一声：

"宽愿。"

"嗳，师父。"

"母亲来信了吗？"

"没有。"

"什么时候想去看望她，就跟我说，啊？"

"谢谢师父！"宽愿憨笑着。

"出家人，不能重财。要做到贫贱不移地弘扬佛法，不甘清苦的沙弥，怎能做一个真正的比丘[1]呢？"

师父的语调很轻，却比挨了个耳光还重。心想："师父都知道啦？"他诚惶诚恐地站在一旁，两边嘴角都耷拉下来了。他硬着头皮等待着师父的训斥，然而他听到的却是和蔼而亲切的声音：

"好了，好了，去做功课吧！"

可是，小宽愿没走开，两只脚像被什么定住了一样，使他拔不开腿，还是红着脸不肯走，此刻，恨不得让师父痛痛快快地训斥一顿才好。

叔同见他不走。笑吟吟地说：

"做和尚，可不能光会撞钟……要做一个有文化的和尚。否则，不会看经，不会写经，还算什么和尚？"

小宽愿听到师父转了话题，这才把沉重的心思丢掉了一大半。两只一大一小的眼睛慢慢地睁开，望着师父的面孔，悉心地听着。

---

[1]　小沙弥至二十岁以后，可称比丘。"比丘"系梵语，即乞丐。我国称为乞士，即和尚。

弘一大师从笔筒里挑出一支狼毫笔，递到宽愿眼前：

"把这支笔拿去，每天写一张寸楷大字。我每天要看一次。"

"练字，我最高兴啦，师父。我知道：在您身上的一切，比什么都珍贵！"

弘一大师微微一笑："好了，好了，去吧。"

说真话，自从叔同入了佛门，正如俗家所说："干一行，爱一行"一样，他真的苦心经营佛家生活了。他在灵隐寺受戒时，感到佛律的戒文，每一条都举足轻重，而且相当严格，是不可有半点曲解之处。因而和尚的生活，大半是用在生活教育上的磨练，就在戒坛上，不仅熟悉戒文，接受传戒师、教授师、与尊证师的熏陶，还要在头顶上燃顶香，以表起誓的虔诚，并要终身奉行，这才能从传戒和尚手中接过一个正式比丘所必须有的袈裟、戒牒、钵、锡杖。

叔同就是在这个过程中，脱掉了居士的"帽子"，戴上了比丘的"头衔"，成了一个地地道道的遵守二百五十戒的大和尚了。

在灵隐寺受戒期结束时，是七七四十九天。

回到定慧寺，正当叶子来寻。当然，这个立誓严守二百五十戒的正规比丘，对在俗之日妾，自然不能相见。因为，这正是戒相中最难守的一戒呀！

这时，他感到在佛门还仅仅是迈出了第一步。只有严格遵守这二百五十戒，才堪称为一个真正的和尚，否则，便是"癫和尚""假和尚""花和尚""叫化子和尚"……

十月底，佛教居士马一浮来了。

"弘公。"马一浮虔诚地双手合十，朝弘一法师一拜。弘一法师口念："阿弥陀佛——。"

马一浮进了弘一的寮房，从包里取出两本"律书"，说道：

"弘公，我一听说你受戒，就特地送来两本书，你看看。"

弘一法师一看，是明代藕益大师的《灵峰毗尼事义集要》和清初见月律师的《宝华传戒正范》。

"多谢，多谢！"弘一大师脸上漾起笑容。

"这两部著作，算是我供养你的一份虔诚之心吧，望你笑纳。"

弘一大师急忙把这两本"律书"捧在外间禅房的供桌上，顶礼三拜。那兴奋的样子，就像在日本得到叶子一样，喜形于色。但不同之处，前者乃幸福之乐，而今是律己之乐，其根本之源，在于出家与在俗之间的雷池而已。

"马居士，"弘一大师回到寮房，坐下来说道："律学至今，已有一千来年了，由于人的律己不严、加上律门枯寂难行，故佛门的德行，败坏者不少，戒律成了一句口号。而更尤甚者，其律学至今无人深究力行，实在是佛门的不幸……"

"说的也是，律己者为教化于人之本。而今律宗之学，极少人问津，更谈不上深研力行。"

"做一个比丘，"弘一说，"就要做得像个样，严格地说，丝毫不能马虎。古德有言：秀才是孔夫子的罪人，和尚是释迦牟尼的叛徒。"弘一说到这里，轻轻叹了口气，"难怪，世俗将和尚列入'三教九流'之辈，实是佛门之不幸啊。"

正说着，小宽愿来了。拎着把红砂茶壶，倒了两杯茶，端给两位上人。

"哈，"马一浮逗着小和尚说，"长得更胖了嘛！"

"嘿嘿。"小宽愿傻笑笑，"马居士，师父待我好，怎么不胖呢！"

"哟，"马一浮笑道，"小和尚，聪明起来啦！"

"不聪明。"宽愿又憨笑了一阵，"马居士，我想请问您，您是大学问家。我听别人讲三国，刘备死为'崩'，曹操死为'薨'，这是为何？”

马一浮不禁惊喜地喊着：

“这小和尚倒有点灵气了！”接着便不厌其烦地给宽愿解释了几遍。

宽愿听了一遍又一遍，还是有点似懂非懂，于是，干脆地说道：

“马居士，请您借给我一本看看，行吗？”

“哎呀，”马一浮高兴地喊着，“想不到你能看《三国志》啦？”

“嘿嘿。”宽愿笑了笑，“都是师父教的。”

“你师父可是个大学问家哟。”

“嗯。”宽愿点点头，“所以，我才找您借书啊。”

马一浮面露为难之色。其实，弘一大师十分清楚，谁想从浙江图书馆借书，必须拿出三千纸币的押金。而今，听得宽愿要借书，马一浮自然难以答应。但对宽愿如此好学，打心眼里又十分高兴。这时，弘一以求情的口吻向马一浮说：

“你是图书馆馆长，何不方便一次，我给宽愿做保人，总可以了吧？”

弘一大师说话了，加上宽愿如此好学上进，马一浮当即应道：

“好吧，那就用我自己的名义借出来，怎样？”

宽愿一阵傻笑：“那就多谢了！”

马一浮走后，弘一如饥似渴地读起了这两本戒律书。此后的一个多月，他除了读经、写经、练习“披衣”“持具”等等僧事的应知应会以外，利用了一切空余时间，专心致志地研究了这两部律书。

是的，在俗时，他学什么像什么，而且不是一般地知而了之，而是知而透之，体而行之。做和尚，其韧劲和在俗时期一样：这律学，非要把它研究到“家”不可。这是艺术，是做和尚的艺术。音乐美术、戏剧书法、诗词歌赋可以学到家。僧家的律学，究竟难于艺术多少倍，他根本不信这个邪。然而，最难最难的，要算是身体力行了。不过，这没啥可怕的，三周的"断食"能使他飘飘欲仙。这佛门的戒律，则能使人格更纯洁，德行更崇高，对自己更是无惭无愧。

尤其是知识分子出家，他的古文基础便是他修至高僧的"桥梁"，然而也都想为佛门有所建树。尤其是这位好奇斗胜的李叔同，既然出家了，也决不会甘心做一个"撞钟"的庸僧。他知道，佛门八宗，其禅宗、净土宗、华严宗、天台宗、三论宗、法相宗、摄论宗，均有高僧宗师，唯独律宗没人继承以致失传。从此，弘一和尚决心修持律宗。说实话，律宗的戒律是严于律己，以苦为本，这对豪门才子来说似乎是不可思议的事。但是，这位拿得起、放得下的李叔同，一向做事都要做到家，苦，也自然会苦到家的。

马一浮送来的律书，他翻了三遍，但其中颇有不完整和难解的律典，从此，他发愿重修律典，恢复律宗，发扬律学的佛教传统，他对佛发誓：

"我愿深研律学，发扬律宗之德行。佛呀，请护持我，我如破戒一分，愿堕地狱……"

打这以后，他实践了"过午不食"戒，即每日中午，以十二点钟为限，再也不进饮食了。

第
二
十
五
章

/

一九一九年初春。

浙江第一师范学校的"桐荫画会"还很活跃。但是，李叔同的出家，颇使小会友们感到空虚。一天，十七岁的沈本千在画风上遇到了难题，毕业班的丰子恺出了个主意：

"请教李先生去。"

"哪个李先生？"叶天底（后为革命烈士）反问了一句。

"弘一法师啊！"丰子恺说。

嘎！热闹啦，你一言，我一语，像下饺子似的，讨论开了。

"李先生已经得道高升了！"

"出家人，声色之事根本不问了，还会管咱们吗？"

沈本千犹豫了半天，问大伙儿说：

"由丰子恺带路，谁去？"

"我去。"叶天底，李增荣举手喊着。下午，丰子恺、沈本千、叶天底、李增荣四人香汤沐浴，理发更衣，徒步来到虎跑大慈山定慧寺。

到了弘一大师的寮房，丰子恺侧耳听了听，说道：

"等一等，大师在打坐。"丰子恺说着，便把沈、叶等三人带到大殿，他们先瞻仰了莲花座上的佛教鼻祖释迦牟尼，又参拜了二十诸天、十二圆觉和十八罗汉。随后，在大殿里游览了一圈，才进了弘一大师的寮房。

"大师。"丰子恺先叫了一声，"几个同学来拜谒您来了。"

"阿弥陀佛——"弘一大师面露悦色。

沈本千一怔，心里怪难受的。心想，原来就怕李师一鞠躬，现在最怕念佛号。但出于对老师的尊重，也念了一声"阿弥陀佛"。

"大师，"丰子恺说，"本千同学有一个问题，想请教。"

"说吧！"弘一的态度很谦和。

"是这样的。"沈本千说："原来我喜欢画中国画，参加了'桐荫画会'以后，我就学着画西画，但两种画风不同，一画就打架。"

弘一大师听完了沈本千的困难之后，笑吟吟地说，"刚开始学画，不管是西洋画还是中国画，开头总要学形象。中国画重在写神，西洋画重在写形，初学者基本功总是写形。中国画不求形似，好就好在不形似，但最好从形似到不形似，神形一致。"

沈本千一听，明白了：

"两者各有特点，如各取其长，不更好吗？"

"对呀。"大师笑了。片刻，大师又说，"时代是在进步的，将来新的事物是层出不穷的，多学习，有学习机会不要轻易放过。"

"大师，"丰子恺深情地说，"今年我毕业之后，要去上海美专教书了。估计，不能常来奉养大师，我决定吃常素，为大师护法。"

"阿弥陀佛——"大师的声音很低沉，并有些嘶哑，显然，心情十分黯然。

傍晚，弘一大师缓步把学生送至山门，一行五人踏级而下，这时，只听寺庙的晚钟骤然响起，弘一大师立刻止步，遥对青山，屏声息气，其他四个学生也一声不响地肃然而立。此刻的师生，思绪万千。

"我不远送了。"大师说。

"望大师保重。"四位学生鞠着躬说。

"阿弥陀佛——"

但是，学生的拜谒求艺，却勾起了他对割弃了的诗书画印、戏剧音乐的留恋，仿佛一个指挥过千军万马的将领，一旦手下没有一兵一卒，心中具有一种难忍的空虚感。

由空虚到充实，往往寓于机遇与必然。

恰巧，大师收到了加兴佛学会范古农的一封信，其内容拟邀请弘一赴嘉兴"阅藏"。这范古农乃加兴佛学会的首领，叔同于出家前曾拜访过这位白须长者，并答应出家后到嘉兴整理经卷。今接此信，自然乐于前往。

嘉兴车站上，一派空前的欢迎场面。周围乘客愕然，不知是欢迎哪个活佛。只见僧众挤满了月台，身披袈裟的主持僧、身着海青、风帽、芒鞋的沙弥与和尚。为首的是佛学会居士范古农。下车的则是一个瘦长的、颇不起眼的中年和尚。在众僧簇拥下，浩浩荡荡地步行至精严寺佛学会。这里，早有一批小和尚、居士们在山门前等候。弘一大师笑容可掬，连说不敢。

其实，这里藏经颇多，满目的佛典，几乎一下子难以理出个头绪来。

一天，早斋之后，范古农陪着弘一大师遍查经论佛典，突然，小和尚来至藏经楼上：

"大师，有位青年居士来找您。"

"哦，哦，"弘一大师随着小和尚下了楼，见一个不认识的年轻人，手上拿着一卷宣纸，恭敬地站在门边，弘公问道：

"请问居士，找谁？"

"弘一大师。"

"我就是。"

"哦……"青年人有些紧张，连忙鞠了一个躬："听说您来嘉兴，冒昧前来向大师求一幅墨宝。"

弘公一听，犹豫了一下。本来，这书法艺术早就被他和音乐、美术、戏剧、文学、诗词、篆刻一起装在"空"字口袋里了，今日突然有人上门讨字，倒使他有些茫然：

"请居士等一等。"说罢，返身上了"藏经阁"，见了范古农，讨教似的问道："范老，本来我对一切艺术，已抛入凡尘。但此刻楼下有一位青年居士来找我讨字，不知如何处置为好，请您示下。"

这位佛教会会长范古农颇有经验，听罢不假思索地说：

"自古佛门书家很多，名家亦数不胜数。但皆以书法植净根。有人求字，这可是个弘扬佛法、广植佛因的好机会呀。"范古农捻着长长的白须，爽朗地说，"今后，恐怕会有更多的人找你啊……"

弘公听了十分高兴。一来，又可以研墨挥毫了；二来，又是弘扬佛法的好机会。于是便说："您说的极是，那……我就写一篇，送给这位居士。"

弘公送走了青年，又回到了藏经阁。范古农笑了笑，问道：

"写给他了？"

"啊。"

"大师，"范古农挺直了身子，笑道，"你的书法，不仅社会居士贤达喜欢，就是我和我的朋友也都想求一幅……"

"好，好，我一一如愿就是了。"

此刻的弘公，满脸笑容，就像春天的杜鹃花，红通通的。诚然，一个对美术、音乐、诗词、戏剧、金石、文学、书法有着如此浓厚兴趣并具有高深造诣的艺术家，突然"刹车"，谁也难以忍受。因为，在他的周围，满目事物都包含着艺术。不是吗？ 庙宇的建筑艺术美，佛像的造型艺术美，念经的音乐艺术美，大殿楹联的书法艺术美……正因为这些巧夺天工的造型艺术，才能使一些善男信女作为接近佛教的津梁哩！因而，他对范古农的话，十分感兴趣，仿佛茫茫的长夜突然捡到了一颗夜明珠，此生如能"以字结缘"是个绝妙的艺术发挥和艺术享受。

尤其是，七个艺术门类一身兼的艺术大师，"解放"了一个书法，就像七个拦河闸门，关闭了六个，其书法之精湛，点线之入神，笔力之遒劲，气度之闪光，是可想而知的了。

弘公在精严寺佛教会"挂单"[1]，住了两个月，除了埋头于线装的佛典经书整理工作之外，将华严经偈语录，以若干警句，书写成对联、条幅、横幅送给范古农等众多居士。

一日，弘一大师应马一浮来信之约，回杭州参加了华德禅师主持禅七[2]活动。

在人生道路上，有人喜欢俯视，站在山丘上，已觉得比别人高了；有人喜欢平视，觉得和别人差不多；有人喜欢仰视，攀上一个高峰，又攀一个新的高峰。弘一大师则属于后者。

寒风凛烈，大雪铺地。弘一挂褡玉泉时，便开始了他的"戒相"研究。说清楚些，即苦行僧的"戒律"。是佛教宗派中"律宗"的苦修规矩。

戒相，自古以来的律本，非难即玄，不是抽象繁琐，便是难解难行。因而，必须悉心整理、分析，并加以图解，方能使戒子易懂易行。

---

[1]　挂单：指云游僧在某庙停留时，交出戒牒，表明身份称挂单，也叫挂褡。

[2]　即佛教派别禅宗的七天坐禅。

众所周知，弘一大师少年时，是个风流倜傥的人物，室有一妻一妾，曾有走马章台、拈柳平康等放荡行为，恋过名妓，捧过坤伶，以嫖妓为文人学士的韵事之一。但事物却走向了反面。过去的极端享乐，常常是孤寂的前奏。弘公对研究"戒律"，曾经产生过激烈的、痛苦的思想斗争。他想：过去的放荡，自愧自反，要把过去对于一己一物之爱，扩大成为广博的众生之爱；要从过去的脂浓粉艳的境地，参澈清禅，过"众生无常"色相皆空"的新生活；要把过去放浪形骸的罪过，以最难的"律宗"来律己。谈何容易？但他认为，尽有这样，才堪称为一个和尚、一个地地道道的和尚。他认为，佛门律宗再度兴起之日，便是从"三教九流"剔除"和尚"之时。因而，大师的全部著作，对佛教最大的贡献，是决定了中国和尚"戒相"的模式。然其"法师"的称号，也是由其对戒律的研究开始的。

大师"守戒"森严，发妻"开戒"解忧。试想，大师的原配夫人俞氏，在叔同突然出家的打击下，精神上如何忍受。她苦闷、忧愁、精神无所依托，便悄然回到娘家，哭诉着自己毕生的不幸。就在这极端痛苦下，她偷偷摸摸地学着吸食鸦片来麻木自己，以解脱精神上的苦闷。

大师对律宗研究得越深，叶子对生活越是无望。

这年，丰子恺已任教于上海美专。为使恩师解脱后顾之忧，并一心研究律宗的理想，他悄然来到法租界卜邻里，探望这位不幸的叶子，并想帮助她解决一些实际问题。

"叶子女士在家吗？"

叶子一惊：

"谁？"

"我叫丰子恺，大师的学生。"

丰子恺的名字，在叶子耳朵里已经熟透了，但这个名字又与李叔同三个字联在一起的,因而叶子惊喜、忧伤、绝望之情,一古脑涌上心头。

叶子迟钝地开了门,失神地站在那里。

丰子恺一看,大吃一惊! 这哪像照片上的叶子啊。就像被风霜压倒的秋菊,竟使原来她那动人的风姿一扫而光。

"叶子女士,"丰子恺微微一鞠躬,叶子立刻以日本人的礼貌,双手扶膝,深深弯了九十度。丰子恺悄悄朝外间客厅里扫视了一遍,顿然一阵凄楚悲凉之感,袭上心头,几乎使他流出泪来。屋里的陈设依然如故,大师的书法、油画作品,原封不动地跃然墙端。叶子把他让到那张皮沙发上,又倒了一杯清茶,脸上像是泥塑一般,仍毫无表情:

"叶子女士,"丰子恺同情地看了她一眼说:"吾师离俗皈依佛门,都是夙愿使然。只是,叶子女士目前只身一人,不知您有何打算?"

"我看来没有别的办法。"叶子泪如雨下,"我……打算回国。"

"您的打算,学生很赞成。那么,您的船票,由我们来安排吧。"

"谢谢……"叶子已泣不成声了。

"您只把值钱的东西收拾一下,大师的作品您也带去,留做个纪念……"丰子恺的声音哽咽着,一汪子泪水在眸子里闪着光。

丰子恺走后,费了好大力气,凑足了五百块现大洋,给叶子买好了船票,剩下的作为盘缠,如数交给了叶子。

深夜,她离开了这冒险家的乐园,也离开了大师的学生丰子恺,两舷的甲板上顿时静了下来,叶子挥着雪白的手帕,渐渐离开了子恺的视线。

此刻的玉泉寺里,弘公的禅房,孤灯黄卷,凭着他那一股精神上牺牲的血诚,诵着经,声音细缓流转,如清泉溪流。

常言道:人非草木,孰能无情? 如果说弘一大师例外,那是假话。只因从一个积极投身社会活动的热血青年,一变而成为超然世外、谈经说法的佛门弟子，生活环境和信仰的改变，这不能不使他咬着牙抛弃妻妾，寻求新的精神寄托。

四月中旬，是大师亡母的忌辰日。这天，他没一丝笑容，默默地诵起了《无常经》，坐禅时，禁不住忆起往事……"啊……娘，您如果在世，也只不过是五十七八岁啊！"想至此时泪如泉涌，泪水滴湿了僧衣。

自此，大师开始云游，并做了戒律的调查。

一九二一年初春，大师由杭州赴永嘉城下寮（庆福寺）挂褡。不久又返回杭州挂褡于闸口凤生寺。这往返之间，他目睹佛门一些"蛀虫"甚是担忧，因叹道："我佛，各寺都有以佛法为工具的'污和尚'、'垢比丘'，不剔除'蛀虫'何以净化佛门，不弘扬律宗，将不堪设想啊……"此时，他对那些有辱佛法的现象深恶痛绝，也更促进了他对研习律宗的宏愿。

这天弘公正在寮房里思忖着，突然，他冒出一个念头：为纯洁佛法，他要刺血写经，用自己的滴滴鲜血为一切"蛀虫"忏悔。当他找出大针正要朝自己的右手食指猛刺时，门外有人讲话说："就是这间房子，你等等，我先去看看。"

小和尚进来了：

"弘一法师，有位居士来找您。"

大师把针往针线包里一放，冷静地对小和尚说："请他进来吧。"

进来的是丰子恺。这个二十刚出头的小伙子是李师绘画艺术的接班人。他有着超人的天才和毅力，并刻苦研究现代派画风。在那胖乎乎的圆脸上，常闪烁着慧敏的目光。他的装束，甚至一举一动，都与当年的李师相差无几。

"法师，"声音充满了师生之情，又对这位受苦的老师赋以极大的同情。

"啊，子恺居士，是你呀。来，快坐。"

丰子恺用眼瞄了一下这间寮房，鼻子一酸，眼睛湿润了。他掏出手帕，用揩汗的机会，把泪水抹掉了：

"法师，我要到日本去。"

"啊，好！出国看看，开开眼界，对于创造自己的画风，颇有好处。"弘公沉吟了一会儿，又说，"年轻人要记住，就是至死也要把自己铸造成人！"

老实说，弘公对"绘画、音乐"的词语，几乎成了一"忌"：这还不只是"出家"不谈红尘之事，然更重要的则是在弘公出家前的报国理想幻灭之后，他全然与世无争，不谈尘事，几乎成了无"佛"不谈，无"佛"不做的人了。今天，乃是自己最得意的门生，又涉及出国问题，自然，话也就多了一些：

"上海怎么样？"

"叶……"子恺差点说出"叶子"的事儿来；幸而弘公没听清，否则，便搅了大师的清净。这时，他把话锋一转，说道："在上海美专教书，深感能力欠缺，故想去日本……"

"好，好，"弘公低着头，声音低沉而缓慢："日本维新以后，有许多西洋东西好学，他们的民族也有特点……我再重复地说一遍，至死也要把自己铸造成人！"

"我记住了，大师。"子恺应着，便悄悄朝大师脸上瞥了一眼。就在这一霎那间，他发现大师那清瘦的面孔上，两个眼窝深陷下去了，不论其动作、话语，仿佛他把这个世界早就忘了。

弘公的话不多，子恺望着恩师、二人相对，沉默了很久，很久……

"我去了，大师。"子恺轻轻站了起来。

"哦！"大师撩起眼皮，朝着自己的得意高足微微一笑，"走，我送你一步。"说着便陪着子恺步出寮房，经大殿走廊，通过前院，到了山门。

"法师，我去了。"子恺的心情十分沉重，已经走出好远，回头一望，啊！大师还立在门边，像一尊刚塑成的菩萨。

第二天，弘公接到一封家信。看与不看，思索了半晌，最后还是看了，其中一段写道：

"……自你出家以后，你的大儿子李准娶媳王氏，喜庆之日，耗资万元，其排场颇不减当年李门兴盛时期。婚后，今得一子，唯取名一事，全家要求，请你为孙子取个名字，见信后，即复天津。切切。"

虽是在家俗事，大师仍以扬善普度为本，给孙子取了个"增慈"的名字，当天寄回了天津家里。信封上写了"李文熙居士"。最使全家传为笑柄的则是信中未提妻子俞氏，而只是写了一句"问猫安否？"

老实说，大师的家信不问妻儿安否，并非他意，只因弃俗出家，了却生死大事，不怀夫妻之情，忍心弃妻而不顾，都是经过了痛苦的思想斗争的。虽说看破红尘，然而，刚刚踏入佛门的那颗心，似乎也装着两个对立的灵魂：一是前尘难弃；二是破釜沉舟。他选择的后者。念佛不辍，持戒甚严。对叶子的求见，他已经经受了精神的考验，故每次收到家信，大都写上"此人不在，业已他往"退回了事。

一盏孤灯，五部黄卷。弘一法师在诸山求得了《弘教律藏》三帙、《南山戒疏》、《行事钞》、《羯磨疏》和《灵芝记》。他在孜孜不倦地阅读，在遍读律学的同时，深慨于中国僧界之所以往往为人所诟病，实乃不守戒律之故。

所谓五戒、十戒、菩萨四百戒，比丘二百五十戒、比丘尼五百戒，这是诸佛的善原。从唐朝南山宣祖重兴，到南宋灵芝照祖继兴，历来称为佛教典范，然而，这南山律宗在佛门却失去了真脉。

寺院敲响了晚钟、山门已闭，大庙静谧得可怕。小沙弥都已入睡，只有弘公的寮房，灯火如豆，他要誓护"南山律宗"，要将这繁杂的戒相，抽象难记的律条，用列表、图解、撮记其要的方法，使律学简明易懂，便于初学和实践。

晨曦，天空已现出鱼肚白，继而一道深黛色的光线射进大师的窗口时，一本律学草稿已经成册，当他在封面上写完《四分律比丘戒相表记》的九个篆字时，天已经大亮了，他吹灭了油灯，光灿灿的初阳已射进寮房。

第
二
十
六
章

/

　　家书一封，落款是李麟玺。

　　李麟玺，字晋章，乃李叔同二哥李桐冈的次子，早年就读南开学校，受"春柳社"的影响，与周恩来、马千里、时趾周、华午晴等师生组织了"南开新剧团"，把话剧推向一个新的高峰。其创作剧目《一念差》、《恩怨缘》的演出，颇为轰动。尤其在《恩怨缘》的第一幕《种因》中，周恩来扮演烧香妇，冯孝绰扮演算卦者，李麟玺扮演僧人，一开始便把观众吸引住了……时值一九一四年，李叔同正在浙江一师任教。

　　然这晋章像是与叔同有亦步亦趋之势，而今也笃信佛教，成了一名佛教居士。这封信乃是向二叔弘一讨教佛法的。

　　然而，晋章的长兄圣章，则持相反的态度，对这位做和尚的二叔甚是不解，也写来一信。

　　李圣章乃叔同二哥李桐冈的长子，名麟玉，号圣章，早年留学法国，并为中法文化交流做出过贡献，因而法国曾授予"骑士勋章"。载誉回国后，任北京大学教授。

　　"放着艺术家不当，偏去做和尚！"圣章对叔同的出家感到吃惊，归国后便写了这一信，想以"回津讲经"的名义，让其回家，借机"开导"一番,以劝其还俗。并随信寄去大洋一百元,作为盘缠。

大师阅罢,捻须微笑。提笔写了一封回信,表示要以研究佛经作为他的终身事业,并无回津打算。

弘公把信发出,随即敬告寺中道友说:

"我出家时短,学行未充,佛识浅薄,急于摆脱俗缘,致力于自己要毕办之事。因此,诸道友慈悲,为我护持:即一切旧友新知来访,暂不会晤;一切索字著文之事,暂不接待;一切要事相托,暂不允诺。至谢,至谢。"

众僧亦知大师悉心于律学,均以点头应是。当天,根据这三条约定,他写了一篇《谢客启》贴在门外,从而掩关[1]制律。

谁知,当年的艺术家李叔同,早已享有盛名,而今做了和尚,更是不胫而走,不论是佛门居士,还是附庸风雅之辈,纷纷来至温州,不是登门拜访,便是求幅墨宝,要么,讨教经书解释,哪怕是见上一面,抓到几个字,便可自吹为弘一法师的挚友了。

这《谢客启》三个隶书大字,老远即可望见,然而一些不知趣的追名逐利者,却不以为然,仍是徘徊于庆福寺殿前房后,哪怕见着弘公搭讪两句,即便没讨到一个字,也算"凯旋"了。弘公眼见这种情景,干脆写了一篇大幅《谢客启》贴在山门以外,不料,糨糊未干却被人当"墨宝"揭走了。

一天上午,弘一大师做完了早课,刚拿起枇杷膏,一个小沙弥捧着一封信,笑嘻嘻地进来说:

"师父,家信。"

"哦,放那吧!"

---

[1] 和尚在一个时期不接触外界,称掩关。

　　小沙弥把信放在桌角上，随即帮助大师倒了杯白开水，看着他把枇杷膏吞下，又说道：

　　"师父，别忘了信！"

　　"哦，放那吧！"弘公淡淡地说了一句，随后又伏在桌子上，修订着《四分律比丘戒相表记》。

　　晚钟敲过，眨眼已是深夜。夏末，南方的蚊子像一群恶鬼，围着弘公"嗡嗡"地旋转着。

　　"啊，"弘公忽地想到，"蚊帐上还有两个洞呢，不补好，今夜难眠哪！"他站起身来，借着油灯的微光，把蚊帐上的两个洞，用纸糊上了。

　　此时，他才想到天津的家信。他拆开了信封，抽出信纸一看："……发妻俞氏夫人，病故于天津……"

　　啊！他的心猛地收缩了一下。虽是脱离凡俗，皈依佛门，但大师毕竟是七尺之身、血肉之体。发妻，为自己养育两个儿子的发妻啊！此时此刻若说清净六根，谁信？ 这天夜里，他专诵《地藏菩萨本愿经》。为亡妻超度。

　　法师念了一段经，遥望北方，他，同情发妻为他而牺牲。出家前，他已抛弃了她十多年。她呢，遵守了妇女的"三从四德"养育后代。法师之心被撼动了，本想更衣北上奔丧，无奈，北方"直奉之战"变乱不宁，只好望空兴叹。但是，他没落泪。也许这就是六根清净的缘故吧！

　　秋柳寒蝉，草虫唧唧。转眼过了一个多月。

　　说实话，这里的佛典浩瀚，环境清静，尤其庆福寺的主持寂山老和尚，对这位前来挂褡的弘一和尚是刮目相待的。因为他知道：这不是一个平常的云水僧。曾经留过洋、画洋画、演洋戏、唱洋歌、讲洋话的百万富豪的公子爷。然而，对佛道又以律宗为他的苦修目标，如此律己，非一般挂褡僧所能为的呀！尤其他得知弘公持过午不食戒，特地叫火头僧把全寺的午斋，提前到上午十点钟。

忽一日，小和尚又拿来一信："大师，信。"

"放那吧。"弘公没抬头，悉心地修订着他的律书。

"人家等着呐，您不看，我怎么回答？"

弘公一抬头："等着回答？"

"是呀。"小和尚把"是"字拉得特别长。

"你没告诉他，谢客吗？"

"嗨，什么话都说了。可他就是不走。"

弘公一怔，随手拿起信来，读道：

音公法师：

  …………

  近悉，大师之《四分律比丘戒相表记》已完成初稿，实乃一大功德。现友人穆藕初居士，虔诚以佛，愿为律书捐款刊印。今面见我师，请当面开示。

  枇杷膏、宣纸等，需要时亦请一并示下

丐尊

弘公看罢信件，眼光中闪出了少见的欣喜之情。连忙俯身问小和尚道：

"居士在哪？"

"在山门外。"

"快，快请进来！"

到底是个孩子，见法师如此兴奋，急忙连跑带颠地冲了出去。

穆藕初随小和尚进到寺里，两眼不住地扫视着这里的一切建筑，一种虔诚的敬意更加浓烈。这穆居士乃是江南民族工业资本家，幼小时，家中弥散着浓郁的佛教气氛，耳濡目染地受到宗教的影响。人到中年，更加潜心于佛门功德事业。当他听到弘一大师的律书即将完稿，立刻请丏尊书笺一封，面见大师。

"啊……是穆居士吧？"弘公已经来至寺庙的前院。

"大师，"穆藕初双手合十，"拜见，拜见……"

"阿弥陀佛——"大师的语调非常虔诚而安详。

弘公引路，穆藕初跟后，小和尚尾随。到了弘公的外间禅房。穆居士顶礼三拜，然后进了弘公的寮房。

"听丏尊说，大师的律书将要完稿？……"

"哦，正在掩关整理。据夏丏尊居士说，您愿为护法捐赠？……"

"是啊，"穆藕初笑了笑，"佛门的珍品嘛！自南宋以后便失去了真传，今经大师整理重编，实在是一大功德。现在，重修'律宗'的比丘实在不多，如能再度继兴律宗，我捐赠些资金，出版此书，不是理所当然的吗！"

"多谢，多谢！"弘公笑吟吟地双手合十。

"为了这部《四分律比丘戒相表记》的出版，我已和中华书局商妥，一切费用，您就不必操心啦。"

"那好，"弘公想了想说，"我的在俗弟子刘质平居士常来我这里，这具体之事，就请他与您联系吧。"

"好，好。"穆藕初很爽快。当天，弘公留他在寺里吃了午斋，当他拿起筷子，一看表才十点钟：

"大师，"穆藕初疑惑地问道："这是午斋，还是早斋？"

弘公笑了：

"穆居士不知，我有'过午不食'之戒，寂山师父为了照顾我，把午斋提前到十点啦！"穆藕初听了，不禁暗暗敬服。

这年，大师生了一场重病，一连腹泻三天，顿时瘦得变了形，裹着那身灰色的僧袍，蜷卧在破草席上，三天不进饮食。

寂山老和尚急忙派人请来医生，一诊断是菌痢。全寺和尚都慌了。医生开了药方，又打了一针，弘公吃了药，心中不停地默念着佛号。病情直到晚秋，才恢复过来，然而，那修长的身材，更加瘦骨嶙峋，给人以可怕的感觉。

翌年开春，大师准备外出云游，计划由温州到宁波，经南京到安徽九华山挂褡。但刚到宁波，江浙混战，交通阻塞。奈何？索性暂留宁波，挂褡于七塔寺。

弘一大师的行踪，很惹人注目。在春晖中学教书的夏丏尊得知大师挂褡七塔寺，立即赶到这里看望大师。岂知，这专供外地游僧居住的"云水堂"里，住着四五十个游方僧，分上下两层床铺，像是轮船上的统舱。

"请问，弘一大师？……"

"啊，丏尊居士。"从下铺里站起来一人。丏尊一惊，喊着：

"你来这里，怎么也不打个招呼？"

"不敢，不敢，请外边坐。"弘公请他坐在廊下的板凳上："到宁波三天了，前两天住在一个小客店里。"

夏丏尊一拧眉，说道：

"那家小店不太清爽吧？"

"很好，臭虫也不多，不过两三只。主人待我也很和气呢。"弘公遇见了老至交，话语很多，从乘船谈到统舱的茶房如何客气，又谈到在这"云水堂"里挂褡怎样舒服。

丏尊惘然了。心想：好一个苦行僧啊！于是劝道：

"大师，我邀请您到上虞白马湖去小住几日。"

弘公微微一笑："再看机会吧，我与白马湖有缘的。"

"不！既然大师与白马湖有缘，我想请您明日就去！"

经夏丏尊再三恳请。弘公欣然答应了。

清晨，丏尊来到"云水堂"，正想为他打行李，一看：铺盖竟是用破席子卷着，还有一只大竹网篮，其他没了。

到了白马湖，夏丏尊把弘公领到一处文人雅集的"春社"里，打扫了房间，弘公便打开了铺盖，先把那张破席子铺在床上，摊开了被，再把几件衲衣卷了卷做了枕头。继而从网篮里拿出一块又黑又破像纱布一样的毛巾，出门到了湖边。洗了脸，笑模悠悠地回来：

"啊，这水真好啊！"

"大师，这毛巾太破了，我给您换一块吧！"夏丏尊有些不忍心了。

"哪里，还好用的。"弘公把破毛巾故意在他面前抖了抖，"和新的差不多。"

"您先歇一歇，我把饭送来……"

大师一摆手，笑道："我是过午不食的。"

丏尊愕然一愣。心想，我不但没使他少受点苦，反而使他饿了一天。心中委实不安。

第二天，他老早就送了饭和两碗素菜。并且坐在旁边，望着弘公喜悦地把饭扒入口里，继而慎重地用筷子夹起一块萝卜吃得香极了。这使丏尊感动的几乎流出泪来。他真怀疑：当年的公子爷，如何会这等模样。

第三日，丏尊又约了同校的教师，带了四盘素菜，一起共餐。

丏尊夹了一块青菜往嘴里一放。

"刘先生，你做得太咸了。"

"好的，"大师说，"咸有咸的滋味嘛！"

"明天……"

"不！"弘一大师说，"不必送了，乞食，是出家人的本分。"

"那，下雨我来送。"丏尊说，"我家离这儿不远，只有一里路，真希望大师到我家里来吃。"

"我来，"弘公说，"下雨也没关系，我有木屐哩。"这木屐二字，就像炫耀一种了不得的法宝。"再说，跑一点路，也是一种很好的运动。"

丏尊和其他老师相互交换了一下眼色，仿佛有个共同的感觉：在这位大师心中，似乎这世上没有不好的东西，一切都好。小旅店好，统舱好，挂褡好，破席子好，破旧的毛巾好，白菜好，萝卜好，咸苦的蔬菜好，跑路好，甚至都有味，都了不得。啊！人家说他在受苦，然而他却自感是在享乐，真的享乐啊！

弘公在这里住了几日，讲了些劝人念佛的话，便乘船到了绍兴。

绍兴第五师范学校的教师、昔日的学生李鸿梁、孙选青以及另外一位教师蔡丏因，一道来到船埠迎接。船到了，一一见了面。

"大师，"李鸿梁问道，"您想住在何处？"

"戒珠寺。"大师从容地说。

"这是个小庵。"孙选青皱着眉，生怕老师吃苦，"再说，这个小庵在城南一角的田野里。"

"也好嘛！"大师笑笑，"寺庙总要设在辟静的地方啊。"

这天，大伙儿把弘公送到了戒珠寺。

假日，仨人总是跑到寺里见一见大师。但奇怪的是，每次大伙儿凑在一起来到这里，往往是面对面地默默地坐着。老实说，这几位年轻的师范教师，谁都有一肚子话要说：不是关于人生问题，便是世道问题；不是关于教学问题，便是国事问题；不是关于佛法问题，便是艺术创作问题。总之，很想请教一番。但面对大师那副真诚而带微笑的颜面，以及那持律森严的恬静自如的神情，似乎觉得一切都解决了，也都明白了。他们也感觉，这似乎是人生的态度，佛法终极的趋向，因而也就无所求了。在这种场合，如果问起"图画"、"战事"或是"教学"，都觉得反而有损这恬静的气氛。

不久，弘一大师住戒珠寺的消息被法界寺的主持僧然庆法师知道了。于是，他亲自迎请弘一大师来上虞法界寺。大师被这种罕见的至诚所感动，于是卷起行李来到法界寺挂褡。

这是一套供比丘净修的禅房，一明一暗。外间供养佛祖，里屋为比丘寮房。是一处极为安静的地方。但是，大师在这里却是体格日衰。尤其是鼠类搅扰，令人昼夜不宁。

一天夜里，大师洗笔掩卷，吹灭了油灯，刚想睡觉，这批山鼠就像进入无人之境，在寮房里上蹿下跳，你咬我追，吱吱乱叫。已是深夜十二点了，大师披上海青，拖着草鞋，点燃小油灯，上上下下照了一遍，"啊？"了一声，不禁大惊失色，不仅把在俗弟子刘质平为他刚做的新僧衣咬了几个洞，竟连佛像的手足，也啃得像大菠萝一般，坑坑凹凹；这还不算，竟敢在如来佛的手心里拉了许多的黑色粪便。

"罪孽！罪孽！"大师喃喃地自语着，心中很觉难过，小小鼠类竟然凌辱佛祖！既不能"杀生"，又要避其烦扰，奈何？他举灯伫立着，一动也不动。

"啊……有了。"大师眼睛一亮，心想，"记得昔贤有'畏鼠常留饭，怜蛾不点灯'之说，何不以饲猫之饭饲鼠，可免鼠患矣……"

于是，吹灭了灯，回到寮房睡下，任其山鼠翻天。

翌日，小沙弥送来了早斋。自己在未吃之前，先把饭菜的大半撒于佛下；午斋照样。如是早中两餐，每日如此。果然，山鼠渐渐被驯服了；每日固定时间、固定地点"开饭"，再也不去乱咬衣服了，再也不爬到佛爷头上去拉屎了。

从此，彼此相安无事！

但是，不久弘公却病倒了！

试想：一个素食的和尚，身体又衰弱，把仅仅每日两餐的饭菜，拿了大半养活老鼠。而来会餐的老鼠越来越多，然而弘一大师的饭量却越来越少；加上鼠身带来的病毒又五花八门，谁能挡得住这种折磨？

大师的病不轻。发了几天的高烧，不思饮食，索性把小沙弥送来的饭菜全都喂了老鼠。

大师撑着虚弱的身体，给自己的门生刘质平写了一信，让其速来为师医病。但自己的病情没有告诉然庆法师，只是默默地念着佛号，静静地忍受着疾病的折磨。

岂知这奔波于甬沪两地执教的刘质平，没能及时收到大师的信，却走进来另外一个人。

"大师。"此人进了寮房，扑通一声，跪地顶礼三拜。

弘公昏沉沉地睁眼一看，不是质平，乃是一个甬僧。

"不敢，不敢，"大师勉强客气了两句。

"大师，"来人立在大师的床前，恭恭敬敬地说道："我是西安来的，法名安心。"

弘公一听远道的头陀来此拜见，心中肃然起敬，忙挣扎着半卧在床上。

"啊……快请坐。"大师的声音微弱，但语调却很亲切。

"我是来请您的，"安心和尚睁大笑呵呵的眼睛，"西安的佛门道友，都欢迎您到那里弘法！"

弘公伸出瘦骨嶙峋的胳膊，颤颤巍巍地接过了帖子，也没看就放在床头上了。只是笑笑说："不敢，不敢！"

"哪里。大师的律学研究，早已传遍了大山名川，所以叫我来请您到西安……弘扬律宗。"

"哦……安心师父，我最近……身体欠佳。"

"弟子也看得出。"安心和尚说，"为了不使西安众道友失望……"

"那么，改个有缘之日，好吗？"

"今日能见到大师，就是佛缘啊！"接着，安心和尚苦苦哀求。

大师仍是苦笑笑：

"我的身体实在不行啊……"

"到了西安，我一定为大师延请名医治疗。"

"不，不行。"大师有气无力地说。

其实，安心头陀根本不知大师的病情，加上平生第一次游方邀请名僧，如果请不到，又恐众僧埋怨"无缘"。而今，既已找到弘一法师，更出于一种弘扬律宗的急切之心。他，突然跪在大师床前：

"大师，如果您不答应，乃弟子之罪呀！"

他不起来了。大师深深地喘了几口气，眼巴巴地望着安心和尚跪地不起，心中一阵酸楚，念了一声："阿弥陀佛，"说道：

"快请起来，折罪老僧了。"

"望大师慈悲！"安心和尚虔诚而嘶哑地呼喊着。

"明日再看吧。"大师缓缓地应了一声。

安心和尚又是顶礼三拜，起身说道："明日早晨，我来接您。"说罢，回头去买船票了。第二天清晨，安心和尚雇了一辆黄包车，把大师扶到车上，卷起了大师必备的衣物，辞别了寺院主持然庆法师，直奔船埠码头。

这时，刘质平乘夜车赶到绍兴，当他来到上虞法界寺时，大师已经不在了。他急匆匆来到大殿，正值众僧下了早课。

"请问，师父。弘一法师在哪里？"

"啊，不清楚，只知道走了。"一个中年和尚说。

"什么时候走的？"

"刚走不久。"

"我知道，"送水的小沙弥笑了笑，"他到西安去了。"

"啊？"刘质平惊愕地喊道，"他病得很严重啊！"

"刚走一会儿，"小沙弥说："现在可能还没开船呢！"

刘质平二话没说，扭头冲出寺外，像百米赛跑的最后冲刺一样，飞快地跑到船埠码头。他看了看开船时刻表，离开船时间，尚有二十三分钟，他买了张送客票，下了船埠，一跃上了甲板。

船上乱糟糟的，送客的人很多。这些似乎都不在他的眼里，但那搜索的目光，一直盯着穿着僧袍的人。一层没有，底层没有，当他爬到三层楼上时，眼睛突然一亮：

"大师——"这一声，惊动了全舱。

弘公正卧在下铺上，旁边一个中年胖和尚正在为大师扇着扇子。弘公见有人喊他，不禁一怔。这当儿，刘质平已来到他的眼前。

"质平。"大师正要挣扎着爬起来，刘质平上前扶起了大师。回头对胖和尚说：

"师父，这是到哪儿去？"

"我来请大师到西安……"

"不能去！"质平不客气地喊道："大师在生病啊！"说罢，上前背起了大师，直往外冲。船舱里人声熙攘，挤挤撞撞。当质平把大师背过跳板时，安心和尚才皱着眉头把弘公的衣服送下了码头。但他很尴尬，对着大师合十躬拜，说道："我下次再来吧……"

"好，好哇！"弘公颤抖着嘴唇说，接着双手合十，口念："阿弥陀佛。"把安心和尚目送到了船上。

质平摸了摸大师的前额，禁不住"啊！"了一声。"大师，您的病重啊！"他急忙雇了车子，把大师送回法界寺，当大师坐在寮房木床上时，质平才发现桌上有大师的"遗嘱"一纸，书道：

## 遗嘱

刘质平居士披阅

余命终后，凡追悼会、建塔、及其他纪念之事，皆不可做。因此种事与余无益，反失福也。

倘欲做一亭业与余为纪念者。乞将四分律比丘戒相表记，印二千册……弘一书。

质平阅毕，鼻子一酸，搂着大师的肩膀，两行热泪刷地淌了下来。师生顿时抱头大哭。

第
二
十
七
章
／

　　弘一和弘伞[1]从庐山参加金光明法会回来时，已经是一九二六年的夏天了。

　　临走时，给丰子恺、夏丏尊书札一封。信中说：

　　　　音出月拟赴江西庐山金光明会参与道场，愿手写经文三百叶分送各施主。经文须用朱书，旧有朱色不敷应用，愿仁者集道侣数人，合赠英国制水彩颜料 Vermilion 数瓶。欲数人合赠者，俾多人得布施之福德也。

　　当下，丰子恺和夏丏尊一商量，联合了七八个人合买了八瓶 Windsor Newton 制的水彩颜料及十张夹宣纸，寄出时又附了一信，书道：

　　　　师赴庐山，必道经上海，请予示动身日期，以便赴站相候。

————————————

[1]　弘伞法师原名程中和，二次革命时一团长。

子恺把信寄出，便返回故里石门看望母亲去了。这石门位于杭州与嘉兴的中间，是个山清水秀的小镇。

丰子恺来到家里，除了母亲之外，还有两位经商的亲戚也在这里。子恺一一打了招呼，把行李一放，对母亲说：

"娘，我前些日子到杭州，看望了当和尚的李叔同先生。"

"他……"母亲关切地说，"现在好吗？"

"很好，他相当用功。"

"唉！……"母亲"啧啧"了两下，"这种苦，他能吃得消吗？"

"看破红尘了，还怕吃苦？"

"怪可惜的。"

"不过，"子恺说，"他修的是律宗，哪有不苦的！但是先生做每件事，都是认真做到家的。"子恺说到这里，忽地想起书橱里还保存着一批大师的照片，他急忙洗了一把脸，翻出了那批照片。

"妈，我忘记给您看了。"他把照片举在手里"这是李先生出家前送给我的……"

此时，母亲放下手中的活儿，洗了洗手，笑着说，"我看看。"

经商的亲戚凑过来，对子恺说："常听你说弘一大师、李叔同，我可真要见识见识哩！"

子恺揩了揩桌子，把一叠照片往桌上一放，子恺母亲和亲戚围在桌旁一张一张地端详着。嗬！穿长袍背心的，瓜皮帽后拖着粗长辫子的，穿西服系领带的，有扮演《白水滩》中十三郎的，有《茶花女》的剧照，有着印度装束的，有穿礼服的，有留须穿马褂的，有断食二十日的纪念照，有穿出家人僧袍的……

"嗨！"子恺的亲戚大声喊着，"这个人是无所不为的，你将来看，肯定要还俗的！"

"唉!"另一个亲戚摇摇头,不解地叹道,"放着二百块钱不赚,偏要去做和尚。不可思议,不可思议啊!"

子恺母亲同情地说:"多好的先生啊。"又长叹了一声,"可惜呀!……"

次日,丰子恺带了这批照片回到上海。

暑假,正值子恺的朋友、留学日本的黄涵秋归国暂住子恺的家里。二友久别,有着谈不完的话,不知怎的谈起了李叔同,子恺把照片递给黄涵秋,二人正翻阅着,住在丰子恺隔壁的一个同学跑上来说:

"门外有两个和尚在寻丰先生。"

子恺一怔,心想:大师不是到庐山了吗?他急忙收起照片,往书橱里一放,噔噔地下了楼,果然是弘一、弘伞两位法师立在门口:

"怎么?您没去庐山?"

"要等江西来信,决定日期之后,才能去。"

"快请上楼。"丰子恺真有些措手不及了。

大师上了楼,又给日本回来的朋友介绍了一下,然后就去倒洗脸水。

弘公洗了脸走到子恺面前,放低声音说:

"子恺,我们今天要在这里吃午饭,不必多备菜,早一点儿好了。"

"好,好。"子恺答应着,一边叫孩子出去:"快,买汽水去。"又叮嘱妻子说,"准备几个素菜,大师是过午不食的,要在十一点钟开饭。"

子恺回到屋里,笑着从书架上取下了那堆照片,往弘公面前一放:

"大师,您还记得这些吗?……"

弘公拿起照片,超然一笑,继而一张一张地介绍给大家听:

"……他那时才十七岁。"大师抽出一张,在大家面前亮着说,"这张,他是在东京上野读美专的时候……""哦……这张,我觉得表情还不够……"

大伙愕然了，似乎在听大师讲着别人的事情一样。

不过，这次大师亲自到丰子恺家里来，那种严肃、沉静的性格不见了。他谈笑风生，非常随和，子恺心中颇为欣慰。

这时，子恺的七岁女儿丰陈宝站在门边上，笑吟吟地咬着指甲，两眼不住地朝这两个和尚的衣裳注意。

"咦！"弘公说："你的女儿吧？"

"是呀。"子恺对女儿说，"叫师爷。"

"师爷。"小女孩的声音像个铜铃铛。

"啊……"弘公兴奋地说，"瞧这两只眼睛，生得距离很开，满好看的！"

"这孩子呀，"子恺说，"也喜欢画画，还喜欢石刻。"

"啊？真的？"弘公惊喜地问道。

小女孩咬着下嘴唇，点点头，脖子缩了一下，笑了。

"给我刻一个，好吗？"弘公说。

"哈哈……"这个一贯随俗的弘伞法师大笑了一阵，"我也要啊！"

子恺在抽屉里拿出了两块石料。弘公马上接过去，在一块石头上反写了一个"月"字，又在另外一块石头上反写了一个"伞"字。

"来，刻给我看看。"弘公把石料递给小女孩。

小女孩接过石头，看了看，立刻伏在桌子上，抱住印床刻了起来，弘公走过去目不转睛地盯住她的神态。扭头对弘伞法师说，"你看，多么认真。"

这时，从日本回来的黄涵秋插问了一些美术创作的事，弘公毫不拘谨地畅谈了自己的意见。这时，子恺忽地插话道：

"大师，您还记得城南草堂吗？"

"啊！"大师眼睛一亮，兴奋地说，"这倒是一篇很好的小说题材哩。可惜我没空整理，你们可以采一些材料嘛！"接着弘公便讲起了自己的身世，深感母亲死后到出家是不断的忧伤与悲哀，而在城南草堂读书奉母是最幸福的五六年，这成了他永远的思慕。

"如有兴致，"大师说，"陪我故地重游一次，如何？"

"那好极了，"丰子恺赞同道。

第二天，江西来信，通知了道场的日期，为了晚上乘船，弘伞大师运行李买船票去了。子恺带了几位朋友，陪着大师到了大南门，然而这里的风物变了，桥拆了，树也砍了。那条小溪已填成了马路，边上，还有几间小茅棚。

哪里晓得，这城南草堂的门外，就挂着"超尘精舍"的匾额，而这超尘精舍，正设在城南草堂里面，黄色的大门，已改成了黑色。进内一看，往日的装修如故，只不过换了几扇玻璃窗户，墙上添了些花墙洞。再往里走，大师的心已经悬起来了，他朝原先母亲住的房间一瞅，几个僧人像是刚做过了功课。大师顿然大动今昔之悲，他情不由衷地走进这间房子，"扑通"一声，向佛座五体投地，叩头如捣蒜。屋里的僧人愕然，丰子恺等人也呆住了。顿时，肃穆之情，万籁俱寂；凄凉之色，四壁浸寒。此刻的情景，如果吾佛有灵，也当垂下伤心之泪呵！

大师曾听袁希濂讲过：城南草堂的主人、当年的"天涯五友"、昔日慷慨好义的文坛盟主许幻园，已家道中落，故此房已卖给一个开五金店的商人。也许这富商信佛，就把它送给佛教，做了念佛讲经的地方。

大师礼毕，一个和尚笑笑说：

"请问师父，由哪山而来？"

"阿弥陀佛！"大师说，"我是来看看的。"

"啊……往西走，还有一个跨院。"

"谢谢师父，这房子我曾住过。那是二十年前的事了。"

"哦，你住过的？"和尚打量了一下弘一法师，心中好生纳闷。

"是啊，"丰子恺黯然一叹，心想，"如果他母亲尚在，恐怕他也不会做和尚了吧！"

"请问师父，"弘公问和尚道，"此房的原主人许幻园居士，现住何处？"

"噢，你问他呀！那新铺的马路边上，有一间小草房，就住在那里。"

大师吃了一惊，望着丰子恺说道：

"走，我们去看看他。"

大师走出"精舍"，顺着金洞桥下的新马路，一眼望见那间突出的草棚。这草棚很低，出入要弯着腰，房顶上有几片破草席，席上还压了几块破砖头，周围是一圈草围子，外边还抹了一层草泥。门外一个小桌子，桌上用"镇纸"压着一张纸条，条上写着"代写家信、对联、讼书"八个字。大师一看这字体，无疑是许幻园所书。他朝黑洞洞的屋里看了看，试探着叫了一声：

"幻园居士。"一连叫了七八声、没人答应。

须臾，走出一个驼背老人，头发秃白，面色惨然，侧着半边脸，客气地问道；

"啥事体，写家信吗？"

"你……"大师拧着眉毛，仔细地瞧了瞧老头，"是幻园吗？"

"啥系？"老头把耳朵侧过来问着。

"大师，"丰子恺提醒说，"他聋了。"

大师对老人大声喊着。

"你是幻——园——吗？"

老人揉了揉眼睛，忽地喊道：

"老弟弟——瘦桐啊——"声音是嘶哑的。

他才有四十八岁啊！叔同望着这种憔悴之状，鼻子一酸，差点流出泪来。

"哎呀——我的幻园居士，怎能伏此陋室？"

幻园还没来得及答话，便从屋里磨磨蹭蹭地搬出几个凳子来。让大家坐下，然后，眯着眼睛，细细地打量着弘公，凄然一笑，说：

"听希濂说过，你出家了，对哦？"

弘公望着许幻园额下那数得清的几根胡子，又看了一眼身上那件千疮百孔的白绺上衣，和拖着一双露着脚趾的破布鞋，感到他一切都迟钝了，变了，唤起了弘公对人间一刹那的悲哀。

"幻园，这房子卖啦？"

"唉！父亲官场失利，家道一贫如洗。这不，去年发妻也去啦，剩下我一个。总要活呀。"

"啊……"弘公略露愁容，喃喃地说道，"罪过呀，三哥，佛说：'临行赠汝无多子，一句弥陀作大舟。'一切因果，皆出于善与恶，我等必须苦心念佛，方可消罪呀！"

"瘦桐。"

"阿弥陀佛——"

"我实在想出家啊……！"许幻园悲切地说，"你就慈悲慈悲吧！"他那可怜的眼神儿，盯住弘公不放。

"幻园居士，"弘公郑重地说道："此言差矣！若为穷而出家，实为不诚啊……"

许幻园侧着耳朵，大声呼道："什么？不成。啊……想你我乃金兰兄弟，难道？……"

"阿弥陀佛——"弘公双手合十，"幻园居士，出家人一心向佛，六根清净。做一个比丘，实乃乞食为生，如若以'穷不欲生'才去剃度，恐怕很难当好一个比丘啊！"

弘公说着，子恺唯恐许幻园听不到，便在"代写书信"的小桌上，将弘公的话写在纸上，递给许幻园。看罢，许幻园连连点头。

此刻，弘公望着这位穷困潦倒的故友，忆起当年为其故妻梦仙所绘之花卉所题的辞句：

> 人生如梦耳，
>
> 哀乐到心头。
>
> 洒剩两行泪，
>
> 吟成一夕秋。
>
> 慈云渺天末，
>
> 明月下南楼。
>
> 寿世无长物，
>
> 丹青片羽留。

弘公默默地吟诵了一遍，不禁历历往事涌上心头，他深深叹了口气，缓声说道：

"你我是在俗之故友，今日可成为道友。学佛，了生死。生死之事，只是蝉翼之隔，我劝居士，净心参禅，暂且不必出家。我去后，给你寄一些经卷，好生念佛，使自己的灵魂进入新的境界，免生苦恼啊……"

幻园听罢，眼泪充满了那干枯的眼窝。

二老挥泪告别后，谁料，正当两位和尚登船时，许幻园带了袁希濂和张小楼一同来至码头，为大师送行。此时，弘公方知"天涯五友"之蔡小香已放，其肃穆之容，令人涕之沾髯啊……

弘一大师到江西参加道场之后，分送了三百幅经文偈句，一下子名震四海。受字者似乎不去诵文释义，而当作珍品收藏了。诚然，他的字变了。正如他自己所说的"朽人之字所示者，平淡、恬静、冲逸之致也"。

的确，他的书法浸透着一种净然超脱的韵味和对禅意的流露，随着意识的变化，使其书法充满了佛门所赋予的无争与宁静。如果你猛地一看，似有儿童般的稚拙感，这正是一位出家人摒除表面的技巧，给人一种不食人间烟火的禅意，尽管皈依佛门并不能算是对人生的积极态度，然其书法艺术确实由此产生了脱胎换骨，达到了一种宗教意识的魅力与飞跃。

大师的书法，也博得内山书店的日本友人内山完造[1]的钦慕。先生曾多次与开明书店总编辑夏丏尊述情，要求见大师一面。夏丏尊深知这位日本朋友与中国文化界名人有着广泛的接触，是鲁迅的好友，于是，欣然应诺。

没几天，夏丏尊约友人在功德林素斋宴请弘一大师时，内山完造有幸与弘一见了面。

"啊……"内山目不转睛地瞄着这位清癯如鹤，语音如铃的大师，赞叹了一声，顿生敬意。心想："耳听千遍，不如一见呵！"

斋宴之后，夏丏尊从黑色皮包里掏出一本弘一大师所著的善本《四分律比丘戒相表记》，在内山面前一亮，说道：

---

[1]　该氏系解放以后第一任日中友好协会理事长，对我国表示友好。鲁迅先生曾得到弘一大师的书法一纸，就是向他乞得的。一九五九年应邀来北京参加国庆典礼时因脑溢血逝世。

"这本书,是大师的主要著作,大师考虑,交给您三十册,请代分赠给日本缘者。"

"谢谢,"内山站起来又鞠了一躬。

弘一大师接着说道:

"还有一种叫《华严经疏论纂要》,已经整理定稿,正在印刷中,这书只印了二十五部,想送给日本方面十二部。待出书以后,送到尊处,拜托您。"

内山先生点头应谢,但他转念一想:这印数只有二十五部,足见其书籍之博大。于是,他问道:

"请问大师,这二十五部中,就有半数是送给日本。不知送给哪些单位?"

弘公又是微微一笑:"一切托你。"

"这部经典,在日本《大正藏》经里,也是没有的,达实在太珍贵了。"

"因为,"弘公说:"我国各系军阀混战,这部《华严经疏论纂要》,恐怕不易长久保存,不如分散保存为好。"

这天,大家谈得很迟。

第二天,内山完造邀请弘公、夏丏尊等四个人到内山书店,内山先生及夫人招待得十分殷勤。弘公浏览了一遍开架书目,便被请到里屋客室。内山夫人献上日本的绿茶,内山先生像上满了发条的话匣子,很健谈。从中国的内忧外患,谈到人民生活;从中国文化谈到书店的生意。然而,弘公最忌讳的还是前尘俗事。但内山偏偏谈到了日本的妇女美德,这不能不使弘公面若平镜,话语沉默了。这时,内山先生笑了笑说道。

"久仰法师的大名,不知能否求一幅墨宝?"

"可以，可以。"弘公这才由沉默的脸上漾出一丝微笑。

当弘公离开书店时，内山夫人对丈夫耳语道："听到他的语声，见到他那温文而雅的气质，就知道是一位高僧。"

内山点点头："你讲的极是！"

几天以后，内山书店收到夏丏尊处送来的《四分律比丘戒相表记》三十五部。内山夫妇连忙打包捆扎，分别寄赠到东西京两大学以及大谷、龙谷、大正、东洋、高野山等各大学的图书馆。

事隔不久，西京大学图书馆的一位僧籍的司书写信来说：这是一部贵重的文献，希望能得到一部。于是，内山完造满足了他的要求。岂知，飞鸿既去，雪花飘来，一连收到一百多件来信。末了，内山一算，共寄到日本一百七十多部。

诚然，内山忙得不亦乐乎，然而他却乐滋滋的。因为他能协助弘一大师对日进行佛教文化交流，也做了贡献啊！


这天，刘质平为内山完造送来了弘一法师的墨迹。这是一张三尺长一尺宽的横幅，上写"戒定慧"三个大字，落款是"支那沙门昙昉书"，右上方题首部盖一佛印，落款处盖一朱印"弘一"。

内山如获至宝，他捧着这幅字，虽是讲不出多少名堂，但觉得多看几眼似乎也充满了一种超脱和宁静。再看那字体，不激不厉，心平气和，那圆润含蓄的点线，疏朗的结体，给人以大智若愚，大巧若拙的感觉。

但是，这幅墨宝后来转到了鲁迅先生手里。

一九二七年十月三日，鲁迅由广东迁至上海景云里定居，十月八日即来内山书店购书。内山先生望着这位平头浓须的购书人，一下子认出，这……这不会错。

"请问，您是周先生吧？……"

"是的。"鲁迅说。

内山立刻打开柜台盖："请，快请，里边坐坐。"

鲁迅进了这间客室，内山夫人捧着绿茶恭恭敬敬地放在鲁迅面前，口里讲着日语，这一切鲁迅都没在意。他的视线，一直盯着这条"戒定慧"的横幅。内山完造发现了这位大文豪的注意力。

"周先生，您看这字？……"

"这位艺术家，是我没见过面的同事。"

"……"内山很不解其意。

"我离开浙江两级师范学校，他正从日本留学回来，也来到这个学校，我们是一先一后的同事啊……"鲁迅说到这里，脸上掠过一丝阴影，"可惜，他曾立志改变现实，但又找不到光明的出路，最后，遁入了沙门。不过，可以看出，他用书法表现了在佛教中所获得的心灵上的满足和平衡。"

内山先生目不转睛地听着鲁迅对弘一大师的评论，感到颇有道理。

"您如果早来几个月……"

"哈哈……"鲁迅大笑了一阵，说道，"用佛家的话说，这叫'没缘'，如果有缘，我不就乞得他的字了吗？"

这天，鲁迅和内山完造谈得很投机。最后鲁迅还买了一批书，并与内山交了朋友，自此二人交往甚笃。

俗话说："路遥知马力。"正当国民党围剿左翼作家、柔石被捕之后，内山完造匆匆来到景云里，见得鲁迅，还没喘匀了气便说道：

"不好啦，柔石先生被捕了！"

鲁迅一怔："噢？"

"现在，"内山焦急地望着鲁迅，"您，必须马上离开这里，据说，您是被捕的重点人物。"

鲁迅把脸一沉，拧起眉毛思索了半晌，其愤怒之情，大有横眉冷对之气宇。

"您在南方支持学生运动，这帮反动派都清楚。昨天，您著作的《狂人日记》《阿Q正传》全被稽查处查封了！"

"那么，"鲁迅说："下边就要取缔我啦？"语气显然带着轻蔑的口吻。

"您必须立即避难！"

"啊……"鲁迅被内山说服了。"谢谢你，内山先生，依您的意见？……"

"我已经为您安排好了。"内山镇静了一下说，"您和您的全家随我到花园庄……"

第二天，鲁迅全家到了花园庄。

过了几天，内山完造来到花园庄，见了鲁迅，甚是兴奋。是啊，正因为他的帮助，才使鲁迅免遭劫难的呀。

"鲁迅先生，您现在还有什么困难吗？"

鲁迅笑了，然而笑的还很神秘："要说困难，只有一个。"

"噢？"内山瞪大了眼睛。

"我需要的是'戒定慧'。"

"哈哈……"内山完全明白了，鲁迅喜欢弘一法师的这幅字！于是打着哈哈说，"你也想修道啦？"继而一语双关地说："您要修道，总会成佛的。"说罢，两个人都笑了。

一九三一年三月一日，鲁迅经内山完造的帮助之后，重新回到了景云里寓所。就在这天，内山完造将弘一大师送给他的横幅，送到了鲁迅手里。

"您可以修行了。"内山开着玩笑说。

"看来我和弘一还是有缘的。"鲁迅拉开这裱好的卷轴，细细地看了几眼，笑着说，"弘一法师告戒我：定，要打坐，把人生之心静而定之。定而后能静，静而后能安，安而后能虑，虑而后能得；戒，乃防身去恶、知非之训练，也称为养；这慧字，乃是去惑证理，要研究一切事物。这三个字共同构成了佛教三学。"

"嗟，您还真的懂些佛学呢。"

"懂而不行，所以，我成不了佛！"

鲁迅说罢哈哈大笑，内山竟笑出了泪。

第
二
十
八
章
／

一九二七年初。

一架法国客机由巴黎飞抵上海。

此时，弘一大师正在杭州吴山常寂寺挂褡。

吴山，自春秋时，是吴国的南界，故称吴山。西起万松岭，东起镇海楼。整个山脉，蜿蜒起伏，绵亘数里，横贯于杭州市区之中，为最引人留连的游览胜地。然而，这山上风景佳丽，常寂寺周围却是一个光怪陆离的迷信世界。星星点点的地摊上，布满了"八卦"、"手相"、"签筒"、"面相"、"属相"……，并挑起了"张铁嘴"、"王神相"、"李半仙"、"赵如佛"以及"恕我直言"、"能断凶吉祸福"等等各式幌子。算命的、看相的、测字摊儿比比皆是。前来求神问卜、看相算命者络绎不绝。就在这愁容笑脸的人群中，有一个人拾级来到山上。此人不凡，仿佛羊群里出了个骆驼，颇引大伙儿的注意。

他年龄有四十光景，浓浓的胡须，浓密的乌发倒背着，方脸盘上架着一副金丝眼镜，白净的面孔上显得沉静而矜持。那身咖啡色的西服上没有一丝皱折，脚上那双法兰西式的尖头皮鞋，锃光抹亮。连手上拎的皮箱都不一般，似乎在市场上没见到过。

那些算命、看相、测字的先生们，都从眼镜架的上方撩起眼皮，目盯着这位稀客，好像都在猜想：不知谁走运，这可是一位"财神爷"呀。

然而，他们都猜错了。

"请问先生，常寂寺在哪里？"

"张铁嘴"用大拇指往脖后一伸："这就是。"

这人绕过测字摊，抬头一望，见是"常寂寺"三个字的匾额横在庙门上方。他走进庙里，一批胸前挂着带有"佛"字黄布袋的善男信女正排着队烧香拜佛。自然。他又成了众目睽睽的中心人物。

"您求签吗，居士？"一个年轻和尚走过来了。

"不，"他笑笑说："我找弘一法师。"

"阿弥陀佛！"青年和尚双手合十，微笑着说："弘一法师现已掩关，请原谅，他对任何人都不接见……"

"请你通报一声，我叫李圣章，是他的侄儿。"

此人，正是李桐冈的长子刚从法国回来。

和尚愣住了。他朝这位穿西装的居士上下打量了一番，说：

"你等一等，我去看看。"

和尚走后，李圣章便好奇地环顾四周。一时便被那香火味、蜡烛味，磬声、木鱼声、念佛声、祷告声包围起来，仿佛进入了一个与世无争的世界。再看那和尚，老中青少，似乎个个面黄肌瘦，人人没有笑容，像似经受着虔诚于沙门的考验，表现出清心寡欲的神态。

"啊……单调的生活、单调的营养、单调的人生……唉！"

老实说，李圣章也有着"教宗堪慕信难起"的思想。但他对三叔父李叔同突然出家当和尚却丝毫没想到。这次，他在法国巴黎整顿了中法大学之后，决意逗留于江南，以便找到做了苦行僧的三叔。

"喂，那位居士，法师来了。"和尚踮起脚跟喊了一声。

圣章一回头，见一位老僧正缓缓过来。一副清瘦的面容，黄蜡蜡的皮肤，下巴生着一撮稀疏的山羊胡子，脸上的皱纹底下可以看清脸上的颧骨和眉骨，着一双草鞋，没穿袜子，那脚趾像一撮干枯的榆树根子。再看那件海青，补着无数的补丁，就像戏剧舞台上落难公子那件戏装。全身上下只有那双细长的凤眼，像似还保留着记忆中的痕迹，他见到自己的亲人如此模样，禁不住鼻子一酸，"刷"地两行泪水，像断了线的珠子，滴滴答答地淌了出来。

"三叔！"圣章忍住了泪，嘶哑地喊了一声。

"啊，圣章居士。"语调像与不认识的人讲话似的，"请到下房坐坐。"

"嗳。"圣章拎着发光的皮箱，跟随大师来到了庙后的一间寮房。他把皮箱放在泥土地上，两眼自然地扫了一眼这间房子。这是一间六平方米大小的屋子，泥地的床凳下，垫了四块砖头，墙上的白粉已经脱落了，一张课桌似的桌子摆在窗下，墙角堆着一个网篮和洗得干干净净的僧袍，旁边是一只褪了色的木洗脸盆，一块发黑的毛巾，薄得像块沙布，方方正正地挂在墙角的一条麻绳上。

圣章刚坐下，进来一个小和尚。

"师父，吃饭吧。"

弘公一扬手："请你再给我一份，我请一位居士吃饭。"

饭后，已是十二点了。

"三叔，"圣章望着弘公洗碗的样子，好像比篆刻奏刀时还认真，"这斋饭……您吃得惯吗？"

"啊，圣章居士，对出家人……不要再以俗家称呼了！"

圣章愕然，心想：六根清净……难道也六亲不认啦？但他没说出来，因为叔同毕竟还是他的长辈。

"三叔，"圣章不肯改口："我是您的侄子啊！"

"出家人，云游四方，完全与尘俗断绝，否则怎能一心念佛呢？"

"……"圣章万万没想到三叔已变得如此冷酷！登时，他脸色一沉，真想"刺儿"他几句，但还是压下了。

"如果你不怕疲劳，"大师说，"咱到吴山上去看看，怎么样？"

圣章恨不得马上离开这间令人窒息的房子，于是，站起来说道："到外边看看也好。"

他俩从寺院里出来，慢悠悠地领略着这漫山的树木，尤其这些古樟，大都是数人合抱，一般都有四五百年以上的树龄，极目阁前那棵"宋樟"已有八百多年的树龄了，然而老干新枝，翠叶繁茂，生机盎然，令人望而叫绝。

"三叔，您看这老树发芽，确是难得见到啊，我想，人老……能否再赋以现代的思想呢？"

"当然，"弘公说，"自古以来，大器晚成者数不胜数。佛门也然，你看，释迦牟尼……"

"三叔"，圣章想急于扳回弘一的思路，于是把话题拉开了："例如教育界，自从李石曾担任了教育部工作，我被提任现今的中法大学校长。但是，我原来任教的北大正在筹备音乐系，可是师资……唉，太缺呀！这不，德国留学回来的肖友梅博士，急于聘请音乐前辈任教……"

"圣章居士，就不必讲这些了。"

"不，三叔，"圣章直截了当地把话说开了，"我这次来，是有目的的。"

"哦……还有什么目的？"

"想让您还俗！"圣章说话时，像个孩子。

"阿弥陀佛——"弘一双手合十，眼皮下垂着。

"您想，"圣章正色道，"我们李家世世代代都是读书人，然而国家那么需要人。可您，自从日本留学回来，仅仅教了几年书，还没有担当重任，却逃避了现实……"

"逃避？"叔同微微一怔，说，"圣章居士，你是我的侄儿。按理，出家人不该称呼你为侄儿。可是，我很不理解，在这个社会，能有什么重任？眼下，我的重任就是弘扬佛法，让大家行善，人人尊礼，养成佛心。我嘛……要严于律己，以赎自己前半生的罪过。"大师说到此处，不禁凄然泪下。

"唉！"圣章感到叔父有难言的苦楚，于是语气缓和地劝道："家里还有两个孩子，也要为后代想想嘛！"

"我这一生，报国无门，何颜以对儿子，如果我对佛门做出一些贡献来，哪怕我入地狱，也要让众生步向于极乐的彼岸。"弘一说到这里，驻足于岩上，望着细流的泉水，继而说道，"你有所不知。你的祖父，考取进士之后，仅做了三天的吏部主事。相反，把那能主沉浮的差使，却给了李鸿章！而我，又落第在八国联军的阻碍之下……我不是不能担当重任的庸人，也不是没有理想的俗辈，我是二十文章惊海内，却落得奔走天涯无一事！这社会像个绞肉机，把才子绞了，把女人绞了，把穷人绞了……可那开动绞肉机的人却窃夺了各种权柄。唉！谁不想为炎黄子孙造福，谁不想救国？……"

"那……三叔，再归教育界也好啊……"

"老啦……"弘公苦笑着，"我做一件事，就要做到底，实现理想还不算，要把事业升华，要提高民族觉醒的程度、使中国强大，不再受欺凌。然而，这一切都幻灭了……"

"您的报国之愿，为侄也可助您……"

弘公一摆手：

"我于光绪三十一年，东渡日本，希望寻找真理，改变祖国的命运……临走时，写下了'披发佯狂走，莽中原……破碎山河谁收拾，零落西风依旧！'在日本我学习了六年，希望把美的种子栽在自己的国度。当时，我参加了同盟会，决心革命。柳亚子邀我参加'南社'。我填词述怀：'魂魄化成精卫鸟，血花溅作红心草，看从今，一担好山河，英雄造。'

"辛亥革命胜利了，我开始了新的计划，谁知，军阀割据。国民党内竟成了走马换任的官场大舞台。再看，民生改变了吗？我痛苦，我失望。

"本想，通过美的教育、振兴中华，可是，家道中落，最后的理想也完啦……心如死寂。

"面对现实，我进入了佛门，成佛道，度群生，复兴一代律宗，也算是我对国家做了一点儿工作吧。

"过去，我少年无羁，放荡形骸。可谓'奔走天涯无一事'，然而我种的恶果，我相信因果报应。所以，我修律宗，是针对我自己的，先律己，后律人，达到普度众生……"

圣章很理解三叔的心情，然而他也绞尽脑汁，设法让三叔忘掉这一切。可是想了一肚子的话，都被这位三叔堵住了，就像足球守门员似的，牢牢地守住这神圣的信仰，使圣章难以"破门"：

"三叔，我不能看着你受苦……"

"诚然，我有苦与悲。但是，它正走向反面。"

"西方的宗教，信仰者大有人在，可他们不同……"圣章这是最后一步棋了。

"这我知道，圣章居士。他们的'修道院''神甫'，究竟是在干什么，这只不过是乞求上帝保佑，忏悔之类的形式而已……"

圣章想错了，他以为三叔的出家，只不过是一时的冲动、好奇，或是整理一番佛门经典，尝一尝人间的苦辣辛酸，然后再脱僧还俗，重度教育、艺术生涯，哪里知道，自己却碰了软钉子。

眨眼工夫，夜幕像一张无垠的大网，徐徐地往吴山上降落，透过灰蒙蒙的纱幕，远眺全城，点点灯火，像与天上的皓月繁星竞相争辉，好一派奇丽的景色：

"三叔，咱们往回走吧。"圣章沉默了半晌。

"你不怕疲劳？"

"吃夜饭哪。"

"噢，我忘了告诉你。我是过午不食的。"

"有胃病？"

"不，是我守的戒律。"

圣章脑袋"嗡"地一下，朝这位骨瘦如柴的三叔瞥了一眼，甚是吃惊。以往，他在西方见过多少个"神甫""修女""牧师"以及各种教徒，然而"过午不食"者实属罕见。此刻，他的心中像有一架螺旋桨在搅动，一阵疼爱与同情的辛酸，使他悄悄落了泪。

清晨，大师带他至殿后的一间漱洗室时，圣章惊奇地望着三叔的这把"牙刷"。这牙刷乃是一段柳树枝，在一端敲成了一个油画笔似的毛尖。只见三叔拿它蘸点牙粉，在牙齿上像横扫墙灰一样，来回刷了几下。圣章看呆了。

"三叔，连买牙刷的钱也没有？"

"啊，你有所不知，这牙刷本是猪鬃所制，出家人是不杀生的……"大师举着这把"牙刷"，态度很安详。

　　如是九日，圣章的苦口婆心，最后等于"枉费心机"，不但没说服三叔"还俗"，大师反而倒送了他两件礼物：一件旧僧袍，一本手抄《华严经》。

　　"听说你有个五岁的儿子？长大要让他念佛。"随即拿起一件海青，一卷《华严经》递给圣章，"这是我送给孩子的。"

　　"三叔是怎么想的？"圣章心里嘀咕着，捧着这两件"礼物"有说不出的味道。心想：这就是我九天的成绩啊？

　　身在世外，尘缘难断。

　　轰轰烈烈的革命军正在北上，国民党内部潜伏着两种势力，一边在内部酝酿着"清党"，一边又打着"反封建"的旗号，拆掉了一些庙宇，毁了一些神像。浙江也危在旦夕。

　　佛教界紧张了。他们早已听说革命军要灭佛教、驱僧尼。还有人造出谣言，说一僧一尼抽签分配，男婚女嫁，把一切寺庙改成工厂、学校、医院。

　　此时，杭州已被北伐军占领，眼看这一灭佛的灾难临到弘一大师头上来了，他不能不挺身而出了。因为，若真的灭了佛教，那将比经济破产更痛苦。

　　三月十七日，他邀请了当地党的负责人宣中华。此人原是弘公的学生，头脑敏锐，思想进步，办事稳健。是共产党员。

　　"老师。"宣中华直接来到大师的寮房。

　　"啊，中华居士，快坐。"弘公很客气地让学生坐在那张木凳子上，"杭州已经革命了，听说北伐军对佛教持反对态度，还听说要灭佛教、驱僧尼？到底有无此事？"

"李先生，在北伐军中也确有此事，但这并没有酿成全国性的运动。不过……"宣中华眉头皱了皱，"有些僧尼也确实有失佛教的严肃性。整顿，看来是必不可少的。但是，宗教自由，是共产党的一贯主张，这个，我是知道的。"

"中华居士，杭州，是人间的净土，有不少山门寺庙，望你们地方党的负责人慎重行事。"

宣中华微微一笑："老师说的极是。"

听到宣中华这样回答，弘公卸掉了心中的重压。

宣中华走后，弘公提笔写了一份"呈子"。

旧师子民[1]、旧友子渊、夷初、少卿诸居士同鉴：昨有友人来，谓仁等已至杭州建设一切，至为欢欣。又闻子师在青年会演说。对于出家僧众，有未能满意之处。但，仁等于出家人中之情形，恐有隔膜，将来整顿之时，或未能一一允当。鄙拟请仁等另请僧众二人为委员，专任整顿僧众之事。凡一切规划，皆与仁等商酌而行，似较妥善。此委员二人，据鄙意，愿推荐太虚法师及弘伞法师任之。此二人皆英年有为，胆识过人，前年曾住日本考察一切，富于新思想，久负改革僧制之宏愿，故任彼二人为委员，最为适当也。至将来如何办法，统乞 仁等与彼协商。对于服务社会之一派，如何尽力提倡（此是新派），对于山林办道之一派，应如何尽力保护（此是旧派，但此派必不可废）。对于既不能服务社会，又不能办道山林之一流僧众，应如何处置；对于应赴一派（即专作经忏者）应如何处置；对于受戒之时。应如

---

[1] 子民：系蔡元培，字鹤卿，号子民，时任国民党政府大学院院长，中央研究院院长。

何严加限制。如是等种种问题，皆乞　仁等仔细斟酌，妥为办理。俾佛门兴盛，佛法昌明，则幸甚矣。此事先由浙江一省办起，然后遍及全国。谨陈拙见，请乞重察，不具。

弘一　三月十七日

接着，弘公又邀请了政界的一批知名人士开了一个座谈会，其中不少人还是他在浙江师范时的学生，不用分说，"倒佛教"的大火，被这位高僧制止了。

自此，大师在"本来寺"掩关。他在信中告诉弘伞法师："这次掩关，致力于《华严疏钞》，如有道友询问音之近况，可以'虽生犹死'相告矣！"

难怪国民党元老李石曾[1]三次来西湖看望，均不知弘公之去向。最后，在弘伞法师的陪同下来到这小庙的寮房见了一面，此居士虽不信佛，但却获得了几部佛经，临走时，还说了声：

"李叔同先生，再见。"

但是，轰轰烈烈的北伐革命军，却遭到了国民党右派的破坏，蒋介石背叛了革命。

《北伐军歌》销声匿迹了，霎时间，中国的乐坛一片乌烟瘴气。

丰子恺对此状况，忧心忡忡，他下了决心，要编辑一本《中文名曲》五十首，从而美化人们的心灵，唤起爱国主义精神。于是，他把弘一大师请到家里，因为他要将大师的作品选载其中，这不能不和大师商量一番。

---

[1]　老同盟会员，系李叔同的远亲。溥仪被逐出宫时，任清室善后委员会会长。看望李叔同时，任国府委员。

这本歌曲选集，均属当代音乐家的作品，其中，搜集了李叔同的作品有《朝阳》、《忆儿时》、《月》、《送别》、《落花》、《幽居》、《天风》、《早秋》、《春游》、《西湖》、《梦》、《悲秋》、《晚钟》……等近三十首。当然，其中也有出家前消沉的愤世之作。

丰子恺在《中文名曲》的序言中写道：

"……我们把平时所讽咏而憧憬的歌曲纂集起来，成这本册子，这册子里所收的曲，大半是西洋通俗（Most Popular）的名曲；曲上的歌词，主要是李叔同先生（出家于杭州大慈山的弘一法师）所作或配的，作为我们选出的标准……而李（叔同）先生有深大的心灵，又兼文才与乐才，据我们所知，中国能作曲又作歌的音乐家，也只有李先生一人……"

《中文名曲》不久便由开明书店印行了。

这年，子恺母亲住在乡下，大师暂住此处。然大师的心思并不在这《中文名曲》上，而是眼见蒋介石背叛革命后的"四一二"大屠杀。他捻着念珠，不时地呼着佛号，心情十分沉重。

丰子恺与大师的"缘分"似乎是拧在了"师情、亲情、友情"的焦点上，他见大师的神情似有一片阴云，于是过午之后问道：

"大师，近来有什么心愿吗？"

"释迦牟尼所示之'戒'字，实是戒暴力杀害……"

子恺一听，顿然了悟，仿佛蒋介石那血淋淋的屠刀正在他眼前晃动：

"大师，"丰子恺眼神里闪着光，"我和李园净研究过了，搞一套《戒杀画集》，到您五十岁时，出五十幅，到您六十岁，再出六十幅。"

"好，"弘公突然精神抖擞起来，"戒杀二字可改为'护生'，这样……可减少些麻烦。"

"啊……大师说的极是。另外，在您的生日……"

"出家人啦……"大师沉静下来，"我想在我们创作《护生画集》期间，为你的先父和我的先母诵诵经，为死者加被，我的心则安矣！"

"大师，"子恺望着老师，眼里含着虔诚和敬意，"多少年来，受到您的教育和佛光的照拂，如果能在我生日这天，请您为我授皈依，是我毕生的荣幸。"

大师听到这突如其来的要求，眼前的子恺，仿佛又是当年十七岁的孩子啊。

"此话当真？"

"是的，弟子没一句谎言。"

"很好，子恺。"

就在丰子恺三十岁生辰那天，师生备好了供果、香烛，在钢琴旁边那张桌子上，点上香。霎时间，香云缭绕，经声诵唱，师生二人又是音乐家、画家，念起那《地藏经》的韵调优美迷人，恰似瑶林仙境佛门开，法界蒙熏人间来。

之后，又念了《三皈依》。

子恺又捻香于炉，跪在蒲团上，合掌眯眼，悉心听着大师念着"说皈依文"。并要求实行"五戒"（即邪淫戒、偷盗戒、杀生戒、妄语戒、饮酒戒）。还传授了佛门谨记的几条。

末了，弘公悲欣感慨地唱道：

"今受在家居士、佛前的白衣弟子法名婴行，俗名不变。"

众所周知，李叔同试行断食后，曾为自己改名为"婴"，乃"婴儿"之意。而子恺的法名为"婴行"，实为紧步于大师之后尘之意。

到十一月，这部为大师五十寿辰纪念的《护生画集初集》由李园净提供选题，丰子恺作画五十幅，大师为画配诗五十首而定稿了。

忽一日，夏丏尊来看望大师，并告诉他，居士林尤惜阴已由无锡来上海了。大师动了念，丏尊走后，他便来到居士林三楼，二人相见分外话多。蓦地，弘公发现屋里堆着行李：

"怎么，要远行？"

"啊，大师，我和谢仁斋居士正在候船，准备去暹罗弘法。"

弘公一听，正是自己梦寐以求之事，为了出国宏法，他曾自习了两年的英语：

"我同你们一起去，方便吗？"

尤惜阴当然欢迎。只需三言两语便成了。

在海上漂了三天。但是船还未抵厦门时，大师的云游行踪却被厦门大学创办人陈敬贤[1]得知了。也许是"佛缘"吧，到了厦门，也正好想去看看这位在杭州时期的老至交。

"怎么不早通知我一声啊？"陈居士红光满面，风度翩翩。这天，他请弘公吃了午斋。

"啊，陈居士，开船的前一天，我才知道。"

"哈哈，这真是闽南的法缘哪。"陈居士很爽朗，他高兴地抿了一口酒，"请说说，大师。下一步怎么打算？"

"到暹罗。"

陈居士拿着筷子愣住了：

"法师大缘到闽南来，也是地方的法缘，我希望大师留在这里弘法，也是功德之举嘛！"

---

[1] 陈敬贤，系陈家庚之胞弟。

"可是，同来的还有两位居士啊。"

"您知道，闽南的僧众、居士们，对法师至盼的诚意是无可复加的。"

"我如果留在这儿，恐怕要和他们二位商量，不然会使他们扫兴的。"

斋后，弘公立即将闽南之盛情告诉了尤、谢[1]二居士。无奈，二人只好扬帆海域，留下了弘一大师。

弘一大师被陈敬贤留在福建名刹南普陀寺挂褡。在这里，他与芝峰法师、大醒法师和性愿法师相遇。原来，芝峰法师和大醒法师是受命于中国著名僧人太虚大师之命，在这里主持闽南佛学院的工作。

弘一先住在佛学院的一个小楼上。他没有像平日那样的写经，仍是默默地学着英语，那出国弘法之心愿未泯。只是，经不住众道友的一再挽留，才取消了去暹罗的打算，又活跃在闽南的道场法坛。

然而，他毕竟年逾半百，肺病未愈，加上行踪云水，食不正常，体格渐渐衰弱。此事，被与大师"名虽师生、情同父子"的刘质平得知了，他疾书闽南，恳请大师返浙，以便及时供养。

当大师回到白马湖时，已经夏丏尊、经子渊、丰子恺、刘质平、穆藕初、朱稣典、周承德等旧友门生商定，在夏丏尊的家乡白马湖附近觅地盖房三间，作为大师晚年的去处。

大师听了，摇摇头，笑道：

"出家之人，焉能过隐士生涯？我谢谢几位居士的好意。"

"不，"经子渊劝说道："我们七个人考虑的不是隐居，而是你晚年的去处。"

---

[1] 尤惜阴后亦出家，驻马来西亚，法名演本法师。谢仁斋也在不久出家，为寂云禅师。

自从叔同出家以来，已漂泊十年，从没有把哪个寺院当作他的定居之所在，即使在温州城下寮挂褡较久，也只是"客居"，一旦离开，便结束了此缘。否则，什么叫出家人呢？

"请大师三思！"夏丏尊至诚地说。

"那好吧。"弘公笑了笑："房子盖成以后，就称它'晚晴山房'吧。"

大师同意了这个晚年落脚之处，大家仿佛都吃了颗"定心丸"，心也就安了。

新房建成后，又为大师做了五十大寿，在俗的师友学生，来了不少，由丰子恺、刘质平办了一桌长寿素面；还有一些学生，买了几盆水族动物，把大师请到白马湖边，举行了"放生"活动，大师看了捻须微笑：

"阿弥陀佛！"

正在这时，有人喊着：

"夏先生，有人找您。"

丏尊一怔，急忙上岸。大伙也随着丏尊一齐来到了"晚晴山房"。

"夏先生。"上海开明书店的一位职员，站起来说道，"真难找啊，这附近的邻居，谁都不知道有个'晚晴山房'，闹了半天就是这新房子。"说着指了一下桌上的一包书，"样书，请您看看。"

丏尊心中明白，这是他集李叔同在俗时所临的各种碑帖，已交给开明书店出版了。心下一喜，急忙打开牛皮纸，抽出一本样书，信手交给了弘一大师。封面印着《李息翁临古法书》。

弘公的嘴角，流露出无限的欢慰。

"再看看这本。"这位职员又递给大师一本样书。

"啊！……"大师捧着这部《护生画集》，一页一页地翻阅着，其欣喜之情，笔者是难以描写的呀！

第
二
十
九
章
/

　　暮色苍茫，烛光高照。静权法师身披朱红袈裟，高踞法座。一排排僧众在凄寒的初冬之夜静听着静权法师的宣讲。

　　静权法师从经义演绎到孝思在中国伦理学之重要处，着重解释了生物爱的至情，人类之爱子女，是一种天生的伟大慈爱，他们不惜自己的生命，扶植着他的幼小的新生命……

　　这是由天台山来金山寺讲经的法会。弘一大师在两个月的法会中没有缺过一席。

　　两个月的法会，迎来了薄薄的一层冰霜，这副瘦弱的皮囊，怎能经得住这种严寒的袭击，于是，他回到了温州。二月又到宁波白衣寺挂褡。

　　一九三一年的仲夏，亦幻法师风尘仆仆来到宁波白衣寺，找到弘一大师时，已是汗如雨淋，两位大师双手合十、互相顶礼。弘公急忙叫小沙弥打来洗脸水，亦幻大师脱掉袈裟，换了海青，摇着扇子笑道：

　　"我在法会上听了你的律学，感到你造诣颇深。目前兰溪五磊寺主持栖莲法师正想筹办一所'南山律学院'，我想，请你出山……"

　　"嗷！"弘公听了很赞成，"有了'南山律学院'，把律宗再度兴起，这将对僧界是一件好事！"

这五磊寺位子余姚与宁波之间，山峦起伏，苍松翠柏，叶浓枝茂，绿荫荫地环抱着这座寺院，显得幽美宁静，故而各地游僧在此处挂褡的不少。这个去处，弘公是了解的。

亦幻法师见弘公如此爽快，心中甚是欢喜，于是，又追问了一句：

"你答应啦？"

"兴起律宗，这是法缘，有何不答应的！"

亦幻法师凑近弘公的耳根，笑笑说：

"有你出山，我程栖莲法师的心就定了。因为，你在出家之前是艺术大师，出家以后又是律宗的一代法师。凭你的威望就可以办起这所佛门大学来。"

"不敢，不敢，你过奖了！"

亦幻离开城下寮，来到五磊寺，把弘一乐于出山的消息，告诉了栖莲和尚。栖莲法师听罢搔了搔头皮，笑道：

"有弘一法师参加办学，就不愁经费了。"

"我也是这么想。"亦幻法师眯着眼睛，捻着胡须，笑着说道："他在出家以前，就名震中华，这出家以后，苦修律学，一连出版了《四分律比丘戒相表记》、《李息翁临古书法》，还整理、圈点了《华严疏论纂要》、《南山律苑丛书》、《南山钞记》等等，眼下威望很高，如果以他的名义进行'捐缘'，是不愁经费的。"

两天之后，栖莲与亦幻二法师来到上海。

真是"踏破铁鞋无觅处，得来全不费功夫"。正巧，著名佛界护法贤人朱子桥居士在上海，他二人通过上海僧人找到了他。当然，不用分说，这位富有的大官僚一下子捐缘了一千元。

岂知，这位只知弘法不图名，一心扬律不要利的弘一大师还蒙在鼓里。

栖莲和亦幻法师回到五磊寺，立即把弘一大师请到寺来。三位法师各穿短上衣，摇着扇子，满怀喜悦地谈起创办"南山律学院"的事。

"你看这地势环境如何？"栖莲法师笑问道。

"啊，"弘公叹道："好地方。此地交通可以说四通八达，佛门居士也很多，此处如能办一所律学院，弘扬律宗，确实是块宝地。"

"大师，"亦幻法师说："律学院的事，僧众道友全都支持，连上海也愿缘助我们。"

弘公一怔，心想，怎么上海也知道了？于是笑笑说：

"他们是怎么打算呢？"

"他们说，只要弘一法师主持律学院，一切都好办。我们向有钱的居士们讲了，这个学院是由弘一法师主持。"

弘公一惊，问道：

"你向有钱的居士们说了？"

"啊！"栖莲和尚不以为然地说，"你可以想象得到啊，院长，教务，律师，还不是由你挑吗？"

弘公把脸一沉，半晌没言语。

栖莲生怕大师不满意，信口补上了一句：

"我和亦幻法师商量过，院长一职，就由你来当。"

弘公苦笑笑，仍然没讲话。

亦幻笑道："大师就不要推辞了。你是个德高望重之法师，只要你起草一个《缘启》这律学院很快就可以盖起来……"

"用我的名义？"弘公斜了一眼亦幻。

"当然啦！"栖莲哈哈一笑，"院长签字啊！"

弘公一抬头，轻轻地正色道：

"我弘一入山以来，一心弘扬律宗。我曾立过誓言：一不做主持；二不化缘；三不收徒弟。因为我的时间，太短促了……"

二法师一听，愣了。眼看这计划就要告吹。亦幻法师放下杯子，一捋袖口急忙解释：

"这化缘之事，由我们承担。"

"不必。"弘公说，"学院就建在这寺院里，不更好吗？再说，除了学院师生的衣食住行，别无用钱之处啊！"

"可是已经化来一千块了呀！"亦幻脱口而出。

弘公的脸色一沉，半响才缓缓地说：

"看来，我在这里挂褡，是无缘了。"

第二天，弘公便扬长而去。回到白衣寺后一直深陷于烦恼之中。

不过，学子刘质平一来，大师乐了。因为质平甚知大师用墨十分考究，特向诸友访得乾隆年制陈墨二十余锭送到大师手里。顿时，大师笑眯了眼，早把五磊寺的烦恼丢到脑后了。

"大师，"刘质平说着便抖开一个包裹，"您穿穿看，合适吗？"

大师接过一身新衣裤，绽开了笑容。

"根据您来函开示的尺寸，照单剪裁……"

"很好。"弘公感激地说，"十多年来，由你奉养，实在于心不忍。"

"大师，"刘质平诚恳地说，"师恩厚，无以为报，能许余供养，我心则安矣。"

一九三二年初夏，刘质平帮助大师提包挎篮来到镇海伏龙寺挂褡。然这里的诚一法师对大师的迎请、供养、照顾、体贴，完全出于至诚。他们也都知道，弘一法师每次云游，大都由刘质平整理、护送，故也都把质平居士当作挂褡僧对待。

"质平居士，"大师说，"此次随我挂褡能住多久？"

"可与上次随大师住法界寺一样，两个月。"

"啊……正好，我正想写一批大幅佛经，这必须你在的时候，才能动笔啊！"

"大师这次书写的计划？……"

"佛说阿弥陀经……看来，五尺纸要十六张啊。待功德圆满，愿再写一批字给你，和这弥陀经一起保存。"

"我明白，大师。"

当北斗星还在熠熠闪光的时候，云板响起，刘质平立刻起身，盥洗之后，来到佛祖殿下，参加众僧早课。待早斋之后，晨光像钱江浓雾，迷漫着庙宇，渐渐由灰蒙蒙的颜色掺进了一抹青莲色的霞光，使寺院显得格外肃穆而宁静。质平把砚池洗净，倒上半池清水，一手持经，一手磨墨，在轻轻圆形旋转中。全神贯注于佛经。不觉间，经书读毕，墨也研浓。

"好啦，"大师兴致颇浓。而质平对大师的书写规律也很熟悉。这时，他轻轻把门关好，惟恐别人闯入，以防大师乱神。继而计算字数、行数、每行字数，上下左右留空多少，一切就绪之后，大师笑道：

"这样安排甚妥，须知字之工拙，占十分之四，而布局却占十分之六啊……"

大师说着便润笔试墨，待书写时，由质平双手执纸，口报文字，大师则凝神思之，但落笔迟迟，一点一画，均以全力赴之。五尺整幅写完，已过了两个小时，再看大师的身上，仿佛刚从水里捞上来一样，全身湿淋淋的。

如是十六天，一堂《佛说阿弥陀经》书写完毕。其余时间，还写了一些"赞佛偈"及一些对联。当刘质平要离开大师时，大师讲了几句肺腑之言：

"以后，我每次信中，送你两幅字，一张请你送人结缘，另一张，你保存。自我入山以来，承你供养，从不间断，我知你教书以来，没有积蓄，这批字件，将来信佛居士们中，必有有缘之人出资收藏，你可将此款做养老及子女留学费用……"

"大师！我赴日留学……多亏您的资助，我无以为报啊！您的墨迹，我怎能卖呀！"刘质平泪汪汪地瞧着大师。

俗话说，六月黄霉天，一天变三变。刚才还是闷热的气候，一下子乌云遮天，顿时黑压压的云层，哗地下起了瓢泼大雨，而且下个不停。

"噢，"大师像被一阵凉意提醒了似的："去年你和丏尊说我出家太早，没人写歌词了。"说着便拿出一组《清凉歌》词。刘质平接过歌词，连看了数遍。是的，词意已完全脱俗，在歌词的构思里，自然蕴藏着佛家的一种观念，那就是人们身心与自然界亡人亡我，无物无心，肝胆天地，万有一体的和谐融化意境。尤其弘公的诗词，不善白话文字，故歌词亦颇深奥。

这次他写了五首歌词，标题为《清凉歌集》。第一首：《清凉》，歌词曰：

清凉月。月到天心光明殊皎洁。
今唱清凉歌心地光明一笑呵。
清凉风，清风解愠暑气已无踪，
今唱清凉歌热恼消除万物和。
清凉水，清水一渠涤荡诸污秽。
今唱清凉歌身心无垢乐如何，
清凉，清凉，无上，究竟真常。

第二首：《山色歌》，第三首：《花香歌》，第四首：《世梦歌》，第五首：《观心歌》。

刘质平带着这五首歌词，辞别了大师，回到学校，组织俞绂棠、潘伯英、徐希一、唐学咏等四代师生各谱一曲，先后在上海新华艺专和宁波中学试唱。此时，正是靡靡之音在我国流行的时候，经七年的反复推敲，终由开明书店印行了。正如夏丏尊在序言中所说："经过先后七年的试练，始与世人见面，恐是音乐史上的奇谈哩！"实际上，这是一部佛学声乐书。当大师收到这本书时，已经五十八岁了。

由一个翩翩浊世佳公子到一位苦行老僧；从满江红唱到《清凉歌》，一晃就是三十多年啊！

随着年龄的增长，加之营养不良，不久，那瘦弱皮囊裹着的躯体，已渐渐感染着不可抵御的疾病，尤其那肺部更使老人难以度过这严寒的冬天。尽管浙江是佛门盛地，但对大师的气管炎、老肺病、胃出血是不起作用的，他拄着拐杖，在庙里转磨转磨，晒晒太阳，然而一经入禅，那盘着的膝，合十的手，仿佛进了冷库，立刻会被冻僵。

然而，颇有心计的广洽法师，像是与大师早有默契，忽然写来一信，请大师到闽南过冬。

闽南的冬季，繁花盛开，冲淡了残冬的冷寂。这些作为比丘的佛子们，冬天很好过，只需一袭袈裟，一件海青，便可安度岁月。

谁知大师刚到闽南，忽接侄儿李晋章居士的一封来信。嗄，可了不得！开头便写道：

> ……此信能否收到，还在渺茫中。据上海几大报纸登载"中国艺术大师——李叔同，弃俗为僧后，与世人隔绝，据消息人士透露，大师于日前在闽南山中圆寂。"

大师看了这则"噩耗",悠然一笑。信手回了一信,写道:

> ……这种"新闻"已不足为奇,三年前我已经"死"过一次了,非常感谢他们对老朽的关心,似乎我一死,中国艺术界像是少了点什么……

大师到了闽南,与瑞今、广洽、性常、传贯、广义、觉圆、仁开、圆拙等青年法侣,建立了至情至性的法缘关系。同时,还结交了个方外的"小朋友"。

那是在闽南佛学院的时候,斋桌上常有一个在厦门同文中学念书的男孩子在这里搭伙,但他早已知道同桌吃饭的这位老和尚是个艺术家,在《民铎》杂志中,早已迷上了大师的古篆。也常常在三门街上,碰见大师拿着拐杖,穿着温州草鞋散步。小家伙也是面对大师双手合掌,以示恭敬,而大师也笑颜可掬地还着礼。

"小居士。"大师在饭桌上对小家伙说:"尊姓大名啊?"

"高文显。"小家伙脸一红。

"啊,你知道西门外有一座晚唐诗人韩偓的墓道吗?"

"知道。"

"我搜集些材料,你给他写个传记好吗?"

"传记?"高文显一缩脖子,笑道,"我怕写不好。"

"哪有先知先觉的人啊,连佛祖也是经过苦修才达到'了、悟、觉'的呀。"

原来他对韩偓有着独具的命运之缘。当他在那潘山的路旁,突然发现晚唐诗人韩偓的墓道时,欣喜若狂,他驻足于这位忠烈的爱国诗人墓道面前,伫立了很久,很久。他少年时,熟读韩偓的诗章,极为佩服诗人的忠烈。诗人曾任翰林学士、兵部侍郎，很受唐昭宗李晔的信任，后被朱全忠所排挤，贬为濮州（今山东曹县）司马，后携家避居闽南，依王审知，并禁于招贤寺中而终其身，那种深遭国亡的惨痛，而不甘于附逆的忠士，与日月争光，故唐史称他为"完人"。谁知大师却默默地搜集着他的史料，似乎一千年前后的韩偓和弘一，不论其性格、爱国之情都有息息相通之处。

三年之后，高文显在大师指导下写完了《韩偓传》并由大师亲自写了《韩偓评传序》，交上海开明书店付印时，不料，"八一三"以来，日寇一颗炸弹，引起熊熊大火，把开明总厂焚之殆尽，而《韩偓传》的排印稿子也毁于大火之中。

弘公得讯，奔至韩偓墓前，泪如泉涌，匍匐在地上。高文显也赶来寻找大师，见大师伏地痛哭，急忙扶起，说道：

"大师，请不要悲伤。我在石壁上又发现了一首韩偓的遗诗。您看，我抄下来了。"

大师接过遗诗，拭干泪水，戴上老花眼镜读道：

> 微茫烟水碧云间，挂杖南来度远山；
>
> 冠履莫教亲紫阁，袖衣且上傍禅关；
>
> 青邱有路蒸苓茂，救国无阶麦黍繁；
>
> 午夜钟声闻北阙，六龙绕殿几时攀？

"啊！爱国爱家的作品，而美在禅意也。"弘公叹罢，回到万寿岩，立即写入中堂。

尽管闽南的冬天，其温度总是停在一个度数上，然而人的衰老总是拗不过大自然的摆布。

大师掉了两颗牙。

"广洽法师。"大师把牙齿洗净，用黄纸包好，托在手中，遗憾地说，"可惜，入山时短，功德未满就掉了两颗牙，这个，就交你藏之以为纪念吧。"

广洽虽然每日侍应大师，忽然觉得面前像是一尊佛像，一位复活的长老，他至诚地接过黄纸包，小心翼翼地珍藏起来。此刻的大师，面若平镜，仿佛一潭泓水，清澈，见底。广洽没说话，好像任何一句话都是多余的。

几天之后，大师受城南乡间草庵寺主持僧的邀请，并由传贯法师陪着来此过冬，不久，性常法师也赶至草庵，一同度过了春节。

不久，他在草庵患了一场大病，手脚肿烂，这是被闽南乡间的一种小黑蝇咬后所致，许多乡间老人经受不住高烧的折磨，便会死去。

广洽法师一直侍在病榻之前，然而弘公却把生死看得很淡。病严重的那天，正值传贯法师在跟前。他撑起身子，写了一段话交给了传贯法师说：

> 我命终前，请你在布帐外，助念佛号，但也不必常常念，命终后，不要翻动身体，把门锁上八小时，八小时后，万不可擦身、洗面。当时以随身所穿的衣服，外裹夹被，卷好，送到寺后山谷。三天后，有野兽来吃便好，否则，就地焚化，化后，再通知师友。但千万不可提早通知。我命终前后，诸事很简单，必须依言执行……

广洽见状，急忙把大师转到厦门南普陀寺，每日陪大师赴医院，由著名外科黄丙丁医学博士治疗，从正月到五月底，才转危为安，逐渐康复。

一天，大师手持拐杖，正在寺院里散步，迎面遇到一条大汉。只见大汉躬身问道：

"大师，您身体好了？"

"啊，请问……？"

"我是厦门教育局的。"说着，递上了一封介绍信。内容是：厦门将举办运动会，请大师为中华健儿写一首运动会歌。

老实说，按平时的大师生活，已完全脱离凡尘，但日本侵略军已攻占了我东北三省，现在已进入河北平原。大师拧紧眉头，把拐杖扬了扬："请到屋里坐。"然而就在这树叶婆娑的林荫道上，他仿佛听到了日本帝国主义的炮声，跟前仿佛又出现了八国联军在中国造成尸山血海的惨景！"啊，中国，不振的中国，四万万生灵啊……"他心里想着这一切，恨不得使中国人民的精神和体魄键全起来。他进了自己的小屋，提笔写道：

> 禾山苍苍，鹭水荡荡，国旗遍飘场。
> 健儿身手，各显所长，大家图自强。
> 你看那外来敌多么狼狈！
> 请大家想想，切莫彷徨。

此刻，大师仿佛把大汉忘了。大汉只好立在门外，静静地等着。弘公此时激动异常，似乎早已把一个和尚应有的修功遗在一旁，置身于儿童们的运动会里，一种青春的活力，铿锵的节奏，豪迈的音乐旋律，像一头小野马冲进了他的心房，词曲贴切，一气呵成！

"对不起，居士，你拿去试试看。"

大汉接过来，看了看标题：写着"厦门第一次运动会会歌"。抬头对大师憨笑笑：

"谢谢先生！有这首歌，运动会就成功了一半。"说罢，鞠了一躬，回头就走了。

弘一法师在运动会的主席台上就座时，就像一条特大新闻："弘一法师病愈了。"

于是，拜访、讨字、应酬、宴会、讲经的事情接连不断。

然而，弘公却暗暗地自愧，往往在打坐入定时，感到心烦不安。特别在夜静人稀，大师便感到自己德性之欠缺，索性不点灯，颇有古德"怜蛾不点灯"的遗风。他感到自己已经成为一个"老叟"了。诚然，一个老人往往易于回忆往事，大师也不例外，但他想的则是另一码事，这天晚上他连问自己三遍："你这一生究竟有什么贡献？"

天亮之后，他便为自己取了一个别号——"二一老人"。

这名字来源于两句诗：古诗"一事无成人渐老"，和吴伟业（梅村）的临终绝命词："一钱不值何消说。"两句开头都是"一"字，所以取名"二一老人"。

一九三七年二月十六日，他在南普陀寺佛教养正院，演讲了《闽南十年之梦影》。在这次演讲中，深为渐愧地说：

"……入山之前，我曾在日本留学，那时真是满怀抱负，一心实现艺术救国。谁知国气不振，外来之敌人又如此猖獗，国家至今没有一天太平。最后，我的理想幻灭了。因为事情失败，不完满，这才使我常常大发惭愧！能够晓得自己的德行欠缺，自己的修善不足。从这儿，我才开始用功，努力改过迁善！一个人如果事情做完满了，那么这个人容易心满意足，洋洋得意，反而增长他贡高我慢的念头，生出种种过失来……因此，这'二一老人'的名字，也可以算是我在闽南居住了十年的一个最好的纪念！"

青年僧众听了弘一法师的自谦号，很是感动，自然地联想起清帝弘历（乾隆）晚年也给自己起了一个别号，叫作"十全老人"。同样是晚年的自称号，含意却恰恰相反。乾隆在历史上的种种过失，不正是被胜利冲昏头脑的证例吗？

闽南的初春，早已桃红柳绿。

弘公吃罢了早斋，收到了一封信。开始，弘公并不在意，岂知打开一看，脸色刷地变红了。信上写道：

> ……我常听您讲经，尤其这"闽南十年之梦影"，很使我感动，我也要时刻检点，改过迁善。因我见您如此诚心，才不揣冒昧地进一不成熟之言。我认为当和尚的，不可常常宴会，要静养用功……
>
> 十五岁 李芳远

弘公看罢，顿时忆起前年由他父亲带着来庙听经的那个十三岁的童子。当然，这位严于律己的弘公，对此批评欣然接受。自此，弘公见了众道友就说："何以近来竟大改常态，到处演讲，常常见客，时时宴会，简直变成了一个应酬和尚了。"嗣后，大师找到了这位十五岁的童子，当场表示感谢，并深自惭愧地检讨了自己。从此。这位五十八岁的老和尚和一个十五岁的童子结成了忘年之交。

不久，大师来到鼓浪屿日光岩，此岛风景秀丽，地利人和，登高纵眺，烟笼远树，雾压青峦，仿佛人在画图中，大师在此修律，颇是个清静的去处。

一天，大师拿着手杖，爬上山坡，迎着夕阳的余辉，饱览着自然的光圈，忽听传贯喊着大师的法名。

"法师，弘一法师。"

"啊，传贯法师。"

"大师，"传贯跑得上气不接下气，"广洽法师带、带来一位居士。要，要见你。"

大师心想：我多方写信，言及"年老体衰，闭关谢客"，而今竟有人爬山渡海来此会见，心中既纳闷又不快。只得随传贯下山，来到日光岩。

广洽法师迎上来，笑着说：

"这位居士，您认识吗？"

弘公端详了半天，摇摇头。

"我叫郁达夫！"

"啊！……"弘公一合掌，"阿弥陀佛——"念完佛号，把手一摆，说了声"请，快请到寮房里坐。"

传贯帮助大师点上了一盏小油灯。

"我一看到你呀，"弘公笑着说，"就好像在哪儿见过。你一提名字，啊，我记起来了。那是在浙江一师，墙上挂的毕业合影里，学生围着你……对吧？"

"啊，是的。"郁达夫感慨地叹道，"世道！世道啊，没有使我和您共事教育，实在遗憾！"

"这也是缘分哪！"弘公笑着说，"我那时，一进学校，夏丏尊居士就告诉我：'可惜呀，鲁迅、郁达夫先生刚离开学校。'这不，你亲自来到鼓浪屿，我们见了面，不也是缘嘛！"

"您的律学著作，从开明书店都看到了，因此，对您的持律生活、也是钦佩之至。"

"哪里。只恨苦修太晚。"弘公谦虚地说,"古人云:'马行栈道收缰晚,船到江心补漏迟'呀。幸好,闽南有十几位青年法师,正在沿袭这一律宗,我心安矣!"

进来个小沙弥,问大师道:

"居士的晚斋是否送过来?"

"好,好。"回头对郁达夫说:"达夫居士,就在这里吃晚饭吧。"

"极好。"郁达夫笑盈盈地说,"我今日与弘公一道进晚饭,也是缘哪。"

"无缘!"弘公笑着摆摆手,"我是过午不食的。"弘公补上了一句,接着二人便哈哈笑了一阵。

此时,小沙弥端了两盘素菜和一大碗白米饭,恭敬地说:

"请居士吃饭吧。"

郁达夫拿起筷子,朝传贯、广洽两位青年法师看了一眼,说道:

"弘一大师过午不食。那么,请您二位法师一道吃,好吗?"

广洽法师微微一笑:

"达夫居士有所不知,本来我们是每日三餐,自从弘一法师来闽南之后,我们十几个比丘僧也实行了过午不食戒。"

达夫真有点不好意思了。心想:一个人吃,三个人看,这实在过意不去。于是,他囫囵吞枣地吃了一顿。

当夜,郁达夫被安顿在挂褡僧的单人客房里。因为郁达夫正担任着福建省政府参议兼公报室主任啊。

翌日,弘一大师将近日所藏的数部佛经赠给了郁达夫。

达夫当天乘船赶回福州。不久,给大师寄来一信。大师拆阅,竟是诗赠手稿:

丁丑春日，偕广洽法师等访高僧弘一于日光岩下，蒙赠以佛法导论诸书，归福州后续成长句即寄。

不似西泠遇骆丞，
南来有意访高僧。
远公说法无多语，
六祖传真只一灯。
学士清平弹别调，
道宗宏议薄飞升。
中年亦具逃禅意，
两事何周割未能！

郁达夫

第
三
十
章
/

正月廿九日，大师手拄禅杖在厦门市区买了一双胶鞋。回来时已是凄风苦雨，寒气袭人。蓦地，一阵口琴声从街旁传到大师耳边，他惊了一下！从这曲调里立刻联想到他在日本留学时期所熟悉的日本《国歌》。

老人的面肌在抽搐着，他睁大那干枯的眼窝，望着吹口琴的地方，一种亡国灭种的酸楚，几乎使他栽倒。脸上的雨水和泪水混合在一起，顺着灰白色的山羊胡子一滴滴地淌着。回到寺里换了一件袈裟，默念着佛经上的一句话："生命在于呼吸间。"国家啊！民族啊！你能正常的呼吸吗？

三月十一日，他随广洽、传贯诸青年法师移居到万石岩，并在《佛教公论》上刊登了一则启事，其中心内容是"怒不晤谈，失礼之罪，诸祈原谅！"

二十三日，梦参法师捧着青岛名僧倓虚法师的书函，请弘一法师往青岛结夏安居。

弘公看罢信，笑了。随即说道：

"我可以去。但是，要约法三章。"

"您就说吧，"梦参法师豁达而热情。

"这一，不为人师；二，不开欢迎会；三，不登报。"

"可以，可以。"梦参法师合掌点点头。

于是，四月初五起程，初七到上海，十一日到青岛湛山寺。

不开欢迎会，行吗？

上午九点，船刚靠岸，湛山寺住持倓虚法师正带着道俗二众在这里迎候。寺中剩下的全体和尚，人人披衣持具，分列在山门两旁，肃立地恭候着。

几辆汽车，"笛——笛"地开到山门刹住了。车门开处，首先下车的是这位精神百倍满脸笑容的倓虚法师；接着第二位下来的，立刻把大家的目光集中射在他的身上：细长的身材，里边穿着半旧的夏布裤褂，外罩夏布海青，光着脚只穿草鞋，尽管海风袭人，但他并无一点畏寒的样子；尽管他毫无特殊的打扮，却掩盖不住他那矍铄的神气和慈祥的笑容。尤其那飘然的风姿，很是不凡。小和尚们猜想：这位大概就是大名鼎鼎的、誉满中外的弘一法师了。

"请！"

"您请！"弘公满面带着笑和倓虚法师谦让了一会儿，还是先进了山门。

倓虚一声招呼，众僧一齐向弘一法师合掌致敬。弘公连忙带笑还礼，轻快地同着倓虚走过去了。

此刻，众僧与男女居士，蜂拥集中在客堂的阶下，进行了欢迎式的最后敬礼。弘公站在客堂门口，双手合十，很客气地还了礼：

"不敢当，不敢当，哈哈……劳驾你们诸位。"

这次随来的弟子有传贯、仁开、园拙，还有迎请大师的梦参法师。

卸下来的行李显得很多，柳条箱、木桶、铺盖卷、网篮、提箱，还有条装着小半下东西、拿麻绳扎着口的破旧麻袋和一个尺来见方的扣盒式的旧竹篓。

这时，一个小伙头僧问梦参法师道：

"哪件是弘老的衣单？"[1]

梦参指指旧麻袋和小竹篓，笑着说：

"那就是，其余全是别人的。"

伙头僧拎起这两件衣单，心里直嘀咕：凭他这鼎鼎大名的一代宗师只这么两件破……？要么……？

清晨，天蒙蒙亮，一抹朝霞正从海面探出头来，仿佛预告着天气一样，弘公双手托着那个小竹篓，小心地托到西墙根下打开来晒太阳。伙头僧站在远处悄悄地瞄了一眼，见里边只有两双鞋，一双是半旧不新的软带黄鞋，一双是补了又补的草鞋，但那脚上穿的草鞋似乎比这双还新一点。伙头僧蓦地想起古代有"一履三十载"的高僧，眼前不正是一个对照吗？

早课之后，红彤彤的太阳冉冉升起，空气格外新鲜，小鸟儿穿插在树林之间，唧唧喳喳地发出动人的歌声，海面像一面巨大的镜子，没有一丝风浪，大师持着禅杖到外头散步去了，小伙头僧好奇地溜到了大师的屋里，企图看个究竟。啊！这么简单？除了原来的桌椅之外，桌上放着一个很小的铜方墨盒，一支秃头笔。橱里有几本点过的经，几本稿子。床上有条灰被单和拿衣服折叠成的枕头，所不同的，地板比以前光滑，窗子比以前明亮了。

虽是结夏安居，比丘们纷纷征得倓老的同意，便开始要求弘公开示，接着便请他讲"戒律"。弘公笑着首肯了。

---

[1] 指背在身上的褡裢，僧家对行李叫白了，即衣单。

一天，客堂里盘膝坐满了和尚，弘公开头讲的是"律己"。

"……学戒律的，需要'律己'，不要'律人'，有些人学了戒律，便拿来'律人'，这就错了。记得我年小的时候，住在天津，整天指东画西净说人家不对，那时我还有位老表哥，一天，他用手指指我说：'你先说说你自个。'这是句北方土话，意思就是'律己'啊！直到现在我还记得，真使我万分感激。大概喜欢'律人'的总是看着人家不对，看不见自己不对。北方还有一句土话是'老鸦飞到猪身上，只看见人家黑，不见自己黑'，其实它俩是一样黑。"

"……再说，你如果被人说了，诽谤你了，何以息谤？曰'无辩'。因为你越辩，谤反弄得越深。比如一张白纸，忽然误染了一滴墨水，这时你不要再动它了，它不会再向四周溅污，假使你立时想要它干净，一个劲儿的去揩拭，那么结果这墨水会一定展拓面积，接连沾污一大片的。"末了，一连说了几个"慎重，慎重，再慎重。"

一天，朱子桥居士因悼亡友乘飞机来自西安。五月七日，他带着市长沈鸿烈特来拜望弘一法师。说句老实话，这位市长早就想拜谒弘一高僧了，只恨没有机缘，今有朱老的介绍，自然高兴。谁知，朱老一进寮房，弘公急忙向朱子桥小声和蔼地说：

"你就说我睡觉了。"

市长碰了个软钉子。

五月八日上午，沈市长请朱子桥居士在寺内摆斋，目的很清楚，是要大师出陪。

"大师，"仁开轻轻来至大师寮房，"市长和朱子桥居士请您赴宴。"

大师一怔，忙问："在什么地方？"

"就在寺里。"

大师研了墨，提笔写了两句话：

"为僧只合居山谷，国事筵中甚不宜。"

仁开把条子递到沈市长面前，二人无奈，冷冷地吃了一顿斋饭，快快地回去了。

七月，发生了"卢沟桥事变"。大师漫步在海边，望着汹涌的浪涛，伫立着，表情是淡淡的。忽地一阵浪花涌过他的膝盖，他仍然伫立着，远望像是一块突起的礁岩。

这天夜里，他决定择日回去。大师的脾气谁都知道，他要想走是谁也挽留不住的。不过，他统计了一下"求书"的人数，一连写了三百幅"以戒为师"，分送各个僧侣，这下可了不得了，送纸求书者纷至沓来，大师一一接受，皆以"华严经"中的警训为内容，使大家满意而归。

临行前，弘公在向梦参法师告别时，从夹肘窝下拿出一部四十多页的手书经典，笑盈盈的低声对梦参说："这是送给你的。"

大师走后，梦参喜不自胜的携回展视，这是一部手写的华严经净行品。字迹的透朗，用纸的洁白，编写的美化，处处表现出师精金美玉的精神来。

大师到了上海，为了看望老友夏丏尊，来到开明书店，正巧夏丏尊不在。直到晚上，夏丏尊才在靠近外滩的一家小旅馆找到弘公。

"啊，大师……"丏尊刚讲半句话，只听"轰"地一声，日本侵略者的大炮，震得房子直晃荡。

大师在此处逗留了两天，平均每两分钟，玻璃窗就"哗啦"一声，大师把对侵略者的仇恨埋在心里，他闭着双眼，嘴唇微动，心中在念佛。

第二天，丏尊与几位朋友请大师与其他几位僧人到觉林素食馆吃了一次午餐，又拍了一张照片。

第三天，他乘船返回了厦门，同往的还有从苏州来的妙莲法师。

此刻的弘一，本着万事随缘的态度，不再拘泥于死心塌地闭关潜修了。他突然起劲地讲经，似乎有一种奇异的力量。其间，他在自己的寮房题了"殉教堂"三个字，接着便往泉州、晋江的草庵寺、泉州的承天寺、泉州梅石书院，以及惠安、漳州、鼓浪屿、福州、龙溪、漳州瑞竹岩等处讲经。再回漳州时，恰巧接到丰子恺从桂林寄来一信。写着丏尊最近伤了一个孙子，心情不好，希望大师到内地去，由子恺供养。

当下，弘公回信写道：

> 朽人年来，已老态日增，不久即往生极乐。故于今春在泉州及惠安尽力宏法，近在漳州亦尔。——犹如夕阳，殷红绚彩，瞬即西沉。吾生亦尔，计寿将尽，聊作最后纪念……

又写了一信，竭尽精神去安慰了夏丏尊。

一九三八年十月，他回到泉州承天寺。

第二天，温陵养老院请大师讲经。讲的是"念佛法门"。最后他声泪俱下，说道：

"吾人吃的是中华之粟，所饮的是温陵之水，身为佛子，于此时不能共纾国难于万一，自揣不如一只狗子！"

之后，用斗大的字，写了许多副"念佛不忘救国，救国必须念佛"的对联，贴在各个寺庙。须知，此刻写出"救国"二字，是冒着生命的危险啊！

一天黄昏，大师散步在寺院的树丛中，蓦地听到隐隐的歌声。

> 长亭外，古道边，
> 芳草碧连天。

…………

一种凄凉、悲切、哀伤、忧忿之情，像一阵凛冽的寒风吹进大师的心窝，这只拿着手杖的手也在颤抖了。细听，这是一个小青年唱出的歌声，尽管唱的悠然自得，在大师听来也是凄楚哀怨，充满了感伤的。

歌声从哪儿飞来的？大师四处搜寻了一下。

啊，这歌声是从树丛中传来的，大师缓缓地走过去，穿过几株四人抱的苍松柏树，拐进长满绿色青苔的林荫小道，抬头望去，发现一个十六七岁的孩子，像猿猴似地攀着枝干爬上一条树杈，置身于无数玉兰之中。

这里十分幽静，四周暗香沁人心脾，靠着一抹斜阳，把花瓣照拂得宛若盏盏明灯。这孩子选了顶梢上的一枝柔嫩的花枝，"咔吧"一声，使劲一拧，摘下了一束极美的玉兰花。斜阳耀眼，花瓣雪白，他一低头，树下正有个老和尚，他见老和尚没讲话，更无愠怒之色，于是捡了一束多蕊头的树枝，正想使劲拧下来，老和尚朝他招招手，和蔼地说道：

"树枝太脆，危险哪！快下来！"

"我坐这儿玩玩，怕啥子哟。"男孩说着浓重的湖南话。

"快下来，玉兰树高枝脆，地上又滑，跌下来就糟啦！快！"

男孩子低头瞧了瞧，虽然和尚显得老态龙钟，但却眉清目秀，有些仙风道骨的样子，于是，吐了吐舌头，把瓣下的树枝用牙一咬，调皮地左右攀援，轻轻地一跃，飘然落地。他拍打了一下身上的灰尘，拿着玉兰枝，嘻嘻地笑道：

"老和尚，吃过饭了吗？"

弘公看了看这十七八岁的小家伙，微笑着说：

"爬树不好，折花更不好，啊？以后不要上树啦，危险哪。阿弥陀佛——"

"那么多的玉兰树，采两株花，也没关系，对吗和尚？"

"花开花落，了却生死，乃万物之灵。你为什么摘下来呢？"

"老和尚。"小家伙嘻嘻地笑道，"正因为美，我才拿回去画呀？"

大师一怔，问道：

"你会画画？"

"嘿，不算好，但多少还有点基础。"

这小家伙叫黄永玉，本是湖南人，自小酷爱美术，因家境不好，故想投考陈嘉庚先生在厦门创办的"集美中学"。不料日本侵略者在中国燃起战火，理想不能实现。听说有个"战地服务团"需要文艺人才，为抗战服务，于是，便由厦门来到泉州，暂住同学家里，以待时机投奔该团。当地没有别处好玩，开元寺是个古庙，美术制品颇多，于是黄永玉便溜进庙里，观瞻了大殿，又欣赏了壁画，在后院又被这朝天银灯般的白玉兰吸引了。

"听你口音，"大师说："不像本地人哪。"

"湖南。"

"到此地来玩的吗？"

"玩？老和尚，"黄永玉说："天下大乱了，还有心玩？我住在同学家，准备到战地服务团，用艺术的武器去抗日！"

"好！小居士，你又会作画，又会唱歌……"

"喂！老和尚，"黄永玉悄然说："刚才我唱的《送别歌》，听说这个作歌的艺术家，也当了和尚啦！"

"噢？……"

"那肯定是看破红尘了，你说对吗？老和尚。"黄永玉说着，忽然觉得眼前这位和尚，似乎具有一种不可捉摸的神秘色彩，于是笑着说："老和尚，我能到你的禅房看一看吗？"

"啊……可以，看来我们是有缘的。"

大师的声调亲切，安详。

黄永玉来到大师的寮房，好奇地环视了一遍，除了禅床之外，只有一个小破桌子，桌上一个闹钟和一方砚台。

"请坐。"大师让他坐在桌前的一把椅子上："你会画画，又能写字，能不能写几笔给我看看？"说着便递上一块玉版宣纸。

黄永玉提起笔，蘸饱了香墨，朝大师瞥了一眼，这眼神儿仿佛在说："你看着！"他在纸上端端正正、严严谨谨地写了几个篆字。放下笔，眼睛还盯在字上，脸上现出一种自我陶醉的得意神色。

然而，他所得到的反应恰恰相反。大师微笑着拿起笔，在他的篆书上比比划划地说：

"书法艺术形象的创造，必须遵守汉字结构的规律，而汉字区别于世界各国表音的拼音文字之最大特点是它的表意性。你的点线死而无力，缺少汉字表意性的神姿。点，是线的收缩，是线的静态；线是点的延伸，是点的动态。

"瞧你这一笔，死板板，没有线的生命律动，就缺少汉字特有的一种建筑的结构美。当然，就更达不到音乐的节奏美，舞蹈的动态美，暗示着物质和精神品格的意象美了。

"从你的笔力，可以看出你很聪明，只要注意线条的均匀，意态的动静，表意的神韵，就更好啦！"

黄永玉听得入了神；连叫"高明啊，高明"。他忽地至诚地望着大师："大师，你的法号？……"

"弘一，演音。"大师笑笑。

"啊！"黄永玉顾不得僧家的礼节了，他抱着大师削瘦的两肩，高兴得直蹦脚："原来你就是李叔同啊？大师，我拜你为师。请你收下我这个学生吧！"

"好啊，算是一个方外弟子吧！"

打这以后，黄永玉每天来此习字学画，也确实进步很快。

至此，弘公到闽南之后，已收了三个方外弟子：李芳远，高文显和黄永玉。触景生情，平日里最让他惦念的还是得意门生刘质平啊！

刘质平在二十余年中，积大师珍品盈千，均由苏州张云伯裱家装池，用独面樟板制成字箱十二口，特辟一室保存。

不料日寇轰炸海宁。"轰——轰——"的炸弹声，由笕桥炸到海宁。刘质平家的窗户玻璃被震碎了，然而他知道，如再不逃离，恐怕这十二箱墨宝将毁于一旦。他急中生智，忙叫妻子许霭青帮助，打开箱盖，将每件珍品的天地轴截去，以压缩面积。

敌机不断地投弹，房屋成片地倒塌。

质平叫妻子领着十二岁的女儿雪韵和六岁的儿子雪阳先往萧山县奔逃，自己借了个小车，装上大师的墨宝随后追到萧山县。

岂知，萧山告急，他又带着全家和大师的墨宝乘车到了兰溪山区。

"下车吧，只有这里安全。"司机说。

质平付了车钱，卸下大师的墨宝，不料，漫天乌云像无数的野马，团团盖在人们的头顶，忽地瓢泼大雨哗哗而下。质平急了，此地乃上不着村、下不着店的野山沟啊！他叫妻子带着儿女去躲雨，自己脱下衣服盖在箱子上，然而一眨眼衣服湿透了，索性把身体伏在箱子上，坚持了半小时。大雨过后，字墨宝虽然保全了，但他自己却生了一场痢疾，几乎丧了命。

待全家躲到金华山南村时，他隐掉了刘质平的名字，拒绝与敌伪联系。这时，他才发现没带出任何生活必需品，只有这两箱截去轴的字件。

当寒蝉停止叫声时，已到了寒无衣、饥无食的地步了。然而没有不透风的篱笆，村民们对这位教音乐的先生感到奇怪，不时地朝这间小土房投以奇异的眼光，有人则讥笑地说：

"哪有人逃难不多带衣被，不多拿值钱东西，现在天冷了，何不把字来穿，肚饥了，何不把字来吃！学艺术的人，愚蠢到如此地步，可笑之至。"

常言道：船到桥头自然直。刘质平面对饥寒，想起了一个办法，他掏尽了腰包准备了一套炉灶，做起了烤饼生意。他起早摸黑做着烤饼，并叫十二岁的女儿雪韵和六岁的儿子雪阳，挎着小篮到公路、小镇去叫卖。虽说赚不了大钱，但却能维持温饱。然更重要的则是保住了大师的字件。

这时期，不少学校派人聘请刘质平先生。但谁也不知刘质平的去向。也有人顺藤摸瓜来到山南村，也被他挡驾了，因为他要保住这批墨宝。

不过，教书先生卖烤饼，甭说小村子里，就是大城市也属稀有，然而善良的农民，都抱以同情的眼光，哪怕去买一个烤饼，也会叫一声"刘先生"。

刘先生的生意做"大"了，除了烤饼之外，又增加了糖豆、花生米之类的东西。但不久此地也沦陷了，伪军、伪村政府的地头蛇们，像一批蚂蝗，搅得鸡飞狗叫。

一日，一个穿着夏布长衫的人经过这个村口，围着刘质平的小摊儿兜了一圈。此人年纪不过四十上下，浓浓的八字胡，瘦高条儿，文绉绉的像个教书先生。他慢悠悠地蹲在刘质平的小摊儿前：

"喂！买包花生米。有酒吗？"

刘质平苦笑笑："小本儿生意，贩不起酒啊，先生。"说着递过去一包花生米。

那先生掏了一角钱往摊儿上一丢，顺便朝刘质平那方脸盘上打量着，接着把视线移到刘质平双肩的补丁上。他抓了几颗花生米往嘴里一放，一边嚼着，一边问道：

"看样子，你是个读书人吧？"

"啊，"刘质平谦虚地笑笑，"浙师毕业。"

"怎么不出去教书？"

"唉，家里离不开呀。"

"如果我没猜错……你，大概叫刘质平吧？"

刘质平一怔：

"你怎么知道的？"

"唉，我也是受人之托呀。"他诡秘地朝刘质平旁边凑凑，"听说李叔同曾经熏沐、虔书一堂巨幅字屏，每日书写一幅，一连写了十六天。听说，在你这里……？"

"不知……"刘质平含含糊糊地问道，"您问这个干啥？"

"我告诉你。"这家伙用手卷个喇叭口，对着刘质平耳语道，"你可以发财啦！"

"噢？发什么财？"刘质平整理了一下摊上的"货物"，漫不经心地问道。

"孔祥熙！知道吗？"

刘质平拧着眉宇点点头，表示知道此人。

"他叫我带给你三百六十两黄金。"

"我不明白，先生。"刘质平故意问道，"您带给我那么多黄金，这是什么意思？"

"用这个数收买字画，他老先生还是第一次。"

"噢！"刘质平深感事出有因，于是问道："他老先生为什么出那么大的价钱购买这几个字？"

"说了，你也会高兴的。这一堂字屏，是孔祥熙先生想送给美国一家博物馆的。"

"是这样。"

"怎么样？兄弟，这个摊儿还摆吗？"

"摆呀！"刘质平颇不以为然地说。

"有了那么多的黄金，还摆这个穷摊儿？"

"您搞错了，先生。如果我有这几个字儿，不早就踢翻这个摊儿啦！"

"不在你这儿？"

"唉，有的话，也老早炸成纸片了！"

这人把一包花生米狠狠地往土坡上一摔，"下次我再求你吧！"说罢扬长而去。

但是，过了一会儿他又回来了：

"刘先生，"他又换了一副面孔，笑得比哭还难看，"请帮小弟个忙，咱们这个数……"说着便伸手握住刘质平的五个手指头："怎么样？够可以的了吧？"

"这是什么意思？"

"五百两！"

"哈哈……我如果有，我还过这种穷日子！"

"那好吧，下次见。"这家伙真的走了。


承天寺里来了一位省府官员。然而庙宇里对达官贵人似有司空见惯的样子：

"居士，有啥事体？"

"我找弘一法师。"

小和尚把他领到大师寮房："弘一法师，有位居士找您……"

"噢，请进。"大师眯着眼看了看来人："你？……"

"我是省府参议厅的。啊……直接说了吧，最近，参议们研究，想请大师参政……"

"嘛事儿？"大师一拧眉，露出了天津话。

"省府考虑，大师德高望重，想请您出山参政。"

大师把脸一沉："老僧一心向佛，不宜参与国事，何况国土破碎，日寇入侵……"

"这，正是需要您的时候啊！"

"差矣！"大师的语调很低沉，"和尚乃以劝善为己任，对日本军队在中国杀生之罪，靠一个老和尚有何作用？请居士不妨到别的庙里看看。"

弘公本想急于打发他离开，然而他还死乞百赖地不肯走：

"大师，"这位官员又说，"您目前如果不愿出山，还有一事相扰。"

"请说。"大师没抬眼皮。

"省府想请您写一副对联，送给蒋总裁。"

"送给谁？"大师的问话虽然很镇静，但是一字一顿。

"蒋介石委员长。"他乐呵呵地又补了一句，"请您提双款。"

双款？在弘一大师心里，这蒋介石三个字仿佛与"四一二"联在了一起。于是双手合十，高声念着"阿弥陀佛——"

"您答应啦？"

"阿弥陀佛——"大师干脆闭上了眼睛。

这家伙讨了个没趣，灰溜溜地走了。


弹指之间，已是一九四〇年了，这年正是弘一大师李叔同的六十寿辰。在江浙的法侣和故友，因抗战的硝烟，日寇的狂轰乱炸，不能前来祝寿，便纷纷寄来寿诗、寿词。

这些诗就像一把抗日的火种，燃烧着大师的心。柳亚子的祝词是这样写的：

> 君礼释迦佛，
>
> 我拜马克思，
>
> 大雄大无畏，
>
> 迹异心岂殊。
>
> 闭关谢尘网，
>
> 吾意嫌消极。
>
> 愿持铁禅杖，
>
> 打杀卖国贼。

诸僧见了此诗，无不缩颈咋舌，然大师不以为忤，随即报柳亚子一首，诗道：

> 亭亭菊一枝，
>
> 高标矗劲节。
>
> 云何色殷红，

殉教应流血。

这年九月，澳门《觉音月刊》及上海《佛学半月刊》均出了专刊，为大师祝寿。

丰子恺作成《护生画集》六十幅为大师祝寿。这次由广西宜山寄到泉州时，大师又为画集题诗六十首，翌年出版。其他弟子自费石印《金刚经》及《九华垂迹图赞》等经书者颇多，以为大师祝寿。

侨居在新加坡的广洽法师，正在思之何以为大师祝寿。恰巧名画家徐悲鸿在新加坡开画展。于是，他搜罗了大师的所有照片找到了徐悲鸿，请他为大师画像以为纪念。悲鸿欣然命笔。至今《弘一法师画像》仍悬于泉州开元寺。那慈祥、和蔼、悯人的慧眼，一动不动地望着佛门僧界，盼望着律宗真正地弘扬光大。

在浙江的刘质平，当逃难回到海宁时，家里已被日寇洗劫一空，更令人痛心的是，亡父亡兄及亡儿的三代棺木全被炸毁，一具无存，然大师的遗墨却一件无损。

谁料，大师刚刚过罢六十大寿，却迎来一位不速之客。冬夜，一艘窥视闽海的日本侵略者的军舰，偷偷地靠近了鹭江。该舰队的司令大佐藤二带着两名卫兵，登陆找到了南普陀寺。此刻，大师正在禅坐。

"请问……"海军司令低声问道，"弘一法师……？"

弘公一抬头，借着油灯的光线，一眼发现来者，仅从那身笔挺的海军服装，笑容可掬的面容和露着刀柄的指挥刀，便知来者不善，于是垂下眼帘，冷冷地问道："找我……？"

"是的。"大佐说，"如果我没找错，我要求大法师用日语对话，好吗？"

"请坐，"弘公缓缓抬头，瞅着大佐说，"人在中华，当然要讲华语，对吗？"

司令尴尬地笑了笑，自己拉了条凳子坐在大师对面。两个卫兵像一对出土文物，机械地立在两旁。

"弘一法师，"大佐司令用华语说，"在这世界上，谁都知道，我们日本可是大法师的婿乡，这，血缘之亲，想必——您不会忘吧！"说罢，掏出一支香烟，顿了顿，点燃吸着。

弘公望着大佐，微微笑道："贵国确是我求学之邦，大概师友均在。如果有一天风和日丽，祥和之气重现，弘一旧地重游，谒师访友，定当以日语侃谈，那才是弘一之所愿啊……"

"哈哈……"大佐狂笑了一阵，把头顶过来道，"何必等到那个时候呢，现在就可以去嘛！"

弘公摆摆手，摇摇头，示意对方不要再说了。

"不过，我总想奉告法师，"大佐似乎郑重地说，"若论弘扬佛法，敝国总比贫弱的贵国优越。法师如愿命驾，我立刻奏明天皇，以国师之礼专机迎往……"

"出家之人，宠辱俱忘。"弘公头也没抬，只是微动着眉锋，淡淡地说道，"弘一决不愿在板荡离乱中离去！"

"弘一法师如果没忘记，那鉴真大师……"

"不！"弘公蓦地抬起头来，"如果贵君没忘记，鉴真法师东渡的时候，海水……是蓝的！而今，太平洋的水……是红的！"

"这……"大佐司令忽地觉得弘一法师的话里有话，脸色一下子变了，想怒怒不起，想笑笑不出。然而，面对这位正襟危坐的活佛，恼怒与恐惧一齐涌上心头，搅乱了他一贯兵不厌诈的奸狡思维，他嘴唇动了动，没接上一句话来。两个卫兵目睹上司的窘相，也深感失去了"军魂"的神气，谁也不敢正视他的司令一眼。

"那么，大法师是不想去了？"大佐明知这句话不痛不痒，只不过是为了溜走找个台阶而已。还没等大师开口，蓦地发现大师寮房墙上写着"念佛不忘救国，救国必须念佛"字样，禁不住眉头一拧，手指夹着的那支香烟不由自主地掉在了地上。

# 尾声 /

　　闽南，这个四季如春的亚热地带，总是那么生气盎然。尤其傍晚，当夕阳吻着地面时，它的光辉更加灿烂，那一抹晚霞，总是带着橘红色的余晖，没入西山。

　　弘公是一个外若清冰，心如礁岩的理性哲人。当了二十四年的苦行僧，这位身体本来就不结实的人，几乎没有一年没病过。支气管炎、胃出血、肺病、关节痛、毒疮、菌痢接连不断地袭扰着他，虽然病魔没离身，但他还是把自己铸造成了一个十分像样的人。

　　一九四二年，抗日战争的炮火，时时威胁着厦门与泉州。泉州的佛门僧侣和善男信女们纷纷建议，让大师到乡间躲避。然而又考虑到，乡间很闭塞，不易及时得知大师的情况。

　　末了，一位名叫叶青眼的居士想了个办法，让大师到泉州温陵养老院。三月二十五日由觉愿法师、龚天发居士（传贯法师的俗家外甥）陪着大师到了养老院。并由在福林寺挂褡的妙莲法师代替传贯法师侍随弘公。

　　弘公住在"晚晴室"，妙莲等几位法侣住在另外三间客房。

　　七月二十一日，附近众僧纷纷要求大师开示。下午，大师虔诚地教众僧："出家人要自尊人格，争佛体面。"

到中秋节前的两天，受开元寺之敦请，到开元寺尊胜院讲了两天《八大人觉经》。不过，大师的声调，既保持了十多年来的轻微和平静，但熟人一听就明白，他的声调里夹杂着沉重和怆凉。如果你仔细听，这声调里还带着离愁的感伤。再看这长期着僧袍的弘公，平时不大出汗，可这两天的额头上总是汗渍渍的，不知为什么。

一个星期过后，慕名求字的就像花间的群蜂，这位"有求必应"的大师，可把妙莲忙坏了。从早到晚研墨，三个指头直抽筋，吃饭时拿起筷子就哆嗦，然而他很高兴，因为他正在向弘公学字哩。如果稍加统计，这二十几年来，弘公默不作声地为善男信女、佛门法侣们写的"南无阿弥陀佛"和"华严集联"不下一万幅。内中有颇多闪烁着哲理光彩的联句，如：

> "日日行，不怕千万里
> 常常做，不怕千万事"
> "实处着脚，稳处下手"
> "身在万物中，心在万物上"
> "律己宜带秋气，处世须挟春风"

这天，他在书写"念佛不忘救国"的横卷时，突然放下笔，又悄悄地整理起东西来。

"大师是不是要远行。"觉愿问妙莲法师。

"说不定，听大师常说，夏丏尊居士总是让他回浙江的'晚晴山房'。但是大师没讲去不去。"

八月二十三日傍晚，妙莲告诉觉愿说：

"大师浑身不得劲，发高烧。中饭只吃了一点儿。"

不过，三天后稍微又能走动了。这时，晋江中学派了代表，背了一捆宣纸，附上一百多个名单，来求大师写字。

大师能动笔，妙莲就放了一大半心思。

大师一张一张地写着，无非都是佛经上的话。

二十六日，饭量突然减掉了一大半。不过，他还写字，只有那字，还在活蹦乱跳地跃人眼帘。然而再看大师的眼神儿，仿佛这字不是他写的。

二十七日，妙莲送来早饭。大师摆摆手，微微说了一个"绝"字。

二十八日，妙莲悄悄推开大师的门。看了大师还在睡着，正要回身走出，只听大师微微颤动着嘴唇说：

"妙莲法师，别走。"他见妙莲停住了脚步，又低微地叫了一声，"你过来。"

妙莲一惊：不对了。心中有着一种撕肝裂肺的难过。

"大师，您会好的。"

"唉！"大师那蜡白的脸上，突然现出夕阳般的红润："你准备好笔墨，我说，你记下来。"

妙莲脸上掠过一丝怆凉的悲哀，他用战栗着的手准备了笔墨。

"你听清楚……"

"我听得清，大师。"

"——当我还没有命终以前，或是死后，我的事，全由妙莲法师一人负责，其他任何人，不必干预。"说完，他喘了口气，又叮咛道，"把我的印盖上。"妙莲一一照办了。

妙莲法师跟随大师有五年了，心头的哀伤像海潮一样地起伏着。

大师绝食、拒医以后，又交代了妙莲两件事：一、我圆寂前后"助念"时，看到眼里流泪，这不是留恋人间、挂念亲人。而是回忆我一生的憾事；二、当我呼吸停止时，待热度散尽，送去火葬，身上就穿这身破旧的短衣，因为我福气不够。遗体停龛时，要用小碗四个，填龛四脚，盛满了水，以免蚂蚁闻臭味走上。应逐日将龛之水加满，以防蚂蚁又爬上去，焚化时，损害了蚂蚁的生命。

以后的两天，大师只是默默地念着"阿弥陀佛"。

一天下午，他使用平生的力气，命妙莲研墨，自己摊好信纸，凝神写道：

> 质平居士文席，朽人已于九月初四日谢世，曾赋二偈，附录于后：
> 君子之交，其淡如水。执象而求，
> 咫尺千里。问余何适，廓尔亡言。
> 华枝春满，天心月圆。
> 前所记日月系依农历也，谨达不宣。
>
> 音启（盖章）

同样的内容，一式两份，第二份是写给夏丏尊的。

此刻，妙莲法师的面色，早就寡白了。再看大师的神态，安详自若，笔下稳健如初，心里更是慌张。

"妙莲法师"，大师从经卷里抽出两只写好的信封，"这是夏丏尊和刘质平二居士的地址。请你代我寄给他们。"

妙莲哪里肯接。心想：这偈帖上明明写着"九月初四日谢世"啊……更尤甚者，他随弘一法师习律已是十分有幸的，怎能忍心使法师谢世啊！

"请你寄出去吧。"弘公又说了一句。

妙莲无奈，但又不敢隐瞒，只得按照写好的地址，装进信封送到了邮局。

大师仍是卧床，不进饮食。

九月初一下午三时，大师颤颤巍巍地从床上撑起来，妙莲上前扶着大师下了床：

"研点墨。"声音异常地轻微。妙莲把大师扶在椅子上坐下，研了墨，摊开宣纸，大师用尽了最后力气，苍苍正正地写了四个大字：

悲欣交集

大师把这最后一纸墨宝，交给了妙莲法师。

九月初四这天，晚上七点多钟，大师的身体已不能支撑了，呼吸异常急促。妙莲一看弘公的面色，大吃一惊，他急忙靠近大师身边，轻轻地助念着"南无阿弥陀佛！"渐渐，又有几个和尚也来助念。声调是和协的、舒缓的、安详的、虔诚的，像一首迷人的"安魂曲"在弘公耳边回响着。

他没有痛苦，没有世俗之悲情，平静而安详地向右斜卧在床上。仿佛一个婴儿，在母亲的催眠曲中静静地睡去。念到最后一句佛号时，只见弘公的眼角沁出了水晶般的泪花。

妙莲走到床前，忍着泪细看，大师已经圆寂了，他按照大师的临终嘱咐做完了，才轻轻锁上大师的房门。

一九四二年九月初四，弘一大师圆寂于泉州不二祠温陵养老院晚晴室。他出家二十多年，身边的遗物，只是一件补了二百二十四个补丁的破僧袍，只此无二。然而，这二百二十四个补丁青灰相间，褴褛不堪，既象征着旧世界的千疮百孔，又是一个苦行僧的标志。我们崇拜他伟大的人格，崇拜他学什么都到"家"，干什么都干到"底"，做和尚也做到了家，成为一代名僧，为中国近代佛教律宗的代表人物。被佛门称为"重兴南山律宗第十一代祖师"。

对他的一生，赵朴初先生有诗为证：

> 深悲早现茶花女，
> 胜愿终成苦行僧。
> 无尽奇珍供世眼，
> 一轮圆月耀天心。

**后
记**

/

　　很巧，1987年完成这部书稿时，正是弘一大师李叔同诞生一百零七周年纪念日；2015年再版此书时，将是弘一大师诞生一百三十五周年。

　　我从孩提时代，便敬仰这位大师。那时，我在天津南开小学读书，每当下课铃一响，我们便自动唱起了"长亭外，古道边，芳草碧连天……"老师也跟我们一起唱，因为她也喜欢这首歌呀。就打这起，我对作歌的人十分崇拜，融入了朴素的感情。但后来听说作歌的人是个"和尚"，又令我泛起了好奇的心理。

　　在中国近代文坛上，提起弘一大师李叔同，几乎人人皆知，他是我国近代新文化运动的早期活动家，艺术教育家；在佛门黄卷中，有着卓越的贡献，被佛门称为"重兴南山律宗第十一代祖师"，堪称为我国绚烂之极、归于平淡的典型人物。

　　按佛教的说法是有"缘分"，我既和弘一大师是同乡，又在他出家的杭州工作，加上我长期地从事文艺工作，自然对大师的生平产生了浓厚的兴趣。为此，我往返北京、天津、上海、杭州等地采访了许多有关同志，参阅了一些文字资料和年谱，饱览了大师的遗墨真迹，虽不全面，然窥豹一斑。这样一位"二十文章惊海内"的才子，并在音乐、美术、戏剧等方面有着开创性贡献的艺术家，要求改革社会，报效国家的满腔热情，却被那腐败黑暗的旧社会吞没了。理想幻灭，痛苦难言，最后，他选择了宗教这条道路。看起来，他做和尚似乎是内在的超越，实为屡屡失意之必然。由此，联想当今的社会，提倡和谐、稳定，发扬科学、民主，重视传统、法制，尊重知识、人才等，与李叔同所处的年代相比较，自然也会唤起人们热爱自己的国家，热爱自己的民族，热爱自己的社会，这也是我要再版这本书的缘故吧！

全书在写作过程中，自始至终得到李叔同的次子李端、侄孙女李孟娟、孙女李莉娟、李汶娟、侄媳吕子久、儿媳杜惠珍的热情帮助。同时，还得到李叔同得意门生刘质平之子刘雪阳、丰子恺之女丰一吟和再传弟子孙继南教授的全力支持，以及宗教文化界学者郭元兴、林子青、王慰曾、陈天日、徐广中等同志的关心，并提供了不少可贵的材料。每当我赴灵隐寺采访时，均得到宽愿法师热情接待，然而当我按照约定的最后一次采访时，谁料竟是一次诀别之约——他圆寂了。我不禁万感交集，顿有所失，但愿此书能表达宽愿智慧之万一，以表至诚之缅怀。在我采访的过程中，还得到中国佛协、天津佛协、杭州佛协、虎跑"纪念馆"、大悲院"纪念馆"和杭州市文化局等许多单位的热情帮助，在此一并表示至诚的谢意。尤其值得一提的，在中国青年出版社的有关同志曾为本书审改书稿时，如果说他们"挥汗如雨"，恐怕读者会相信的。当这部书，再次奉献到读者朋友手中的时候，我依然要鸣谢原责任编辑李萍、原室主任舒元璋、原副总编林君雄。

当然，此书再版后，可能还会有缺点甚至错误，望有识之士不吝赐教，谢谢。

作者于杭州

二〇一五年六月十八日

（京）新登字083号

图书在版编目（CIP）数据

弘一大师／徐星平著. –北京：中国青年出版社，2015.9
ISBN 978–7–5153–3874–3

I. ①弘⋯ II. ①徐⋯ III. ①传记文学—中国—当代
IV. ①I25
中国版本图书馆 CIP数据核字（2015）第226228号

本版责任编辑：郑国和
原版责任编辑：李　萍
装 帧 设 计：瞿中华

出版发行：中国青年出版社
社　　　址：北京东四十二条21号
邮　　　编：100708
网　　　址：www.cyp.com.cn
邮　　　箱：cyp_zheng@sina.com
营销中心：010-57350370
编辑电话：010-57350406
印　　　刷：北京顺诚彩色印刷有限公司
经　　　销：新华书店
规　　　格：880×1230　1/32
印　　　张：15.125
字　　　数：360千字
印　　　数：4001-7000册
版　　　次：2015年10月北京第1版
印　　　次：2017年10月北京第2次印刷
定　　　价：39.00元